Prix du Meilleur Polar
des lecteurs de POINTS

Les éditions POINTS organisent chaque année
le Prix du Meilleur Polar des lecteurs de Points.

Pour connaître les lauréats passés
et les candidats à venir, rendez-vous sur

www.meilleurpolar.com

Knut Faldbakken, né à Oslo, a fait des études de psychologie et se consacre à l'écriture depuis 1967. Auteur de nombreux romans et de pièces de théâtre, il a abordé avec *L'Athlète* un nouveau genre, le roman policier. *Frontière mouvante* est la deuxième enquête de l'inspecteur Valmann traduite en français.

L'Athlète
Seuil, 2009
et « Points Policier », n° P2355

Knut Faldbakken

FRONTIÈRE MOUVANTE

ROMAN

*Traduit du norvégien
par Hélène Hervieu*

Éditions du Seuil

TEXTE INTÉGRAL

TITRE ORIGINAL
Grensen
ÉDITEUR ORIGINAL
Gyldendal Norsk Forlag, Oslo
© original : Gyldendal Norsk Forlag AS, 2005
(tous droits réservés)
ISBN original : 82-05-34645-3

ISBN 978-2-7578-2801-4
(ISBN 978-2-02-096445-6, 1ʳᵉ publication)

© Éditions du Seuil, 2011, pour la traduction française

Prologue

Elle courait d'une porte à l'autre en tentant de déchiffrer les noms inscrits au-dessus des magasins et sur les étiquettes à côté des porches. La ville ressemblait à toutes les autres villes où elle avait été ces dernières semaines, d'un côté de la frontière et de l'autre, impossible de se rappeler son nom. Un modeste centre traversé par une longue rue commerçante, une suite de vieux immeubles dans les quartiers aux alentours, quelques bâtiments qui avaient l'air d'être plus ou moins officiels, un hôtel – un des rares mots qu'elle parvenait à déchiffrer dans cette langue. « Police » était un autre de ces mots. C'est celui-là qu'elle cherchait sans le trouver. Rien que des rues rectilignes et bien ordonnées – comme elles le sont toujours dans la matinée –, avec peu de monde dehors, des vitrines au splendide éclairage et un choix de produits comme elle n'en avait jamais vu de semblable là d'où elle venait. Elle frissonnait sous sa veste légère, n'avait pas beaucoup de temps, savait qu'ils ne tarderaient pas à surgir. Ils étaient sur sa trace. S'ils la rattrapaient, elle aurait droit à une correction en règle. Cela lui était déjà arrivé. Ils épargneraient son visage, mais ce n'était pas les endroits qui manquaient où les coups de pied et de poing faisaient encore plus mal. Ils les connaissaient

7

tous. On aurait dit qu'ils y prenaient un malin plaisir car ils continuaient longtemps après qu'elle avait abandonné toute résistance et avait tout accepté, après qu'elle avait cessé de crier et restait au sol complètement anéantie. Mais ils savaient arrêter leurs mauvais traitements avant que son désir de mourir l'emporte sur son désir de continuer à vivre.

C'est pourquoi elle courait le long de ces rues, dans cette petite ville sans nom et insignifiante, où même la tristesse de cette matinée d'octobre ne pouvait étouffer l'impression de satisfaction irréfléchie des habitants qui, bien protégés dans leurs vêtements contre le froid de l'automne, se rendaient où ils voulaient aller, plus haut ou plus bas dans le réseau limpide des rues de leur ville où la sécurité allait tellement de soi qu'il était impossible pour une personne pourchassée de trouver un poste de police.

Elle s'arrêta devant une devanture et contempla son reflet dans la vitre.

Ses traits étrangers, son allure ébouriffée, ses cheveux blonds mal décolorés, ses vêtements trop légers, ses escarpins trempés : elle faisait tache au milieu de cette rue comme il faut, elle était une étrangère, un rebut. Les passants pressaient le pas en détournant les yeux, lui ôtant tout espoir de contact, voire d'aide.

Son téléphone portable vibra dans sa poche. Ils s'étaient rendu compte qu'elle était partie de la pension. Il n'y avait pas de temps à perdre. Elle éteignit son portable. Une chose de faite. La chasse avait donc commencé. Derrière son reflet, elle vit les marchandises exposées et de beaux vêtements colorés mais surtout chers. Des vêtements de qualité pour la femme de goût qui a réussi. Des vêtements qu'elle désirait de tout son cœur. Sur une étagère à part, il y avait les produits de maquillage, pots, flacons, boîtes, étuis brillants en rang d'oignons. Des produits qu'elle connaissait pour les avoir vus dans les magazines. Des concoctions qui pouvaient la transformer à nouveau en une jeune femme séduisante.

C'était une question de minutes à présent. Puisqu'elle ne réussissait pas à trouver la police, à elle de faire en sorte que la police la trouve. Elle avait une histoire prête à raconter. Elle regarda les beaux vêtements, les produits de maquillage si tentants. Elle avait envie de tout. En bloc. Elle aussi était une femme qui méritait d'avoir de belles choses. Quelque chose de mieux que ce qu'elle avait. Une vie, en tout cas.

Elle poussa la porte et entra.

1

À peine quelques mots échangés et ils s'étaient retrouvés dans la caravane qu'elle occupait. Une bouteille et un gobelet en carton traînaient sur la modeste table. Un poêle à gaz ronronnait au fond du coin cuisine. C'était donc maintenant qu'ils allaient le faire ? pensa-t-il. Comme ça ? Elle s'était déjà débarrassée de ses chaussures et avait levé les jambes, de sorte qu'ils étaient encore plus à l'étroit sur le petit canapé. Arne Vatne n'avait presque pas bougé, il avait seulement déplacé son bras pour qu'elle ait plus de place. Elle sentait la cigarette et un parfum entêtant. Une bonne odeur. Cela faisait des lustres qu'il n'avait pas senti l'odeur des femmes. Il s'était tenu à distance. La déception et l'amertume l'avaient tenu à distance. Il enfouit sa tête dans ses cheveux sombres et les renifla comme un chien. Elle s'appuya contre lui, s'abandonnant entièrement. C'était bon de serrer ce corps frêle. Il aurait aimé prendre le temps de mieux la connaître. Mais tout allait si vite ! C'était censé se passer comme ça, il fallait jouer le jeu, mais cela provoquait en lui une inquiétude. Cela ne faisait que renforcer la sensation qu'il n'aurait pas dû être là. Il essaya de se remémorer la dernière demi-heure pour tenter de comprendre comment il avait échoué ici. Mais la présence de cette fille était si réelle, si peu compliquée qu'il finit par se détendre. Il ne ressentait plus cette colère qui le brûlait quelque part à l'intérieur les rares fois où il avait cherché la compagnie des femmes. Au fond, ce n'était pas plus mal que cette fille soit ce qu'elle était. Et qu'ils ne parlent pas la même langue, pensa-t-il avec reconnaissance en reprenant une dose de son odeur.

– *It is hot in here*, dit-elle.

– *I need more drink*, répondit-il.

L'anglais n'était pas son fort. Il vida le gobelet. Elle prit la bouteille et lui versa plus de Coca. Du Coca et de la vodka. Son choix à elle, qui les avait mélangés en vraie experte. Pourquoi pas ? Il ne buvait plus tellement d'alcool fort ces derniers temps, mais il sentit son corps gagné par une torpeur pesante. Dans le même temps, quelque chose se libéra dans sa tête, comme un cerf-volant dont on a laissé échapper le fil et qui ne cesse de monter, toujours plus haut.

– *It is so hot in here*, répéta-t-elle en se redressant avant de lever les bras et d'enlever son pull d'un geste rapide.

Puis elle se passa les doigts dans les cheveux. Son corps se donna à voir dans toute sa beauté. Il aimait ses cheveux sombres, si différents de ceux des Norvégiennes, qui lui tombaient sur les épaules. Il aimait sa peau. Il n'en revenait pas qu'il y ait tant de peau mise à nu. Il constata que son soutien-gorge était noir, mais il était trop gêné pour jeter un coup d'œil sur ses seins. De nouveau, elle se blottit contre lui, si proche qu'il sentait la faible odeur de sueur se mêler à son parfum.

– *You are a strong man*, dit-elle, une main posée sur sa cuisse.

– *No. Not so strong.*

Il ne savait pas vraiment contre quoi il protestait, n'était ce sentiment soudain de désarroi – le fait qu'il n'avait plus aucune défense contre ce qu'elle lui faisait.

– *Yes, yes. Very strong. Nice and strong.*

Elle l'embrassa sur la joue. C'était comme du feu et de l'eau glacée. Quand il la saisit par les épaules, elle se tourna légèrement pour pouvoir poser une jambe par-dessus les siennes. Tout à coup elle avait glissé le genou entre ses cuisses. Elle était vive et souple. Une pro. Bon, on passait aux choses sérieuses. Il remarqua à son tour la chaleur qui régnait dans l'étroite caravane. L'armature du dos du canapé, fin comme du papier à cigarettes, frottait contre sa colonne vertébrale. Derrière les rideaux de fenêtre grisâtres et élimés, il aperçut les derniers rayons du jour parmi les branches de pin. Il aurait préféré au moins qu'il fasse nuit.

– *I don't know...*

Il essaya en vain de se redresser. Elle pesait de tout son petit poids sur lui et l'en empêchait. Il voulait lui dire qu'il la trouvait délicieuse, mais que cette position lui donnait sacrément mal au dos. Parti comme c'était, il voyait mal comment ils allaient finaliser la chose dans un espace aussi réduit.

– *You so fine*, balbutia-t-il. *But I cannot... How we do it ?*

– *You relax*, lui intima-t-elle en souriant.

Dans sa large bouche, ses dents étaient si petites qu'on aurait dit des dents de lait. Il en manquait une. Cela lui donnait l'air encore plus jeune. Beaucoup trop jeune.

– *I teach you.*

Ses yeux couleur miel ne le lâchèrent pas une seconde tandis qu'elle dégrafait son soutien-gorge.

Elle avait un corps parfait. Il n'avait jamais eu une aussi belle femme. Une gamine. Elle ne devait guère avoir plus de…

– *I teach you, darling…*

Elle releva sa jupe courte sur ses hanches et s'assit sur lui. Lourde et légère à la fois. Le cerf-volant dans sa tête s'envolait dans la brise de l'alcool et montait, montait. Son corps ne lui appartenait plus, il était chaud et prêt à se laisser faire. Elle n'arrêtait pas de se démener, se balançant devant ses yeux comme si elle lui présentait une danse, tout en faisant les gestes nécessaires : défaire des boutons, descendre une fermeture éclair. Avec indolence, sans la moindre gêne, mais sachant où elle voulait en venir, elle l'enfourcha. Il avait renoncé à résister. Ses doutes avaient fondu. Sa vue se brouilla. Il aurait pu pleurer s'il ne s'était pas senti submergé de bonheur. Il pesta et hoqueta tandis que la gamine lui donnait un cours comme il n'en avait encore jamais eu.

2

Arne Vatne posa doucement le plateau sur le sol devant la porte.

Six heures et quart. C'était beaucoup trop tôt pour la réveiller. Elle faisait toujours la grasse matinée quand elle était là. C'était comme ça qu'ils vivaient, les jeunes d'aujourd'hui. Cela faisait deux ans qu'elle avait quitté la maison, mais sur ce point elle n'avait certainement pas changé ses habitudes.

La veille elle l'avait appelé à son travail, ce qui l'avait surpris, ça tombait d'ailleurs plutôt mal, mais il avait fait en sorte qu'elle ne s'en rende pas compte. En rentrant, il l'avait trouvée assise au salon devant la télévision. Bien sûr qu'il était content de la voir, mais il n'avait pu s'empêcher aussitôt de penser qu'il y avait quelque chose qui n'allait pas. Elle avait vraiment une petite mine. Elle avait maigri.

Cela devait bien faire six mois qu'elle n'avait pas mis le pied à la maison. Peu avant Pâques. Il s'en souvenait car ils s'étaient disputés et elle était repartie pour Oslo au bout de deux jours. Elle lui avait dit qu'elle passerait son examen plus tard. Il n'avait pu se retenir de lui demander pourquoi, sans avoir l'air de la critiquer. Mais elle avait perçu son inquiétude. Comme si les pensées qui le tracassaient s'inscrivaient en lettres

15

lumineuses sur son front : quel genre de vie menait-elle là-bas, comment se passaient ses études, est-ce qu'elle arrivait à apprendre ses cours et à se réveiller pour aller à la fac, est-ce qu'elle mangeait suffisamment, est-ce qu'elle avait un petit ami, quel genre de personnes fréquentait-elle, est-ce que c'était un milieu où circulait de la drogue ? On entendait tellement de choses. Mais il ne pouvait pas la questionner. Pas comme ça, directement. Même si elle était revenue le voir pour lui demander encore une fois de l'argent pour un voyage d'études. Elle avait choisi les sciences sociales. Les étudiants en sciences sociales devaient beaucoup voyager – ça, il le comprenait, même si lui-même avait seulement appris la menuiserie, avec une lettre de recommandation de son premier patron pour tout bagage. Elle avait obtenu l'argent, bien sûr qu'il le lui avait donné. Mais il trouvait qu'il avait peut-être le droit de demander quelque chose en retour. C'est pourquoi il s'était permis de lui poser la question, et c'est là qu'elle s'était mise dans tous ses états, qu'elle lui avait crié dessus, l'accusait de ne pas lui faire confiance, de vouloir la surveiller et de contrôler tout ce qu'elle faisait. Il n'avait pas dit grand-chose. Il se rendait compte qu'il ne s'agissait pas des relations entre eux et de ses études à elle, mais du divorce. Gerda lui avait souvent adressé les mêmes reproches, dans des termes presque identiques. Et il s'était avéré – il ferma les poings comme souvent quand il repensait à Gerda –, oui, il s'était avéré que précisément cette femme aurait dû être un peu mieux surveillée…

Pourtant il tenait bon vis-à-vis d'Anne, même si celle-ci prenait le parti de sa mère. Son Anne, sa petite Anne. Ça le rendait fou de penser qu'elle pourrait un jour devenir une fille légère, comme sa mère. N'était-elle pas en train d'en prendre le chemin ? Elle s'était fait un piercing sur l'aile du nez. Une petite boule en argent. Un signe – mais il ne savait pas de quoi. Cela ne faisait que renforcer son inquiétude. Il ne comprenait pas ce que ces jeunes faisaient avec leurs corps, ils avaient complètement perdu la tête ou quoi ? Quand il y pensait, il était envahi par une colère irrépressible, une colère de désespoir. Parce qu'il aurait tant aimé parler avec elle et que c'était impossible.

Il essaya de chasser ces pensées. Il était si heureux qu'elle soit passée à la maison. Il posa délicatement le plateau. Un verre de jus d'orange, deux tranches de pain beurré avec du fromage, une thermos de café et une tasse. Il avait écrit un petit mot pour dire que malheureusement il ne rentrerait pas ce soir. Il avait beaucoup de travail et devait faire des heures supplémentaires, alors autant passer la nuit à Kongsvinger. Il y avait une pizza au congélateur si elle avait faim. Rien de très original, mais la cuisine n'avait jamais été son fort.

Il descendit donc l'escalier sans faire de bruit, mit sa veste et son écharpe dans l'entrée, prit son sac, ouvrit la porte d'entrée et s'en alla en ce début de matinée d'octobre. Dans l'obscurité, l'humidité avait une odeur fraîche et doucereuse, une odeur ténue de décomposition, comme si une légère couche de fin d'été s'attardait encore dans les jardins, les fossés, les terrains maréca-geux autour du lac, et allait donner du compost. Au loin, la silhouette du Vikingskipet – ce bâtiment rendu célèbre pour sa voûte en forme de bateau viking retourné –, l'allée éclairée qui passait par le pont de Stangebrua, la clarté pâle des ampoules pâles de Hamar au petit matin. D'ici, la ville ressemblait à un trait fin de lumière tout en bas, au niveau du lac. Il aimait voir ça. Il s'était tou-jours plu ici, à Hjellum. Gerda, elle, ne s'y était jamais plu, le coin n'était sans doute pas assez « chic » pour elle. Oui, la gamine tenait ça de sa mère. Mais bon, elle était revenue passer quelques jours à la maison et il était bien décidé à ce que tout se passe bien. Pas de questions. Pas de conflits. Essayer de profiter un peu de ces rares moments ensemble. Il eut presque mauvaise conscience pour les quelques lignes griffonnées sur le message. « Heures supplémentaires. » Ce n'était pas tout à fait ça. Il sourit dans l'obscurité. Non, vraiment pas.

3

Il se mit au volant. La Hiace démarra au quart de tour. Elle n'était plus toute jeune, mais elle faisait encore parfaitement l'affaire. Aucune marque ne battait Toyota sur le plan de la fiabilité. Il avait souvent songé à changer de voiture, mais repoussait chaque fois à plus tard. Et voilà que Didriksen, récemment, avait remis la question sur le tapis : par l'intermédiaire d'un contact en Suède, il pouvait lui procurer à bon prix un véhicule d'occasion importé. Il faudrait voir ça. Il aurait les moyens de s'offrir cette nouvelle voiture grâce à Didriksen. Paul Didriksen, son employeur. Beaucoup de choses dans sa vie avaient changé en mieux pour lui depuis qu'il avait rencontré Didriksen. Mais la cerise sur le gâteau, c'était qu'il s'était débrouillé tout seul, comme un chef, sans Didriksen, pensa-t-il. Du coup, il se sentit de bonne humeur quand il s'engagea sur l'E6. Il appuya sur l'accélérateur.

Il sortit à la hauteur de Stange et continua vers l'est par la nationale 24, qui passait par Vallset et traversait la forêt en direction d'Odalen et Skarnes avant d'arriver à Kongsvinger. Cela prenait à peine une heure et demie par temps sec et sans circulation. Il avait tant de fois parcouru ces cent ou cent vingt kilomètres dans un sens ou dans l'autre qu'il ne faisait plus attention au trajet.

C'était de longues routes rectilignes, peu fréquentées, à travers des étendues de forêts où il fallait seulement faire attention à ne pas tomber sur un élan. Il n'était pas du genre à philosopher, mais cette route toute droite et dégagée ainsi que la monotonie du paysage environnant faisaient surgir chez lui des pensées qu'il tentait de chasser le reste du temps ; c'est pourquoi il gardait toujours une certaine vitesse pour arriver au plus vite, même s'il avait gelé la nuit et qu'une fine couche de givre recouvrait la chaussée là où la forêt était particulièrement dense.

Mais pas aujourd'hui. Aujourd'hui, il n'allait pas laisser des souvenirs importuns – problèmes de famille ou autres contrariétés – jeter une ombre sur sa bonne humeur. Aujourd'hui, il allait profiter du trajet pour regarder le paysage. Les pensées sombres se dissipèrent telle la brume matinale sur les marais. Aujourd'hui, il allait juste songer à ce qui l'attendrait une fois sa journée de travail terminée. Il avait rendez-vous. Avec une dame. Il avait fourré des vêtements de rechange dans son sac. Il avait l'intention de se renseigner sur les endroits agréables à Kongsvinger pour passer une bonne soirée. Ce soir, il allait sortir et faire la fête. Cela faisait des lustres qu'Arne Vatne n'avait pas pensé à ça : faire la fête. Tiens, et s'il écoutait un peu de musique ? Il alluma la radio de sa voiture, mais tomba sur le bulletin météo : « Aggravation de la situation, avec risques de chutes de neige dans l'après-midi… » Il éteignit le poste, maugréant presque contre lui-même ; il n'allait quand même pas s'emballer comme un jeune homme ! Mais son sourire continuait de contracter les muscles de sa mâchoire et, quand un geai traversa la route, il freina pour ne pas écraser le bel oiseau.

Kongssentret, tel était le nom du dernier centre commercial de Kongsvinger. Se dressant sur les rives de la Glomma, avec sa large façade en briques agrémentée de panneaux de bois de couleur naturelle et ses appartements de grand standing au sommet, ce bâtiment paraissait presque trop grand et trop élégant pour cette modeste ville sans cachet particulier. Il entendait les gens parler des beaux quartiers avec des maisons anciennes situées sur les contreforts de la forteresse, mais Arne Vatne n'avait jamais trouvé le moindre charme à ces maisons en bois un peu délabrées. En tant que menuisier, il ne voyait que des problèmes concernant ce genre d'habitations, toutes tordues et biscornues, avec des fissures dans le bois, un manque d'isolation et des fondations pourries. Kongssentret, c'était quand même autre chose, se dit-il en tournant et se garant près de l'aire de livraison des marchandises. Il devait avouer qu'il aimait travailler ici, dans des locaux si neufs que ça sentait encore la peinture dans les coins, au cœur des filiales de ces célèbres chaînes de magasins : Lindex, H & M, Intersport ; on avait l'impression d'être dans le coup, de suivre le mouvement. Surtout aujourd'hui. En passant, il jeta un regard sur les produits raffinés exposés dans la vitrine de la parfumerie et hésita un instant à acheter un petit cadeau, mais laissa tomber l'idée. Il n'y connaissait rien en maquillage. D'ailleurs, s'il voulait partir tôt, il ne devait pas perdre trop de temps car il avait pas mal de pain sur la planche. Il dut faire deux allers et retours pour chercher des outils et du matériel dans la voiture. Jusqu'ici il n'avait pas encore vu la trace du matériel commandé au Danemark : des lattes de hêtre et du contre plaqué pour faire des étagères. Les montants en aluminium étaient déjà en place. Cela aurait fière allure. Le magasin ne disposant pas d'une grande surface au sol, il était d'autant plus important d'utiliser les murs et la hauteur au maximum. Pour ce faire, il ne suffisait pas d'avoir étudié la menuiserie à l'école et c'est précisément cet autre aspect du travail qui lui plaisait. Travailler, ça empêchait de trop penser. Depuis qu'il s'était spécialisé dans l'aménagement des boutiques, les défis à relever se succédaient. Les commandes de boulot aussi, grâce à Didriksen.

Digital Dreams. Le logo était déjà en place. Bientôt les fines étagères rempliraient le moindre espace libre sur les murs ; il avait les plans. Il y aurait de la place pour les films, les jeux vidéo, les dernières innovations en matériel audio. Tout ce qui venait de sortir sur le marché, le *nec plus ultra*. Les hasards de la vie avaient conduit Arne Vatne à vivre avec son temps, lui qui avait cru ne plus avoir d'avenir après la faillite de l'atelier de menuiserie de Stange. Après le divorce. À présent, il allait de l'avant. Si l'atelier n'avait pas fait faillite, songea-t-il tandis qu'il perçait avec la plus grande minutie des trous dans les barres d'aluminium, il serait toujours à Stange en train de construire des escaliers, à l'heure qu'il était. Il espérait seulement que le chargement avec le matériel ne tarderait pas trop à arriver. Il avait l'intention de s'en aller aujourd'hui à quatre heures.

4

Il n'était pas tout à fait quatre heures et demie quand il traversa la frontière. Il ne devait pas aller très loin en Suède, seulement jusqu'à Charlottenberg, acheter de l'alcool au Systembolaget et peut-être passer par le supermarché ICA pour avoir quelque chose à grignoter. Il avait tout planifié minutieusement. Ce soir il prendrait son temps, pas question de se saouler à toute vitesse avec des vodka-Coca. Ce serait du vin. À savourer lentement. À vrai dire, il ne s'y connaissait pas trop en vin. C'était Gerda qui aimait le vin, qui n'arrêtait pas de dire qu'il faisait du bien aux femmes et que c'était autre chose que la bière, le cognac ou le whisky. Il n'y avait vu de sa part qu'une tirade de plus pour le duper. Mais ce soir il était prêt à essayer. Ce soir il allait faire les choses comme il fallait. Il n'était pas dans sa nature de tenter des expériences, mais tous ses scrupules s'étaient pour l'heure volatilisés.

La radio captait le programme du Hedmark. Il chantonna une mélodie qu'il connaissait. Il n'était pas de ceux qui savent emballer les femmes en un rien de temps. Dans ce registre, cela n'avait été qu'une suite d'histoires de désir qui se réveille, de gêne puis de déceptions. Des filles qui gloussaient en ayant l'air de bien

23

vouloir, mais qui ne voulaient pas quand il fallait passer aux choses sérieuses. Se vanter et mentir après.

Avec Vlasta, ça s'était déroulé différemment. C'était incroyable, cette sensation qu'il avait de la connaître alors même qu'ils s'étaient si peu parlé. Mais à quoi ça servait de beaucoup parler ? Pourquoi ne pas faire les choses simplement ? Il ne put s'empêcher de sourire tout en laissant ses doigts tambouriner sur le volant. Ah, il aurait dû avoir un lecteur de CD dans sa voiture. Un lecteur de CD ? Cela ne lui ressemblait pas. Rien de tout ça ne lui ressemblait. Ça ne lui ressemblait pas d'aller à Dressmann acheter une nouvelle chemise et de la garder sur lui après l'avoir essayée. C'était un nouvel homme au volant qui fredonnait une mélodie sortant de cette radio pourrie, tandis que la Hiace accélérait le long de cette grande route déserte en direction de la frontière suédoise.

À cette heure-là, il y avait pas mal de voitures au poste frontière de Magnor, mais pas un seul douanier en vue. Ils devaient être occupés à remplir les papiers pour faire passer les camions dont les moteurs tournaient à l'arrêt sur le parking. Il eut malgré tout l'estomac qui se serra légèrement quand il franchit le passage. Non pas qu'il fît quelque chose d'interdit en s'approvisionnant en Suède en vins et alcools selon le quota légal, mais les circonstances étaient aujourd'hui tout à fait particulières, et passer une frontière donnait davantage de poids à son geste. Tous ses sens étaient en éveil tant il attendait cette soirée. Après à peine quelques kilomètres parcourus en Suède, il pouvait constater qu'il était à l'étranger. Chalets peints en rouge, panneaux de circulation dans d'autres couleurs, largeur de chaussée différente, indications aux carrefours qu'il traversait : les ressemblances étaient évidentes et pourtant il y avait

à la base un tout autre plan d'urbanisme, un plan suédois. Il regarda les maisons, elles auraient pu passer
pour norvégiennes, mais elles n'étaient pas pareilles, les
fenêtres étaient situées différemment par rapport aux
portes, les boiseries et les encadrements n'avaient pas la
même forme, la gamme des couleurs était différente
– voilà qui sautait aux yeux à un homme du métier
comme lui. Même les habitations les plus délabrées
possédaient une grande véranda en verre. Tout cela stimulait son esprit, comme si ce qu'il voyait confirmait
qu'il se jetait à corps perdu dans l'aventure. Ce qui était
effectivement le cas, songea-t-il tout excité en tapotant
sur le volant : il se jetait à corps perdu dans l'aventure !

On passait la chanson *Crazy*. Il la fredonna. C'était
un air de sa jeunesse, un de ces airs parfaits pour tripoter sa partenaire que les orchestres jouaient tard le soir,
quand lui était malheureusement déjà trop saoul pour
danser. Cette fois c'était une chanteuse suédoise de
country qui revisitait cet air connu, et Arne Vatne le
reprit avec elle.

Une heure plus tard à peine, il était de retour avec ses
sacs de courses sur le siège avant. Il vit dans l'autre sens
une longue queue au poste frontière, mais presque personne n'allait dans la même direction que lui. Une fois
la frontière derrière lui, il ressentit une étrange excitation. Il avait acheté des bouteilles en plus, entre autres
de la vodka – ça pouvait toujours servir – au cas où elle
n'aimerait pas le vin. Il avait l'impression de revenir en
conquérant d'un voyage périlleux. Quel imbécile ! Il ne
put s'empêcher de sourire à nouveau. Fallait pas croire
qu'il était dupe de la situation. Elle n'avait pas cherché
à dissimuler quoi que ce soit et il n'était pas assez bête
pour s'illusionner lui-même. Mais, en un sens, cela
n'avait aucune importance. Pas ici, où la forêt s'étirait

sans interruption entre la Norvège et la Suède. En venant de Suède en Norvège, à cinquante mètres de la nationale, personne n'aurait pu dire où passait la frontière. Et lui qui avait trois-quatre bouteilles de plus dans un sac ! Quel sentiment de liberté ! Il se sentait de nouveau vivant. Il était resté bien trop longtemps dans son coin, telle une jument enfermée dans un box, voilà tout. Puis il aperçut le panneau. Peut-être qu'il y verrait plus clair après ? Que tout s'arrangerait par la suite ?

5

Le Fagerfjell Camping se trouvait tout près de la frontière, côté norvégien. Avec la nationale à moins de cinquante mètres et une haute forêt sur trois côtés, cet endroit plongé dans la pénombre, même sous un soleil d'été resplendissant, était singulièrement dépourvu de charme. Une fin d'après-midi d'octobre, sous un ciel s'assombrissant, avec des rafales de vent glacial annonciateur de neige, le chalet principal au toit bas ou l'alignement de petits chalets et les caravanes parquées ici et là au milieu des flaques d'eau sur un terrain couvert de gravier n'avaient vraiment rien d'attirant pour un conducteur normal. Personne n'a la frontière comme destination finale.

Mais c'était là qu'il allait. Ici, on le connaissait. Arne Vatne avait passé plusieurs nuits dans un de ces chalets les deux dernières semaines. Une bonne solution. À certaines périodes, quand il avait beaucoup de travail et devait faire des heures supplémentaires, c'était pratique de venir ici passer la nuit plutôt que de faire tout le trajet jusqu'à Hjellum pour rentrer chez lui. Bien sûr, il aurait pu dormir à Kongsvinger même, à l'hôtel Vinger par exemple – un endroit très couru par des gens en séminaire –, mais son employeur lui offrait un forfait pour la nuit et il avait trouvé le moyen de grappiller un peu d'argent en louant un chalet au camping plutôt qu'en prenant une chambre d'hôtel. C'est ainsi qu'il avait rencontré Vlasta.

Il était allé au chalet principal pour manger un morceau et elle était seule à une table. Elle avait l'air perdue, toute menue et trop légèrement vêtue pour un cadre aussi rude. Il s'était assis à l'autre bout de la salle. Il n'y avait personne d'autre. Au bout de quelques minutes, elle s'était approchée de sa table et lui avait demandé dans un anglais approximatif s'il pouvait l'aider avec le distributeur de cigarettes. Il avait vu qu'elle n'avait que des pièces suédoises et ses vaines tentatives pour lui expliquer la différence entre les monnaies suédoise et norvégienne avaient fini par les faire sourire tous les deux. Elle avait les cheveux noirs, un maquillage outrancier et sentait fort le parfum. Il commença à comprendre le genre de fille que c'était, mais il ne réagit pas dans ce lieu comme il aurait réagi près de chez lui. Au contraire, il ressentit une attirance, une sorte de violente curiosité, en tout cas un désir qu'elle reste là, près de lui, même après avoir eu son paquet de Marlboro. Soudain il l'invita à s'asseoir à sa table. Ici, dans la zone frontalière, il se sentait étrangement en sécurité. Ici, on était anonyme. Ici, on s'arrêtait, on buvait un coup, on mangeait un morceau, on allait aux toilettes. Ici, on satisfaisait ses besoins primaires et on poursuivait sa route. Il n'y avait rien ici pour vous retenir. Ici, il pouvait faire une pause d'une demi-heure en compagnie de qui il voulait. De toute façon, ils partiraient sans doute chacun de leur côté, avec cette frontière entre eux, un *no man's land* de forêt sur des kilomètres aurait tôt fait de le séparer de cette jeune fille étrangère frêle et trop maquillée qui portait un tee-shirt sur lequel *Pretty Baby* était brodé, avec des paillettes roses.

Elle voulait bien manger quelque chose, puisqu'il lui posait la question. Il lui acheta une glace. Elle la mangea comme si elle n'avait encore jamais mangé de glace avant et elle lui adressait un large sourire quand elle n'avait pas la bouche pleine. Il comprenait son petit jeu, comprenait qu'elle profitait de lui, mais il n'avait pas envie d'en tirer les conclusions qui s'imposaient. Il était tout simplement heureux de la voir assise là en train de manger et lui faire un large sourire en dévoilant ses petites dents d'enfant. Son visage avait des traits réguliers très différents de ceux qu'il connaissait : pommettes hautes, teint pâle, épaisse chevelure noire. Ses yeux en amande aux reflets marron étaient soulignés par du mascara noir. Il la trouvait incroyablement belle. Et cette constatation n'avait pas pour effet de l'exciter ni de lui faire peur. Pas maintenant. Pas ici. Au contraire, cela rendait les choses plus simples.

– *You are a kind man*, dit-elle après avoir repris une glace au chocolat.

Elle avait mis du vernis sur ses auriculaires, comme sa petite Anne le faisait quand elle avait dix ou douze ans. Un peu de glace brillait sur son menton. Tout dans cette fille le touchait.

– *Yes…*, dit-il en hochant la tête.

Il était d'accord. C'était vrai. Cela faisait longtemps, très longtemps qu'il ne s'était pas senti aussi gentil, aussi plein de bonté en présence d'une femme.

Mercredi. Il l'avait rencontrée mercredi, ça faisait deux jours. Hier matin, il était sorti un peu hébété de la caravane où elle vivait, pour arriver à l'heure au boulot, le corps courbatu et endolori après avoir dormi dans le lit étroit, mais également épuisé et comme étourdi par les sentiments inhabituels qui l'assaillaient quand il repensait aux heures qu'il avait passées en sa compagnie.

– *You will come back ?*

La masse sombre de ses cheveux était presque la seule chose qu'il voyait d'elle.

– *Yes...*

Il se tenait déjà dehors sur les marches et lui parlait sur le pas de la porte :

– *I come back. Tonight. We have a party.*

Mais il avait dû changer ses plans, car dans le courant de la journée il avait reçu un coup de téléphone d'Anne pour lui dire qu'elle passait à la maison, et il avait donc dû rentrer à Hjellum.

6

Mais maintenant il était revenu et ça allait être la fête.

La caravane de la jeune fille était la dernière dans la rangée la plus proche de la lisière de la forêt. Il se gara tout contre, dans l'espoir qu'elle entendrait la voiture et l'accueillerait en haut des marches, mais il ne la vit pas en sortant. Il alla frapper à la porte, mais personne ne répondit. Il frappa à nouveau. Aucune réaction, aucun son. Pas la moindre lumière à l'intérieur. Était-elle allée à la boutique ou à la cafétéria ? Il frappa une dernière fois, secoua la porte, sentit monter une inquiétude qu'il refusa d'admettre.

Rien ne bougeait à l'intérieur.

Dans la cafétéria, il n'y avait que deux routiers devant leur plat de viande hachée avec du gratin de chou. Personne à la boutique. Dehors, on entendait le bruit de la circulation sur la nationale en direction de la frontière. La nuit commençait à tomber. Le vent secouait les lampes extérieures. La forêt s'assombrissait autour du Fagerfjell Camping. Il retourna à la caravane en courant, cogna de nouveau à la porte et essaya de regarder par la fenêtre. À travers une fente du rideau, il aperçut l'intérieur familier. Des bouteilles vides et des verres traînaient sur la table. Le lit était défait comme si l'endroit avait été quitté à la hâte. Son cerveau refusait encore d'interpréter ces signes clairs. Il se précipita vers le chalet principal qui servait de bureau. Il était déjà venu ici, il connaissait la femme qui s'occupait des clients ; c'était une Suédoise corpulente, portant un poncho qu'elle avait tricoté elle-même, et aux cheveux d'un gris métallique qu'elle attachait en une longue natte assez lâche qui lui descendait dans le dos. « Birgitta Carousel », tel était le nom inscrit sur la plaque posée sur le comptoir.

– Salut, lança Birgitta.

– Je… cherche une de tes… clientes, bégaya Arne Vatne. Une femme, très jeune. Étrangère. Elle habite dans la dernière caravane…

– Toi aussi ? fit Birgitta en le regardant par-dessus ses lunettes. Eh bien, on peut dire qu'elle aura été demandée aujourd'hui ! Mais qu'est-ce que vous lui voulez tous, à cette pauvre pute russe ?

Elle avait rendu les clés en milieu de journée. Ou, plus exactement, celui qui était venu la chercher s'était chargé de ces formalités. Tout était en règle et la note avait été payée. Les femmes de ménage s'occuperaient de la caravane quand elles viendraient le lendemain matin, selon les termes de l'accord passé avec le propriétaire.

Ce qui voulait dire que le propriétaire, ce n'était ni la jeune fille ni l'homme qui était passé la prendre… Sa déception se traduisit par un sanglot étouffé au niveau du diaphragme. Il avait été un imbécile, il s'était fait avoir comme un bleu, et cette pensée provoqua chez lui un sentiment de colère plus fort que jamais. S'il avait été en mesure de réfléchir, il aurait compris qu'il valait mieux remercier Birgitta pour ses explications et se retirer sans faire d'histoires. Quoi qu'il dise et fasse, cela ne ferait que rendre son humiliation plus grande, son sentiment de honte plus profond et sa rage plus dérisoire. Il n'avait personne à qui s'en prendre, sur qui faire passer sa colère et se venger. Il ne pouvait s'en prendre qu'à lui-même et à sa bêtise insondable. Et pourtant il ne se décidait pas à quitter le chalet qui faisait office de bureau et qui sentait la cigarette, le vernis et la poussière brûlée sur le radiateur électrique. Il se jeta à l'eau et balança d'un coup une foule de questions à Birgitta, qui n'avait pas bougé de son comptoir : qui était cette fille ? Est-ce qu'elle avait laissé ses coordonnées ? Et l'homme ? Est-ce que Birgitta le connaissait ? C'était quelle sorte de type ? Il conduisait quel genre de voiture ? Nom ? Adresse ?

Birgitta lui jeta un regard compatissant. Elle ne pouvait lui fournir aucun des renseignements qu'il désirait, pas le moindre nom, pas la moindre adresse. La fille était arrivée accompagnée par un homme, il y avait une semaine environ. Elle n'aurait su dire si c'était le même homme qui était venu la rechercher, mais une chose était sûre : ils étaient tous les deux des étrangers. Pour elle, ils se ressemblaient tous. En tout cas, ce n'étaient pas des Noirs, mais pour le reste… Elle n'aimait pas les Noirs, c'étaient pas des gens propres sur eux, et autant dire que sur un camping c'était pas la joie de les avoir.

– Mais il existe bien un registre, insista Arne Vatne. Et le propriétaire, il est où ? Il faut bien qu'il sache à qui il loue ?

Le visage de Birgitta se durcit :

– Tu serais pas flic par hasard ?

– Non, bien sûr que non…

– C'est vrai que t'en as pas l'air… Mais tu comprends bien que je peux pas donner ce genre de renseignements à n'importe qui. Et un nom, ça t'avancerait à quoi, hein ? Il y a tellement de gens qui passent ici, certains ont des vrais papiers, d'autres des faux.

– Des faux ?

– Écoute, mon ami, lui répondit Birgitta Carousel, pas du tout désarçonnée par l'expression désespérée de l'homme en face d'elle, la prostitution est devenue illégale en Suède, mais elle ne l'est pas en Norvège. En tout cas, pas encore. Alors ces filles qui viennent de Russie, de Lituanie, de Bulgarie, enfin de tous ces coins-là, elles viennent toutes ici pour la même chose : dans un minimum de temps faire le maximum de passes pour le maximum d'argent. Si ça commence à sentir le roussi en Suède, il suffit de déplacer le business dans un camping de ce côté de la frontière et continuer les affaires ici, le temps que ça se calme. Je les inscris à leur arrivée, ils me rendent les clés en partant, et je leur demande seulement d'être discrets. Le reste, ça me regarde pas. Moi non plus, je suis pas flic. T'as compris, cette fois ?

Arne Vatne avait compris. Il chercha son portefeuille pour régler ce qu'il devait. Une chose était sûre : il ne pourrait plus jamais passer une nuit dans ce camping. Pas même une heure de plus. En posant les billets sur le comptoir, il revit les billets de cent qu'il avait laissés la veille sur la table de nuit dans la caravane surchauffée, non pas parce qu'elle le lui avait demandé, mais par bonté, parce qu'il avait eu envie de lui rendre un peu de ce qu'elle lui avait donné, envie de se montrer gentil et généreux à l'égard de cette jeune fille qui avait su le rendre si heureux. Il préférait voir les choses de cette façon. Il n'aurait su dire si c'était la colère ou le chagrin qui lui fit venir les larmes aux yeux quand il se retourna brusquement et sortit.

Dehors, les flocons de neige tourbillonnaient et le bruit feutré des pneus sur le bitume mouillé annonçait que le chemin de retour qui passait par Odalen et Vallset serait tout sauf une partie de plaisir.

7

– Des poulets ?

Le brigadier Jonfinn Valmann détacha à regret ses yeux de l'écran où s'affichait la liste des lieux d'hébergement à Karlstad.

– Des poulets congelés, rectifia le sous-brigadier Harald Rusten. Mais on a intérêt à se grouiller, car ils ne vont pas rester congelés longtemps.

– Attends, tu veux que toi et moi, on aille voir un poids lourd qui a versé dans le fossé dans le but de sauver son chargement de poulets congelés ?

– Il ne s'agit pas seulement de poulets.

La voix de Rusten était calme, ses manières toujours polies, sa crinière blanche lui donnait un air distingué qui inspirait confiance autant aux escrocs qu'aux collègues. Et il trouvait toujours les bons arguments pour se faire entendre. Il y avait rarement des problèmes quand il était de garde.

– Ah ?…

Valmann désirait seulement que son collègue s'en aille. Il avait d'autres préoccupations en tête : un weekend à Karlstad prévu depuis deux semaines. Enfin, ça allait se concrétiser. Pour des raisons particulières, cette ville moyenne au bord d'un lac dans le Värmland, en Suède, présentait infiniment plus d'attrait pour lui que

Hamar, cette autre ville moyenne au bord d'un lac dans le Hedmark, en Norvège.

– La patrouille a trouvé quelque chose qui semble être de la drogue. Des doses prêtes à l'usage. Vaudrait mieux y jeter un coup d'œil.

– Et le chauffeur ?

– Il a filé. On a appelé une patrouille avec des chiens.

Valmann soupira, se frotta les yeux et se pinça la racine du nez.

– Il n'y a personne d'autre qui brûle d'envie de s'occuper de cette affaire ?

– On est vendredi après-midi, expliqua Rusten avec un petit sourire, tu sais comment c'est…

– Oui, soupira à nouveau Valmann. Je sais, je sais !…

À une bonne quarantaine de kilomètres à l'est d'Elverum, en prenant la Trysilveien, ils tournèrent à droite au beau milieu de la forêt en direction de Lutnes. Encore une dizaine de kilomètres vers la frontière suédoise et le poids lourd, un vieux modèle Volvo immatriculé en Suède, gisait dans le fossé après avoir raté un virage. À cause du changement de temps, des plaques de verglas s'étaient formées sur cette route qui passait par la forêt, et le chauffeur – Valmann le constata au premier coup d'œil – ne s'était pas donné la peine de mettre des pneus neige. Ces pneus-ci étaient complètement lisses et n'assuraient plus aucune adhérence. Une broderie de rouille qui s'effritait bordait les jantes des roues ainsi que les portes à l'arrière. En cas de contrôle routier, le véhicule aurait été immobilisé. La carrosserie ne semblait pas très endommagée, mais la porte à l'arrière et celle du chauffeur étaient grandes ouvertes.

– Quelqu'un était pressé de foutre le camp, commenta Rusten. Et les poulets n'étaient visiblement pas ce qu'il y avait de plus urgent à sauver dans la cargaison.

En disant ces mots, il montra du doigt les caisses et les cadavres de poulets éparpillés sur la terre parmi les bruyères. Le reste remplissait à peu près la moitié de la remorque du poids lourd.

– C'est à croire que le camion a fait des tonneaux, grommela Valmann que la vue de ces poulets éjectés n'importe où mettait mal à l'aise.

– Ce dont je vous ai parlé est entre les sièges, tel qu'on l'a trouvé, précisa un des membres de la patrouille arrivée en premier sur les lieux.

– Voyons ça…

Valmann se pencha dans la cabine et sortit un papier plié de la taille d'un timbre. Avec ses gants, il le déplia et trois pilules bleu clair apparurent. Une enveloppe kraft coincée dans le rangement central contenait six autres sachets identiques.

– Ce doit être de l'ecstasy, lança Valmann à Rusten, ou des amphétamines. Ou je ne sais quel foutu produit dont on n'a même pas encore entendu parler.

– Je dirais plutôt des amphétamines, trancha Rusten qui avait perdu un peu de son air débonnaire. La chose me paraît assez claire : il en a pris en route pour ne pas s'endormir au volant. Je parie que la drogue vient directement d'Amsterdam. Il a chargé au Danemark les poulets congelés uniquement à titre de camouflage.

Valmann revint jeter un coup d'œil à l'intérieur de la remorque.

– Une douzaine de restaurateurs chinois et de vendeurs de kebabs dans l'Østland doivent se demander ce qui est arrivé aux poulets qu'ils ont commandés. Et pour le reste ?

Il poussa quelques caisses sur le côté, souleva le revêtement en caoutchouc du sol pour accéder au coffre de la roue de secours. Vide.

– J'en étais sûr…, marmonna-t-il.

– Effectivement, renchérit Rusten, c'était à prévoir. Ça m'a tout l'air d'un transport illicite d'alcool. C'est redevenu lucratif d'importer de l'alcool pur maintenant que les produits au méthanol ont détruit le marché pour les grands importateurs. On n'en est plus à poser le bidon d'alcool à même la table.

– Mais il a filé avec la came.

Valmann, dont le haut du corps restait penché à l'intérieur de la remorque, ouvrit les panneaux coulissants derrière lesquels on rangeait d'habitude les outils et le matériel de premiers secours.

– Il n'y a rien. Vous avez fait le nécessaire pour le remorquage ? lança-t-il au chauffeur de la patrouille. Bon, il faut faire venir les techniciens pour voir s'il y a des traces de drogue et savoir ce que transportait vraiment ce camion.

– Les services de secours Viking d'Elverum sont déjà en route.

– C'est bien. Décommandez la patrouille avec les maîtres-chiens. Ce type ne s'est pas enfui dans la forêt. On est venu le chercher. Ils sont toujours deux à se suivre pour passer la frontière, comme ça ils se préviennent en cas de pépin avec les douaniers.

– Dis donc, t'as travaillé avec la police des frontières ou quoi ? s'exclama Rusten avec un petit sourire. Ou est-ce parce que tu commences à bien connaître la route de Karlstad ?

– Mais de quoi je me mêle, bordel ! s'exclama Valmann en tapant du poing sur le toit de la voiture.

– Du calme, j'ai dit ça pour plaisanter ! répondit Rusten qui avait du mal à se retenir de rire.

– C'est juste que… j'ai en effet l'intention d'aller à Karlstad ce week-end, admit Valmann dans un sourire. Et voilà que je me retrouve près de Långflon, à moins de cinq kilomètres de la frontière, à moins d'une heure et demie de route de… Et je n'ai même pas pris ma brosse à dents ! J'aurais pu y aller directement et…

– Et tu aurais dû m'emmener avec toi, le taquina Rusten. T'es un vrai pote, j'adore le Värmland ! Mais peut-être que ça contrarie tes projets ?

– Allez, monte ! lui lança Valmann déjà au volant. Sinon je ne serai pas parti avant la nuit. C'est pas vrai, voilà qu'il se remet à neiger !

8

Arne Vatne ne se rendait plus compte qu'il conduisait. Il sentait seulement un cri qui n'arrivait pas à sortir. Enfin, n'y tenant plus, il frappa rageusement du
poing sur le volant et insulta les autres conducteurs :
ceux qui étaient trop lents, ceux qui oubliaient de baisser leurs feux de route, ceux qui le dépassaient pour
rouler ensuite à une vitesse d'escargot et éclabousser
son pare-brise de neige fondue. Il s'énervait souvent au
volant. Les mauvais jours, il était même prêt à enfoncer
la voiture devant lui s'il jugeait qu'elle ralentissait la
circulation ou à érafler la carrosserie d'un véhicule garé
à cheval sur deux places juste devant l'entrée du supermarché. Il fit des appels de phares à la voiture arrivant
en sens contraire, qui n'en avait rien à faire de l'éblouir :
« Enfoiré ! Espèce d'enculé… » Mieux valait encore se
défouler en lançant des jurons que sangloter comme un
bébé.

Soudain il dérapa et dut se cramponner au volant
pour redresser la voiture. Du fait de sa hauteur, la Hiace
tenait mal la route quand la chaussée était glissante.

Il tourna à droite vers Skarnes, s'engagea sur la
nationale 24, plus étroite, en direction d'Odalen. La
neige continuait à tomber. Ici, elle ne fondait pas. Les
traces noires des pneus s'étiraient devant lui en courbes

et virages à la douceur traîtresse. Il était furieux de ne pas avoir mis les pneus neige, furieux contre les essuie-glaces usés incapables de chasser les gros flocons qui se déposaient sur le pare-brise, furieux contre un poids lourd qui venait en sens inverse et l'obligeait à mordre sur le bas-côté de la route, car, pour peu que le sol fût détrempé, il s'enliserait. Il se concentra sur la conduite, sur l'adhérence des roues, sur les légers dérapages, sur la présence de plaques de verglas. Là-haut sur la colline, il faisait plus froid et les routes étaient verglacées, c'est sûr. Fallait pas compter sur ces enfoirés de la voirie pour saler la route un vendredi soir. Il s'en prenait à la terre entière pour éviter de penser. Éviter de s'en vouloir d'être tombé dans le panneau comme un imbécile. Éviter ce sentiment de perte et de vide.

Une fine couche de givre commençait à se former sur le pare-brise, c'était comme une sorte de brouillard qui s'épaississait à chaque mouvement d'essuie-glaces. Le système de dégivrage marchait très mal. Ces foutus essuie-glaces ne servaient à rien. Cette bagnole de merde était juste bonne à mettre à la casse… Il dut s'arrêter à un dégagement pour le bus afin de gratter le givre sur le pare-brise. Dans la pénombre, avec une vue réduite, c'était de la folie de rouler avec de la glace sur le pare-brise. Les doigts gelés, il racla en poussant des jurons. Il glissa dans la neige boueuse, tomba à genoux, sentit l'eau traverser le tissu. Il grelotta. Jura. Sanglota. C'était de sa faute. Tout. Quel idiot ! Fallait vraiment être un imbécile pour se faire avoir par une pute russe ! Avec sa foutue chatte de Russe ! Il se releva et se remit au volant. Le moteur au point mort continuait de tourner. Il se sentait épuisé, mais sa colère, elle, ne connaissait pas de baisse de régime. Il avait connu des périodes où la colère, cette ardeur froide et intense, était son seul

carburant et il sentait qu'il en avait besoin là, maintenant, pour continuer à conduire. Bref, continuer à
vivre… Comme si des hommes pouvaient vivre ici,
dans ce paysage désolé, ce patchwork de forêts noires et
de champs gris sans âme qui vive, où dans l'obscurité,
les silhouettes des rares maisons se penchaient sous des
nuages de grosse neige.

Il eut envie de tout laisser tomber. Il tremblait et frissonnait. Les jambes de son pantalon trempé se collaient
à sa peau. Malgré un brin de chauffage, la température
demeurait glaciale à l'intérieur. Il allait tomber malade
s'il traînait là encore longtemps et il ne pourrait pas se
rendre au boulot le lendemain, alors qu'il restait à peine
deux semaines jusqu'à l'ouverture du magasin. L'aménagement ne serait pas terminé à temps s'il ne venait
pas bosser et faire des heures supplémentaires. Digital
Dreams présenterait des étagères vides… Que dirait
Didriksen ? Il comptait sur lui, Didriksen. Il lui avait
parlé comme à un camarade alors qu'il était son
employeur, il avait loué son travail, l'avait pris sous son
aile, l'avait encouragé, conseillé. Lui n'aurait pas perdu
la boule à cause d'une pute russe toute maigrichonne. Il
serait remonté dans sa Mercedes et en route pour la prochaine fête ! C'était un gars qui savait vivre, Didriksen.

Il sortit la bouteille de vodka Absolut du sac plastique et but quelques gorgées. Ah ! ça brûlait la gorge,
mais ça réchauffait drôlement l'estomac. Ça soulageait
un peu. Les événements au camping n'avaient plus la
même importance, comme si ces scènes s'étaient dérou-
lées à distance, avec des protagonistes qu'il reconnaissait à peine. Depuis un certain temps il appliquait la
règle : boire ou conduire. Ça ne lui coûtait pas parce
qu'il n'avait jamais été un grand buveur – même s'il
avait pris le volant juste après que Gerda l'eut quitté.

Mais c'était il y a longtemps. Aujourd'hui, il se contentait de quelques bières quand il regardait le soir un match de foot ou un film à la télé. En revanche, là, maintenant, il lui fallait quelque chose pour enlever cette barre qui lui enserrait le front. Une gorgée pour atténuer la douleur externe aussi bien qu'interne. Ça lui faisait du bien de regarder mentalement les deux corps qui se soulevaient dans le lit étroit de la caravane, c'était comme dans une vidéo, une scène porno filmée par un amateur avec une image floue, instable, où une jeune fille mince comme un fil voulait bien de lui et acceptait de tout faire : *I teach you, darling*... Et le taureau qui se jette sur elle et l'empale. Par-dessus, par-dessous, au-dessus, au-dessous, sur le côté et par-derrière – ah, lui aussi, il lui en avait appris des choses, faut pas croire !

Allez, un dernier coup ! Puis il reboucha la bouteille. Ça suffisait maintenant. Il n'avait pas l'intention de rester dans le fossé avec la Hiace, en pleine forêt près du lac de Harasjøen un vendredi soir. Il enclencha une vitesse et s'engagea sur la route. Il se sentait à présent détaché de tout. Et d'abord de lui-même. Il ne pensa pas une seconde à son taux d'alcoolémie, de toute façon il n'avait jamais vu ni entendu parler de contrôle sur cette route. Et quand bien même ? Passer quelques semaines à l'ombre à Ilseng, ce n'était pas la fin du monde. Il parviendrait à intercaler ce séjour un peu particulier entre deux boulots. Clouer des palettes ? Pour quelqu'un comme lui qui était menuisier, c'était l'occasion d'augmenter la productivité. Non, un petit séjour en prison dans un pays comme la Norvège n'était au fond pas si désagréable que ça. On vous bassinait avec la « privation de liberté ». Mais de quelle liberté ? Quand il jetait un regard sur sa vie passée, avec ses devoirs et ses exigences, sa monotonie et sa routine, il se disait qu'il aurait tout aussi bien pu être en taule. Non, la « liberté », il ne savait pas vraiment ce que c'était.

Une grosse cylindrée qui roulait en sens contraire dérapa dans le virage et il dut s'écarter pour l'éviter, mais cela ne lui fit ni chaud ni froid. Il était ailleurs, au-delà de la colère et des injures. Il se borna à constater les faits. Une froide indifférence l'avait gagné, enveloppant ses sentiments dans une sorte de gangue. L'addition serait salée, pour sûr. Un jour il ferait les comptes et on verrait ce qu'on verrait !

9

– T'en as de la chance de te faire un petit week-end à Karlstad !

Rusten était d'humeur à bavarder. Ce qui lui arrivait souvent. Non pas qu'il fût un moulin à paroles et se montrât importun, mais c'était un homme au contact facile qui s'intéressait aux autres et aimait converser. Difficile de ne pas lui répondre.

– Sauf que j'ai encore un rapport à terminer avant de pouvoir m'en aller.

– Ah ?

Valmann était davantage intéressé par l'horloge sur le tableau de bord qui indiquait quatre heures moins le quart, ce qui signifiait qu'il ne pourrait pas partir avant cinq heures pour ce « petit week-end ». Quant au temps, il ne s'améliorait pas, au contraire. Ils n'avaient pas encore passé Elverum.

– Une triste affaire. Vol à l'étalage, tout ce qu'il y a de plus banal. Une fille qui a fait une razzia en allant de magasin en magasin pour piquer des produits de maquillage, des vêtements, des accessoires. Mais quand elle a essayé une paire de boucles d'oreilles chez Ola Myhre à Gullhjertet, sa petite virée s'est arrêtée là. On l'a interpellée dans la rue piétonne. Une étrangère, bien sûr. Pas de papiers. Elle vient probablement des pays de

46

l'Est. Ukrainienne, à ce qu'elle dit. On a cru comprendre, vu son mauvais anglais, qu'elle souhaiterait rester en Norvège. C'est même la première chose qu'elle a dite quand on l'a arrêtée : elle voulait faire une demande d'asile. Faire du vol à l'étalage aussi systématique dans la rue piétonne de Hamar, c'est pas vraiment l'idéal quand on veut demander l'asile !

– C'est du vol organisé ? demanda Valmann dont l'intérêt s'était éveillé.

Jusque dans ce coin paisible du Hedmark, il l'avait vue venir… cette criminalité organisée, une des grandes menaces, un des effets pervers de la mondialisation, « un des plus grands défis que nos démocraties occidentales ont à relever dans ce nouveau millénaire », selon les termes employés par plusieurs journalistes. La question l'intéressait, le rebutait, l'effrayait. Oui, la criminalité en tant que multinationale, qu'il s'agisse de pickpockets, de trafiquants de drogue, de souteneurs ou de trafiquants d'armes, la criminalité qui opère sur les grandes places financières du monde, dans des *penthouses* bien gardés à Manhattan, dans le confort hermétique d'un jet privé… comme dans l'arrière-salle d'une boîte de strip-tease à Riga. Un potentiel économique incommensurable. Un potentiel de souffrance humaine incommensurable.

Il essaya de chasser ces pensées, regarda les flocons de neige tourbillonner et sentit que l'hiver jetait son grand manteau froid et mouillé sur sa bonne humeur en cette fin de semaine. Leur dernière rencontre remontait à deux semaines. Deux semaines de désir et de manque – de besoin fou d'intimité et d'amour. Non, pas question de laisser les petites contrariétés du boulot gâcher ce qu'il avait espéré et attendu si longtemps : un week-end avec Anita.

Cela faisait plus de trois ans qu'il était veuf quand elle était entrée dans sa vie. Après la mort de sa femme, il avait réussi à faire face, à continuer à travailler, à laisser de côté toute vie privée. Mais à l'arrivée d'Anita la façade s'était fissurée. Il s'était senti comme une épave délabrée dont les émotions et les besoins enfouis remontaient soudain à l'air libre. Il aurait aimé se moquer de lui-même, mais cette histoire était sérieuse, sacrément sérieuse, même si aucune parole définitive n'avait été prononcée entre eux. Aucune déclaration. Aucune promesse qui eût été lourde de conséquences. Ce n'était plus comme ça, la vie amoureuse aujourd'hui. On la vivait, c'est tout...

– Non, cette fille n'était vraiment pas une pro, continua Rusten, on avait plutôt l'impression qu'elle faisait tout pour qu'on l'arrête.

– Comment ça ?

– Elle a enfreint toutes les règles de base du métier : elle s'est placée juste sous les caméras de surveillance chez Lindex, a poussé des produits cosmétiques directement dans son sac rouge, est ensuite allée dans une cabine d'essayage où elle a enfilé trois couches de vêtements sous sa veste, puis elle s'est rendue dans la bijouterie à côté. Dès que Myhre a eu le dos tourné pour sortir un nouveau présentoir avec d'autres bagues et bracelets, elle a filé en emportant les boucles d'oreilles qui lui avaient plu. Non, ce n'était vraiment pas une pro. En tout cas, pas du vol à l'étalage...

– Tu veux dire que c'était une pro dans un autre domaine ? demanda Valmann presque à contrecœur.

Il n'aimait pas la tournure que prenaient les événements.

– Oui, ça paraît assez évident, vu son *look*. Je veux dire ses vêtements, ses cheveux...

Rusten préféra ne pas en rajouter. Il n'aimait pas les allusions trop appuyées.

– Attends, tu essaies de me dire qu'une putain russe a trouvé malin de faire une razzia dans les boutiques de Hamar ?

Valmann soupira profondément et constata que la neige tombait de plus en plus dru. Ça allait être l'enfer sur la route jusqu'à Karlstad.

– Mais pourquoi, Rusten ? Un vendredi d'octobre. Accumuler les maladresses pour se faire arrêter tout de suite. T'as une idée pourquoi elle a fait ça ?

– Justement, pour être sûre de se faire interpeller, répéta Rusten. En d'autres termes, ce n'est pas nous qui avons lancé des recherches pour la retrouver, c'est elle qui nous a trouvés. Elle faisait le pied de grue devant la bijouterie en nous attendant, alors qu'elle aurait parfaitement pu aller au pub, descendre aux toilettes pour se débarrasser des marchandises et ressortir. Auquel cas c'eût été une autre paire de manches... Mais non, la fille – je devrais d'ailleurs dire la jeune fille – traînait à l'extérieur du pub, comme si elle était sortie fumer une cigarette avec les autres. Sauf qu'elle ne fumait pas. Et avant même de la faire monter dans le fourgon, elle a bafouillé et demandé l'asile. Elle avait l'air d'avoir pas mal bu aussi.

– Encore une de ces pauvres filles, soupira Valmann.

– Apparemment, renchérit Rusten, un peu abattu à cause du temps ou de cette histoire. Qu'est-ce qu'on va faire avec toutes ces filles ?

– Ah, bordel ! s'écria Valmann qui faillit donner un coup de poing dans le tableau de bord. Au fait, tu ne peux pas faire marcher les essuie-glaces plus vite ? Je ne vois presque rien.

10

Par chance, il y avait peu de circulation. Il arrivait à manœuvrer la lourde Hiace sur la chaussée rendue glissante, mais les voitures qui l'aveuglaient en sens inverse lui faisaient perdre facilement sa concentration. Le vent s'était levé. La neige devenait plus épaisse à l'intérieur de la forêt et recouvrait toute la route. Ses phares avant éclairaient cette boue neigeuse et il avait de moins en moins de visibilité. Il passa devant le panneau indiquant la ferme-auberge de Malungen et se demanda un instant s'il ne ferait pas mieux de s'arrêter pour gratter le givre sur ses phares. Il aperçut alors un rayon de lumière au bout d'un long virage courbe. Mais l'autre voiture n'alla pas dans sa direction. Quand il sortit du virage, il vit que l'avant du véhicule était dirigé vers la forêt et que ses phares projetaient un cône de lumière sur la cime des sapins. Un pauvre diable avait roulé dans le fossé et ne pouvait pas sortir la voiture de là tout seul. Puis il aperçut une silhouette à côté du véhicule qui se précipita sur la route en agitant les bras : une femme. Il n'avait guère réduit sa vitesse, et pourtant il avait l'impression de s'approcher comme dans un film au ralenti. Une femme vêtue d'un anorak au col en fourrure, d'une jupe courte et de bottes noires et brillantes se tenait au milieu de la chaussée et faisait des signes désespérés pour qu'il s'arrête. Une femme de petite taille et assez malingre. Une gamine. Elle était tête nue. Les cheveux sombres, mi-longs, qui volaient au vent. Mais c'était…

Il la reconnut.

Non ! il ne pouvait pas en avoir la certitude, mais lors de ces interminables minutes tandis qu'il se rapprochait d'elle, tout correspondait : la chevelure, le visage large si peu scandinave, la silhouette menue, la jupe courte, les longues jambes, les vêtements de pute ici en pleine tempête de neige… En une fraction de seconde, les images se bousculèrent dans sa tête : il savait qu'elle était partie en catastrophe avec un ami, un protecteur, quel que soit le nom que ces femmes donnaient à leurs maquereaux, et voilà qu'elle se retrouvait dans le fossé. Si ce n'était pas elle, c'était sa sœur. Ou une autre du même genre. Impossible de voir la différence. Des putains russes. Des putains russes le long de la route même jusqu'ici, dans la vallée d'Odalen, en octobre, en pleine tempête de neige. Il avait entendu parler de cette technique : rouler dans le fossé et faire signe à un pauvre imbécile qui passe. Une fois qu'il s'arrête, le comparse surgit derrière le talus, frappe le malheureux et lui prend son portefeuille, sa montre et sa voiture. C'est vite fait. Mais cette fois il ne serait pas dupe. La fille était tombée sur quelqu'un qui ne faisait pas ce qu'on attendait de lui, en tout cas plus maintenant. Il appuya sur le champignon, laissa la Hiace se déporter dans le virage et lui foncer dessus. Si elle ne voulait pas se faire écraser, elle avait intérêt à se pousser, et vite. La neige boueuse qui giclait sur le pare-brise brouilla les traits livides de son visage. Les doigts griffaient l'air, le corps se déplaça, mais les mains continuaient de le supplier. La bouche était ouverte, pourtant il n'entendait pas un son. Il entendit seulement que la Hiace érafla la carrosserie arrière de la voiture accidentée qui empiétait sur la chaussée. Mais n'y avait-il pas eu un léger heurt juste avant ? N'avait-il pas touché quelque chose de plus mou qui s'appuyait contre la carrosserie ? Impossible à dire. Il parvint à redresser la Hiace et à sortir du virage, avec la plaine et les collines déboisées d'un côté, où la neige était d'une blancheur effrayante, et de l'autre côté une ouverture dans la forêt, une cour de ferme, de la lumière. Y avait-il des hôtes à Malungen aussi tard en automne ? En tout cas, il n'y avait pas un chat. Pas de circulation. Pas de témoin.

Surtout ne pas se retourner…

Il s'obligea à fixer la route pour rester sur la chaussée. Voir aussi si une voiture venait en sens inverse – quelqu'un pourrait par la suite faire le rapprochement entre lui et l'endroit. Une personne renversée par une voiture. Un accident. Aucune lueur dans le rétro. C'était elle, il en avait maintenant la certitude. Encore que… En tout cas, ç'aurait très bien pu être elle. Avait-il oui ou non percuté la fille ? Ce choc moelleux, cotonneux, s'était-il vraiment produit ou était-ce le fruit de son imagination ? L'avait-il renversée ou avait-il seulement souhaité le faire ? L'avait-il effleurée, à peine touchée ? L'avait-il fait exprès ou était-ce un hasard malencontreux, un accident ? Un dérapage sur cette chaussée dangereuse ? Il ne savait pas et ne le saurait jamais avec certitude.

Vlasta !

Elle gisait peut-être par terre. Blessée.

Eh bien, elle n'avait qu'à rester par terre. Les pensées qu'il s'imposait à lui-même grinçaient autant dans sa tête que ses mâchoires qu'il serrait fort. Qu'elle reste là où elle était, la pute. Il devait forcément y avoir quelqu'un pour s'occuper d'elle. De toute façon, il y avait toujours eu quelqu'un derrière elle.

Allez, il n'allait pas en faire tout un plat…

Il dérapa dans les virages qui suivirent et regarda dans le rétro. Ils étaient hors de vue, elle et le véhicule. Il n'y avait plus que lui et la forêt. Même pas de vagues silhouettes tellement il neigeait. Rien que les cimes des sapins éclairées par les phares et une clarté pâle en provenance de la cour de l'auberge. Pas de créature paumée sur le bord de la route…

Et quand bien même…

Fais gaffe ! se dit-il. Ce n'était pas le moment de relâcher sa vigilance. Pas le moment de craquer. Fais gaffe à cette foutue putain et son souteneur. Il devait être en train d'enlever la neige de ses chaussures en croco, ils étaient pleins aux as, ces gars-là. Et ces idiotes naïves travaillaient pour leur donner l'argent et enchaînaient les passes… Merde et merde ! jura-t-il en assenant un coup de poing sur le volant. Son indifférence de façade qui l'avait protégé jusqu'ici se lézardait. L'alcool n'agissait plus tout à coup. Il faillit tendre la main vers la bouteille, mais se ravisa. S'il versait dans le fossé ou s'il y avait un contrôle routier dans la région ce soir, il serait dans de beaux draps. Il se sentait mal, il tremblait. Il tendit malgré tout le bras, sortit la bouteille du sac plastique et la coinça entre ses cuisses pour dévisser le bouchon. À la tienne ! Ça lui réchauffa les oreilles. Il l'avait bien mérité. Il en avait besoin. À la tienne, Arne ! Il avait maîtrisé la situation, en ce qui le concernait. Quant au sort des autres, ça n'était pas ses oignons. Il vit tout au loin des phares arriver en sens inverse. Il ralentit et reboucha la bouteille. Du calme, il s'agissait maintenant de rouler bien sagement. Il aperçut un chemin forestier juste devant lui. Il tourna et roula quelques mètres avant d'éteindre les lumières. Trente secondes plus tard, la voiture passa derrière lui dans un nuage de neige.

11

Il était presque six heures quand Jonfinn Valmann put enfin se mettre en route et s'engager sur l'E6 en direction du sud. Le chemin du retour avait pris du temps vu les conditions météo et le flot de voitures en sens inverse à cause du week-end. Il avait demandé à Rusten de se charger du rapport, mais, malgré tout, il fallait vérifier certaines choses et passer quelques coups de fil. Être sûr, par exemple, qu'un technicien de l'identification criminelle serait là quand on remorquerait la Volvo. Tout prenait du temps. Il n'avait même pas pu trouver cinq minutes pour prévenir qu'il serait en retard, c'est seulement une fois au volant qu'il composa le numéro. Mieux vaut tard que jamais. La sonnerie avait un son grêle et mécanique dans le haut-parleur. Au bout d'un moment, elle répondit enfin.

– Allô ? C'est moi, dit-il.

– Ah, c'est toi…

– J'espère que tu n'étais pas dans la baignoire ? fit-il sur un ton qui se voulait léger et insouciant.

Il faisait de son mieux pour se sentir précisément léger et insouciant.

– Non, en fait je suis encore au boulot.

– À cette heure-ci ?

– J'allais partir justement.

– Dans ce cas, c'est pas trop grave si je suis en retard ?

– Tu seras en retard ?

– Oui, un travail pourri m'a pris tout l'après-midi. Je ne serai pas là avant neuf heures. Rappelle-moi que je dois te parler de poulets congelés.

– De poulets congelés ?

– Tu verras, c'est dans ton rayon.

– Si tu le dis…

Il ne sut quoi ajouter. Ils n'en étaient plus au premier stade, lorsque la moindre intonation, la moindre nuance était scrupuleusement analysée et décortiquée. Du moins, il l'espérait… Il n'avait jamais été bon au téléphone.

– Tu sais, reprit-elle après une courte pause, ce n'est pas plus mal au fond. Je voulais te proposer de changer un peu nos plans.

– Ah ?

– On m'a envoyée à Arvika pour travailler avec un collègue. Alors, tant qu'à faire, on pourrait se rencontrer ici. On ne peut pas comparer avec Karlstad, mais ce serait plus pratique.

– Arvika ? OK. Pas de problème. Ça nous fait presque gagner une heure.

– Exactement. On pourrait se rencontrer à l'hôtel Oscar. Il est très agréable et a un bon restaurant.

– Va pour l'hôtel Oscar.

– C'est dans le centre-ville. Tu ne peux pas le manquer. C'est là que je vais résider toute cette semaine.

– Alors je viens chez toi ?

– Oui, c'est ça l'idée. À moins que tu n'aies des objections…

Elle avait dit ces derniers mots avec cette voix douce et caressante qui lui avait tant manqué.

– Euh, non, je ne vois pas…

Il aurait aimé trouver les mots pour exprimer sa gratitude pour sa sollicitude, son initiative, mais tout ce qu'il dit fut :

– Il neige là-bas ?

– Je crois que les premiers flocons viennent de tomber.

– Comme ici. Il faut vraiment faire attention à la route…

– On n'a qu'à dire entre huit et neuf heures, trancha-t-elle pour couper court aux considérations météorologiques.

Il avait appris à ne pas se formaliser de cette façon qu'elle avait de mettre les problèmes à plat et prendre les choses en main.

– Oui, si je ne finis pas dans le fossé.

– Ne fais pas ça, Jonfinn, glissa-t-elle avec son autre voix, celle qui faisait de ce trajet en voiture un voyage en terre promise.

– Compte sur moi, répondit-il en prenant la sortie près de Stange.

La nationale 24. Il venait de passer le virage en angle droit au bout du lac de Harasjøen et se dirigeait vers la vallée d'Odalen. Cette partie du trajet qui traversait des zones désertes lui aurait permis, en temps normal, de relâcher un peu la pression. Mais il neigeait tellement qu'il voyait à peine la route et que la chaussée était vraiment dangereuse. Ah, quel temps de chien ! Heureusement, peu de circulation.

Il était si heureux de retrouver Anita. Au fond, ce n'était pas si mal comme arrangement. Bien sûr qu'elle lui manquait toute la semaine, mais ils avaient eu le temps d'en faire l'expérience sur de courtes périodes et

57

reconnaissaient que ce n'était pas idéal de travailler ensemble à Hamar pour deux flics qui « ont une relation sur le plan privé », selon les termes qu'avait employés Gjertrud Moene en proposant à Anita d'être mutée au poste de police d'Eidskog.

Pour la plupart, une mutation à Eidskog équivalait à être rétrogradé, mais la nouvelle organisation faisait que tous les policiers du Hedmark, où qu'ils soient en poste, dépendaient de l'administration centrale à Hamar. Et la police d'Eidskog avait la réputation dans le milieu de bien travailler et d'avoir de bons résultats. Loin d'être une villégiature au fin fond d'une bourgade frontalière, l'équipe d'Eidskog menait une lutte très active contre la criminalité organisée liée à la frontière. Anita s'intéressait beaucoup, entre autres, à cette forme de criminalité. Elle avait d'ailleurs été détachée le mois dernier en Suède, auprès de la police du Värmland. Il s'agissait de mettre sur pied un projet de coopération entre les polices norvégienne et suédoise. Pour l'instant, on n'en était qu'aux prémices et on rassemblait les propositions de chacun, mais l'idée était d'intensifier la lutte contre la criminalité transfrontalière. Le cas du camion avec les poulets en était une parfaite illustration. Il faudrait qu'il lui en parle, elle pourrait certainement lui donner des tuyaux pour ce genre d'affaires, songea-t-il gaiement, puis, à la réflexion, moins gaiement, car comment remonter la filière de ces types qui passaient la frontière avec des poulets et qui en profitaient pour introduire un peu de drogue ? À moins que ce ne soit le contraire : un passeur qui dissimule le trafic de drogue avec une cargaison de poulets ? En tout cas, lui et ses complices s'étaient volatilisés dans la nature et Valmann se retrouvait avec un vieux poids lourd Volvo sur les bras, quelques grammes d'un produit stupéfiant et peut-être autre chose que les techniciens de la police scientifique trouveraient – à supposer qu'ils trouvent quelque chose.

Il n'aperçut le véhicule dans le fossé et le corps sur la chaussée qu'une fois engagé dans le virage, et il dut freiner à mort. La voiture dérapa et se mit en travers de la route avant de s'immobiliser. Il vit tout de suite que c'était une femme et, en s'approchant de la victime, il eut la certitude qu'elle était morte. Une fine couche de neige la recouvrait déjà comme pour ensevelir son corps gracile. Son visage qui ne faisait plus fondre la neige avait une pellicule de givre. Il flottait sur ses traits quelque chose d'irréel, de fantomatique. Sa chevelure noire et épaisse qui semblait encore pleine de vie autour du visage de cire ressortait sur toute cette blancheur, et le filet de sang qui avait coulé de la tempe jusqu'à la joue était d'un rouge à l'éclat presque immatériel.

Blanche-Neige, pensa-t-il pour résumer sa première impression, toujours si importante dans le cadre d'une enquête. Blanche-Neige dans son cercueil de neige… Mais le corps gisait dans une position tordue qui détruisait l'esthétique de l'image.

Il s'était laissé emporter quelques secondes seulement, mais il s'en voulut. Ce corps appartenait à un être de chair et de sang, à une très jeune femme qui était morte. Tuée, sans l'ombre d'un doute.

Il eut beaucoup à faire dans les minutes qui suivirent : appeler les renforts, courir deux cents mètres en arrière pour installer le triangle rouge de signalisation. Puis avancer sa voiture et la placer bien en travers de la route, tous feux allumés. Pourvu qu'il y ait une patrouille pas trop loin pour barrer la route et interdire l'accès aux éventuels curieux ! Enfin passer un coup de fil à Anita pour la prévenir qu'il aurait encore plus de retard. Et cette foutue neige qui n'arrêtait pas de tomber et effaçait toutes les traces sur les lieux.

12

Arne Vatne franchit le portail et dut s'arrêter net car une énorme BMW flambant neuve était stationnée devant la porte de son garage. Après la première réaction de panique, il se raisonna : impossible qu'on soit déjà sur ses traces. Il avait croisé trois, quatre, disons six voitures, mais aucune à proximité de Malungen. En outre cette voiture n'avait rien qui la signale comme étant un véhicule de police. Au contraire, il y avait un médaillon et toutes sortes de bricoles accrochées au rétroviseur. Non, ce n'était pas le genre des flics de Hamar de décorer leurs BMW comme ça, à supposer qu'ils aient les moyens de s'en payer une.

Il se sentait vanné. Les derniers kilomètres qu'il avait dû faire sous la neige avec une chaussée glissante avaient eu raison de la colère et de l'agitation qui l'avaient fait s'enfuir du lieu de l'accident. Et ce n'était certainement pas d'avoir bu la moitié de la bouteille de vodka qui l'aidait à voir plus clair dans les événements de la soirée. Avoir de la visite maintenant, c'était le bouquet. Et quelqu'un avec une grosse BMW en plus ! Il ne connaissait personne avec une voiture comme ça. Didriksen conduisait des Mercedes. Il comprit que ce devait être Anne qui avait de la visite. Il n'avait même pas eu le temps de penser à sa fille. Il n'arrêtait pas de se dire qu'il avait renversé quelqu'un – enfin, peut-être. Un malheureux concours de circonstances… La peur d'être démasqué l'emportait sur cette pensée intolérable : il avait dû heurter la jeune fille qui s'était précipitée en criant sur la route, les mains jointes comme dans une prière. Cette fille restée par terre dans la neige et qu'il n'avait pas secourue, s'il était honnête avec lui-même, n'était-ce pas ?… Ça ne servait à rien de se dire ça. Il valait mieux se concentrer sur ce qu'il savait avec certitude : il avait éraflé la voiture accidentée, voilà ce qui s'était passé. Est-ce que quelqu'un l'avait observé ? Reconnu ? La neige boueuse recouvrirait de toute façon les traces. Encore que… Le problème, c'est que sa voiture devait avoir laissé une marque sur l'autre voiture. La carrosserie de la Hiace n'était pas impeccable non plus, mais bon.

Il sortit d'un bond, retrouva son équilibre et se pencha pour inspecter la voiture. Il y avait effectivement une marque en dessous du phare avant, mais c'était léger. Une bosse et une petite éraflure. Plus une rayure le long de la carrosserie à l'avant, qui en avait déjà plein. Bref, trois fois rien, constata-t-il, soulagé. Rien sur la porte coulissante ou derrière sur le côté droit, où il pensait avoir peut-être heurté la jeune fille. En tout cas, dans cette pénombre il ne voyait rien de spécial. Il lui avait pourtant bien semblé toucher quelque chose… Il avait entendu un coup sourd sur le côté et senti comme un corps s'affaisser… Non, impossible à déterminer. Debout, il chancelait à présent, comme si ses membres renvoyaient l'écho de tous les mouvements de la voiture. Il frissonna, mais c'était parce qu'il était dehors en plein vent, épuisé et les jambes du pantalon mouillées. Il retournait chez lui, et voilà qu'une voiture inconnue lui bloquait l'accès à son garage ! maugréa-t-il, un peu saoul et gelé jusqu'aux os. Il regarda sa porte d'entrée.

Il n'avait aucune envie de franchir cette porte. Qui donc était venu rendre visite à Anne ? Il n'avait envie de voir personne, peu importe qui c'était, il s'en foutait royalement. Il se sentit comme un intrus dans sa propre maison. Un comble ! Il se rappela comment c'était de revenir chez lui du temps où sa fille collégienne puis lycéenne organisait des fêtes, et de sentir qu'on dérangeait – un mélange de solitude, de colère et d'angoisse : qu'est-ce qu'ils foutaient là-dedans en son absence ? Avait-il vraiment envie de le savoir ? Quand le laisserait-elle entrer ?

Il restait à côté de la voiture inconnue et n'arrivait pas à faire les quelques pas jusqu'à la porte, à l'ouvrir et à entrer.

– Salut, papa. Qu'est-ce que tu fais dehors ?

C'était bien la voix de sa petite Anne. Elle avait surgi sur le perron et l'appelait. En souriant. C'était un sourire pâle, pour ainsi dire desséché, mais un sourire tout de même. Son retour ne tombait peut-être pas aussi mal qu'il l'avait cru.

– Alban se demandait s'il devait déplacer la voiture pour que tu puisses mettre la tienne au garage.

Alban. Drôle de nom. Étranger, forcément. Un autre prénom étranger lui trottait dans la tête, venant d'on ne sait où : Vlasta. Vlasta qui était partie sans un mot. Vlasta qui, c'est sûr, avait un souteneur qui la conduisait de camping en camping, de motel en motel, d'un appartement à l'autre où elle se prostituait pour lui. Vlasta – car c'était elle, il en mettrait sa main au feu ! – qui gisait à présent comme un petit tas inerte sur la chaussée, dans la neige, du côté de Malungen…

– Mais qu'est-ce que tu as, papa ?

– Oui…, finit-il par répondre. Pourquoi pas ? Autant rentrer la voiture au garage.

Peu après, un homme apparut sur le seuil à côté d'Anne. Assez grand, brun, un air étranger sans qu'il puisse mettre le doigt sur ce côté « étranger ». C'était peut-être à cause de son apparence si soignée et élégante. Il devait avoir la trentaine.

– Bonjour, dit-il avec un salut de la tête en passant devant lui. Si tu avançais un peu, je pourrais faire marche arrière et me garer sur le trottoir.

De l'or partout : aux doigts, aux poignets, au cou où la chemise ouverte laissait briller une chaîne. Il parlait avec un léger accent suédois. Cela n'avait en soi rien d'exotique ni d'extraordinaire, mais Arne Vatne restait sur ses gardes. Il restait toujours sur ses gardes face à des étrangers. Il lisait les journaux. Il savait tous les emmerdements qu'ils causaient, ces étrangers qui débarquaient avec leur smala et demandaient l'asile politique. Et ces Norvégiens crédules les accueillaient sans filet de sécurité, sans faire le moindre tri pour éliminer les voyous et les renvoyer sur le premier bateau. « Regroupement familial » qu'ils disaient ! C'est comme ça qu'on se faisait baiser.

Il n'avait plus froid. Il bouillait de nouveau de colère. L'homme se mit au volant et la BMW démarra avec un bruit de moteur à peine audible. Un moteur six cylindres bien entretenu, de qualité allemande irréprochable, débitait sous l'imposante carrosserie sa puissance veloutée, toute en sensualité. Il s'assit donc dans la Hiace et tourna la clé de contact. Le moteur diesel émit un gros claquement et les vibrations secouèrent toute la voiture. Le voyant de niveau d'huile s'alluma, cela faisait longtemps qu'il aurait dû changer l'huile. Il avança de quelques mètres, alors qu'il mourait d'envie de faire marche arrière et d'enfoncer l'avant de la grosse BMW qui passait derrière lui en reculant. Arne Vatne avait toujours trouvé louches les jeunes types qui roulent dans ce genre de bagnoles. Alors si en plus ils étaient bruns, les cheveux plaqués en arrière, ne parlaient pas bien la langue et faisaient la cour à sa fille !

Anne se tenait toujours sur le perron. Elle semblait ne pas remarquer le froid et la neige, elle l'observait avec attention comme si elle guettait une réaction de sa part. Il trouva qu'elle avait une petite mine, déjà qu'elle n'était pas bien grosse… Oui, éclairée par la lampe extérieure, elle paraissait encore plus maigre et pâle, et son sourire lui parut forcé. Il dut faire un pas de côté pour retrouver l'équilibre et se demanda si elle lui ferait une remarque sur son état, sur le fait qu'il était mouillé et offrait un triste spectacle… Mais non, elle semblait avoir de tout autres préoccupations.

– Mais, papa, je ne t'attendais pas avant demain, moi !

Ce qui était vrai. À en croire le mot qu'il lui avait laissé sur le plateau du petit déjeuner, ce mot rédigé dans un moment d'euphorie où il avait cru que sa vie allait prendre un nouveau tournant. Et elle, bien sûr, en avait profité pour s'offrir du bon temps à la maison avec ce musulman couvert d'or. Vatne était persuadé que cet homme grand et brun, au visage régulier et aux cheveux bien coiffés, était musulman. Il n'y avait que des musulmans pour suspendre des babioles aussi bon marché derrière le pare-brise d'une BMW série 5.

– Non, je… Il y a eu un changement. Je… euh… j'ai terminé plus tôt que prévu.

– Il n'y a pas de problème. Du coup, ça te donne l'occasion de rencontrer Alban. On se connaît depuis quelques mois.

Elle le présentait comme s'ils étaient déjà fiancés. Il eut encore moins envie de faire connaissance avec cet homme.

– Belle voiture…

Il avait seulement envie qu'on lui foute la paix. Qu'il puisse rentrer chez lui, enlever ses vêtements trempés, se coucher, enfouir sa tête sous la couette et surtout dormir – d'un sommeil sans rêves.

– Oui, les affaires d'Alban marchent bien. Il est fleuriste, en fait. Lui et son cousin tiennent d'ailleurs un magasin à Kongsvinger, dans un centre commercial. The Jungle. Tu l'as peut-être vu ? C'est bien toi qui m'as dit que tu travaillais là-bas en ce moment ?

Les mots se bousculaient dans sa bouche. Comme si elle voulait donner le maximum d'informations sur son nouvel ami avant que son père passe la porte.

Arne Vatne fit oui de la tête à la dernière question, mais il ne se rappelait pas avoir vu à Kongsvinger un magasin de fleurs tenu par des étrangers. Et il avait mieux à faire que d'aller vérifier ça dans l'immédiat.

13

Ils avaient dîné tard à l'hôtel Oscar d'Arvika,
emporté un verre de cognac dans la chambre et s'étaient
couchés dans cette chambre d'angle au parfum d'autrefois où l'on se sentait si bien et dont la décoration lui
faisait penser aux dessins de Carl Larsson. Ils avaient
fait l'amour, deux corps avides l'un de l'autre et trop
impatients pour faire durer le plaisir. Voilà l'avantage et
l'inconvénient d'habiter chacun chez soi : l'appétit
devenait tel qu'on se jetait sur l'autre comme un
affamé. D'un autre côté, on n'avait pas non plus le
temps de se lasser. Le manque et le désir imprégnaient
chaque heure du jour et les rencontres donnaient lieu à
des retrouvailles passionnées et explosives. Encore une
fois, cela avait été au-delà de toute attente, se dit-il avec
satisfaction. Bien au-delà. Mais cela ne lui faisait pas
oublier pour autant leur différence d'âge, même si, pour
sa part, elle ne semblait pas y attacher d'importance.

– Film policier, série américaine, sport ou téléréalité ?

De sa main libre il zappait entre les différentes
chaînes. C'est fou ce qu'il y en avait. Plus le bled était
paumé, plus les gens voulaient avoir de chaînes. Au
fond, c'était assez logique, se dit Valmann. Il choisit un
film. Américain. Les images lui rappelèrent vaguement

quelque chose. De longues séquences où une voiture parcourt des espaces enneigés dans un des États du Nord. Deux types fatigués en gros plan. De nouveau un paysage de neige. Quelque chose qui lui était familier, surtout ce soir. Ils évitaient au moins les séries formatées et leurs successions de gags obligatoires.

À moitié tournée de l'autre côté, elle reposait sur son bras qu'il avait glissé sous elle. Il posa la télécommande et caressa son corps, de l'épaule jusqu'à la cuisse, respira le parfum de ses cheveux paille qui le transportaient sur les plages du lac Mjøsa un après-midi de fin d'été, du côté de Furuberget, peu fréquenté une fois que les vacances étaient terminées. Il se sentait envahi par une vague de bien-être qui irradiait à partir des zones en contact avec le corps d'Anita. Il ne s'attendait pas à pouvoir aimer de nouveau. Anita était la première femme qu'il fréquentait depuis qu'il était veuf, et elle avait dû tout lui réapprendre. Il se sentait lié à cette femme par toute une gamme de sentiments, mais était surtout partagé entre, d'une part, l'impression d'avoir gagné le gros lot et, d'autre part, l'idée que c'était trop beau et qu'il finirait par le payer tôt ou tard. Ah ! cette méfiance intrinsèque de tout habitant du Hedmark qui se respecte vis-à-vis du destin, quand enfin la chance lui sourit… Telle était la tâche qui leur incombait : à elle de le faire sortir de lui-même, de lui apprendre à être heureux, impulsif, voire imprévisible ; à lui de lui montrer les trésors de chaleur, de profondeur, de confiance qui se cachent derrière un homme mûr qui s'abandonne, loin des liaisons torrides mais sans lendemain qu'elle avait connues avec ses petits amis précédents.

– C'est pas vraiment passionnant, dit-elle.

– Au contraire, répondit-il.

Il avait tendance à prendre un ton professoral quand il parlait des films, car il avait une vraie culture cinématographique. Il allait beaucoup au cinéma et possédait un grand nombre de cassettes et de DVD.

– C'est un classique, poursuivit-il. *Fargo*, une épopée des frères Coen sur la loi et le droit dans le Dakota du Nord, où les malfrats comme les flics sont d'origine norvégienne, tu l'entends à leur dialecte.

– D'origine scandinave, rectifia-t-elle. Gunderson, Lundegaard…

– Peu importe, c'est du pareil au même.

– Oui et non…

– Est-ce que tu as appris des choses depuis que tu travailles ici sur un projet interscandinave ?

– Je les trouve très compétents ici, en Suède, répondit-elle comme si sa question demandait réflexion.

– Compétents, c'est vite dit. Est-ce qu'ils n'ont pas mis vingt-quatre heures après l'assassinat de Palme pour se décider à fermer les frontières ? Je me souviens que le chef de la police est resté dans son bureau à brûler des bougies et à marmonner des incantations, tandis que l'assassin courait toujours.

– Je ne dis pas qu'ils sont infaillibles, mais ils ont une conception du boulot bien fait qui est différente de la nôtre. C'est peut-être parce qu'ils ont confiance dans leurs méthodes, leurs compétences, alors que nous avons l'impression d'improviser en permanence. Nous sommes dépendants de la petite étincelle de génie pour débloquer les situations et résoudre des affaires. Nous sommes des romantiques, nous aimons donner un coup de collier. Les Suédois, eux, font confiance au système judiciaire.

– Et toi, tu es venue pour espionner leur système ?

– Ce n'est pas le but, tu le sais bien. Ça marche dans les deux sens. On peut s'apporter beaucoup. Et c'est indispensable si on veut essayer de venir à bout des saloperies qui se déroulent de part et d'autre de la frontière.

Il n'avait pas envie d'entrer dans des généralités concernant cette criminalité transfrontalière. Comment s'empêcher de repenser à la scène de l'accident près de Malungen et au spectacle qui attendait la patrouille de Kongsvinger dépêchée sur place ? Le sous-brigadier Larsen était chargé de faire le nécessaire.

– Combien de temps m'as-tu dit que tu restais ici ? demanda-t-il, le visage plongé dans sa chevelure.

Elle avait laissé pousser ses cheveux pour lui faire plaisir, alors qu'elle n'avait jamais caché qu'elle préférait les avoir courts.

– Jusqu'à la nouvelle année !

– Tout ce temps !

– Est-ce qu'on n'est pas bien, là ? Hé ! N'arrête pas, s'il te plaît. C'est si agréable de se faire caresser le dos. Tu devrais devenir masseur.

– Parce que je serai bientôt trop vieux pour la police, c'est ça ?

– Ah, tu aimerais bien que je te contredise ? Espèce de vaniteux, va ! lui dit-elle en lui donnant un coup dans ses tablettes de chocolat.

Il faut dire qu'il avait repris l'entraînement. Elle lui avait ouvert les yeux, avait réussi à faire qu'il se perçoive autrement, qu'il soit plus attentif à son corps. Avec elle, il pouvait enfin s'aimer lui-même. Touche du bois ! se disait-il. Les gens du Hedmark n'étaient pas censés s'aimer eux-mêmes. Cela ne faisait pas partie de leur éducation. Le péché d'orgueil se payait au prix fort.

Sur l'écran, les deux truands avaient fait monter deux filles dans la chambre du motel et ils baisaient chacun dans un lit avec force cris et gémissements.

– Qu'est-ce que tu penses de cette scène ? demanda-t-il. C'est un comportement de Norvégiens ou de Suédois ?

– Hum…, hésita-t-elle avant de lui mordiller l'épaule comme si elle goûtait un fruit rare. En tout cas, je pense que les deux filles sont d'origine norvégienne.

– Pourquoi ?

– Elles aiment être au-dessus.

Sur ce, elle fit volte-face et le renversa sur le dos. Puis elle lui montra ce qu'elle entendait par là.

14

– À propos de criminalité transfrontalière, dit-elle un peu plus tard après avoir été chercher un Coca pour elle et une bière pour lui dans le minibar, l'accident avec la personne renversée que tu as vu en venant ici…

– J'essaie de regarder le film, protesta-t-il.

– Je veux dire, qu'est-ce qui s'est passé selon toi ?

– C'est une jeune fille qui s'est fait renverser, et le coupable a foutu le camp.

– Et il y avait aussi une voiture dans le fossé, c'est ça ?

– Anita… On avait dit qu'on ne discuterait pas boulot pendant nos temps libres. On était d'accord là-dessus…

– Bon, j'ai rien dit…

Ils regardèrent la scène : un des kidnappeurs essayait de faire disparaître les traces du meurtre en enfonçant la jambe de la victime dans un broyeur, éclaboussant de sang la neige tout autour.

– C'est toujours comme ça avec les films américains, ils finissent par pousser le bouchon trop loin. Non, cette scène est carrément grotesque ! fit-elle en détournant la tête.

– Tu te trompes, objecta-t-il. Ici, il s'agit d'une exagération contrôlée, de jeu conscient avec la vraisemblance, d'une langue à part, comme un code entre le réalisateur et le spectateur...

– Eh bien, je ne connais pas ce code et je m'en porte fort bien.

– OK, tu as raison, finit-il par admettre.

– Tu reconnais que c'est vraiment grotesque ?

– Non, je repensais à la voiture dans le fossé près de Malungen, répondit Valmann qui, malgré ses efforts pour oublier le drame de la route qu'il avait vu l'après-midi, ne cessait d'y réfléchir et n'avait pas du tout sommeil.

Il y a effectivement quelque chose qui cloche dans cet accident.

– Ah ?

– D'habitude les personnes qui se font renverser vont d'un point A à un point B en marchant sur la route, le plus souvent après une fête, tard dans la nuit, le chauffeur ou la victime – ou les deux – étant passablement éméché, débita-t-il, comme s'il énonçait soudain quelque chose qu'il avait trop longtemps refoulé. L'accident s'est produit vers six heures, six heures et demie, soit moins d'un quart d'heure avant que je ne passe par là. La victime était arrivée sur les lieux en voiture, il n'y a pas la moindre maison à la ronde, à part la ferme-auberge de Malungen, mais elle est fermée à cette période, il me semble...

– Elle aurait pu se blesser quand la voiture a basculé dans le fossé ?

– Justement, c'est ça qui est bizarre. Seul l'avant de la voiture piquait du nez, et encore. Le terrain est assez plat dans ce coin et elle n'avait heurté aucun obstacle, à ce que j'ai pu voir. Et pourtant...

– Et pourtant la fille était morte.

73

– Elle avait la tempe complètement enfoncée. Elle gisait à l'extérieur de la voiture. Et…

C'était comme si quelque chose le retenait de parler.

– Eh bien, Jonfinn ?

– Elle n'avait sur elle aucun papier, rien qui puisse l'identifier, du moins quand j'étais là. Pas de carnet d'adresses, pas de factures, rien qui nous dise qui elle était. Pas de passeport, évidemment.

– Tu penses qu'elle était étrangère ?

– Cela n'est pas à exclure en tout état de cause. Les traits du visage n'avaient rien de norvégien. Même si je sais que de nos jours ça ne veut rien dire. Et puis ses vêtements…

– Ses vêtements ? Qu'est-ce qu'ils avaient ?

– Ils étaient, comment dire, assez suggestifs, provocants…

– Ceux d'une putain ? glissa-t-elle sur un ton ironique.

– Ça ne m'est pas venu à l'esprit tout de suite, mais après. Une minijupe au ras des fesses, des bottes, des collants fins, un léger anorak avec un col de fourrure bon marché. Par un temps pareil ! Aucun bijou, même pas de sac à main. Il n'était pas resté dans la voiture, j'ai vérifié.

– Ça veut dire que quelqu'un l'a pris. Aucune femme ne se balade sur une route sans son sac à main.

– J'ai pensé la même chose.

– Elles ne possèdent rien, ces filles, marmonna Anita, elles n'ont pas un sou malgré l'argent qu'elles rapportent en se prostituant. Les souteneurs leur prennent tout, jusqu'à leur sac à main après les avoir butées !

– Hé ! N'allons pas trop vite. J'attends le rapport des techniciens sur place, ainsi que le rapport d'autopsie, et

74

j'ai encore pas mal de documents à étudier avant de tirer la moindre conclusion.

– Écoute, c'est justement là-dessus que je travaille, Valmann.

En disant ces mots, elle s'était redressée et il ne pouvait s'empêcher d'admirer son corps, même si la situation avait perdu toute charge érotique.

– La criminalité transfrontalière est mon domaine à présent. Entre autres, le trafic humain. La vente de jeunes filles.

– Ici, à la frontière ? Près de Magnor ? C'est ça que vous faites pendant ce séminaire de travail, visionner des films policiers ?

Il eut honte de cette blague qui tombait à plat. Il savait qu'elle avait raison. Il repensait à cette affaire beaucoup plus qu'il ne voulait se l'avouer. Le trafic d'êtres humains le révoltait au plus haut point. Cela le mettait en rage, mais il se sentait désarmé face à l'ampleur du problème. Oui, démuni.

– Fais un tour au commissariat d'Eidskog sur le chemin du retour, dit-elle. Tu seras étonné d'entendre ce qu'ils vont te raconter là-bas. Il se passe de drôles de choses à Morokulien, tu sais.

– Moi qui croyais avoir enfin un week-end de libre, soupira-t-il en la serrant contre lui et en respirant l'odeur de son corps. J'ai trop besoin de chaque minute ici avec toi si je veux trouver la force d'aller au bureau lundi. J'ai un rapport qui m'attend sur un camion de contrebande rempli de poulets congelés. La série *Les Experts*, ce n'est rien à côté.

– Tu es quelqu'un de bien, Jonfinn, chuchota-t-elle. Tu es presque trop gentil et bien élevé pour faire ce métier.

– Alors aide-moi à être un peu moins bien élevé, murmura-t-il.

Elle s'était endormie sur son bras. Le film était terminé. La brutalité des scènes finales avait pris un caractère irréel, frisant le ridicule, car le cadre de l'action – si inhabituel pour un film policier américain – lui paraissait familier : les mornes plaines enneigées du Dakota, les petites maisons au mobilier et au décor d'inspiration scandinave, le dialecte aux accents nordiques des habitants : « Ya… yaa… », et au milieu de tout cela le pauvre Lundegaard, ce type naïf plein d'abnégation qui s'enfonce toujours davantage dans ses échecs, ses histoires de kidnapping, de chantage et de meurtre.

Valmann remarqua que l'action du film correspondait en tout point à sa propre conception de la criminalité moderne, qui, en l'espace de quelques années, s'était introduite dans des territoires restés vierges jusqu'alors, même chez lui, en Norvège. Des échanges de tirs entre des hommes dont la bouche exhalait des nuages de vapeur, des voitures accidentées sur des routes désertes et enneigées au milieu des forêts, le sang répandu sur la neige, des tentatives de fuite où le protagoniste trébuche avec ses grosses chaussures – tout venait renforcer l'impression que ça n'aurait pas dû se produire dans un tel environnement. Qu'une volonté perverse avait situé cette intrigue sanglante dans un paysage inapproprié où elle paraissait totalement incongrue. Un paysage qui aurait dû être le théâtre de quelque chose de banal, de simple et de… beau.

Ce même sentiment l'avait saisi plus tôt dans la soirée, lorsque, penché au-dessus de la jeune fille inanimée sur la chaussée, il avait vu la neige sur sa peau, sa joue, sa main, là où le chemisier s'était déchiré, vu le filet de sang rouge qui avait coulé de la racine des cheveux jusqu'au cou, et ses jambes dans une position tordue par rapport au haut du corps. Ça clochait, ça ne collait pas dans un tel cadre, sur ce tronçon de route entre Vallset et Odalen où les branches enneigées des sapins avaient l'air de moines franciscains, leurs capuches sur la tête, rassemblés pour la prière du soir. Où l'appel d'un oiseau des bois constituait la seule dissonance dans le silence de ce paysage blanc, en cette fin d'automne. Où les employés communaux et les groupes de retraités se réuniraient dans quelques semaines pour le traditionnel pot de Noël sous les jolies poutres de la ferme-auberge de Malungen.

15

Dès qu'il put se jeter sur son lit, Arne Vatne s'endormit presque sur-le-champ, mais quelque chose le tira soudain du sommeil. Des voix ? Le bruit de la porte d'entrée qu'on avait refermée violemment ? En tout cas, il entendit qu'on claquait une portière de voiture. Puis une autre. Et la BMW démarra avec son grondement étouffé. Le claquement de deux portières, c'est donc qu'ils partaient. Tous les deux. Un coup sourd résonna – dans son cœur cette fois. N'avait-il pas cru discerner des cris dans l'entrée ? Une dispute ? Est-ce cela qui l'avait réveillé ?

Mais non, se dit-il en essayant de retrouver son calme. Quoi de plus naturel pour deux jeunes gens que de sortir un vendredi soir ? Il n'était pas si tard. Il regarda l'heure. Onze heures et quart. Ah si, quand même. Il avait dormi plus longtemps qu'il ne pensait. Il se sentait encore extrêmement fatigué, mais ses pensées tournaient dans tous les sens dans sa tête, comme du mortier dans une bétonnière. Cinq minutes de frustration, avec la couette rabattue sur les oreilles, n'y changèrent rien. Les perturbations venaient de l'intérieur. Il se rendit compte qu'il avait faim. Il ne restait plus qu'à se lever.

Ils ne s'étaient pas donné la peine de ranger et de faire la vaisselle avant de partir. Les verres, les assiettes et les couverts traînaient sur la table du salon, où trônait un énorme bouquet de fleurs. *From Alban with love*. Ah, c'est vrai, il était fleuriste. Il vit sur la cuisinière une casserole avec un fond de mijoté de boulettes. C'était marqué « Taco » sur l'emballage posé sur le plan de travail à côté du papier des fleurs, et il aperçut les restes du petit déjeuner qu'il avait préparé pour sa fille. Il sortit la poêle, fit fondre du beurre et cassa deux œufs à l'intérieur. C'était son plat préféré quand il rentrait tard du travail : une sorte de croque-madame, deux œufs sur le plat posés sur deux tranches de pain et une tranche de fromage fondu au milieu. Il prit quelques cuillerées du plat dans la casserole, porta le tout dans le salon, poussa les assiettes sales, se versa de la bière et s'installa devant la télévision. On était sur la chaîne suédoise Kanal 4, elle diffusait un film qui n'avait pas l'air passionnant. Mais il n'osa pas changer de chaîne. Il avait trop peur de tomber sur un flash info où on parlerait d'un accident mortel de la circulation sur la nationale 24 à Vallset. C'était précisément ce que pour l'instant il cherchait à oublier.

Quelques gorgées de bière faisaient des merveilles. Le film n'était pas si mauvais maintenant qu'il suivait un peu mieux l'intrigue. L'histoire se déroulait en Amérique du Nord, avec deux drôles de types qui avaient kidnappé une femme, et ils étaient là à se les geler dans une cabane, en pleine nature, à attendre l'argent de la rançon, tout en se disputant et en se criant dessus, et la victime, une gonzesse vraiment insupportable, les rendait fous avec ses jérémiades. Son mari, qui curieusement s'appelait Lundegaard et était à l'origine de l'enlèvement, tentait de convaincre son riche beau-père de rassembler la somme d'un million pour obtenir la libération de son épouse. Mais, en réalité, il voulait garder l'argent pour lui et foutre le camp. Difficile de lui donner tort. Ce n'était pas la première fois qu'il avait de la sympathie pour des escrocs dans des films policiers. Quand il voyait ce gringalet de mari méprisé par son beau-père et traité comme une merde, il comprenait bien que l'autre avait conçu ce plan pour se venger et aussi se débarrasser de ce boulet, et, histoire de couronner le tout, récupérer un sac avec un million de dollars. Ah, ça, il le méritait vraiment, cet argent !

Et il faut croire qu'un des kidnappeurs – le plus petit des deux, mais apparemment pas le plus idiot – en avait eu marre, car il était allé en ville, avait ramassé une nana, l'avait entraînée dans une chambre d'hôtel et s'était mis à lui taper dessus. Cette scène, précisément, fit remonter en lui des associations désagréables, c'est pourquoi il alla aux toilettes et prit, tant qu'à faire, une autre bière dans le frigo. En revenant, il avait dû se passer des choses, car à l'écran apparaissait soudain le beau-père qui devait verser la rançon sur un parking désert. Et ça partait en vrille, ils se tiraient dessus, l'escroc recevait une balle qui le blessait du menton jusqu'à l'oreille, ça pissait le sang et ça avait l'air de lui faire drôlement mal, tandis que le beau-père restait sur le dos et que la neige tombait sur son visage sans vie. C'en était trop pour Arne Vatne, qui éteignit le poste. Ça ne se terminait jamais bien dans les films. Ceux qui méritaient d'être récompensés ne l'étaient jamais. Dans la réalité, c'était pas comme ça. Dans la réalité, c'étaient toujours les petits malins qui faisaient la loi. Les bons et les gentils se faisaient forcément entuber. Il n'y avait qu'à lire les journaux ! s'excita-t-il, de nou-

veau emporté par la colère. Toujours cette foutue hypo-
crisie morale !

Il descendit sa deuxième bière en se rappelant qu'il
s'en était fallu de peu pour qu'il ne devienne un agresseur, peut-être même un meurtrier, ce jour-là : il avait
surpris Gerda avec des suçons sur le cou et un texto sur
son téléphone portable, et elle avait soudain décidé de
tout avouer. Tout. Un flot intarissable de paroles avec
une étrange expression sur le visage. Il n'avait jamais
réussi à oublier ce sourire oblique, comme si elle allait
pleurer ou bien rire aux éclats, comme si elle était sincèrement désolée mais pas mécontente de lui jeter tous
les détails à la figure. Et lui, secoué de colère et de chagrin, qui savait qu'il pouvait lui briser la nuque avec le
poing qu'il venait de lever pour la faire taire une fois
pour toutes. Cette pensée fit surgir à nouveau la vision
de la jeune fille sur la route et sa réaction dans ce
contexte : une créature qui avait fait preuve de confiance
et de sollicitude, et qui s'était révélée n'être qu'une
pute. N'avait-il pas le droit de… de donner au moins
libre cours à sa colère ? Il saisit violemment le bouquet
de fleurs et le pressa dans la corbeille à papier. Ensuite
il marcha d'un pas lourd jusqu'à la cuisine pour se
chercher encore une bière, tandis qu'il brûlait toujours
d'indignation. Mais derrière pointait déjà le vague à
l'âme, telle la lisière noire de la forêt quand on est assis
autour d'un feu de camp. Derrière surgissait cette pensée : il fallait vraiment être un imbécile fini pour suivre
une pute étrangère dans une caravane de camping à la
frontière suédoise, coucher avec elle, la payer avec plusieurs billets de cent et s'attendre en retour à un vrai
amour. Cet imbécile, il fallait essayer de le tenir à distance, car son côté romantique avait toujours tout fait
foirer dans sa vie. Il n'était plus en colère, il était

désespéré. Désespéré et saoul. Et si fatigué qu'il avait presque des visions. Surtout ne pas regarder les carreaux noirs de la fenêtre où à tout instant pouvait surgir un visage qui poussait un cri.

16

Jonfinn Valmann passa son samedi après-midi à arpenter le centre-ville d'Arvika, en attendant qu'Anita ait terminé sa rencontre avec les représentants de la police locale et de la douane. Le temps était couvert et brumeux. Il avait cessé de neiger. Chez lui, à Hamar, il aurait sans nul doute qualifié cette journée de grise et triste. Ici, de l'autre côté de la frontière, on eût dit que les tonalités grises recelaient une promesse de couleur, une touche de pastel qu'il retrouvait dans les façades des maisons à la peinture écaillée, aux larges encadrements de fenêtres et aux grandes vérandas en verre qu'on trouvait autour de l'église étrange et monumentale qui paraissait sculptée d'un bloc et déposée là par une grue.

Valmann aimait la sensation d'être à l'étranger. Il devait admettre qu'il n'avait pas assez voyagé. Rien qu'ici, à quelques dizaines de kilomètres à l'intérieur du territoire suédois, il suffisait qu'il regarde autour de lui pour se sentir déchargé d'un poids. Certes, c'était peut-être simplement le fait d'être éloigné de son boulot de policier avec son système de gardes. À moins que ce ne fût à cause de ce petit déjeuner de rêve, avec pain frais, qu'ils avaient pris au lit, prolongeant au maximum le plaisir de rester sous la couette. Puis elle avait dû se lever pour aller retrouver ses collègues de la police des frontières. Il avait cru comprendre qu'il s'agissait d'une affaire spéciale : l'enquête était en cours et il y avait une certaine pression puisqu'ils allaient jusqu'à se réunir un samedi matin. Il n'en savait pas plus. Elle s'était montrée discrète à ce sujet et il lui en savait gré. Il était en congé. Et peu pressé de rentrer lire le rapport sur le transport des poulets.

Ils étaient convenus de déjeuner ensemble à l'hôtel et elle devait appeler en cas d'empêchement. Comme il n'y avait pas eu de coup de fil, il l'attendait à la réception quand il la vit arriver en compagnie d'un grand blond souriant, un peu dégarni, qui s'avéra être un inspecteur de police. Ce dernier se présenta : Jan Timonen.

– Je descends des Finlandais venus autrefois habiter ces forêts, déclara-t-il en se fendant d'un large sourire lorsqu'il vit Valmann surpris par son patronyme. Ça va faire des générations que ma famille est installée là, précisa-t-il, tout heureux d'expliquer ses origines.

Fierté ethnique, se dit Valmann, qui trouva l'homme sympathique.

– Jan est une taupe, précisa Anita. Il infiltre certains milieux par ici et il aimerait bien te poser quelques questions sur l'accident d'hier soir.

Valmann n'appréciait pas vraiment d'avoir à se rappeler les événements pénibles de la veille, mais il eût été difficile de protester. Ils allèrent au restaurant, trouvèrent une table et commandèrent tous trois une bonne *fläskkottelett*.

Assis face à Jan Timonen, Valmann aurait aimé pouvoir lui donner plus d'informations utiles dans le cadre d'une enquête. À vrai dire, l'important pour lui avait été de dépêcher une patrouille sur place le plus vite possible, afin de laisser la police de Kongsvinger prendre en charge l'affaire et de pouvoir continuer sa route. Il avait prévenu à la fois la police de Kongsvinger et celle d'Elverum. Car l'urgence était qu'il y ait le maximum de voitures de service sur les routes et que le contrôle à la frontière soit renforcé, au cas où il s'agirait d'un chauffard poursuivant sa course folle. Pour la jeune fille, c'était trop tard. Elle était morte. Il garda pour lui ce sentiment trouble, que, malgré ses efforts, il n'avait pas été à la hauteur de la situation. Peut-être parce que le collègue de l'autre côté de la table manifestait un vif intérêt pour cette histoire et qu'il aurait aimé pouvoir fournir plus de détails.

Timonen écoutait Valmann avec une extrême attention, comme si la moindre phrase était d'une importance capitale. Puis il le bombarda de questions sur le lieu de l'accident, la position exacte de la voiture dans le fossé, la nature des blessures ayant entraîné la mort de la personne, la présence éventuelle de traces et ainsi de suite.

Pour Valmann, il ne faisait aucun doute que la voiture avait dérapé dans un virage à droite, avait voulu redresser le tir et avait fini sa course complètement à gauche, de l'autre côté. Le véhicule, une Audi A4 d'un modèle récent, vert bouteille et immatriculée en Norvège, avait les pneus avant si enfoncés dans le fossé qu'il paraissait difficile au conducteur de s'extraire sans aide extérieure – si cette personne, homme ou femme, avait essayé de se dégager. L'absence de traces autour des pneus semblait indiquer que ça n'avait pas été le cas.

Timonen hocha la tête.

– Avez-vous vu si la clé était encore sur le tableau de bord ?

– Il m'a bien semblé, dit Valmann en faisant un effort de mémoire. Oui, elle y était.

– Ce qui ne veut pas dire qu'elle était seule dans la voiture, réfléchit Timonen. Ça peut être une fausse piste.

– Il y a autre chose, se souvint Valmann, tout heureux d'apporter une précision prouvant qu'il n'avait pas été qu'un simple témoin. L'Audi avait une éraflure à droite sur la carrosserie, à l'arrière. Ça paraissait récent. Le phare arrière était cassé, il y avait des débris de verre rouge disséminés sur la chaussée.

– Il a dû y avoir deux voitures, analysa Timonen qui ne paraissait nullement surpris. S'il s'agit d'un assassinat, les meurtriers se sont vite enfuis après avoir trucidé la fille. Ils ont filé parce qu'ils avaient mal fait le boulot. Ils se sont peut-être rentrés dedans à cause de l'état de la route. Ou bien une autre voiture derrière a poussé volontairement l'Audi dans le fossé.

– Et vous en concluez quoi ? Je veux dire : si tout s'est passé comme vous le racontez ? demanda Valmann, étonné par l'indifférence avec laquelle son collègue exposait les faits, ayant pour effet paradoxal de donner une vision encore plus dramatique de l'accident de la veille.

– Je ne sais pas, c'est encore trop tôt. Il faut attendre le rapport d'autopsie et entendre ce que les techniciens auront trouvé sur la voiture. Merci, Valmann, je ne vous dérange pas plus longtemps.

– Oh, tu resteras bien avec nous pour prendre le café au salon ? proposa Anita, au grand désespoir de Valmann.

Non pas qu'il n'appréciât pas la compagnie de Timonen, mais ce collègue, qui inspirait confiance, dégageait en permanence une énergie inépuisable, à la manière d'un chien de chasse lancé sur une piste et qui halète en tirant sur la laisse. Valmann se sentait de plus en plus mal à l'aise, alors qu'il voulait simplement profiter de sa première journée de liberté.

Le salon alliait le charme des chalets à une touche très suédoise de chic bourgeois. Les murs sombres étaient ornés de tableaux de scènes de chasses classiques ou retraçant l'histoire locale, des tapisseries d'artisanat traditionnel, le tout dominé par une immense tête d'orignal, l'élan d'Amérique du Nord. Des étagères de vieux livres et de souvenirs complétaient l'ensemble. Le café et des petits gâteaux étaient servis et les attendaient. Sur chaque table brûlait une bougie et il y avait du feu dans la cheminée. C'était chaleureux, *cosy.*

Ils choisirent une table dans un coin. Valmann aurait aimé se laisser gagner par la douce torpeur de l'après-midi, mais sa curiosité avait été éveillée. Il se demandait si l'histoire du camion avec les poulets ne relevait pas au fond de cette criminalité transfrontalière dont s'occupait Timonen – et à présent aussi Anita.

– Si vous avez de bons contacts ici, en Suède, dit-il à Timonen, peut-être que vous pourriez m'aider sur une petite affaire ?

La réponse fusa :

– Tout ce que vous voulez.

– Il s'agit d'un véhicule, un vieux poids lourd Volvo, qui a échoué sur le bas-côté près de Långflon, versant norvégien, hier après-midi. Il était rempli de poulets congelés ; en outre on a aussi retrouvé quelque chose qui ressemblerait à de la drogue, mais en petite quantité. On est en train d'effectuer les tests. La plaque d'immatriculation est suédoise : AIE 223.

– Un numéro inoubliable, sourit Timonen.

– Est-ce que vous pourriez m'aider à identifier cette voiture ?

– Certainement. Donnez-moi quelques minutes.

Il se leva et se rendit à la réception, où il tapa un numéro sur son portable. Dès qu'il s'éloigna, Valmann jeta un regard scrutateur à Anita, qui, enfoncée dans son fauteuil, savourait le bon café suédois. Pendant tout le repas elle n'avait guère participé à la conversation, elle qui, d'habitude, adorait se mêler aux discussions de caractère professionnel. Avec sa tendance à vouloir chercher midi à quatorze heures, Valmann se demanda pourquoi elle s'était ainsi tenue à l'écart. Mais avant qu'il ait eu le temps d'aller au bout de son raisonnement, Timonen était de retour.

– Un faux numéro, annonça-t-il. Les plaques proviennent d'une Toyota qui a deux ans, immatriculée à Karlstad. Elles appartiennent à un concessionnaire auto de là-bas. La voiture a été déclarée volée lundi dernier.

– On est donc en présence de trafiquants de poulets avec de fausses plaques d'immatriculation, soupira Valmann.

– Plus la drogue, plus je ne sais quoi. Des armes, qui sait ? lança Timonen en souriant comme s'il avait dit quelque chose de drôle.

– Peut-être des filles…, intervint Anita, le visage grave.

– Oui, peut-être des filles…

La gaieté dans la voix de Timonen paraissait plus forcée. Assis tout au bord de son fauteuil, il donnait l'impression d'être un passager sur un bateau en train de sombrer et qui n'attend que le signal pour monter dans le canot de sauvetage.

– Ça a l'air idyllique comme ça, à première vue, le Värmland, mais la criminalité frontalière a explosé dans cette région. Il s'en passe des choses, vous savez, derrière les murs de ces petites maisons rouges. Les criminels aujourd'hui panachent différentes activités illégales, il n'y a plus de frontière entre les trafics. Des gens tout ce qu'il y a de normal s'y mettent aussi, pour arrondir leurs fins de mois. Quant au prétendu code d'honneur entre gangsters, il a disparu depuis longtemps, expliqua Timonen.

On aurait pu croire qu'il allait rire de bon cœur, mais ses yeux bleus exprimaient de l'inquiétude et son corps massif, plutôt détendu, donnait l'impression à tout moment de pouvoir bondir. Quelques gouttes de sueur perlaient à la racine de ses cheveux blonds – comme si cette silhouette imposante abritait tant de connaissances sur les turpitudes humaines qu'elle était prête à exploser pour prendre le combat à bras-le-corps, arrêter les malfrats et rendre le monde meilleur.

– Merci pour votre aide, fit Valmann, de plus en plus contaminé par l'attitude particulière de ce collègue.

La perspective d'une bonne sieste, loin de toutes les préoccupations liées au travail, s'éloignait dès que Timonen ouvrait la bouche. Il n'arrivait plus à refouler le sentiment de révolte et de malaise qui l'avait envahi à la vue de la jeune morte sur la route la veille au soir. Ce n'était pourtant pas faute d'avoir essayé…

– Non, c'est moi qui vous remercie, corrigea Timonen dans un large sourire.

Avec son physique, il aurait été parfait pour illustrer une publicité vantant des machines agricoles. Mais ses yeux avec leur pointe d'ironie ne pouvaient se fixer longtemps sur quoi que ce soit. Pas même sur Anita quand il lui serra la main pour prendre congé.

17

Arne Vatne resta au lit tout son samedi matin en espérant faire passer une affreuse migraine, tandis que les pensées cognaient dans sa tête comme des déferlantes qu'il ne pouvait ni arrêter ni contrôler. Sa conscience ressassait inlassablement les mêmes sujets, tels des promeneurs attirés par une dangereuse fissure dans la glace et ne pouvant s'empêcher de tourner autour. Il s'était fait avoir comme un bleu par cette pute russe. Il devait être la risée du camping. Mais cette pensée ne le mettait pas dans la même colère que la veille. C'était à présent le visage de Vlasta qui apparaissait et disparaissait comme dans un jeu de cache-cache. Il essaya de se convaincre qu'il était impossible de savoir ce qui s'était réellement passé. À supposer que ce fût elle, et non quelqu'un d'autre. Mais étant donné son état d'énervement alors, comment en être sûr ? Le choc avec la personne, le bruit contre la carrosserie, est-ce que c'était le fruit de son imagination ? Ce qui était évident, c'est qu'il avait heurté l'autre véhicule, puisqu'il avait constaté les traces sur sa propre voiture la veille au soir.

Ce qui le ramenait à la scène d'hier devant sa maison, avec le type bien habillé et couvert de bijoux en or qui avait jeté son dévolu sur sa fille. Elle le lui avait présenté comme son futur gendre, confirmant par là ses pires pressentiments. Certes, c'était mal de réagir ainsi. C'était contraire aux principes de tolérance et d'égalité affichés par la Norvège sociale-démocrate et bien-pensante qui ouvrait grande sa porte dès que, soi-disant pauvre et persécuté, on venait pleurnicher sur son seuil. Et en moins de temps qu'il n'en faut pour le dire, ils roulaient en BMW ! Vatne frappa la couette du poing en repensant à toutes les babioles à l'intérieur de la voiture d'Alban : une photo sur papier glacé (de sa mère ? de Jésus ? d'Allah ?), un médaillon au bout d'une chaîne, une cordelette avec de petites pierres – ça pouvait aussi être du plastique… Et, soudain, une autre vision ressurgit : celle de l'intérieur de la caravane – les fleurs artificielles dans un vase entre les bouteilles et les verres, une petite croix suspendue devant l'image d'un prêtre au-dessus du lit, un décor banal et pauvre, d'une tristesse à pleurer, c'en était presque touchant. Et l'image de son corps jeune et souple, ses cheveux noirs bouclés qui flottaient autour de son visage de gamine, ses yeux bruns en amande, son nez retroussé, sa bouche où manquait une dent. Non pas une incisive mais une canine du haut, ce qu'elle dissimulait de son mieux en évitant de faire un large sourire. Pourtant il s'en était aperçu et il l'avait aimée pour ça, justement, ça l'avait attendri. La croix, l'image du prêtre, les fleurs artificielles et enfin ce trou dans sa bouche, tout cela avait provoqué chez lui un élan de tendresse incroyable. Il avait enfin ressenti de nouveau une émotion pour la gent féminine… jusqu'à ce que cette femme-enfant se volatilise. Nouveau coup de poing, dans le matelas cette fois. Il ferma les yeux, laissant s'échapper des sons qui étaient comme les grondements d'un chien tenu en laisse, avant de se transformer en sanglots et en cris déchirants.

Il finit par se traîner jusqu'à la salle de bains. Son mal de tête refusait de lâcher prise. Il faut croire que c'était seulement au cinéma que ça aidait de se passer le visage sous l'eau froide. Il pensa au petit déjeuner, au café, mais son estomac lui fit comprendre qu'il n'était pas d'accord. La maison était silencieuse. Pas besoin de vérifier pour constater qu'Anne n'était pas rentrée. Même si ses affaires de toilette étaient restées dans la salle de bains.

Le désordre du rez-de-chaussée lui redonna la nausée et il entreprit de tout ranger comme s'il s'agissait de chasser des étrangers indésirables hors de son pays. À une heure et demie, il se prépara du café, coupa quelques tranches dans un pain presque dur, étala de la margarine dessus et se fit des sandwichs avec ce qu'il put encore trouver de comestible au frigo.

Il était attablé dans la cuisine, à récapituler mentalement la liste des courses pour le week-end, quand il entendit un drôle de son. Une sorte de sifflement, comme si un type dans son salon sifflait une dame qui passait dans la rue.

Et à nouveau ce même son mécanique, faussement gai, qu'il n'avait encore jamais entendu. Cette fois il se leva et, après un moment d'hésitation, constata que ça venait du canapé. Mais il avait tout débarrassé. Et si ça venait du plancher ? Il se mit à quatre pattes : sous le canapé sonnait un téléphone portable. Il passa la main dessous, finit par le trouver et appuya sur la touche appel.

– Allô ?

– Oh…, fit une voix d'homme. Je pensais tomber sur Diana…

– Qui ça, Diana ? Il n'y a pas de Diana ici.

– Ne me raconte pas de bobards.

– Je te dis qu'il n'y a personne qui s'appelle Diana ici !

– Écoute, mon vieux, j'ai déjà appelé ce numéro... Au fait, t'es qui ?

– Ça ne te regarde pas !

Vatne sentait que sa stupeur laissait place à un sentiment de malaise. Il n'aimait pas le ton plein de sous-entendus qu'avait employé l'homme à l'autre bout du fil, comme si tous deux savaient bien de quoi il retournait.

– Ah, je comprends..., reprit la voix avec un ton encore plus faussement amical. Tu ne devrais pas t'amuser avec son portable, tu sais. C'est pas comme ça qu'on fait avec les dames. Bon, dis-lui que je la rappellerai et transmets-lui le bonjour.

– Le bonjour de qui ? cria Arne Vatne dans le portable.

Mais l'autre avait déjà raccroché.

C'était quoi encore, cette histoire ? Quelqu'un, un ami, un copain d'université sans doute, avait essayé de joindre sa fille sans savoir qu'elle était rentrée pour le week-end. Mais pourquoi l'avait-il appelée « Diana » ? Et ce ton insolent, qu'est-ce que ça signifiait au juste ?

Il n'avait pas besoin de s'y connaître en téléphones portables – c'est Didriksen qui l'avait presque obligé à en acheter pour que « je puisse t'avoir à l'œil », comme il disait en plaisantant –, il comprit que le numéro apparu sur l'écran quand ça sonnait était celui de la personne qui appelait. Les premiers chiffres étaient 900059... suivis de 95 ou 59. Arne Vatne avait toujours eu une bonne mémoire et il aimait la symétrie. Aussi cette suite de chiffres s'était-elle imprimée de façon indélébile sur sa rétine. Il n'aurait pas pu l'effacer, quand bien même il l'eût voulu, ce numéro d'un type gonflé qui avait cherché à joindre sa fille en l'appelant « Diana ».

Il fallait qu'il sorte faire les courses. Il appréhenda de se remettre au volant de la Hiace, la voiture de l'accident. Le temps s'était radouci. La neige de la veille était devenue boueuse. L'hiver avait juste tiré sa première cartouche. Une brume humide flottait au-dessus d'Åkersvika. Un temps à rester chez soi. D'habitude, il passait le samedi après-midi à la maison, à lire les journaux et à regarder un peu de sport à la télévision. Mais il avait peur de découvrir les grands titres des journaux et de lire : « Une personne a été fauchée et retrouvée morte sur la chaussée. Le chauffard est activement recherché », « Dans ses recherches pour retrouver l'automobiliste qui a pris la fuite, la police lance un appel à témoins »… Combien de voitures avait-il croisées entre Odalen et Vallset hier soir ? Quatre ? Cinq ? Toutes avec leurs pleins phares, occupées à garder leur trajectoire sur ce qui pouvait à tout moment devenir une patinoire. Qui avait fait attention à la Toyota Hiace venant en sens inverse, avec sa carrosserie claire et plus toute neuve ? Personne, se dit-il en reprenant confiance, tandis qu'il laissait derrière lui les habitations de Hjellum et appuyait sur l'accélérateur pour grimper la petite côte devant Vidarshov, en direction de Dystingbo. Grâce à une trouée dans la couche de nuages, les rayons du soleil faisaient briller la cime jaunie des arbres sur les coteaux sombres de Vangåsen.

18

Le dimanche est à la fois trop long et trop court quand on passe un week-end avec la personne qu'on aime. Dès le réveil, Valmann avait songé au moment où il devrait prendre congé. Quand on sait qu'on doit partir, on est déjà un peu parti.

Ils marchèrent pour trouver un café ouvert. Le soleil était tout près de percer la couche de nuages. Toute la neige avait fondu. On se serait cru au printemps, alors qu'on était fin octobre.

Les choses avaient l'air plus calmes du côté suédois, trouva Valmann. Moins désordonnées et violentes. Il y avait ici une touche plus gracieuse. Les gens peignaient leurs vieilles maisons en bois dans des couleurs pastel. Était-ce pour que tout alentour ait une apparence plus gaie que ne l'était la réalité ? Bras dessus, bras dessous, ils avaient fait un tour dans le vaste parc municipal, bien entretenu, agréable. Cela dit, il n'était pas tout à fait dupe. Ces belles façades devaient cacher les mêmes turpitudes qu'ailleurs. Il n'y avait aucune raison pour que les gens d'ici n'aient pas aussi des problèmes. Des problèmes graves.

– Ton collègue Timonen paraît avoir pas mal de pain sur la planche, dit-il.

– C'est un phénomène, lança-t-elle aussitôt, comme si elle aussi s'était fait cette réflexion. C'est lui qui est à l'origine de cette coopération entre les deux pays et qui coordonne tout ça. Il connaît la criminalité frontalière mieux que quiconque et, à ce titre, jouit d'un statut particulier. Il a des balances un peu partout et il est le seul à pouvoir infiltrer certains milieux. Il fréquente les gens du coin et dispose d'un formidable réseau de part et d'autre de la frontière. Il connaît les familles, sait quel jeune risque de tomber dans la délinquance avant que l'intéressé ne le sache lui-même. Il va en prison avec des cadeaux de Noël pour les gens qu'il a fait coffrer…

– Il ne se mélange pas un peu les pinceaux avec toutes ces casquettes ?

– Apparemment non, c'est sa manière à lui d'avoir des contacts dans le milieu. C'est pour ça qu'il ne s'affiche jamais. Tu ne verras pas de photo de lui dans le journal, même s'il a joué un rôle déterminant pour résoudre plusieurs grosses affaires récemment.

– Et à présent c'est lui qui donne des cours aux policiers norvégiens et suédois sur l'art et les finesses de la lutte anticriminalité à nos frontières ? fit-il remarquer sur un ton qui ne se voulait pas ironique, puisque lui-même se trouvait sur ce plan plutôt ignorant.

– Pas seulement aux policiers. Il donne toutes sortes de conférences un peu partout sur des sujets tels que les changements dans la morale de notre société et notre attitude vis-à-vis de la criminalité. « L'aptitude à la criminalité » est un de ses thèmes de prédilection. Il a une vision très particulière des choses. Il se démarque complètement de ses collègues policiers.

– Je suis assez impressionné, dit Valmann sans savoir s'il devait se sentir ou non visé par cette remarque.

Elle marqua un moment d'hésitation avant de continuer :

– Tu vois qu'il ne s'agit pas simplement d'enseignement.

– Je m'en doutais un peu.

– En fait, une grande opération est en cours, mais c'est *top secret*.

– C'est vraiment si secret que tu ne peux même pas m'en dire un mot ?

– N'insiste pas, je t'en prie. Il s'agit de démanteler toute une filière de trafiquants de drogue qui remontent la marchandise d'Espagne *via* Amsterdam. La filature dure depuis plusieurs semaines déjà. Il faut en parler le moins possible, car on craint des fuites, tu sais ce que c'est, ça peut être soit au sein de la police, soit lors de la collaboration avec le service des douanes. C'est Jan qui dirige toute l'opération et nous sommes tenus au secret professionnel.

Cette conversation avait plombé l'après-midi. Le calme de ce dimanche à Arvika était devenu comme étouffant. Malgré la douceur de l'air, il n'y avait presque pas un chat dans la rue. Ils se promenèrent du côté des quais, où des entrepôts et des hangars à bateaux qu'on venait de réhabiliter se miraient dans les eaux paisibles du lac. Les cafés et les boutiques d'artisanat avaient fermé à la fin de la saison. Les colverts se dirigeaient lentement vers les deux seuls touristes sur les berges, où le bateau-promenade avec son toit en verre était remisé pour l'hiver.

– Je crois qu'il faut retourner dans le centre-ville pour trouver un endroit encore ouvert.

– Il vaut mieux que je ne rentre pas trop tard, répondit-il en songeant au fastidieux travail de routine qui l'attendait malheureusement au bureau, entre autres à cause de l'histoire des poulets congelés.

Du travail qui, comme d'habitude, ne déboucherait sur aucune interpellation. Il aurait aimé étirer le temps pour pouvoir profiter d'un dernier repas avec elle. Son sac était déjà prêt. N'y avait-il pas d'autre endroit pour se restaurer que l'hôtel ? À croire que tout se liguait pour lui rappeler l'imminence de leur séparation. C'est donc ça, une ville frontalière, songea Valmann. On ne fait que passer, on s'arrête quelques instants, on fait ce qu'on a à faire et on repart.

– Au fond, c'est aussi bien, reconnut-elle. J'ai, moi aussi, une foule de choses à finir.

Elle portait un ample manteau bleu foncé et des bottines à talons qui mettaient en valeur sa silhouette élancée. Elle avait enroulé autour de son cou une écharpe de laine tricotée main avec de grosses mailles. Ses cheveux blonds étaient encore un peu décolorés par le soleil et ses taches de rousseur n'avaient pas disparu, même en automne. Il repensa aux heures passées ensemble sur les bords du lac Mjøsa, les dernières belles journées de fin d'été, avant qu'elle parte. Il mourait d'envie de la serrer contre lui, de l'embrasser ici, près de cette eau si calme, de lui dire l'importance de ces visites et ce qu'elle signifiait pour lui, mais c'était comme si la petite ville d'Arvika, dans la quiétude de ce dimanche après-midi, avait des yeux et des oreilles. Il se sentait soudain gêné. Il passa son bras autour des épaules de la jeune femme et ils revinrent sur leurs pas, direction le centre-ville, en empruntant la passerelle au-dessus de la voie ferrée. Ils marchèrent en silence. Il y avait tant de sujets dont il aurait aimé discuter avec elle, mais le temps lui filait entre les doigts, les minutes qui restaient se réduisaient à une peau de chagrin. Il sentait grandir le vide entre eux comme s'il était déjà parti. Il n'arrivait déjà plus à se rappeler ce qu'ils avaient fait le samedi, à part cette rencontre avec Timonen. Aucun d'eux ne mentionna son nom. Il la tenait serrée, comme s'il avait besoin de se persuader qu'elle était encore avec lui.

19

En passant à Kongsvinger, la faim le rappela à l'ordre. Il n'avait dans le ventre qu'une tasse de café et un chou à la crème. Il décida de s'arrêter à la station-service Esso au carrefour de Skarnes, où il y avait l'embranchement pour la route vers Odalen et Vallset.

La circulation était plus dense du côté norvégien. Les files pour faire le plein s'allongeaient et les clients se pressaient à l'intérieur de la petite boutique avant de se frayer un chemin à travers les rayons et de ressortir les bras chargés de chips, de hot-dogs et de journaux, un gobelet de café à la main. Le dimanche était visiblement le jour de sortie des gens du coin, et ils prenaient la voiture pour faire un tour, peu importaient les conditions météo et l'état de la chaussée. La route était une bande noire qui s'enfuyait entre des terres encore enneigées. La station-service servait de camp de base où trouver chaleur et nourriture pour tous ceux partis se balader dans ce paysage inhospitalier de l'Østland par un dimanche d'octobre.

Étant au bout de la file, Valmann eut tout loisir d'observer les jeunes filles qui servaient. Une brune et une blonde, à peine la vingtaine, aimables, aux doigts agiles, efficaces. La brune était la plus rapide, mais la blonde se rattrapait par plus de charme. Elle avait un sourire pour chacun, et pas seulement pour les deux jeunes hommes devant le comptoir de hot-dogs. Ses cheveux courts lui faisaient penser à Anita, telle qu'elle était l'été dernier. On devinait sous l'uniforme qu'elle avait un joli corps, et du coup il repensa à leurs ébats de la veille au soir, à l'hôtel Oscar. Et tôt ce matin… Il s'en voulut d'avoir de telles associations d'idées à la seule vue d'une gamine, mais devait reconnaître que ça le mettait de bonne humeur. Il essaya de penser à autre chose en lisant les gros titres des journaux sur le présentoir : un célèbre sportif arrêté au volant avec un fort taux d'alcoolémie, le reportage de fiançailles chez une famille royale, un quiz sur le vin, un gagnant du Loto, un ouragan dans les Caraïbes, une star de la téléréalité ruinée. Et tout à fait dans la marge, une jeune fille fauchée par une voiture dans le Hedmark, lire page 8. Sous la photo d'un mannequin connu qui venait de se faire poser des prothèses mammaires.

Quand ce fut son tour, il était complètement ailleurs et ne savait plus ce qu'il voulait demander.

– Euh, un café… et quelque chose à manger.

– D'accord, mais qu'est-ce qui vous ferait plaisir ? demanda-t-elle.

C'était la blonde. Une fille fort mince, à la limite de la maigreur, pas très grande, mais qui avait de l'allure, elle avait dû suivre des cours de mannequinat ou de danse. À la racine de ses cheveux hérissés il aperçut un tatouage derrière l'oreille. Il était si occupé à la détailler qu'il ne réagit pas tout de suite en l'entendant parler suédois. Un homme amoureux, pensa-t-il, est un danger ambulant. Une bombe à retardement… Il avait lu ça quelque part et il sentait à présent que c'était vrai. Il avait suffi qu'une gamine maigrichonne de vingt ans lui dise quelque chose d'un peu gentil pour qu'il parte au quart de tour.

– Qu'est-ce que vous me proposez ?

– Regardez vous-même, tout est là…, lui répondit-elle avec un large sourire en prenant une attitude un peu provocante.

L'autre jeune fille comprit l'ambiguïté de la situation et ricana. Lui-même ne put s'empêcher de rire. Ces filles ont le beau rôle, songea-t-il. Nous autres, hommes, on en est réduits à gigoter devant elles comme des marionnettes.

– Je vois que la Suède installe des filiales jusque chez nous, lança-t-il en souriant à son tour.

Il avait voulu se montrer spirituel, mais il regretta aussitôt sa phrase. Les choses n'étaient pas si simples. Ce n'étaient pas les femmes qui fixaient les règles, mais les hommes. La vision de la jeune fille morte sur la route s'imposa de nouveau à lui avec une netteté qui donnait la nausée. Voilà ce qui arrivait à celles qui refusaient de suivre les règles du jeu édictées par les hommes.

– Bof, la Suède…, reprit la blonde en gonflant ses joues. La Suède, c'est qu'un gigantesque zoo où tous les animaux sont domestiqués, paresseux et… impuissants !

Elle donna un coup de coude à son amie et toutes deux partirent d'un grand éclat de rire.

– Bon, c'est pas tout. Alors, vous prenez quoi ?

Il s'arrêta juste avant le large virage à gauche où avait eu lieu l'accident de vendredi soir. La voiture avait été enlevée et seule la neige tassée par les pas sur le bord de la route témoignait du travail de la police technique sur les lieux. Sur la chaussée proprement dite, la neige avait fondu. Tant mieux, se dit Valmann. Il ne cherchait pas à vérifier les traces de sang, mais les marques du dérapage de l'Audi, qui avait fini sa course dans le fossé. Il examina l'endroit et trouva quelques bouts de verre là où la roue avant gauche de l'Audi avait laissé une empreinte assez profonde dans la boue. Des débris d'un phare. Tout était comme dans son souvenir : ni arbre, ni rocher, ni même une bordure surélevée qui aurait pu provoquer une collision assez violente pour casser les phares de la voiture. Bizarre, se dit-il, tandis qu'il regardait au bout de sa chaussure un monticule où la neige avait en partie fondu et laissait apparaître des rameaux avec des airelles sauvages. Il prit le temps de réfléchir et arriva à cette conclusion : quelqu'un avait dû volontairement casser les phares.

Pour donner l'impression que le dérapage dans le fossé était plus grave qu'en réalité ?

Pour donner l'impression que la jeune femme avait été mortellement blessée dans l'accident ?

Autour de lui, le silence dans la forêt n'était inter-rompu que par le bruit de la neige se détachant des branches et tombant sur le sol. Et par le son lointain d'une voiture qui approchait.

Il y avait eu deux voitures : l'une avec la victime, l'autre pour prendre la poudre d'escampette…

Il se rendit compte qu'il avait dû croiser cette autre voiture vendredi soir, si les auteurs de l'accident avaient pris la fuite dans cette direction. Il se corrigea aussitôt : bien sûr qu'ils s'étaient échappés dans cette direction ! L'avant de l'Audi pointait vers Hamar. Elle s'était fait emboutir à l'arrière. Mais il n'y avait pas trace d'une autre voiture qui aurait fait un tête-à-queue sur le ver-glas, puis marche arrière avant de repartir dans l'autre sens. Il fit un effort pour se rappeler les voitures qu'il avait croisées, il y en avait trois, ça, c'était sûr. Voire quatre. Et au moins un poids lourd. Mais comment les différencier dans sa mémoire ? Il s'en voulait, et s'en voulut encore plus de s'en vouloir. N'avait-il pas confié l'affaire aux policiers de Kongsvinger ? Il avait bien agi, puisque c'est eux qui étaient le plus près. Quant à la suite à donner à ces événements, la décision en revenait à la direction centrale. Il restait là, des débris de phare à la main, à essayer de trouver un lien, en pensant surtout que cette découverte devait intéresser l'expert de la criminalité frontalière qu'était Timonen. Pourtant il n'avait pas l'intention de le contacter. Il avait bien senti poindre une forme de rivalité entre eux, de lutte de territoire pour cette forêt à cheval entre les deux pays. Il avait de plus en plus envie de mener sa propre enquête autour de cette mort, en se fondant sur ses observations – et, dut-il admettre à contrecœur, son engagement sur le plan sentimental.

20

Le dimanche était rarement un bon jour pour Arne Vatne, et ce dimanche-ci ne faisait nullement exception à la règle. Aussi fut-il presque soulagé quand son portable sonna et qu'il entendit la voix de Didriksen, toujours aussi pleine d'entrain :

– Salut, j'espère que je ne te réveille pas ?

– Euh… Mais non…

Il avait mal dormi, s'était agité toute la nuit, tendant l'oreille dans son demi-sommeil pour entendre si quelqu'un poussait la porte d'entrée. Mais non, elle n'était pas rentrée à la maison. Il s'était levé, avait pris son petit déjeuner et avait traîné devant la télé, où la chaîne Sportschannel retransmettait un tournoi de golf interminable, quelque part dans un pays chaud. Au moins, il arrêtait de se mettre martel en tête pour sa fille. Et puis il y avait autre chose : en allant faire ses courses, il avait pris le journal près de la caisse et appris la nouvelle. Elle était morte. La fille sur la nationale 24 avait été fauchée par une voiture. La police était à la recherche d'un automobiliste…

– Je suis debout depuis six heures et demie, moi…

– Bravo ! s'écria Didriksen. Bon, parlons de choses sérieuses…

Il s'agissait d'une cargaison de matériel. Le chauffeur qui devait s'en charger avait eu des problèmes avec le véhicule, mais maintenant c'était réglé, il était en route et arriverait à Kongsvinger dans quelques heures. Il faudrait qu'il continue son chemin ce soir et Didriksen n'avait pas envie de laisser un camion avec un précieux chargement de bois passer la nuit dehors. Alors si Arne pouvait venir donner un coup de main pour décharger et porter ce matériel lourd à l'intérieur, ce serait une bonne chose et, bien sûr, ça serait compté en heures supplémentaires.

– Je me mets en route, répondit-il avant même que Didriksen ait fini de parler.

Il pensa une seconde à Anne, il aurait aimé être présent quand elle rentrerait, pour que la maison soit plus chaleureuse. Il lui aurait fait à manger. Mais la grosse BMW lui revint en mémoire et, tout à coup, il ne fut plus si sûr d'avoir envie d'être là à son retour.

– J'y serai avant deux heures.

– Super ! Je savais que je pouvais compter sur toi ! s'exclama Didriksen, qui avait le chic pour donner chaque fois l'impression qu'il s'agissait de préparatifs de fête.

À peine fut-il au volant qu'il se rendit compte qu'il devrait repasser devant le lieu de l'accident. Il pouvait naturellement faire un détour par Elverum, mais cela signifiait au moins une demi-heure de plus.

Il n'avait d'ailleurs aucune raison d'agir ainsi.

Il se ressaisit et essaya de penser posément à la jeune fille, de chasser son cri qui lui résonnait encore dans la tête, d'oublier le choc – peut-être ou peut-être pas – de son corps contre la carrosserie quand il était passé tout près. S'en tenir aux faits : l'accident n'était à la une d'aucun journal à Oslo. La police ne donnait pas de précisions, alors les spéculations allaient bon train quant à l'identité de la victime. Résidait-elle dans la ferme-auberge de Malungen ? Ou dans un chalet des environs ? Vatne savait qu'il y avait peu de chalets dans le coin, ceux-ci se concentrant plutôt près du lac de Harasjøen, dix kilomètres plus à l'ouest. S'ils se posaient toutes ces questions, c'est qu'ils n'avaient rien à se mettre sous la dent. La police ne devait pas en savoir beaucoup plus, sinon elle aurait fait passer un appel à témoins par voie de presse. Il repensa aux rares voitures qu'il avait croisées et à la faible probabilité que quelqu'un ait précisément remarqué sa voiture par un temps aussi pourri. Il n'avait pas à s'en faire. Il choisit donc la route de Vallset.

Néanmoins, en s'approchant de Malungen, il sentit la pression monter. Il veilla à ne pas faire d'excès de vitesse et se laissa doubler par les conducteurs pressés. Il commença à s'inquiéter pour un détail auquel il n'avait pas songé jusqu'ici : les pneus. Il n'avait pas changé les pneus pour mettre les pneus neige. La police avait dû relever des empreintes de pneus, à condition, bien sûr, d'être arrivée sur place avant que les traces soient effacées par la neige. Et puis il y avait cette éraflure à l'avant. Il aurait dû voir avant de partir s'il ne lui restait pas un pot de laque claire dans le garage. Cela ne lui aurait pas pris plus de trois minutes de passer un coup de spray dessus, là où ça se voyait le plus. Mais, au fond, ce n'était pas très malin : un badigeonnage de laque récente aurait plus attiré l'attention qu'autre chose. Il fallait vraiment s'appliquer pour voir qu'il y avait une légère bosse sur la carrosserie.

Il n'était pas encore arrivé au fameux virage quand il aperçut la voiture garée pratiquement à l'endroit où avait eu lieu l'accident vendredi soir. Et l'homme. Et la bande plastique rouge et blanc qui sécurisait l'endroit. Il avait inconsciemment ralenti, mais c'était impossible de faire demi-tour, de toute façon c'était bien la dernière chose à faire s'il ne voulait pas éveiller les soupçons. D'ailleurs ce n'était pas une voiture de police, mais une banale Ford Mondeo, constata-t-il quand il fut plus près. Cela dit, l'homme au pardessus semblait chercher quelque chose dans le fossé, comme un détective dans un vieux film. Il ne s'était pas mis derrière la voiture pour se soulager, ce qui aurait pu être normal, mais il grattait dans la neige boueuse.

Un policier en civil ! comprit soudain Arne Vatne. Un inspecteur à la recherche d'indices ! Ils avaient leurs méthodes. C'était incroyable ce qu'ils pouvaient déduire d'un petit morceau de peau, d'un cheveu ou de quelques fils d'un tissu… Ne pas s'arrêter maintenant ! Ne pas trop ralentir ! Surtout ne pas attirer l'attention !

C'est tout juste s'il ne se força pas à appuyer sur l'accélérateur. Mais la panique des premières secondes disparut à l'entrée du virage. La personne dans le fossé avait les mains posées sur les genoux et paraissait perplexe, le regard levé vers la cime des sapins comme si elle attendait une révélation venue d'en haut. Dans un coin de son champ de vision, Vatne vit que la neige en train de fondre avait été piétinée sur le lieu de l'accident. Comment trouver une empreinte déterminante dans toute cette gadoue ? L'angoisse qui l'étreignait fit place à un autre sentiment, le soulagement. Oui, il se sentait libéré d'un grand poids. Le privé n'avait qu'à fouiller dans la boue tant qu'il voulait. Arne Vatne n'avait pas poussé cette voiture dans le fossé l'autre soir. Il n'avait pas mis un pied par terre, ni dans la neige, ni sur le bitume. Il n'avait pas touché la « victime de la circulation » (c'était ainsi qu'ils l'avaient appelée dans les journaux et cette dénomination neutre apaisait ses inquiétudes). Non, quand toute la neige aurait fondu, il n'y aurait aucune trace qui permettrait de remonter jusqu'à lui. Il donna un coup d'accélérateur et prit le virage en frôlant de si près la Mondeo que le propriétaire aurait la frousse, oui, il allait tellement frôler le bord de la route qu'il pouvait être sûr de réussir à éclabousser un peu de boue sur le type dans le fossé. En tout cas, il vit dans le rétroviseur l'autre se redresser brusquement et suivre la voiture du regard. Et alors ? Vatne était tout excité. Ne venait-il pas de toucher quasiment un policier, à l'endroit même où il était impliqué dans un incident sérieux quelque trente-six heures plus tôt, de façon anonyme ? Cette pensée le grisait presque. Il était une ombre sur la route. Invisible. Invulnérable. Il appuya sur le champignon et oublia les limites de vitesse tout le reste du trajet.

Didriksen était déjà sur place et avait ouvert la porte de déchargement des livraisons quand Vatne se gara sur le parking.

– Ah, te voilà ! s'écria-t-il. C'est bien que tu aies pu venir. Le chauffeur va arriver d'un moment à l'autre avec la cargaison.

C'était un homme d'une cinquantaine d'années, trapu mais sans embonpoint, les cheveux courts gris acier, le nez fort et le regard vif. Il portait un jogging qui paraissait neuf et cher. Sa Mercedes claire était couverte d'éclaboussures de boue jusqu'aux fenêtres. Il avait l'air d'un homme d'affaires originaire des beaux quartiers d'Oslo qui revenait de son chalet. Mais Vatne savait qu'il arrivait de Kløfta, où il possédait une petite ferme.

– Tu roules toujours dans cette vieille caisse ? lança Didriksen en secouant la tête à la vue de la Hiace.

– Elle tient encore le coup…

Vatne se dirigea vers le centre commercial. Ce n'était pas le moment que sa voiture attire l'attention.

– Bon sang, je la trouve encore plus naze que la dernière fois. Tu sais que je pourrais t'en avoir une toute neuve à bon prix, si tu voulais…

– Tu m'en as déjà parlé.

– J'ai de bonnes relations avec un concessionnaire de l'autre côté de la frontière. On pourrait te trouver une voiture d'occasion importée. Une Toyota Land Cruiser par exemple, si tu tiens à garder la même marque. Un 4 × 4, deux cents chevaux, t'enlèves les banquettes arrière et tu auras toute la place que tu désires. T'auras plus qu'à l'immatriculer comme véhicule utilitaire et obtenir une nouvelle carte grise.

– Je vais y réfléchir. Merci.

– Ne réfléchis pas trop longtemps. Je sais qu'il a des voitures à vendre en ce moment qui n'ont roulé que six mois. C'est vraiment une affaire.

– OK…, dit Vatne, prenant conscience que cette transaction tombait à point nommé alors qu'il cherchait à se débarrasser de la Hiace.

– Je repensais à autre chose, poursuivit Didriksen. Quand tu vas monter ces étagères, t'auras besoin d'une machine de polissage.

– Oui, tu as raison.

– Fais un tour à Arvika demain ou après-demain. Je connais un revendeur là-bas qui nous fait des prix. Déjà que c'est moitié moins cher en Suède. Il te faut une bonne machine, Arne. Il faut que le travail soit nickel. On va bientôt ouvrir. Je lui passerai un coup de fil pour arranger ça. Je te donnerai son nom et son adresse. On peut le déduire de ton salaire sur quelques mois si tu n'as pas assez de liquide.

Didriksen avait toujours du liquide. Il n'aimait que l'argent comptant. Arne Vatne ne l'avait jamais vu utiliser une carte de crédit. En revanche il avait toujours vu son portefeuille bien garni avec de grosses coupures. « Des habitudes de vieux paysan, avait expliqué Didriksen un jour en voyant le regard étonné d'Arne. Le magot sous le matelas. Je préfère garder mes distances avec ces foutues banques. Bientôt il faudra leur payer une commission pour se torcher le cul ! »

– Mais qu'est-ce qu'il fout, ce Letton ? Voilà ce que c'est que de vouloir être gentil avec les immigrés. Ces types-là, ça panique dès qu'il y a un peu de neige sur la route !

21

Gjertrud Moene, le chef de police, n'avait pas dû passer non plus un week-end tout à fait réussi, à en juger par le regard qu'elle lui lança quand elle lui demanda de venir dans son bureau après la réunion du matin. Valmann et Moene se trouvaient rarement, pour ne pas dire jamais, en conflit ouvert. C'était plutôt du style « on tire chacun dans une direction », car il n'était pas dans la nature de Valmann de s'opposer frontalement à sa supérieure hiérarchique. Gjertrud était une femme intelligente, à cheval sur le règlement et à trois ans de la retraite, qui, avec une loyauté indéfectible, cherchait appui et inspiration dans les traditions, les routines et les règles quand un inspecteur était en panne sèche d'idées et que l'enquête était au point mort. Valmann, au contraire, avait fait l'expérience inverse, découvrant que la solution se trouvait le plus souvent quand on reprenait le problème à l'envers et qu'on donnait une autre lecture des faits et indices existants. Beaucoup de son énergie passait à battre à nouveau les cartes et à s'armer de patience. Cela avait souvent donné de bons résultats et sa réputation de tacticien hors pair n'était plus à faire, même si Moene trouvait sa manière de procéder pas très « politiquement correcte ». Cette expression lui avait échappé lors d'une de leurs rares confrontations, alors qu'elle tentait de lui faire admettre qu'un policier se devait d'exercer son métier dans la plus stricte application des règles.

– Tu étais là-bas vendredi soir, lança-t-elle avant même qu'il fût assis.

Elle avait le bureau avec la plus belle vue, mais aujourd'hui elle ne pouvait guère en profiter : le lac Mjøsa disparaissait entièrement dans le brouillard que l'on apercevait par la fenêtre, derrière les épaules larges de Gjertrud.

– « Là-bas », ça veut dire la nationale 24 à Malungen, n'est-ce pas ? répliqua Valmann comme s'il s'attendait à cette question. Il se trouve que oui, par le plus grand des hasards, alors que j'allais…

– Ce n'est pas la peine de me faire un dessin.

Moene avait été la seule à désapprouver ouvertement la relation intime qui s'était tissée entre deux de ses subordonnés, même si ces derniers faisaient preuve d'une grande discrétion et n'enfreignaient en aucune façon le règlement.

– Je me suis arrêté, j'ai fait des observations et j'ai prévenu le poste de police le plus proche. En l'occurrence, Kongsvinger.

– Kongsvinger ! s'écria-t-elle comme s'il avait dit « Kuala Lumpur ».

– C'était le plus proche, répéta-t-il posément. Et, comme tu le sais, je n'étais pas de service ce week-end.

– Mais ils ne peuvent pas gérer ça ! aboya Moene. Tu aurais pu t'en douter. Du coup, on se retrouve avec cette affaire et on l'attaque avec deux jours de retard.

– Ils ont quand même dû faire quelque chose à Kongsvinger. Ils n'ont rien transmis ?…

– Bien sûr que si. Mais on a du pain sur la planche.

– Honnêtement, je ne vois pas trop ce que j'aurais pu faire comme rapport, dit Valmann pour calmer le jeu car il craignait l'issue de cette conversation. Résumons : voiture dans le fossé avec phare arrière brisé, éraflure sur la carrosserie, jeune femme sur la route, morte, apparemment fauchée, une couche de neige fraîche qui dissimulait les éventuelles traces. Il faut espérer que le rapport d'autopsie nous apportera des éléments, et peut-être aussi les techniciens après avoir examiné la voiture.

– Les journaux parlent d'une victime sans doute étrangère…

– Alors il y a aussi des fuites dans la police de Kongsvinger ?

– Est-ce que tu partages cette opinion ?

– Rien ne l'exclut en tout cas. Elle avait les cheveux sombres, pas du tout le type nordique, et pas du tout habillée comme il faut pour l'hiver norvégien.

– Comment ça ?

– Tu vois ce que je veux dire : minijupe, bottes en plastique verni, des collants fins, les seins à l'air…

– Ça va, j'ai compris, le coupa Gjertrud Moene en secouant les épaules comme si elle sentait le froid de l'automne gagner son corps. Occupe-toi de voir si on a d'autres éléments.

– Et le camion avec la contrebande de poulets ?

– Rusten devrait pouvoir s'en charger quand il reviendra. De toute façon, l'oiseau s'est envolé…

Rusten était de garde ce week-end et avait en échange son lundi de libre. Moene se mit à tapoter quelques feuilles pour montrer que l'entretien était clos, et son chien, sur la photo encadrée, jeta un regard mélancolique sur Valmann.

– Ah, si ! Une dernière chose…, dit-elle au moment où il ouvrait la porte. Jan Timonen, un des inspecteurs là-bas, voulait te joindre. C'est un expert de la criminalité aux frontières. Il semble s'intéresser à cette histoire de fille fauchée par une voiture. Ce serait bien que tu le rencontres, Valmann, à condition que tu ne te mettes pas en tête que tout ce qui arrive par ici est lié au crime organisé. À ce que je sache, des banals accidents de la circulation, ça existe aussi. J'ai laissé la porte ouverte pour une collaboration quand j'ai parlé avec le poste d'Eidskog ce matin, donc Timonen te contactera certainement.

– Je n'en doute pas, répondit Valmann d'un ton las en refermant la porte.

22

Même si la volaille de contrebande était à présent du ressort de Rusten, Valmann appela les services de la police scientifique pour savoir s'ils avaient relevé quelque chose d'intéressant dans la Volvo. Il éprouvait le besoin d'être à jour dans toutes les affaires qu'il avait touchées de près ou de loin et qui avaient un lien avec la criminalité des frontières. Une voix qu'il ne connaissait pas l'informa qu'ils étaient en train de procéder aux analyses des relevés, mais que pour l'instant ils n'avaient rien trouvé, si ce n'est la confirmation de ce qu'ils savaient déjà : le véhicule avait servi à autre chose qu'à un trafic de poulets congelés. Cependant ils n'avaient mis la main que sur des grains de café, dissimulés dans un double fond tout le long du camion.

– Des grains de café ?

– Oui, même pas mal.

– Vous voulez dire qu'ils ont installé un double fond uniquement pour faire entrer du café en contrebande ?

– Moi, je vous dis simplement ce qu'on a retrouvé. Je ne suis qu'un technicien.

– Et vous avez essayé avec les chiens ?

– Oui. Ils se sont arrêtés autour du siège avant et près du tableau de bord où on avait trouvé la drogue.

– C'est quoi comme produit exactement ?

– Laben dit qu'il s'agit d'amphétamines.

– Bon.

Formidable, pensa-t-il en raccrochant. En d'autres termes, nous avons à faire à un trafiquant de poulets qui prend des amphétamines et qui, par ailleurs, est importateur de café… Cela aurait dû lui mettre la puce à l'oreille, mais il n'était pas d'humeur, ce matin, à résoudre ce type d'énigmes.

Il voulut prendre connaissance du rapport de la police de Kongsvinger, mais la concentration n'était pas au rendez-vous. Lui-même avait été sur les lieux bien avant ceux qui avaient rédigé ce rapport, il avait bien observé ce qu'il y avait à voir. Il constata au premier coup d'œil qu'ils n'avaient même pas remarqué les phares avant brisés. Il en savait donc plus qu'eux, mais au lieu d'en tirer fierté, ce sentiment le mit mal à l'aise. Il incombait à lui seul de conclure tristement cette histoire pathétique. Néanmoins l'attitude de Moene laissait entendre qu'elle ne désirait pas élucider à tout prix cette affaire. Des cas comme celui-ci, impliquant des jeunes filles étrangères sans papiers fauchées sur le bord de la route, ne se résolvaient pas au niveau local. Il fallait remonter beaucoup plus haut. Ça concernait la brigade criminelle et non un poste de police comme celui de Hamar. Elle seule avait à sa disposition les moyens d'enquêter sur le grand banditisme. Mais même pour elle il était parfois impossible de démêler une affaire mettant en jeu des prostituées étrangères. Les filles étaient terrorisées. Elles n'osaient pas témoigner, à cause des bandes mafieuses qui les menaçaient, elles et leurs familles restées au pays.

Non-lieu.

Impossible pour Valmann de chasser la vision de la jeune fille avec la neige dans ses cheveux en bataille et

117

de fins cristaux de glace sur sa peau pâle, le filet de sang qui descendait de sa tempe, sa bouche figée dans un cri... Il avait distingué ses petites dents d'adolescente et il en manquait une, comme si elle venait de perdre une dernière dent de lait. Tout ça lui donnait des frissons, malgré le radiateur de son modeste bureau qu'il avait poussé à fond.

Il appela Kongsvinger pour vérifier qu'ils étaient bien en train de procéder à l'examen de l'Audi verte et il leur ordonna d'analyser les moindres substances étrangères qu'ils trouveraient. Puis il s'enquit au sujet de la jeune fille interpellée pour vol à l'étalage et on lui répondit qu'on cherchait un interprète pour l'interroger. Elle avait déclaré venir d'Ukraine. En attendant, elle semblait tout à fait heureuse d'être en garde à vue et passait sa journée à regarder la télévision, allongée sur sa couchette.

Le rapport de Rusten sur le trafic de poulets n'apportait aucun éclaircissement. Il parcourut les lignes exposant des faits connus dans un style ampoulé, cher à Rusten, et ne put s'empêcher de s'étonner de la présence de grains de café dans les caches du Volvo. Du café... ça lui disait bien quelque chose, mais quoi ? Il en avait entendu parler dans le cadre des trafics... Ah, ça lui revenait ! Les grains de café faisaient partie des rares substances qui sentaient si fort que les chiens dépisteurs de drogue se faisaient avoir. Quand il avait entendu ça la première fois, il avait cru à une blague. Ici, cela indiquait clairement que le poids lourd transportait autre chose que des poulets... Il rappela les techniciens et leur demanda de mettre tous les moyens en œuvre pour établir la présence ou l'absence de stupéfiants dans les planques du véhicule.

Mais il lui fallait plus que ce petit déclic pour le mettre de bonne humeur. Il se surprit à fixer le téléphone comme s'il avait le pouvoir de le faire sonner. Puis il rendit les armes et composa le numéro du portable d'Anita. Il savait qu'elle ne souhaitait pas recevoir d'appels privés quand elle était au travail, même de sa part. Il avait eu du mal à prendre l'habitude de joindre les gens sur leurs portables ; cette intimité immédiate, cette vibration qu'il provoquait dans la poche du pantalon ou dans le sac de la personne qu'il appelait.

– Allô ? dit-elle d'une voix qui n'était pas essoufflée.

– Salut.

– Ah, c'est toi ?

– Je voulais te remercier pour la dernière fois.

– Non, c'est moi qui te remercie…

Elle ne paraissait pas pressée et il se détendit un peu.

– Je voulais juste t'informer que je vais m'occuper du dossier de l'accident de la route.

– Ah ?

– Avec notre ami Timonen.

– Ah bon ?

– On m'a fait comprendre que sa qualité d'expert serait une aide précieuse.

– Normal, c'est lui qui en sait le plus par ici.

– Autrement dit, j'aurai à me rendre un peu plus souvent en Suède…

– Ne me dis pas que c'est à ta demande expresse !

– Non, on m'a confié l'affaire. J'essaie seulement de voir le bon côté de la chose.

– Bon, Jonfinn, dans ce cas… tu n'auras qu'à me faire signe quand tu voudras que je réserve la suite à l'hôtel Oscar. Mais maintenant il faut que je…

– Je comprends.

– Alors à bientôt. Il faut vraiment que j'y aille.

– J'aurais bien aimé être avec toi, là, tout de suite, soupira-t-il.

– Je sais…, répondit-elle d'une voix douce avant de raccrocher.

Cela faisait du bien de l'entendre.

23

Lorsque le téléphone sonna enfin, il fut tout surpris. Après sa conversation avec Anita, il avait sorti une carte pour étudier le réseau routier à l'est et au sud du Hedmark. La conclusion était claire : ce devait être un véritable eldorado pour les trafiquants. Sur cette carte détaillée, il trouva au moins une vingtaine de routes qui passaient la frontière sans le moindre poste de douane, voire à certains endroits en dehors de toute habitation. Les contrôles devaient s'effectuer de façon sporadique, à supposer même qu'il y en eût. Poursuivre ces types qui traversaient du Finnskogen en long et en large pour gagner le Värmland revenait à chasser un élan sans chien. Il poussa un soupir et réfléchit à un angle d'attaque, mais il éprouva surtout un sentiment d'impuissance, comme lorsqu'il contemplait les paysages de l'Østland : de vastes étendues de forêt dense ondulant aussi loin que portait le regard, interrompues ici et là par quelques rares prairies, un champ ou un lac, avant que le tapis d'arbres continue à se dérouler jusqu'à se fondre dans les collines bleutées à l'horizon. Il oublia où il était pour glisser de manière imperceptible dans cet état d'abandon qui le ramenait à l'enfance, aux balades dans les bois pour cueillir des airelles sauvages avec ses parents, qui, même en pleine nature, ne pouvaient s'empêcher de se disputer, tandis que lui, le cœur gros, avait toutes les peines du monde à cueillir ces baies rouges qui lui échappaient des mains comme si elles étaient vivantes, et que la forêt, sombre et impénétrable où qu'il se tourne, menaçait de se refermer sur lui...

La sonnerie du téléphone le prit tellement au dépourvu qu'il fit tomber à grand bruit le combiné sur son bureau.

– Eh bien, on dirait que ça s'agite du côté de Hamar !

Timonen. À tous les coups. N'y avait-il pas une pointe d'accent finno-suédois dans cette voix traînante ?

– Oh, vous savez ! balbutia Valmann.

– On vous a mis au courant qu'on va travailler ensemble sur l'homicide à Odal ?

– Je l'ai appris aujourd'hui.

– En fait, c'est une idée à moi. Je m'intéresse à cette affaire et je me suis dit qu'avec nos compétences respectives nous éviterions peut-être de faire intervenir la brigade criminelle. D'avoir leurs gars fouinant partout dans les bois, ça va juste faire détaler le gibier. Si vous voyez ce que je veux dire...

– Non, pas tout à fait, reconnut Valmann.

– Écoutez, je dois aller à Hamar mercredi pour témoigner dans un procès. Ce serait l'occasion de discuter sérieusement. D'ici là, jetez un coup d'œil sur le rapport d'autopsie.

– Vous voulez parler de la fille ?

– *Yes.*

– Il est déjà prêt ?

– Si on les presse un peu, vous verrez, ils peuvent faire des merveilles à la police scientifique. Je devrais en avoir terminé vers quatre heures. Alors, si on disait quatre heures et demie ? Où vous voulez. Ça m'est égal du moment que la nourriture est chaude et la bière fraîche.

– Disons à l'Irishman, bredouilla Valmann.

Pas question de faire partager à Timonen ses habitudes de célibataire avec des tacos tièdes à l'Alle Tiders Kafé.

– Il paraît qu'ils servent de la bonne viande.

– Parfait ! s'exclama Timonen, qui paraissait sincèrement se réjouir à l'idée de revoir Valmann et de bien manger.

Un collègue plus jeune qu'il ne connaissait pas s'approcha de sa table à la cantine, où il attendait que vienne l'appétit pour le plat du jour : bœuf Strogonoff.

– Iversen, se présenta-t-il. De la police scientifique. On s'est parlé au téléphone.

– Vous avez trouvé quelque chose ?

Valmann avait du mal à se concentrer. La conversation avec Timonen lui trottait encore dans la tête. Cet homme à la fois le troublait, le stimulait et l'intriguait. Un peu comme si un garçon de CM2 choisissait comme meilleur ami un élève de CP. D'un point de vue professionnel, il savait visiblement s'y prendre. Valmann aurait bien aimé savoir comment il se débrouillait pour obtenir lundi matin le rapport provisoire d'autopsie de quelqu'un décédé vendredi soir.

– Des traces de substance étrangère, répondit Iversen. Ça ressemble à du cannabis. Auquel cas, il s'agirait d'au moins dix à quinze kilos de marchandise.

– Bon boulot, conclut Valmann.

Il ne fit rien pour prolonger l'entretien. En apprenant ces derniers éléments, il se sentait redevenu un garçonnet perdu dans la forêt. Avant même qu'il s'occupe réellement de l'affaire, ça partait dans tous les sens – comme les airelles qui s'échappaient de ses paumes d'enfant et, au lieu de tomber dans le seau, disparaissaient dans la végétation.

Le rapport d'autopsie lui arriva par fax dix minutes après qu'il l'eut réclamé.

La victime, d'une vingtaine d'années, présentait une fracture du fémur et du bassin, ce qui corroborait la thèse qu'elle avait été fauchée par un véhicule, plus une profonde blessure à la tempe droite ayant provoqué une hémorragie interne, imputable à sa chute après avoir heurté un véhicule lancé à vive allure, et cause du décès. Le corps portait en outre des traces de mauvais traitements, des lésions et hématomes relativement anciens. On décelait aussi des traces d'agressions sexuelles sur une période assez longue. La mort avait eu lieu vendredi soir entre dix-sept et dix-neuf heures.

Il aurait pu rédiger ce rapport lui-même.

Des lésions et des hématomes. Des traces d'agressions sexuelles. Le visage de la jeune fille aux traits étrangers lui apparut de nouveau derrière sa prison de glace scintillante, entourée par le voile nuptial des flocons de neige… Combien de temps fallait-il pour que la peau du visage devienne de la glace lors de la première chute de neige en automne ? Combien de mauvais traitements pouvait supporter une jeune fille de vingt ans avant de devenir un morceau de glace à l'intérieur ? Et les autorités, pourquoi restaient-elles là à rien faire ? Quand promulgueraient-elles enfin une loi pour permettre à ces filles de s'en sortir et de retrouver une vie digne ? Comment la police pouvait-elle, à elle seule, espérer démanteler tous ces réseaux ?

L'indignation fit place à la mélancolie. Dehors, le lac Mjøsa et la terre se fondaient dans la brume. Il reprit le rapport arrivé de Kongsvinger pour vérifier ce qu'il savait déjà : on n'avait pas pu identifier la victime. On ne disposait donc que des empreintes digitales et d'éventuelles marques sur les vêtements. Et encore… car les habits bon marché de putain pouvaient avoir été achetés d'occasion.

Quant à l'examen de l'Audi, il savait d'expérience que ça ne donnerait pas grand-chose non plus.

24

Elle n'était toujours pas rentrée quand il revint de son boulot à Kongsvinger dimanche. Et lundi matin non plus, quand il se leva. Oh, c'était normal pour une fille qui avait plus de vingt ans et qui avait quitté la maison depuis un an et demi. La jeunesse, ce n'était plus comme dans le temps. Les jeunes ne respectaient plus rien et chamboulaient tout : habitudes alimentaires, horaires, valeurs morales. Au fond, il ne savait rien de la vie d'étudiante de sa fille à Oslo, ce qu'elle faisait en dehors des cours, ses petits amis, ses copains… Elle ne racontait quasiment rien, mais il ne voulait pas la presser de questions. C'est à ces moments-là qu'il se disait que sa fille aurait eu besoin de sa mère. Mais celle-ci était à l'autre bout du pays, du côté de Stavanger, apparemment trop occupée à s'installer dans sa nouvelle vie avec un ouvrier travaillant sur les plates-formes pétrolières. On ne pouvait de toute façon pas enfermer une jeune fille, telle qu'était la société norvégienne aujourd'hui, il fallait bien se rendre à l'évidence. Alors il avait fermé sa gueule. Enfin, presque… En soi, cela avait été un événement qu'elle lui présente l'autre soir son nouvel ami. Mais quel type !

Arne Vatne avait beau se sermonner, l'angoisse le gagnait. Il sentait bien que quelque chose clochait.

Certes, cet Alban était propre sur lui et présentait bien. Il n'y avait pas que les maquereaux pour se balader avec des montres en or. Mais ça allait faire trois jours qu'il était sans nouvelles, elle avait laissé ses affaires de toilette dans la salle de bains, son sac de voyage était à moitié ouvert avec des vêtements jetés n'importe comment sur le lit. C'est clair qu'ils étaient partis en catastrophe en pleine nuit, ils s'étaient disputés et avaient claqué la porte. Tout ça, il l'avait entendu. Et un inconnu avait appelé sur le portable de sa fille en l'appelant Diana...

Il avait besoin de sortir prendre l'air, parler avec quelqu'un, raconter... Mais à qui ? La police ?

Fallait-il vraiment que ce soit lui qui aille à la police ?

Sa raison bataillait à tout-va. Il était de plus en plus paniqué. Car, à l'heure qu'il était, la police recherchait précisément un homme, lui en l'occurrence ! Et il viendrait comme ça se jeter dans la gueule du loup...

Mais pourquoi pas ?

Il repensa à ce grand type qui puait le flic à des lieues à la ronde et qui grattait la terre à la recherche d'on ne sait quelles traces. Ça prouvait bien qu'ils nageaient dans la semoule. Ils n'avaient aucune chance de le retrouver. Il pouvait entrer et sortir du poste de police comme il voulait.

Cette pensée le rendit plus léger, voire un tantinet orgueilleux, comme le jour où il avait frôlé la voiture du policier. Il protégeait davantage ses arrières en allant de lui-même à la police plutôt qu'en l'évitant ! Il sourit en son for intérieur : voilà une attitude qui aurait plu à Didriksen. « Il n'y a pas de problèmes, rien que des solutions », répétait-il en enfonçant sa casquette sur le front.

Si lui aussi avait eu une casquette, il aurait fait le même geste. Il était tard, assez de temps perdu, il fallait aller au travail. Il inspecta l'éraflure à droite sur la carrosserie : elle paraissait déjà moins récente. Tous ces événements passaient au second plan, ainsi que ce sentiment de malaise indéfinissable qui lui avait pourri son week-end. En s'asseyant au volant, il retrouva l'odeur de caoutchouc du tapis, de l'huile et des sièges usés et il eut, encore malgré lui, un flash, mais différent. Il ne revit pas la silhouette frêle aux doigts écartés, le visage figé dans un cri sur la route. Non, en claquant la portière, il crut percevoir le choc moelleux d'un corps qu'on percute et il tressaillit.

À moins que ce ne fût son propre cœur qui cognait sourdement en repensant à la manière dont elle avait fait vibrer son corps à lui, jusqu'à la moindre fibre.

Par chance, la circulation était assez dense ce matin-là pour qu'il ait autre chose à penser. La chaussée était humide et il partait avec un quart d'heure de retard. Cela n'avait d'ailleurs aucune importance, Didriksen n'était pas à cheval sur les horaires du moment que le travail se faisait.

En passant à Malungen, il ne tourna même pas la tête. Il n'avait aucune raison de le faire, presque toute la neige avait fondu et les traces avaient disparu. Celles de l'accident et après. Le prix de l'inattention par chaussée glissante… Il se cramponna à cette explication, essaya de chasser de son esprit le corps, le visage, le petit tas inerte sur la route. Et puis Vlasta, celle qui avait réussi à dégeler son corps dur, son esprit insensible, et lui avait fait vivre des moments inoubliables là-bas, dans sa caravane. Non, c'était impossible de penser à ces deux choses en même temps, de faire coïncider ces deux images. La clémence de la mémoire lui épargnait au moins cela en jetant un voile sur ses yeux qui finissait par lui brouiller la vue. La route, le fossé, la forêt, tout se mélangeait dans une vision trouble. Il fut contraint de s'arrêter, furieux, des sanglots dans la gorge, enfonçant ses pouces dans ses orbites : ah ! ce n'était vraiment pas le moment de chialer comme un gosse, il devait aller bosser – comme s'il n'était pas déjà assez en retard !

25

Mardi matin, les techniciens de la police avaient fini leur examen de la Volvo et leur rapport attendait Valmann sur son bureau. Il y avait eu à l'intérieur cinq grammes d'amphétamines, environ trente-cinq kilos de poulets congelés, des traces de cannabis indiquant des quantités assez importantes. Des perles en verre de couleur, venant sans doute d'un collier, avaient été retrouvées sur le sol près du siège du passager. Deux empreintes digitales exploitables faisaient l'objet d'une vérification dans le fichier de la police. Valmann appela sur-le-champ et tomba sur Iversen, à qui il demanda de transmettre ces empreintes à la police du Värmland et de le tenir au courant dès qu'il aurait du nouveau. Il dut admettre que les méthodes de coopération entre pays frontaliers prônées par Timonen avaient du bon. Le camion Volvo avait été déclaré volé à Arvika deux mois plus tôt, et les plaques déjà retournées à son propriétaire d'origine, un concessionnaire de Karlstad. Tout rentrait donc dans l'ordre, pour ainsi dire, si ce n'est qu'un malfrat se baladait en liberté avec une importante quantité de cannabis et qu'on en retrouverait bientôt dans les clubs de jeunes, les cours d'école et les endroits festifs de Norvège, salles de concert, boîtes, etc. Et il y avait eu quelqu'un d'autre sur le siège avant, quelqu'un qui avait perdu ou à qui on avait arraché un collier de perles en verre. Pouvait-il s'agir d'une sorte de chapelet ? Ou bien s'agissait-il d'une femme ?

Valmann téléphona au service technique pour savoir si les empreintes digitales avaient donné quelque chose. Effectivement, l'une d'elles appartenait à une femme. Ce qui, en soi, ne voulait rien dire. Il pouvait s'agir de la petite amie du chauffeur ou de la femme du propriétaire du véhicule. Néanmoins pour Valmann tous ces indices concordaient : comme il le craignait, le trafic international de jeunes femmes était en passe de s'étendre le long des routes étroites et mal surveillées dans le sud du Hedmark. Plus aucun doute n'était permis. Mais comment attaquer le problème ?

Il prit contact avec Rusten pour faire le point sur l'affaire de la voleuse à l'étalage sans papiers et apprit qu'ils avaient réussi à trouver un interprète et qu'elle allait donc pouvoir être entendue. Il demanda aussitôt s'il pouvait assister à l'interrogatoire. Cette perspective ne l'enchantait guère, mais difficile d'y couper. Dans toutes les affaires qui l'occupaient actuellement, il y avait une histoire de jeunes filles paumées et exploitées. Que ça lui plaise ou non.

À la lumière crue du plafonnier, elle n'attirait guère l'attention. Pourtant elle ne manquait pas de charme avec son petit air ébouriffé. Valmann repensa aux photos, vues dans le journal, des filles étrangères qui faisaient le trottoir à Oslo : des filles dont la beauté l'avait souvent frappé, habillées et fardées de manière provocante. Celle-ci ne jouait pas en première division, se dit-il, honteux d'avoir ce genre de pensées. Pour l'instant, on ne savait pas grand-chose de celle qui prétendait s'appeler Alka Zarichin. Mais ses cheveux mal décolorés, blonds tirant sur le roux, ses yeux outrageusement maquillés et la longueur de sa jupe étaient parlants. Un vernis écaillé apparaissait sur ses ongles rongés. Une ombre le long de la mâchoire laissait penser à un défaut de pigmentation ou à un hématome. Elle ne releva pas la tête quand Valmann entra dans la pièce et s'assit sur une chaise près du mur.

C'est Rusten qui était chargé de l'interrogatoire. À son côté, le stylo à la main, l'interprète attendait. Cette femme maigre d'un certain âge, les cheveux gris et bouclés, portant des lunettes rondes cerclées d'acier, paraissait nerveuse.

– Tu nous as dit que tu t'appelles Alka Zarichin, c'est bien ça ? commença Rusten.

La jeune fille hocha la tête.

– Et tu viens d'où ?

L'interprète s'adressa à elle et obtint une réponse à peine audible.

– Elle dit qu'elle vient d'Ukraine.

– Où ça en Ukraine ?

Nouvelle réponse marmonnée.

– Elle dit qu'elle vient de Lviv, près de la frontière polonaise.

Tandis que Rusten continuait à lui demander des renseignements personnels, Valmann essayait de se représenter une ville de taille moyenne en Ukraine, non loin de la frontière avec la Pologne. Il n'avait encore jamais été en Europe de l'Est, il n'en connaissait que des images et des reportages sur des milieux urbains à la dérive, marqués par l'alcool, la pauvreté, le désespoir, la décrépitude. Il avait beau savoir que c'était une vision quelque peu simpliste, mais voir la jeune Alka tassée sur sa chaise, les yeux baissés fixant le bureau, répondant en chuchotant aux questions de Rusten, avait fait surgir de telles évocations. Il remarqua qu'elle portait un anneau au petit doigt, un fin anneau d'argent avec un papillon bleu. Cela lui donnait un air de petite fille qui contrastait violemment avec son maquillage outrancier et ses vêtements choisis pour souligner ses formes avantageuses.

– Qu'est-ce que tu viens faire en Norvège ?

– Elle dit qu'elle est réfugiée et demande asile.

– Comment es-tu entrée dans le pays ?

– En tant que touriste. Dans une voiture avec des parents.

– Tu as un visa de tourisme ?

La jeune fille secoua lentement la tête. Elle se tordait les mains entre les genoux.

– Ils sont où maintenant, ces parents avec qui tu es venue ?

– Elle dit qu'ils sont repartis.

– Pourquoi n'es-tu pas allée tout de suite voir les services d'immigration pour faire une demande d'asile ?

Nouveau hochement de tête.

– Tu as été interpellée pour vol à l'étalage.

– Elle dit qu'elle n'avait plus d'argent et qu'elle était désespérée.

– On a pourtant trouvé onze cents couronnes dans son porte-monnaie.

La fille n'avait rien à répondre à cela. Elle continuait à fixer le bureau. Rusten commençait à perdre patience. Il n'avait jamais été bon dans les interrogatoires un peu musclés.

– Et sur quelles bases, selon toi, on t'aurait donné l'asile ?

L'interprète traduisit. La fille se tut. Puis ce fut comme si se brisait quelque chose en elle, et elle cria à l'interprète une phrase dans sa propre langue.

– Elle demande ce qui va lui arriver maintenant.

Rusten reprit son ton officiel :

– Elle se trouve sur le sol norvégien sans visa et sans papiers, ce qui fait d'elle une réfugiée en situation illégale. Elle restera donc en garde à vue, le temps pour les autorités de l'immigration d'effectuer les formalités pour la renvoyer chez elle.

Dès qu'elle entendit la traduction, la jeune fille réagit violemment et déversa un flot de paroles aux accents bouleversants. Nul besoin d'être psychologue ni linguiste pour comprendre qu'elle était en grande détresse, songea Valmann. Cette scène le révoltait, et cependant tout se faisait selon les règles ; c'était la procédure habituelle, mais il avait évité jusqu'ici toute confrontation directe.

– Elle dit qu'ils la tueront si on la renvoie.

– C'est qui, « ils » ? demanda Rusten sur un ton bienveillant.

La jeune fille se lança dans une explication désespérée.

– Elle ne peut pas le dire, sinon ceux qui la menacent tueront aussi sa famille.

– Est-ce que tu t'es fait agresser depuis que tu es ici, en Norvège ?

Silence. Elle garda la tête baissée et de grosses larmes coulèrent et tombèrent du bout de son nez sur le bureau, sans qu'elle tente de les essuyer.

– Autrement dit, oui. Tu as donc si peur de répondre ?

L'interprète traduisit et la jeune fille éclata en sanglots.

– Si tu acceptes de coopérer, nous pourrons arrêter ces truands. Nous savons que ce n'est pas facile, mais nous avons besoin de témoins, de personnes qui peuvent s'avancer, les pointer du doigt et raconter ce qu'ils leur ont fait !

On aurait dit que, pris dans son élan de bienveillance, Rusten allait passer la main sur la tête de l'infortunée, mais elle ne se rendit compte de rien, trop occupée à sangloter, tête basse, tordant ses mains à en faire blanchir les jointures.

– Elle veut savoir si elle bénéficiera d'une protection si elle parle et si elle obtiendra le droit de séjour pour elle et son fils. Si vous l'aiderez à trouver un logement et si elle pourra vivre sous un autre nom.

Rusten secoua la tête.

– Nous ne pouvons pas te garantir, ici et maintenant, que tu obtiendras tout ça, car cela ne dépend pas de moi mais des autorités compétentes.

Cette réponse parut pourtant la rassurer. Elle finit par se redresser, sortit un mouchoir en papier et se moucha. Pour la première fois, elle regarda Rusten en posant une autre question.

– Elle demande si, entre-temps, elle restera en prison.

Rusten fit signe que oui.

– Jusqu'à nouvel ordre.

– Elle demande si elle peut quand même sortir pour s'acheter des petites choses, pour son hygiène intime par exemple.

Rusten parut hésiter.

– *A priori*… On pourrait envisager…

– Qu'elle sorte accompagnée d'une femme policier, intervint Valmann. Elle n'est qu'en garde à vue, elle n'a pas été jugée. Ça va faire deux jours qu'elle est enfermée, je suis sûr qu'elle n'a même pas de sous-vêtements de rechange.

– Bon, elle aura la permission, conclut Rusten.

26

Lorsque le téléphone sonna et qu'Irene à l'accueil lui demanda s'il pouvait recevoir un homme venu déclarer la disparition d'une personne, Valmann saisit la chance qui s'offrait à lui d'échapper à cette sensation d'impuissance qui l'avait envahi depuis l'interrogatoire d'Alka Zarichin. L'homme qui frappa à sa porte avait la cinquantaine et des cheveux blond foncé un peu clairsemés. De taille moyenne, il était mince et ridé, mais tout en muscles, comme quelqu'un qui travaille au grand air, s'il n'avait eu ce teint grisâtre et des poches sous les yeux. Il portait des vêtements de travail. Valmann comprit qu'il avait affaire à un artisan. Le nouveau venu promena son regard dans le bureau du brigadier comme si ça faisait longtemps qu'il attendait ce moment. Mais ses mains tremblaient et son discours était saccadé et incohérent. Valmann reconnaissait ces symptômes. La plupart des gens ont une attitude ambivalente envers la police : à la fois une attirance pour ce qui rassure et un respect inquiet face au pouvoir qu'elle représente.

L'homme déclina son identité : Arne Vatne, menuisier. Il voulait signaler la disparition de sa fille Anne, vingt ans, bientôt vingt et un. Il paraissait assez fébrile, mais faisait de son mieux pour cacher son angoisse, comme s'il avait honte de manifester son inquiétude devant un représentant des forces de l'ordre.

– Je ne sais pas si ça vaut la peine de faire appel à la police…, réussit-il à bafouiller. Mais je ne comprends pas… Elle est partie samedi en laissant toutes ses affaires, même sa trousse de toilette, et… Et le type avec qui elle est partie, je ne le connais pas, je ne l'avais jamais vu avant… D'accord, c'est un étranger, bagnole chère et tout… Et puis voilà qu'ils se disputent. Oui, ça me réveille… La porte d'entrée claque… Ça va bientôt faire quatre jours.

Valmann ne put s'empêcher de sourire devant l'embarras de ce père qui, visiblement, n'acceptait pas de voir sa fille Anne partir avec un étranger. Qui plus est, un étranger à la peau un peu plus sombre que la plupart des Norvégiens. Mais Valmann avait autre chose à faire que laisser cet homme s'étendre là-dessus dans son bureau, alors il l'informa sur un ton neutre qu'il n'était pas dans leurs habitudes de lancer des recherches concernant une personne adulte après trois ou quatre jours d'absence. D'ailleurs n'était-elle pas partie avec celui qui semblait être son fiancé ? Auquel cas, les sources d'inquiétude étaient, somme toute, assez réduites…

– Oui…, admit l'homme, bien sûr qu'elle sortait avec lui. Mais ce n'est pas si simple, se justifia-t-il, d'être seul quand on est le père d'une fille adulte. On entend tellement de choses, des histoires de drogue, de viols… Ça n'arrête pas !

Il jeta un coup d'œil à Valmann dans l'espoir que lui aussi se débatte avec le même type de problèmes.

– Avez-vous essayé de la joindre au téléphone ?

– C'est que… elle a laissé son portable. Et ça, ce n'est vraiment pas dans ses habitudes.

– Bon. Et vous dites qu'elle n'est jamais partie de cette façon auparavant ?

– Pas à ma connaissance. Mais elle habite à Oslo, alors…

– Vous ne vous voyez peut-être pas si souvent que ça ?

– Non, pas si souvent. Vous savez ce que c'est…

Non, Valmann ne le savait pas et il le fit comprendre à son interlocuteur.

– Et quand elle vient passer quelques jours à la maison, ce n'est pas facile parce que je ne travaille pas ici, poursuivit Arne Vatne pour se justifier alors qu'il n'y avait rien à expliquer. Je me lève tous les jours à cinq heures et demie pour aller jusqu'à Kongsvinger, ça me prend une heure et demie. Quand je rentre le soir, il fait déjà nuit. La chaussée est souvent glissante…

De nouveau, il eut ce regard qui semblait vouloir dire autre chose, au-delà des mots.

Valmann résolut de ne pas y aller par quatre chemins.

– Dites-moi, c'est la nationale 24 que vous prenez d'habitude ?

– Vous voulez dire celle qui va à Skarnes en passant par Vallset ? Euh… oui, finit par reconnaître l'homme, comme si cet aveu lui coûtait.

– Est-ce que, par hasard, vous étiez sur cette route vendredi après-midi en rentrant du travail ?

– Vendredi… soir ? C'est-à-dire que…

L'homme parut complètement désorienté.

– Je suis resté plus tard ce jour-là. Comme c'était vendredi, j'en ai profité pour faire un petit tour du côté de Charlottenberg pour… Vous voyez ce que je veux dire…

– Jusqu'à quelle heure ? insista Valmann, bien décidé à ne pas lâcher le morceau.

– Eh bien… jusqu'à six heures et demie, peut-être…

Six heures et demie. C'était trop tôt pour qu'il ait pu voir quelque chose. Mais Valmann poursuivit comme s'il s'agissait de recueillir un témoignage. Ce bon Vatne s'était mis le doigt dans l'œil s'il croyait qu'il pouvait franchir la porte de ce bureau pour discuter de petits problèmes familiaux.

– Est-ce que vous avez remarqué quelque chose d'anormal sur la route entre Odal et Vallset ?

– Non… Comme quoi, par exemple ?

Valmann le regarda droit dans les yeux.

– Nous recherchons des témoins d'un accident qui s'est produit à peu près à cette heure-là, lâcha-t-il. Quelqu'un a été fauché. Et en est mort.

– Oh non !… Je n'ai rien vu de ce genre ! De toute façon, on ne voyait rien tellement il neigeait.

– Réfléchissez bien, lui ordonna Valmann. Vous avez sans doute croisé des voitures en sens inverse. Rappelez-vous, avez-vous remarqué une carrosserie abîmée à l'avant, une conduite bizarre ? Le moindre détail peut avoir son importance.

– Non… Je ne me souviens vraiment pas. Il n'y avait pas beaucoup de circulation. Et puis avec la neige qui tombait…

– Bien sûr. Vous n'êtes pas au travail aujourd'hui ?

– J'ai pris la matinée. Pour venir ici. Mon chef est arrangeant sur ce plan-là.

– Alors vous avez de la chance, l'interrompit Valmann. Plus de chance que moi, conclut-il en se levant de son fauteuil pour inciter Arne Vatne à l'imiter. Eh bien, si jamais quelque chose vous revient, vous n'avez qu'à m'appeler. Et si votre fille ne donne toujours pas de nouvelles après le week-end, recontactez-moi et nous verrons s'il y a lieu alors de lancer des recherches.

– Merci bien, oui merci, bredouilla l'homme.

Il semblait soudain vidé de ses forces, mais il sourit quand il hocha la tête pour prendre congé, comme si, malgré tout, il était heureux de l'issue de l'entrevue. Et on avait l'impression que, d'une manière ou d'une autre, il remportait la dernière levée.

La fenêtre du bureau donnait sur un coin du parking. Il vit l'homme maigre se précipiter vers un fourgon blanc, comme s'il avait la justice à ses trousses, et disparaître dans un nuage de fumée. Toute la conduite de cet homme lui faisait oublier la raison de sa venue, à savoir la disparition de sa fille dans des circonstances inquiétantes. Si on choisissait de voir les choses sous cet angle.

Ce n'était pas le choix de Valmann. Du moins pour l'instant.

La recherche des empreintes donna le même résultat des deux côtés de la frontière. Rien sur la femme, mais l'homme était connu de leurs services : Bo Dalén, vingt-cinq ans, petite frappe originaire d'Örebro, interpellé plusieurs fois pour détention et vente de stupéfiants à moindre échelle, en Norvège et en Suède, et aussi pour trafic d'amphétamines. Pour ce dernier délit, il avait écopé de huit mois à la prison de Nedre Romerike. Une peine pour laquelle il avait fait appel.

Valmann lança un avis de recherche par les voies habituelles. Bo Dalén n'était pas un bleu et il ne referait pas surface avant un bon bout de temps. Cette histoire de chargement de poulets pouvait commuer sa peine de huit à vingt-huit mois. Valmann soupira en laissant tomber sur le bureau le fax avec la photo un peu floue de ce Bo Dalén aux cheveux courts. Détention, vente, trafic de stupéfiants, vol de voitures… Comment on bascule de jeux insouciants pour se donner des frissons à la criminalité. Une spirale infernale, au caractère désespéré et à l'issue inéluctable. Pourquoi fallait-il qu'il en soit ainsi ? À quel moment était-il soudain trop tard pour tout arrêter ? Il voyait souvent les jeunes en état d'ivresse qu'on ramenait au poste pour tapage sur la voie publique, surtout le samedi soir. Et il se demandait combien d'entre eux il serait amené à revoir, un an ou deux plus tard, dans une voiture volée ayant fini sa course dans le fossé, complètement défoncés. Et plus tard encore, dans une salle d'audience, pour des affaires plus graves, usage d'armes, menaces, coups et violences ? Vu sous cet angle, le travail de la police revenait à écoper à mains nues une cave inondée, tandis que l'eau continuait d'affluer de l'extérieur. Ce qui affluait, c'était par exemple la criminalité étrangère. Différente dans sa forme et plus difficile à comprendre. Il revit la profonde résignation dans les yeux si maquillés d'Alka, l'hématome sur sa joue, les ongles rongés. Il essaya de se représenter les gars qui avaient détruit cette fille, l'avait persécutée, torturée jusqu'à ce qu'elle devienne leur chose, un instrument docile, sans volonté, sans le moindre espoir de sortir de cet enfer. La petite étincelle qui s'était allumée, Rusten l'avait éteinte quand il n'avait pas pu assurer à la jeune fille asile et protection dans la social-démocratie que prétendait être la Norvège. Il aurait aimé parler de tout ça avec Anita, non pas parce qu'elle lui manquait ou qu'il voulait s'entretenir avec quelqu'un de plus jeune, plus au fait des dernières théories sur la criminalité, mais tout simplement parce qu'elle était une femme. Il n'avait encore jamais songé jusqu'ici qu'être un homme pouvait s'avérer un handicap dans ce métier. Il savait qu'il devait se retenir de l'appeler trop souvent. Surtout ne pas devenir collant. Il ne s'agissait pas de démolir ce que leurs sentiments mutuels construisaient à petites touches. Le moment était mal choisi pour des discussions profondes où l'on fouille les âmes pour élaborer des projets d'avenir. Il fallait juste se contenter d'être heureux sur le moment. Ne s'étaient-ils pas trouvés, tous les deux, envers et contre tout ? Se réjouir de ça, savourer ça. Et s'en contenter. Pour l'instant.

27

Il aurait juré que c'était lui ! Et si c'était réellement le même homme ? Interrogé, il s'était mis à trembler…

Tandis qu'il faisait route vers Odal et Skarnes, Arne Vatne se remémora la rencontre avec le policier. Ce dernier l'avait rendu nerveux, dut-il s'avouer, il n'était pas un imbécile, ce brigadier-là. Interrogé sur son trajet en voiture vendredi soir, c'est tout juste s'il n'avait pas dû se cramponner aux accoudoirs de son fauteuil. Encore heureux qu'il ne lui ait pas demandé la marque de sa voiture ! Il se repassa toute la conversation pour voir si sa langue avait fourché, mais non. Il ne s'était pas trahi. Il avait réussi, à un bras de distance avec le représentant des autorités en personne, à donner le change ! Pourtant ce type ressemblait comme deux gouttes d'eau au policier qu'il avait vu deux jours plus tôt près de Malungen. Il avait certainement raison, ce brigadier. Il s'était monté la tête au sujet d'Anne. Il ne fallait pas crier « Au loup ! » parce qu'une fille adulte prolongeait un peu son escapade du week-end. En tout cas, il avait eu la confirmation d'être hors de soupçon. Fallait-il que la police soit dans le brouillard pour interroger quelqu'un au hasard sur l'accident ! C'était bien la preuve qu'ils n'avaient aucune piste.

Ah ! Il leva le poing. De nouveau, il était le roi sur la route. Il allait en Suède, à Arvika, avec l'enveloppe remplie d'argent que Didriksen lui avait fourrée hier dans la poche et la liste des différentes choses qu'il devait ramener en plus de la machine à polissage, tant qu'il y était. Tout était meilleur marché de l'autre côté. Et s'il restait un peu d'argent, ce serait pour lui, pour le dérangement. Comme si un petit tour à Arvika le dérangeait !

Il colla au train un poids lourd à la hauteur de Malungen pour mieux noyer ses souvenirs dans les éclaboussures de boue et les gaz d'échappement.

Sur le chemin du retour, à l'approche de la frontière, une longue queue s'était formée. Ce qui signifiait : contrôle douanier. Bien qu'il eût dans la voiture pour plus de vingt mille couronnes de marchandises, il ne fut pas pris de panique. C'était pourtant au-delà de la somme autorisée pour importer des produits. Et il n'avait pas compté les deux ou trois bouteilles de vodka qu'il avait achetées en sus au Systembolaget d'Arvika. Il se sentait étonnamment calme, indifférent. Il se rappelait le conseil que lui avait donné Didriksen au moment de partir : « Si tu as peur de passer la frontière avec tout ce que tu as dans la voiture, tu n'as qu'à bifurquer en direction de Charlottenberg et prendre ensuite la première à gauche. Pendant un moment l'ancienne route est parallèle à la nouvelle, puis tu tournes encore à gauche en direction de Häljeboda, Håvilsrud et Kjerret. Tu es alors en Norvège. Il n'y a jamais personne pour contrôler par là. À Magnor, il leur arrive, une fois de temps en temps, de vouloir faire du zèle et ils arrêtent alors un ou deux bus de retraités… »

Il quitta donc la route, direction Charlottenberg, puis la première à gauche et encore à gauche un peu plus loin, en suivant scrupuleusement les indications de Didriksen. Sans être inquiet, il ressentit malgré tout une certaine tension à la vue du poste frontière, qu'il aperçut de la route secondaire et dont seule une pinède le séparait. Les puissants projecteurs déjà allumés faisaient de ces installations un îlot lumineux de civilisation à l'éclat presque surnaturel, parachuté au beau milieu de nulle part, dans le *no man's land* gris de cette zone frontalière gagnée par l'obscurité. Ici, à la faveur de l'ombre, il pouvait tranquillement rouler en direction de Häljeboda, Håvilsrud et Kjerret. Invisible. Souverain. Il les narguait. Arne Vatne tapota le volant en fredonnant une chanson suédoise connue qui passait sur l'auto-radio.

Dix minutes après que l'homme eut quitté son bureau, Jonfinn Valmann tapa du poing sur la table en s'exclamant :

– Une Toyota Hiace, bon sang !

Il s'était soudain rappelé le gros fourgon blanc qui avait dérapé sur la nationale 24 près de Malungen, dimanche après-midi, en projetant de la neige boueuse sur son manteau et son pantalon. Un dérapage contrôlé, intentionnel. L'homme qui s'était assis en face de lui, cet Arne Vatne, venait de partir au volant d'un véhicule du même genre. Et si c'était lui le chauffeur ? Mais pour quelle raison l'aurait-il fait, à part s'amuser aux dépens d'autrui ? Et pourquoi avait-il débarqué dans son bureau, visiblement très nerveux, pour lui demander de rechercher sa fille disparue ? Avait-il tout inventé ? N'était-ce qu'un prétexte pour entrer ici et parler face à face avec un policier ? À supposer que ce fût bien lui qui avait failli le renverser sur la route d'Odal, est-ce qu'on avait à faire à un malade, quelqu'un qui cherchait un moyen de se venger de la police ou quelqu'un qui lui en voulait en personne ? Pouvait-il s'agir d'un homme impliqué indirectement dans une affaire ou d'une victime qui se jugeait offensée ? négligée ? pas assez bien traitée ? Quelqu'un qui éprouvait un plaisir pervers à l'approcher de façon anonyme ? à étudier ses moindres faits et gestes pour mieux planifier des représailles ?

Non. Il repoussa ces pensées. Les cinglés qui en voulaient aux autorités étaient légion. Il espérait seulement que ce n'était pas le début d'une persécution en règle, quelque chose qui, par la force des choses, accaparerait une partie de son temps et son attention. Déjà qu'il devait s'accommoder de travailler avec le « super-détective » Timonen et la police des frontières d'Eidskog…

Quand le téléphone sonna à nouveau, il s'attendait presque à entendre l'accent du Finnskogen et l'intonation ironique de son nouveau binôme, mais c'était seulement Rusten.

– Je pensais que tu aimerais savoir que notre voleuse à l'étalage a réussi à s'enfuir.

– S'enfuir ? Alors qu'elle était sous bonne garde ?

– Vangen l'a emmenée chez H & M, et puis…

– Le gardien de paix Hilde Vangen ?

– Oui.

– Elle débute dans le métier, bon sang !

– Oui, je sais, mais elle avait envie de se charger de cette mission.

– Elle devait aimer l'idée de faire les magasins.

– Toujours est-il que la prévenue a filé.

– Ça ne me paraît pas très difficile dans un magasin de deux mille mètres carrés. C'est splendide, Rusten, bravo !

– N'oublie pas que c'est toi-même qui as autorisé cette sortie.

– Mais pas dans le plus grand magasin de la ville !

– Tu ne l'avais pas spécifié.

– Elle m'a fait pitié, cette fille, c'est tout, marmonna Valmann.

La contrariété le gagnait comme un feu de forêt. Il était en partie responsable de ce qui venait d'arriver. Et il restait avec ce sentiment qu'il n'avait pas répondu aux attentes d'Alka et, quelque part, l'avait laissée tomber.

– À nous aussi, tu sais, répondit Rusten.

– Tu as lancé un avis de recherche ?

– Sur-le-champ. Tout le monde était sur le pied de guerre, mais c'est comme si la terre l'avait engloutie. Une voiture devait l'attendre.

– Est-ce qu'elle a eu une fouille au corps ?

– Pas sûr. Vu les circonstances…

– Elle a dû avoir accès à un téléphone portable et appeler un « ami ». Elle risque seulement de passer un plus sale quart d'heure que chez nous.

– Ah, bordel !

– C'est le cas de le dire. Est-ce que l'information est remontée à Moene ?

– Vangen est montée la prévenir. Elle n'en mène pas large.

– À mon avis, elle ne doit pas s'en faire. Moene sera plutôt soulagée que ce problème se soit réglé de lui-même et qu'il ne soit plus du ressort de la police de Hamar. Elle ne le dira pas tout haut, mais je suis sûr qu'elle le pensera.

Une fois qu'ils eurent débarqué les marchandises et pris chacun ce qu'il leur fallait, Didriksen invita Arne Vatne à dîner. Les matériaux de construction furent stockés dans l'entrepôt de Kongssentret. Et ils mirent à la place dans ce même fourgon des pièces détachées de voiture, de nouveaux pare-chocs de Mercedes que Didriksen devait installer sur un véhicule légèrement embouti, ainsi que des rouleaux d'isolant. Cela leur prit moins d'une demi-heure. Didriksen lui avait demandé s'il connaissait un endroit sympa pour manger à Kongsvinger et Arne Vatne lui proposa le restaurant Bastian, où allaient les gens du coin.

Attablés devant leurs bières, ils discutaient de tout et de rien en attendant qu'on leur serve une entrecôte sauce béarnaise avec des frites, lorsque Didriksen lui redemanda si ce n'était pas le moment de changer la Hiace. Le concessionnaire qu'il connaissait à Torsby avait une Land Cruiser d'occasion à vendre, six mois, bien entretenue, ce serait bête de laisser passer cette chance. Il y avait à la clé plusieurs milliers de couronnes d'économie quand on prenait des voitures d'occasion importées, surtout quand on connaissait les bonnes filières, et la Land Cruiser était reconnue comme véhicule utilitaire par les services d'immatriculation en

Norvège. Dans l'état d'esprit où il était, Arne Vatne se sentit vraiment tenté, autant se décider maintenant, demander à Didriksen de prendre toutes les garanties et d'établir combien ça lui coûterait au final. Il fallait qu'il voie comment financer cet achat, car il n'obtiendrait pas grand-chose de sa vieille caisse. Ce n'était pas l'idéal de parler d'argent avec l'air de marchander, comme ça, en plein restaurant, mais comment faire autrement ?

Didriksen le rassura. Vu le bon boulot qu'il faisait, plus toutes les commandes qui attendaient, de Trondheim au nord jusqu'à Drammen au sud, Arne ne risquait pas de se retrouver au chômage ! Et puis il aurait droit à une commission pour tous ces allers et retours en Suède, comme aujourd'hui, par exemple. C'était le genre de courses que Didriksen n'avait pas le temps de faire lui-même. Et c'était passé comme une lettre à la poste, pas vrai ? Didriksen tenait vraiment à le féliciter pour la manœuvre de contournement de la frontière aujourd'hui, oh, ce n'aurait pas été dramatique s'il s'était fait arrêter, mais étant donné toutes les marchandises qu'il avait à l'arrière, cela aurait facilement coûté quelques billets de mille en frais de douane, sans compter l'amende qu'ils distribuaient à tour de bras, ces enfoirés en uniforme. Il espérait qu'Arne se trouvait assez payé pour ce petit extra…

Oui, quinze cents couronnes, ça lui convenait très bien, avait pensé Arne quand ils avaient fait les comptes. Et la vue de la grosse entrecôte qu'on venait de poser devant lui le réjouit tout autant. Non, pour l'instant il n'avait pas à se plaindre.

– Eh bien, santé ! fit Didriksen en s'attaquant à sa deuxième bière. C'est pas une petite bière de plus ou de moins qui va nous empêcher de prendre le volant, hein ? Comme si on allait se laisser faire par ce gouvernement à la con ! Et notre qualité de vie, hein ?

Malgré la saison avancée, il ne portait qu'un sweat-shirt, col ouvert, manches retroussées, et il se jeta sur la nourriture comme un animal tout en muscles et affamé.

Vatne lui donnait raison. La plupart du temps, il était d'accord avec tout ce que Didriksen disait. Et il commençait à sentir les effets de l'alcool, cette mise à distance des choses, comme un tapis feutré qui descendait sur lui et l'éloignait de toutes les petites contrariétés, de toutes ces émotions envahissantes et du sentiment décourageant de ne jamais être à la hauteur.

Ils ne sortirent pas de chez Bastian avant dix heures du soir, de fort bonne humeur. Didriksen devait aller à sa ferme à Kløfta, et Vatne rentrer chez lui, ce qui ne l'enthousiasmait guère, pas plus que le trajet en voiture d'ailleurs, maintenant que la température avait chuté et que la terre était couverte de givre. Retrouver une maison vide et ses inquiétudes au sujet d'Anne qui avait disparu comme par enchantement… Comment penser à autre chose ?

Il y avait une autre solution. Didriksen l'avait lui-même mentionnée : « Prends un hôtel pour cette nuit. C'est l'entreprise qui paie, Arne. T'as bien bossé aujourd'hui ! »

Une chambre d'hôtel à Kongsvinger, cela signifiait dans la tête d'Arne Vatne un chalet au Fagerfjell Camping. Certes, il y avait là-bas des souvenirs qu'il ferait mieux de ne pas remuer, mais, d'un autre côté, il sentait à cet instant précis une attirance aussi illogique qu'incontrôlable pour ce lieu-là, même si tous les signaux d'alerte étaient au rouge. L'ivresse s'était chargée de faire le tri entre ses impressions et ses souvenirs. À présent, il revoyait clairement le visage d'adolescente de Vlasta, sa peau blanche, ses cheveux noirs, son corps adorable si souple sur l'étroite couchette de la caravane. Concernant l'accident sur la route, tout se concentrait en un laps de temps chaotique, celui où il avait perdu le contrôle de son véhicule, un cri strident, une secousse quand il avait dérapé en heurtant l'autre voiture, puis un masque méconnaissable, figé dans un cri muet… Pas une ligne dans les journaux sur l'identité de la victime. Il se dit que les journalistes auraient donné son nom même si elle était une étrangère.

« La police lance un appel à témoins… »

– Vlasta…, chuchota-t-il en faisant un pas sur le côté, alors qu'il avait la main sur la portière.

Il n'avait pas fauché Vlasta… Elle était là, quelque part, c'était comme s'il sentait sa présence…

Il avait pris sa décision. Il se mit au volant, démarra, passa le pont et s'engagea sur la nationale 2 en direction de Magnor. Un trajet qu'il avait déjà fait deux fois dans la journée et où il s'était senti le roi de la route. Avec dans le fourgon des marchandises pour des dizaines de milliers de couronnes qu'ils avaient fait passer en fraude au nez et à la barbe des douaniers. Quelle excitation ! Quel sentiment de pouvoir ! La sensation d'être au-dessus de tout cela, tel un funambule en équilibre sur une corde raide sans filet de sécurité. Il vit à l'horizon la lueur des projecteurs du poste frontière qui caressait la cime des arbres sombres. La vibration sourde du moteur diesel le rassurait, c'était comme le bruit des bûches qui flambaient dans sa cheminée à la maison.

L'embranchement pour le Fagerfjell Camping était à cent mètres sur la droite. Il bifurqua.

Il vit aussitôt la lumière à l'intérieur. Il le savait. C'était comme ça devait être. Il s'arrêta devant le chalet de la réception sans couper le moteur. On le connaissait ici. Il entra juste pour prendre la clé. Il remplirait le formulaire le lendemain. Avec son poncho et ses longues nattes grises, Birgitta Carousel attendait les clients et elle ne fit aucune allusion à leur dernière entrevue où il avait été si tendu. Tant mieux. Il aurait bien échangé quelques mots amicaux avec elle, il se sentait d'humeur à ça. Mais pas maintenant. Il commençait déjà à bander. Oui, il y avait de la lumière dans la caravane de Vlasta !

Il s'engouffra dans la voiture et parcourut les derniers cinquante mètres jusqu'au parking, se gara le plus près possible et se mit presque à courir en direction de la caravane. Il reconnut le marchepied de traviole pour atteindre la porte et le vague rideau tiré devant la fenêtre. La faible lumière d'une liseuse ou d'une lampe de chevet. Vlasta préférait les bougies. Il aurait dû en prendre. Venir avec un cadeau, des fleurs, au moins un peu de vodka. Mais c'est vrai ! Il en avait trois bouteilles dans la voiture. Il irait plus tard. Il faillit trébucher sur le marchepied. L'idée qu'il venait peut-être mal à propos ne l'effleura pas une seconde. Sans tendre l'oreille pour écouter ce qui se passait à l'intérieur, il posa une main sur le mur et frappa à la porte avec l'autre. D'abord rien. Il frappa de nouveau, avec plus de force, plus d'impatience. Elle était là. Il avait vu de la lumière. Il sentait sa présence. Puis l'ombre passa devant le rideau. Il entendit des pas. La poignée s'abaissa et la porte fut entrebâillée.

– *Yes ?*..., chuchota une voix.

Elle n'était pas bien grande, comme dans son souvenir, cette silhouette dans un jogging rose. Mais ce n'était pas Vlasta. Cette jeune fille était blonde, un peu ronde, les traits du visage bien marqués. Sa peau paraissait aussi plus foncée. Mais elle ne l'était pas assez pour dissimuler qu'elle avait reçu un coup violent au visage. Elle avait l'air terrorisée. Des larmes avaient coulé sur sa joue.

– *What do you want ?*

Il était assailli par des sentiments si contradictoires qu'il avait juste envie de lui passer la main sur la joue et de sécher ses larmes. C'était une autre femme, une inconnue, mais la situation était la même. L'ambiance aussi. Et son désir à lui aussi fort.

– Salut… Euh, *hello* ! bredouilla-t-il en anglais.

Il lut la peur dans ses yeux. Il essaya de lui sourire gentiment, même s'il se sentait terriblement empoté.

– *I am a friend.*

Il sourit. Elle non.

– *You want to come in ?*

On aurait dit qu'elle allait se remettre à pleurer. Elle ouvrit la porte en grand et le laissa entrer. Elle baissa la tête quand il passa devant elle et il vit ses racines foncées. Il préférait les vraies brunes aux blondes décolorées.

– *I be good to you*…, murmura-t-il en manquant de s'étaler quand il fit trois pas pour atteindre le lit.

30

Mercredi matin à neuf heures, Jonfinn Valmann se présenta au palais de justice de Hamar. Ce n'était pas la première fois, loin s'en fallait, qu'il venait ici. Il lui arrivait plusieurs fois dans l'année de témoigner en tant que policier devant les tribunaux. Mais cette fois-là il venait en tant qu'auditeur. Cela dit, c'était quand même pour le boulot. Il était curieux de voir comme Jan Timonen se comportait dans un tel contexte, il avait envie d'apprendre à mieux le connaître avant que la collaboration se mette vraiment en place.

Après avoir demandé au greffier la copie des documents, il choisit de s'asseoir le plus près possible de la sortie. Tandis que les autres protagonistes de cette mise en scène de dame Justice prenaient place en arrangeant leur habit devant une pile de paperasses et se versaient des verres d'eau, il feuilleta rapidement le dossier. Trois malfrats avaient fait appel de leur condamnation après avoir été jugés coupables de trafic d'amphétamines en première instance.

L'audience fut ouverte. Le président du tribunal lut les phrases rituelles et chacun, dans son costume de justice, répondit présent dans le plus grand calme. Chacun semblait connaître son rôle à l'avance et le jouer à la perfection, ce qui au fond était assez logique, pensa

Valmann. Ce genre de malfrats faisaient semblant d'accepter les règles du jeu, en gardant le silence, le regard fixe et neutre. Deux comparaissaient avec leur avocat. Le troisième était représenté par son avocat. Lorsque le nom de l'absent fut énoncé, Valmann sursauta : Bo Dalén. Il jeta un coup d'œil sur les documents qu'il avait en main. Pas d'erreur possible, il s'agissait bien de ce Bo Dalén que la police recherchait activement, né à Örebro en Suède, le même dont les empreintes digitales avaient été retrouvées dans le vieux poids lourd Volvo plein de poulets... et d'autres snacks.

Le juge demanda, s'adressant à l'avocat, s'il connaissait la raison de l'absence de son client, mais l'avocat, un homme jeune et élancé aux grosses lunettes et à l'expression distraite, se contenta de secouer la tête. Valmann dut se retenir d'intervenir. La situation était-elle comique ou pathétique ? N'était-ce pas encore une fois une preuve éclatante du manque de communication entre le ministère public et l'organisation judiciaire ? L'avocat promit de faire le nécessaire pour localiser son client. Le cas de Dalén serait étudié quand la séance reprendrait après le déjeuner.

Après une séquence ennuyeuse où les défenseurs plaidèrent, appelèrent les témoins à la barre et firent le maximum pour présenter les hommes déjà condamnés sous un meilleur jour, la cour se retira avant que le ministère public fasse son réquisitoire. Tous, Valmann inclus, se précipitèrent dans l'escalier pour gagner la cafétéria du troisième étage et boire un café. Timonen était seul, tout au fond de la salle. Valmann se mit dans la file et, tandis qu'il attendait son tour, vit quelqu'un s'asseoir à la table de Timonen. C'était l'un des inculpés, un homme d'âge mûr, court sur pattes, presque chauve, de rares mèches soigneusement peignées en biais pour essayer de couvrir le crâne. Il portait une veste en tweed qui n'avait pas dû servir depuis un moment, vu comme elle le serrait au niveau de la poitrine et de l'abdomen. Dessous, il arborait un polo Tommy Hilfiger qui semblait tout neuf. Un jean Diesel délavé et des santiags complétaient la tenue d'un homme pour qui le temps s'était visiblement arrêté. Ils se saluèrent chaleureusement et l'homme s'assit. Peu après, le jeune avocat à lunettes inexpérimenté vint se joindre à eux. Lui aussi salua Timonen comme s'ils étaient de vieilles connaissances. Valmann put commander une tasse de café et décida de se joindre à eux. Timonen l'aperçut alors qu'il était à mi-chemin et lui adressa un signe de tête. Son visage s'éclaira, comme s'il venait de reconnaître un ami de longue date.

– Gunnar Presterud…

C'était le nom du trafiquant d'amphétamines. L'avocat Stian Otharsen lui tendit la main et Valmann la saisit pour éviter qu'elle ne retombe sur la table, tant elle paraissait frêle.

– Et voici Jonfinn Valmann, le plus long bras de la justice ici, à Hamar, dit Timonen en faisant les présentations.

Tous hochèrent la tête avec un sourire. L'ambiance était détendue. Un observateur extérieur n'aurait jamais deviné qu'étaient réunis un criminel condamné à quatre années et demie de prison ferme pour un important trafic d'amphétamines, un avocat de la défense et un inspecteur qui, apparemment, avait permis le démantèlement de ce réseau.

– J'ai entendu que Bo n'est pas là, dit Timonen en s'adressant au jeune avocat avec une expression d'inquiétude.

– Cela va faire une semaine que je n'ai pas de nouvelles, répondit Otharsen sans se départir du ton impartial qu'il avait eu dans la salle d'audience. J'ai tenté de le joindre hier sur son portable pour lui rappeler la convocation d'aujourd'hui, mais je n'ai pas eu de réponse.

– Merde…

– Je voulais réessayer. Tu as peut-être un autre numéro où je pourrais le joindre ?

– Moi ? Non…

Timonen avait laissé tomber la gaieté conviviale de tout à l'heure et paraissait sincèrement inquiet. Cela ne lui allait pas. Ses yeux vifs qui pétillaient d'humour n'étaient plus que deux fentes menaçantes. Ses doigts boudinés trituraient une serviette en papier, la pliant et la repliant pour en faire un minuscule cube tout dur.

– Il se peut qu'il ait changé de téléphone, intervint Valmann.

Les autres le regardèrent et il devina dans le regard d'Otharsen et de Timonen autre chose qu'une marque d'attention polie.

– Il a encore fait des siennes récemment. Nous le recherchons à propos d'un trafic de stupéfiants. La drogue était dissimulée dans un véhicule que nous avons appréhendé vendredi.

Dans le silence qui suivit, Gunnar Presterud profita de l'occasion pour glisser une réplique :

– Ah, Bo ! Il ne peut pas se tenir à carreau, celui-là. Il n'apprendra jamais. Ça ne lui suffit donc pas, toutes les condamnations qu'il a déjà sur le dos ? Mais non, quand il y a un coup foireux à faire, t'appelles Bo et il rapplique dare-dare.

Il jeta un coup d'œil à Timonen et se tut soudain comme s'il en avait trop dit.

– Bon, je vais me chercher un café, marmonna-t-il en se levant.

– Vous voulez parler du véhicule qui transportait des poulets ! s'exclama Timonen avec une pointe d'ironie, une fois assuré que Presterud ne pouvait l'entendre.

– Exact. Nous avons retrouvé des traces d'amphétamines et de cannabis. Et de belles empreintes digitales de notre ami Dalén.

– De cannabis ? répéta Timonen en fronçant les sourcils et en se frottant les yeux comme s'il avait fixé le soleil trop longtemps.

– Oui, dans des doubles fonds. *A priori*, dix à quinze kilos. Mais la voiture semble avoir aussi servi à la traite des filles.

Le visage de Timonen devint grave.

– Mais est-ce que cela n'aurait pas dû ?…, commença Otharsen, qui réussit la performance d'avoir l'air à la fois stupéfait et indigné. Est-ce que nous n'aurions pas dû en être informés ?

– Ce n'est pas à moi qu'il faut le demander, répliqua aussitôt Valmann. On s'est contenté de lancer un avis de recherche lundi matin en Norvège et en Suède. Mais est-ce que vous ne devriez pas mieux surveiller votre client, surtout quand approche la date du procès où il fait appel de sa condamnation précédente ?

– Imbécile ! bougonna Timonen, mais il était clair qu'il ne s'adressait à aucun d'entre eux. Je le connais un peu, Bo. Il a fait pas mal de conneries, mais… Ah, bordel ! J'aurais vraiment pas cru qu'il… Bon, il faut que j'aille voir si je peux encore rattraper le coup, dit-il en se levant précipitamment.

Après la pause, ce fut au tour de Timonen de venir à la barre. Il expliqua comment la police avait découvert un réseau de trafiquants grâce à des écoutes téléphoniques. Valmann, qui n'avait pas l'habitude de ce genre de surveillance, trouvait tout à fait remarquable que la police aux frontières ait pu ainsi établir le trajet emprunté par les trafiquants, d'abord de Copenhague jusqu'à Strømstad, puis dans un appartement de Lillestrøm où la police les avait pris en flagrant délit, en train de déballer et de partager la drogue pour les différents revendeurs. Il n'y avait rien à ajouter ni à redire. L'écoute de l'enregistrement des conversations téléphoniques très animées avec les voix des inculpés fit sourire certains visages dans la salle d'audience.

On annonça cette fois la pause déjeuner et Bo Dalén n'était toujours pas là. À l'autre bout du couloir, Otharsen appelait avec frénésie tous les numéros qu'il avait à sa disposition, tandis que Timonen remballait le matériel dont il s'était servi pour son petit show.

– Écoutez, je sais qu'on était convenus de se retrouver après, dit-il en voyant Valmann venir vers lui. Mais je préférerais qu'on aille faire un tour du côté de la forêt. Je n'aime pas cette histoire avec Bo. Je le connais. Ce n'est pas un mauvais gars, dit-il avec un sourire en coin vu le casier judiciaire assez chargé de ce jeune. Je connais quelqu'un par là-bas qui pourrait peut-être nous donner un tuyau. Eh bien, salut ! fit-il en tapant dans le dos du troisième prévenu en passant devant et en levant son pouce pour lui souhaiter bonne chance pour la suite.

L'autre lui adressa un large sourire.

Valmann avait du mal à comprendre la familiarité de son collègue avec les inculpés. Pour sa part, il se gardait de tout contact personnel les rares fois où il devait les retrouver dans une salle de tribunal. Non pas parce qu'il les jugeait mauvais ou dangereux, mais parce que, selon ses critères, le système fonctionnait ainsi. Le ministère public et les prévenus avaient chacun leur rôle à tenir dans cette quête de la justice où s'affrontaient éternellement les gendarmes et les voleurs. C'est sûr que tous auraient aimé changer de rôle en cours de route ou dire « Pouce, je joue plus » quand ils en avaient assez, jeter par terre les pistolets en bois et rentrer à la maison pour manger ensemble de la bonne viande hachée. Mais ce n'était pas comme ça dans la vraie vie. Là, il fallait aller au bout de chaque affaire et arrêter les coupables pour les traduire en justice – du moins, en principe. Son boulot consistait précisément à sauvegarder ce principe. Il se lançait à leur poursuite et ils s'enfuyaient, il analysait et cherchait où ils pouvaient bien se cacher, eux l'évitaient en prenant soin de ne laisser aucune trace, tel était le partage des rôles, tel était le « jeu ». Devant un tribunal, ce combat essentiel entre le « bien » et le « mal » se réduisait à ses yeux de nouveau à un jeu. Les formalités solennelles se transformaient en une danse rituelle où chacun exécutait les pas qu'il était censé faire, et où personne ne s'intéressait aux explications fumeuses, aux invraisemblances et aux mensonges plus gros qu'une maison, présentés avec des regards fuyants. Comme si le déroulement sans accrocs des pourparlers était plus important que les pourparlers eux-mêmes.

– T'as un petit côté intégriste, tu sais, Valmann, l'avait taquiné Anita lors d'une discussion à ce sujet.

Elle avait sans doute raison. Ce ne serait pas la première fois. Au fond, il n'était qu'un idéaliste, un naïf, qui rechignait à considérer les problèmes sous plusieurs aspects en prenant en compte la diversité des modes et des conceptions de vie. Peut-être son attitude quelque peu rigide était-elle un obstacle qui lui interdisait d'appréhender la pleine complexité de la criminalité ? Il revit la large main de Timonen se poser amicalement sur l'épaule de Presterud quand ils marchaient ensemble, l'inspecteur quatre étoiles et l'homme qu'il envoyait pour quatre ans derrière les barreaux. Encore que dans le cas de Presterud il n'y ait pas lieu de s'interroger longtemps sur la frontière entre le bien et le mal, l'innocence et la culpabilité.

31

Si quelqu'un lui avait posé la question, il aurait répondu que Timonen devait sans doute conduire une grosse américaine. Mais que ce soit quelque chose d'aussi gros et rentre-dedans que ce pick-up combi mal garé devant le palais de justice !...

On dirait une maison sur roues, pensa-t-il en essayant de suivre la Dodge Ram gris métallisé flambant neuve de son collègue, qui traçait en direction de Flisa et Kirkenær en se fichant éperdument des limitations de vitesse. En arrivant au hameau d'Arneberg, il ralentit juste assez pour réussir à prendre le virage à gauche et s'engager sur la route de Dulpetorpet qui menait directement au cœur de la forêt de Finnskogen. Ici, Valmann se trouvait en terre inconnue. Il n'avait guère eu l'occasion de s'arrêter dans ce coin, à la différence de Timonen, qui, en digne descendant des premiers colons finlandais, était dans son élément. Sur cette route cahoteuse et sinueuse, Valmann dut s'accrocher pour que sa Mondeo ne se fasse pas distancée par la puissante Dodge.

Les derniers kilomètres se faisaient sur un chemin de gravillons mal entretenu et si étroit que les branches des arbres éraflaient les flancs de la voiture.

La modeste ferme se dressait dans une clairière qui, par une journée ensoleillée, aurait eu l'air idyllique.

Mais, fin octobre, des plaques de neige à demi fondue s'attardaient au pied des murs, les cimes des sapins, sinistres, disparaissaient dans le brouillard, les flaques boueuses étaient recouvertes de givre et une herbe sale et poisseuse leur lava les chevilles lorsqu'ils se dirigèrent vers la porte d'entrée à la peinture écaillée, comme le reste de la ferme d'ailleurs. Sans parler des deux remises qui semblaient à peine tenir debout ! Une sorte de garage primitif bricolé avec des matériaux de récupération et des bâches en plastique déchirées s'effondrait lentement sur une vieille Saab qui ne risquait pas de prendre la route avec ses pneus défoncés. Un tracteur d'un autre âge rouillait sur place. Le seul véhicule en état de fonctionner paraissait être un vieux pick-up Toyota garé à l'autre bout de la cour. Entre le grenier sur pilotis et ce qui avait dû être la grange, on voyait les restes d'un ancien puits. Un peu plus loin, une sorte de décharge à ciel ouvert, à peine dissimulée dans l'herbe haute. Devant la porte d'entrée, de grosses roues avaient laissé des empreintes profondes en décrivant une large courbe.

– Bienvenue à Hølla ! lança Timonen en montrant la ferme de la main. C'est ici qu'habitent Willy et Kaisa Jarlsby, les parents de Bo. Ou, plus exactement, ses parents adoptifs.

Son regard vif s'attarda une seconde sur les traces fraîches de pneus.

– À l'âge de deux ans il a été placé en orphelinat, et à cinq ans il est arrivé ici, poursuivit-il.

La cheminée fumait, il y avait donc quelqu'un à la maison, même si personne ne semblait pressé de venir leur ouvrir quand il frappa.

La porte finit par s'entrebâiller.

– C'est moi, Willy, annonça Timonen. Je viens avec un collègue de la police de Hamar. Il faut qu'on te parle de Bo. Il s'est encore mis dans de beaux draps.

– Il n'est pas là, dit une voix sèche.

Valmann avait connu accueil plus chaleureux.

– On s'en doute, répondit Timonen avec calme. On a seulement besoin que tu nous aides à le retrouver. Tu pourrais nous inviter à entrer, par exemple, ce serait déjà ça. Il fait un temps de chien dehors.

Les gonds grincèrent et la porte s'ouvrit en grand. L'homme assez âgé, sec, petit et malingre, avec une casquette usée sur la tête, les précéda dans un couloir obscur et étroit. Il les fit entrer dans un salon où il y avait à peine la place pour s'asseoir, tant la pièce croulait sous les vieux meubles de toutes sortes. Si on en avait jeté la moitié, l'endroit aurait pu être agréable, avec les rondins noircis par la fumée, les fenêtres basses à petits carreaux et aux encadrements épais, et la cheminée à l'ancienne où quelques débris de bois rougeoyaient encore.

– Je vais faire chauffer l'eau, asseyez-vous.

La voix de Willy était comme rouillée, il ne devait pas s'en servir souvent. Il disparut par la porte du fond. Dans ce coin, quelqu'un avait peint un motif de chasse sur la partie centrale du miroir.

– Est-ce que Kaisa est là par hasard ? cria Timonen.

– Non, tu la connais…, dit la voix qui reprenait un peu vie. Elle traîne partout. Elle n'est jamais ici dans la journée.

– Kaisa a eu des problèmes nerveux, expliqua Timonen à voix basse. Elle traverse des périodes où elle ne peut pas rester tranquille, elle se « promène ».

Valmann hocha la tête d'un air faussement entendu et tous deux trouvèrent un fauteuil.

– Elle pourrait quand même rester un peu à la maison, dit la voix, agacée. En plus, par un temps pareil ! Si ça continue, elle va casser sa pipe.

Il revint en tenant une cafetière fumante et trois mugs par leurs anses. Sur celui qu'il posa devant Valmann, il y avait le logo de Landteknikk, le même que sur la casquette.

– Elle traîne quand même pas tout le temps dehors ? demanda Timonen en prenant son mug et soufflant dessus.

– Si. Elle se balade un peu partout. Ici et là. À pied ou en bus. Elle fait l'aller-retour à Kongsvinger ou à Magnor, même jusqu'à Eda. Souvent elle ne rentre pas avant la tombée de la nuit, et parfois pas du tout. Ce n'est pas normal. On va l'interner un de ces jours… Je vais chercher le sucre.

Willy revint avec un sucrier et une bouteille.

– Une petite goutte ?

– Non merci, déclina aussitôt Valmann.

– Alors juste une larme, hein ? fit Timonen en ricanant, comme s'il trouvait très amusant de boire avant de prendre la route, qui plus est en présence d'un collègue. Vous savez, faut pas plaisanter avec les contrôles routiers par ici !

Le vieux Willy versa de l'alcool dans le café, mais sa main tremblait tant qu'il en mit un peu à côté.

– Hé, fais gaffe ! Faut pas gaspiller ces précieuses gouttes !

– J'ai une autre bouteille, alors…

Le vieil homme semblait soudain si excité qu'il renversa la moitié de la cuillerée de sucre sur la table avant qu'il puisse mettre le reste dans le café et touiller le tout.

– Eh bien, santé !

Chacun leva son mug et but. Le café était fort. La petite goutte était sans doute encore plus forte, car Valmann vit les larmes jaillir dans les yeux des deux autres.

– Quand as-tu vu Bo pour la dernière fois ? demanda Timonen tout à coup d'un ton étrangement neutre.

– Je me souviens pas bien. Ça va faire un moment…

– À d'autres, pas à moi ! Écoute, je suis là pour essayer d'arranger les choses.

– J'essaie de m'en souvenir, je t'assure !

Le regard vitreux de Willy lorgnait avec envie son café.

– Allez, fais un effort ! J'ai vu des traces de pneus dehors.

– Euh… Il est passé en coup de vent il y a quelques jours.

– Vendredi ?

– Oui, ça se pourrait. Ou samedi. Je confonds un peu les jours.

– Qu'est-ce qu'il voulait ?

– Hein ? Ce qu'il voulait ?… Dire bonjour…

– Willy, je t'ai demandé ce qu'il voulait.

– Il a demandé après sa sœur.

– Evy ? Et qu'est-ce que tu lui as répondu ?

La voix de Timonen avait à présent la dureté du métal.

– Que veux-tu que je lui dise ? Ça fait des années que j'ai pas de nouvelles de la môme.

– Et il t'a donné de l'argent.

– De l'argent ? Non…

– Sans ça, t'aurais pas pu acheter de l'alcool. Deux bouteilles même !

– Bon… d'accord. Il a peut-être fourgué quelques couronnes à son vieux paternel.

– Combien à peu près ?

Willy se tortilla sur sa chaise.

– Un ou deux billets de mille…

– Parce que tu lui as dit où il pouvait trouver Evy ?

– Je t'ai déjà dit que j'ai pas de nouvelles ! La dernière fois que la môme m'a contacté, elle travaillait dans une compagnie d'assurances, je ne sais plus le nom. À Lillestrøm, je crois. Mais ça va faire presque deux ans.

– C'est vrai ?

– Je le jure ! s'exclama le vieil homme en tendant une main noueuse pour prendre son café et boire une bonne rasade. Dans quel pétrin il s'est encore mis, cet idiot ?

– C'est ce que j'espérais tirer au clair en venant ici, Willy, dit Timonen en finissant à petites gorgées son café à l'alcool, avec l'air de le savourer. Tu n'as pas changé, tu es toujours le même petit malin. Tu es une vraie tombe quand tu veux. Tu ne fais confiance à personne.

– On apprend à économiser ses mots par ici, répondit le vieux. On a beau habiter à l'écart, on a des yeux pour voir. Et plus on voit, plus faut la fermer, si tu comprends ce que je veux dire…

– Je crains qu'un beau jour Bo ne voie ce qu'il ne devrait pas voir, dit Timonen sur un autre ton.

Son collègue s'inquiétait vraiment pour ce garçon, comprit Valmann.

– Tu n'as vraiment aucune idée de l'endroit où il pourrait être ?

– Oh, ici et là, répondit Willy, évasif, en prenant une dernière gorgée de café. Il me raconte rien… Mais je sais qu'il s'est mis à traîner avec des étrangers.

Il se reversa du café, puis ajouta l'alcool et le sucre, même s'il en répandit encore la moitié sur la table.

– Je lui ai dit qu'il ferait mieux d'arrêter avec ça, mais tu crois qu'il m'écoute ?

– Des étrangers ? Quelle sorte d'étrangers ?

– Je ne sais pas, moi. Des étrangers, quoi ! Des basanés. Tous les mêmes. Il en ressort jamais rien de bon.

– Est-ce qu'il y avait des étrangers avec lui quand il est passé vous voir la dernière fois ? intervint Valmann.

Willy se tourna vers lui avec une mine désolée, comme s'il voulait faire comprendre à Valmann que son tour de parole n'était pas encore arrivé.

– Non. Pas ici…

– Ça veut dire quoi, « pas ici » ?

– Pas ici, à l'intérieur. Je les aurais jamais laissés entrer. Sinon, je leur aurais fait goûter à ça…, dit-il en montrant le fusil posé sur la banquette sous la fenêtre, à moitié caché par un plaid.

Le vieil homme en caressa affectueusement la crosse.

– Vous voulez dire qu'ils ont attendu dehors ?

– Oui, ils avaient pas le choix.

– Ils étaient plusieurs ?

– Quelques-uns. Plus une dame apparemment. Elle est restée dans la voiture.

– C'était quel type de voiture ?

– Aucune idée, bordel ! Un gros machin. Ç'avait l'air tout neuf. Elles sont toutes pareilles de nos jours. Gris métallisé. C'était tard, il faisait presque nuit. Et la fille, c'est tout juste si je l'ai vue, oh, une pute, c'est sûr…

– En tout, ils sont restés ici combien de temps ?

– Un quart d'heure… Peut-être un peu plus.

– Ça a été rapide, on dirait, commenta Timonen.

– Il aime que ça aille vite, répondit Willy Jarlsby qui avait tourné sa chaise pour regarder les braises du foyer. Ça a toujours été comme ça. Impossible de le tenir. Pourtant ce n'est pas un mauvais bougre, je l'ai toujours dit. Mais avec ces putains d'étrangers…

32

– Ah, ce vieux renard !

Timonen semblait à la fois amusé et agacé.

– Si on fourre le nez dans son repaire, on peut être sûr qu'il a au moins deux issues de secours. Bo ne lui donne pas deux mille dans la main s'il ne livre pas la marchandise.

– La marchandise ?

Valmann avait la désagréable impression d'avoir toujours un métro de retard.

– Evy. La fille. La demi-sœur de Bo. Willy sait où elle est. Et maintenant ils le savent.

– Qui, « ils » ?

– Bo et ses acolytes. Je crois que le vieux a dit la vérité. Bo s'est mis en cheville avec des étrangers. C'est pas bon, tout ça. Surtout par ici.

– Qu'est-ce qu'ils lui veulent, à Evy ?

– J'en sais foutrement rien, dit Timonen en jetant un regard sombre sur la triste cour de ferme, perdue au milieu de la forêt. Les filles, ça peut servir à toutes sortes de choses…

Son visage était devenu très grave.

– Mais elle travaille dans une compagnie d'assurances.

– Travaillait, rectifia Timonen sur un ton qui n'admettait pas de réplique.

– Est-ce que ce sont principalement les étrangers qui introduisent du shit en Norvège ?

– Pourquoi vous me demandez ça ?

– À cause du cannabis que nous avons retrouvé dans la voiture que Bo conduisait. Et comme vous venez de dire qu'il traîne avec des étrangers maintenant…

– Par ici il y a toutes sortes de trafics, lança Timonen en examinant une dernière fois les traces de pneus devant la maison. De l'alcool, des cigarettes, des pièces détachées de voiture, de la nourriture, de la drogue, des armes… Tout ce que vous voulez.

Il regarda Valmann d'un air presque provocateur, attendant la réaction de ce collègue si peu au fait.

– Des armes ?

– Bien sûr, pas des missiles ou des chars blindés, dit-il en riant, mais des armes de poing, comme en ont les bandes. Du matériel de surveillance. Des explosifs. On ne recherche pas ici le Petit Poucet. Vous avez au moins compris ça, j'espère ?

Valmann préféra ne pas relever.

– Et où va l'argent ?

– Tout le système repose sur l'argent. Des sommes considérables. Les trafiquants traitent avec des grossistes, qui traitent avec des dealers, qui, eux-mêmes, traitent avec des petits revendeurs de rue.

– Et tout en haut il y a les gros bonnets qui tirent les ficelles ?

– Exactement. Des Norvégiens et des étrangers, tous unis pour la même cause. Ce sont les étrangers qui posent le plus de problèmes, car ils appliquent d'autres lois, plus dures. En gros, les gars ont davantage peur du milieu que de la police. Ils se partagent le travail et collaborent dans certains domaines bien précis en faisant attention à ne pas marcher sur les plates-bandes des autres. Mais ça arrive quand même et alors…

– Alors c'est là qu'on a une chance.

– Très juste. Encore faut-il avoir les bons contacts.

– Et c'est là que vous intervenez.

– Oui, on pourrait dire que c'est ma spécialité, sourit Timonen comme s'il venait d'avoir une idée amusante.

– Eh bien, il faudra que je m'inscrive à vos cours, ricana Valmann pour faire semblant d'être sur la même longueur d'onde.

Parler du métier de flic avec Timonen lui faisait se sentir un aspirant lors de sa première sortie sur le terrain.

– Il s'agit aussi de filles, n'est-ce pas ?

Il avait espéré que Timonen aborderait de lui-même le sujet. Le visage de son collègue s'assombrit.

– On n'a pas trop eu ça dans le coin, du moins jusqu'ici.

– Mais ça arrive ?

– Faut croire. C'est pas à mains nues qu'on peut arrêter une rivière de couler. On fait ce qu'on peut, dit-il en souriant de nouveau. On a dû jouer au plus musclé à une ou deux occasions.

– Comment ça ?

– Oh, trouver des méthodes… peu orthodoxes, disons. L'essentiel est de leur foutre la trouille pour qu'ils n'aient pas envie de recommencer, expliqua-t-il en gloussant, comme un gamin qui aurait fait une bonne blague.

– J'imagine qu'aucun rapport n'a été fait sur ces « une ou deux occasions » ? fit Valmann, qui se trouvait dans la fâcheuse posture du missionnaire prêchant dans le désert.

– Tout juste.

172

– Mais cela ne les a pas dissuadés de recommencer.

– C'est-à-dire ?

Timonen était sur ses gardes.

– Je pense à la fille qu'on a trouvée morte près de Malungen.

– Ah, elle !…

Timonen plissa le front.

– Je ne sais pas si c'est une bonne chose que vous mettiez le nez dans cette affaire.

– Moi ? Mais je croyais qu'on allait travailler ensemble !

– Bien sûr qu'on va mener une enquête conjointe, et dans les règles, poursuivit Timonen avec un regard appuyé comme si le sérieux de sa déclaration devait être compris à double sens. Mais je doute qu'on trouve grand-chose. Les gars qu'on a en face de nous ne sont pas du genre à nous attendre, et encore moins la police de Hamar. Il faut que vous compreniez qu'ils sont partout, à Copenhague, Riga, et jusqu'en Bosnie, pourquoi pas ? Il s'agit d'une mafia.

Ces propos surprirent Valmann. Timonen semblait n'avoir plus le même intérêt pour l'affaire. Son visage dut trahir son trouble car son collègue ajouta sur un ton qui se voulait consolateur :

– Ça ne vaut pas le coup de perdre le sommeil pour ce genre d'affaires, Valmann. Ce n'est pas notre travail. Ça relève d'une autre compétence et, croyez-moi, ce n'est pas drôle tous les jours.

Ils se tenaient à côté du mastodonte qu'était la Dodge Ram. Timonen avait déjà la main sur la poignée.

– Il faut que je retourne à Arvika ce soir. On reste en contact.

– Eh bien, je dois y aller, moi aussi, dit Valmann.

– Je croyais que vous aviez une bonne raison pour aller aussi à Arvika, le taquina Timonen, les yeux brillants. Un joli brin de fille, cette Anita. Vous feriez bien de prendre soin d'elle... Bon, j'y vais. On se reparlera bientôt.

Il referma la portière. Le moteur vrombit et Valmann fit un signe de la main. Puis il regarda sa Mondeo garée un peu plus loin. Les gouttes ruisselaient sur les vitres, l'eau faisait briller la carrosserie. Le ciel se dégageait au-dessus de la cime des arbres. On eût dit que les bâtiments gris allaient être engloutis dans la terre. Pas question de rester plus longtemps ici, mais il ne se sentait guère de rentrer à Hamar. Ce n'était pas là-bas qu'il comprendrait ce qui se jouait dans le vaste Hedmark. Il eut soudain envie de se retrouver dans le bolide américain de Timonen et de sillonner avec lui les routes secondaires, prendre une bière et une pizza dans un restau routier, aller voir des criminels et néanmoins amis de Timonen, parler avec eux comme si c'étaient des gens normaux, jouer peut-être avec eux une sorte de poker, boire de l'alcool, voir ce milieu de l'intérieur, apprendre enfin quelque chose de la bouche de ceux qui savaient, au lieu de rester assis derrière un bureau et parvenir péniblement à reconstituer les faits en mettant bout à bout des indices, dans l'espoir de faire surgir une version vraisemblable du déroulement des événements.

Dans le meilleur des cas.

La Dodge disparut dans un bruit assourdissant sur le chemin de gravillons.

« Un joli brin de fille... »

Avant de s'asseoir dans la Mondeo, Valmann essuya les vitres avec le vieux chiffon qu'il gardait dans la portière. Il avait besoin de se défouler. Ses gestes étaient rapides, presque violents. Il s'en voulait d'être toujours cette personne correcte, plutôt à cheval sur le règle-ment. Il sortit de la cour en prenant un virage rapide et serré, et il heurta presque les claies pour faire sécher l'herbe, enfoncées dans le sol. Les cordes à linge ten-dues entre ces claies frôlaient le sol, comme si elles sup-portaient à peine le poids des pinces à linge qui s'étaient regroupées au milieu.

« Vous feriez bien de prendre soin d'elle… »

Il ne tenait pas en place, avait besoin de faire quelque chose. Était-ce l'effet du café ? Non, il ne rentrerait pas tout de suite. Il était ici pour son travail. Personne ne réclamait sa présence au poste à Hamar. Et la crimina-lité aux frontières sur laquelle il enquêtait se jouait ici. Oui, il sentait confusément que c'était ici, dans cette zone frontalière, que se trouvait la clé. À supposer qu'il y en ait une.

Jusqu'ici, il n'avait pas appris grand-chose et les remarques de Timonen l'avaient un peu refroidi, comme s'il avait cherché à le mettre en garde. À moins que ce ne fût un simple constat : la fille était morte et la cause de la mort établie. Si la fille avait réellement été une prostituée et s'il s'était agi d'un meurtre, dans le cadre d'un règlement de comptes entre bandes adverses, par exemple, Timonen avait raison : l'affaire était réglée en un certain sens. Valmann aurait aimé savoir si l'examen de l'Audi avait donné des résultats. Il sentait que cette enquête avait mal démarré et qu'il n'avait pas fait les choses comme il fallait. Il aurait dû au moins contacter les services d'immigration pour obtenir la liste des demandeurs d'asile manquant à l'appel ou celle des étrangers ayant obtenu un visa de tourisme ces six derniers mois, au cas où la jeune fille serait entrée en Norvège de manière légale. Cela aurait peut-être permis de trouver son identité et d'avoir un début de piste. Il aurait aussi dû prendre contact avec les autorités suédoises. Il avait été au-dessous de tout ! Il s'était contenté d'aller dans toutes les directions, un jour ici, un jour là. Comme aujourd'hui, au plus profond de la forêt de Finnskogen. Restait à savoir si c'était une impasse.

Un sentiment de solitude et de désarroi le saisit quand il fut sur le sentier de gravillons désert. Il appuya sur l'accélérateur. Peu de kilomètres le séparaient d'Arvika. Il pesa le pour et le contre. Et s'il lui faisait une surprise ?… Devait-il arriver à l'improviste ou l'appeler d'abord ? Au fait, est-ce qu'elle aimait les surprises ou est-ce qu'elle préférait avoir le temps de se préparer ? Il n'en avait aucune idée. Les femmes n'avaient peut-être pas d'opinions tranchées sur la question, tout étant une question de circonstances. Anita ne devait pas être différente des autres – du moins sur ce point. C'est fou le peu de choses qu'il savait de cette femme avec qui il avait une liaison, son amoureuse… Mais il savait qu'elle lui manquait terriblement et qu'il faisait fi des limitations de vitesse sur les routes du Grue Finnskog pour la rejoindre au plus vite.

33

En rentrant chez lui, Arne Vatne vit de la lumière dans le salon. Ça lui ficha un coup. Il était sûr d'avoir éteint en partant mardi matin. C'était un réflexe. Il songea une seconde à faire demi-tour, mais c'était une idée absurde, bien sûr. Il ne vit en tout cas aucune voiture de luxe garée devant sa porte, et rien n'indiquait non plus qu'il avait la visite de la police ou du service des douanes.

Il mit la voiture au garage et gravit à pas lents les marches en pierre jusqu'à sa porte d'entrée. Elle était légèrement entrebâillée. Une sueur froide lui coula dans la nuque quand il ouvrit en grand. Il entendit un vague bourdonnement de voix en provenance du salon. Sans enlever ses chaussures comme d'habitude, il s'approcha de la porte du salon et jeta un coup d'œil dans la pièce. Personne, mais la télé était allumée. Puis il aperçut un pied qui dépassait de l'accoudoir du canapé. Un pied de sa fille. D'Anne. Une vague de soulagement le submergea. Depuis qu'elle était toute petite, elle aimait regarder la télé allongée de cette manière. Il s'avança à petits pas et, oui, c'était bien elle, profondément endormie dans sa position favorite. Elle avait l'air si fragile et perdue… Le teint livide, les yeux cernés, les lèvres si pâles. Les mêmes taches de rousseur à la racine du nez et sur le menton que lorsqu'elle était adolescente et pleurait en se regardant dans la glace, essayant toutes sortes de produits miracles pour faire disparaître ce qu'elle considérait comme une catastrophe, un coup du sort effroyable. Comment lui en vouloir quand elle dormait ainsi, la bouche à demi ouverte et son adorable frimousse constellée de taches de rousseur ? Elle marmonna quelque chose et bougea dans son sommeil, ce qui le fit reculer. Il décida de rejouer la scène, entra de nouveau dans le salon en faisant beaucoup de bruit. Elle se redressa aussitôt.

– Oh, salut, papa !

– Salut.

Tout ce qu'il avait sur le cœur remonta d'un coup, à en avoir la gorge nouée. Il vit que, malgré son état d'épuisement, elle se forçait à sourire. Il était heureux de se retrouver seul avec elle. De ne pas avoir à supporter son chevalier servant.

– J'ai dû m'endormir…

– Tu n'as pas dû dormir beaucoup ces derniers temps, hein ?

Quel soulagement de la revoir à la maison ! Il fit de son mieux pour ne pas l'assaillir tout de suite de reproches.

– Ah, tu crois ? dit-elle en bâillant et en s'étirant avant de s'affaler de nouveau dans les coussins du canapé.

Il sentait un muscle de sa mâchoire se contracter. Il trouvait son ton insouciant, son indolence, toute son attitude irresponsables, voire carrément provocants. Avait-elle oublié dans quelles conditions elle s'était évaporée ? Avait-elle la moindre idée des phases par lesquelles il était passé à cause d'elle ?

– T'étais où ?

Elle tressaillit. Il n'avait pas réussi à formuler sa question de façon moins abrupte.

– Oh, mais papa…

– Tu t'en vas avec des gens que je ne connais pas, en pleine nuit, sans laisser un mot. Sans m'appeler… Et tu disparais pendant des jours !

Il avait du mal à garder son calme et à ne pas se laisser emporter, pourtant il parvint à se raisonner pour ne pas dire des choses qu'il regretterait par la suite. Mais en entendant sa voix qui tremblait de colère rentrée, il se rendit compte à quel point il avait eu peur pour elle.

– Mais papa…

On aurait dit qu'elle ne comprenait pas l'anxiété de son père. Elle ne souriait plus. Elle secoua la tête et rejeta ses cheveux en arrière. Il vit qu'ils étaient tout abîmés, gras et sales.

– Ne me dis pas que tu t'es fait du souci pour moi !

– Du souci… (Elle disait ça comme si se faire du mauvais sang pour sa fille quand elle disparaissait plusieurs jours sans prévenir était la preuve qu'on était un parent complètement nul, démodé, à côté de la plaque.) Tu aurais au moins pu prévenir, passer un coup de fil. Je suis même allé à la police !

– À la police ! Mais enfin, papa !

La contrariété creusait les traits de son visage blême, et l'indignation se transformait en une rancœur réelle affichée. Il aurait tellement voulu éviter qu'ils en arrivent là, mais c'était plus fort qu'eux. L'affrontement était, comme très souvent, inévitable.

– Alors, t'étais où ?

– Je ne sais pas si je dois te le dire, vu comme tu prends les choses.

– J'ai quand même le droit de savoir, il me semble.

– J'ai plus de vingt ans, papa. Je suis une grande fille, tu sais. Je n'ai pas besoin d'un papa qui tourne en rond et s'inquiète parce que je ne suis pas rentrée à dix heures du soir !

– Je te demande seulement de ne pas oublier que je suis ton père et que je vis ici.

– Bon, d'accord… Je suis désolée, ça te va ?

Elle avait l'air de s'en vouloir, mais comment empêcher le ton de monter entre eux ? Il n'en fallait pas beaucoup pour que ces deux-là ne puissent plus parler calmement et commencent à se disputer, à se crier dessus. Chez lui, la colère avait laissé place au trouble. Et si elle avait raison ? Elle avait fini par rentrer à la maison, saine et sauve – enfin, apparemment. Il la regarda et essaya de voir en elle une femme adulte allongée sur le canapé, une fille majeure et adulte. Selon la loi, il n'avait pas le droit de dicter sa conduite à une personne de vingt ans. Et pourtant c'est ce qu'il était en train de faire, prenant des airs de juge offensé et exigeant qu'elle justifie ses faits et gestes. Les reproches mêlés d'inquiétude jouaient avec ses nerfs. Il aurait aimé rejouer cette scène avec d'autres mots, une autre intonation de voix. Où et comment reprendre une conversation normale ? Après les événements de ces derniers jours, c'était la goutte d'eau qui faisait déborder le vase. Ah, si seulement il avait bu deux ou trois verres de vodka ! Il aurait alors senti cette douce torpeur gagner sa tête et tout mettre à distance, chaque chose retrouvant sa place sans qu'il ait rien à faire de particulier. Il n'y avait pas meilleur moyen pour régler les problèmes. Surtout maintenant.

Par malheur, il était parfaitement sobre. La journée avait pourtant bien commencé. Didriksen était venu le voir au travail après la pause du déjeuner, avait parlé fort en riant, l'avait loué pour l'avancement des travaux, lui avait tapé sur l'épaule et lui avait annoncé que la Toyota serait prête chez le concessionnaire dans quelques jours. S'il pouvait apporter deux cent vingt mille couronnes, Didriksen avancerait le reste de la somme, sans intérêts. En tout, cela lui reviendrait à moins de la moitié du prix d'une Land Cruiser en Norvège. La banque serait-elle d'accord ? Oui, Arne Vatne pensait qu'il n'y aurait pas de problèmes de ce côté-là. Il n'avait plus de crédit en cours puisqu'il avait fini de payer sa maison. Et il avait vraiment besoin d'une nouvelle voiture. Deux cent vingt mille, c'était rien de nos jours. Il ferait mieux de rentrer à Hamar pour arranger ça et conclure l'affaire au plus vite. Arne Vatne était d'accord. Même si cela contrariait son projet de revenir au Fagerfjell Camping. Car il avait beau être au travail, il avait gardé son parfum sur la peau, il sentait les égratignures laissées par ses ongles dans la nuque quand elle l'avait griffé au début, avant de se laisser faire. Elle était d'un autre genre, la nouvelle, elle ne buvait pas, n'avait pas l'air très futée, elle n'aimait pas se déshabiller, elle voulait faire ça dans le noir et elle avait pleuré après. Mais quand enfin il avait pu la pénétrer, et qu'elle n'avait plus opposé de résistance et l'avait laissé être le maître, il avait ressenti la même chose qu'avec la précédente. Celle qui lui avait montré comment s'y prendre, qui avait fait naître le conquérant en lui. Celle qu'il avait presque réussi à chasser de son esprit : Vlasta.

Le prénom de la nouvelle était Alka.

34

– Tu n'aurais pas vu mon portable ?

Il avait préparé le dîner. Il était sorti acheter des saucisses, des oignons frits et de la salade de pommes de terre. Elle voulait du ketchup au chili et elle en aurait. Pour sa part, il avait eu envie d'une bière quand il était passé devant les boissons fraîches et avait pris un pack de six.

Attablés dans la cuisine, l'un en face de l'autre, on se serait cru revenu en arrière, au temps où elle n'était pas encore devenue une jeune fille rebelle et hargneuse. Elle avait pris une douche et semblait plus en forme, mais elle touchait à peine à la nourriture. Il lui avait versé de la bière et tous deux avaient trinqué en esquissant un sourire prudent. Sur la table, c'était toujours la même vieille nappe. Elle avait vidé son verre en quelques lampées, puis lui avait posé cette question à propos de son portable.

– Tu l'avais oublié. Il était sur le canapé. Je l'ai rangé dans le meuble de l'entrée, tiroir du haut, répondit-il en tentant de savourer sa dernière gorgée de bière.

Il se souvenait de cet étrange appel et était bien décidé à aborder le sujet avec elle dès que l'occasion se présenterait. C'était maintenant.

– Quelqu'un a essayé de te joindre, commença-t-il.

Elle leva la tête.

– Il n'a pas donné son nom.

– Il a dit ce qu'il voulait ?

Son regard s'était fait méfiant, elle avait toujours jalousement protégé sa vie privée.

– Non. Mais il avait un ton assez vulgaire.

– Dans la vie, il arrive qu'on rencontre aussi des gens vulgaires, malheureusement.

– Il a demandé après une certaine Diana.

– Diana ?…, répéta-t-elle comme pour se donner du temps et le rouge lui monta aux joues – à moins que ce ne fût le fruit de son imagination. Oh, c'est quelqu'un qui a dû se tromper de numéro.

Trop tard. Il lui aurait fallu trois secondes de plus pour trouver une explication plausible, un moyen de se sortir de là. Il la connaissait par cœur, sa fille. Depuis le temps. Ce n'était pas la première fois qu'il la prenait en flagrant délit de mensonge. Le coup du « mauvais numéro », ça ne marchait pas.

– Ah, un mauvais numéro…

Elle ne dit rien d'autre et détourna les yeux. Elle triturait ses cheveux d'une main. Il se rappela le nombre de fois où il l'avait surprise en train de fumer. Là aussi, elle avait tout nié en bloc, alors qu'elle puait encore la cigarette. Nié en bloc comme Gerda, sa mère, quand il lui avait rapporté les rumeurs qui circulaient sur son compte. Y avait-il un gène du mensonge spécifiquement féminin ? Il aperçut des bleus sur son maigre bras levé. Cela ne l'étonna pas. C'était dans la logique des choses : petit ami étranger, grosse voiture, dispute violente, maltraitance des femmes. Mais en tant qu'étudiante en sociologie, elle aurait forcément réponse à tout.

– Il y a encore eu deux autres appels de ce même numéro.

Autant battre le fer pendant qu'il était chaud. En effet, au moment de ranger le téléphone dans le tiroir, il avait vu s'afficher les appels en absence et ça venait de la même personne.

– On dirait que le type qui a fait le faux numéro ne s'est pas découragé.

– Papa !…, gémit-elle.

– C'est qui, cette Diana ? demanda-t-il. C'est une de tes connaissances ?

– Tu m'espionnes ou quoi ? s'exclama-t-elle, furieuse.

Il réussit à garder son calme.

– Écoute, ton téléphone a sonné, je l'ai pris. Je pensais que c'était peut-être toi qui m'appelais pour me dire où tu étais. Et les numéros s'affichent sur l'écran. Comment veux-tu que je ne les voie pas ? J'ai pas lu tes messages, si c'est ça que tu crois. C'est évident que c'est quelqu'un que tu connais. C'est qui ?

– Aucune idée, je te dis. Ça peut être n'importe qui.

Elle ouvrit une autre canette de bière et la versa dans son verre. But. Il se servit à son tour.

– Il suffit de rappeler le numéro pour savoir.

– Il n'y a pas de quoi en faire un drame, dit-elle, butée.

– Non, non…

Ça y est, la bonne ambiance était gâchée. Deux têtes de mule face à face. Il vida son verre. Ah, si seulement ç'avait été de la vodka ! Elle s'était détournée. Il vit que ça n'allait pas fort.

– J'ai été à une fête.

– Ah ?

– En Suède.

– Quel genre de fête ?

– Je sais pas, moi. Une fête avec plein de gens. Des amis d'Alban, pour la plupart. Son cousin Zamir était là aussi. Il va se fiancer. Sa promise vient d'arriver de Banja Luka.

On aurait dit qu'elle connaissait l'endroit comme sa poche.

– Une vraie réunion de famille, en somme ?

– Ils n'ont pas beaucoup de famille par ici, en revanche beaucoup d'amis. Super-ambiance, ajouta-t-elle avec un faible sourire comme pour contrecarrer son air de plus en plus sceptique.

– Et elle avait lieu où, cette fête ?

– À un endroit qui s'appelle Åmotfors, un peu avant Arvika. C'est à environ deux heures de route d'ici. Il y a une salle de réception, l'Élan blanc ou quelque chose dans le genre, qu'on peut louer. Ils ont joué de la musique des Balkans et tout le monde a dansé en formant une longue file, tu sais, comme on voit à la télé.

– Oui, c'était sûrement bien, marmonna Arne Vatne qui s'était levé.

Il avait un besoin impérieux de vodka. Imaginer Anne au milieu de tous ces immigrés qui dansaient en formant une chenille, dans un local loué dans un village à la frontière suédoise, ne le mettait pas précisément en joie.

– Quand je me marierai, je veux avoir une fête comme ça ! cria-t-elle derrière son dos. Hein, qu'est-ce que t'en dis, papa ?

Il n'avait pas grand-chose à en dire. Il renversa un peu de vodka en se servant et il lâcha un juron.

35

Quand il tourna à gauche pour se garer dans une rue adjacente, il vit aussitôt la Dodge de Timonen qui occupait deux places de parking de l'autre côté de la chaussée, à dix mètres seulement de l'entrée de l'hôtel. Cela n'aurait pas dû l'affecter, mais cela le contraria. Il finit par se raisonner : pourquoi Timonen n'aurait-il pas le droit, lui aussi, de descendre à l'hôtel Oscar ? C'était sans doute son QG quand il travaillait à Arvika. Anita avait laissé entendre qu'une enquête était en cours. Il regarda encore une fois la voiture énorme dont la carrosserie brillait malgré les éclaboussures de boue et dont le gros pare-chocs portait la plaque du concessionnaire.

« Un joli brin de fille… »

Pourquoi il se prenait la tête comme ça ? Mais il revit la main de Timonen sur le volant : pas d'alliance à l'annulaire… Il n'était pas jaloux, non. C'était indigne de lui – et d'elle – de perdre du temps avec ces enfantillages. Ce qu'ils vivaient ensemble était bien au-dessus de ce genre de mesquineries. C'eût été trop bête de tout faire foirer pour une histoire de jalousie masculine mal placée. Pourtant il n'arrivait pas à sortir de la voiture. Il avait mal un peu partout à force de rester aussi longtemps assis et avait l'esprit comme engourdi après une conduite fatigante parmi les voitures plongées dans l'obscurité de ces petites routes. Au fond, il était simplement fatigué et il mourait de faim. Voilà tout.

Il coupa le contact, ouvrit résolument la portière et traversa la rue en courant. Dans le hall de l'hôtel, il faillit renverser une personne qui se hâtait vers la sortie : c'était Anita.

– Ça alors !

– Mais qu'est-ce que tu fais là ?

– Euh… J'étais dans le coin pour le boulot… alors j'ai pensé que…

– Dans le coin ? Jonfinn, voyons…, dit-elle, incrédule.

Son ton ironique avait quelque chose de gentil qui se traduisait dans son regard gai. Il aurait dû la prendre dans ses bras, là, tout de suite, mais ils étaient dans le hall d'un hôtel.

– Dans la forêt de Finnskogen, expliqua-t-il, presque honteux. Près de Dulpetorpet.

Elle lui saisit le bras et le serra fort. En terme d'intimité physique, il ne pouvait pas s'attendre à davantage dans ce lieu public. Elle était en uniforme. Mieux valait se montrer discrets quand ils étaient en service. Elle continua à lui sourire, mais il décela autre chose derrière : une certaine gravité.

– J'allais sortir, Jonfinn… Jan vient de m'appeler. Une personne a trouvé quelqu'un… un mort… dans un local de fête à Åmotfors, un bled paumé à une dizaine de kilomètres d'ici, en revenant vers la frontière.

Elle ne tenait pas en place, son regard allant sans arrêt vers la porte d'entrée.

– Eh bien, vas-y, je ne te retiens pas, fit-il en faisant un geste de la main. Je pensais seulement…

– Cela peut t'intéresser autant que moi.

187

– Si tu le dis. Pourquoi pas ? dit-il, acceptant sur-le-champ, même s'il venait à peine d'arriver. On n'a qu'à prendre ma voiture.

– Non, on vient me chercher.

– Tu n'as qu'à prévenir.

– D'accord.

Elle appela par talkie-walkie tandis qu'ils sortaient de la ville.

– Tu sais de quoi il s'agit ?

– On m'a juste dit qu'un cadavre a été trouvé dans un cagibi. Pas de détails.

– Bon.

Aucun d'eux ne voulait parler de cette affaire et le silence devint vite pesant. Il accéléra.

– Homme ou femme ? finit-il par dire.

– Homme, d'après ce que j'ai compris.

– C'est tout aussi bien.

– Comment ça ?

– Une jeune fille morte par semaine, je trouve que c'est suffisant.

– Ah oui, la fille sur la nationale 24, fit-elle en hochant la tête.

– Ça sent à plein nez le règlement de comptes entre trafiquants, si tu veux mon avis.

– Fort possible.

– Pourtant ça ne semble pas intéresser grand monde.

– Ah bon ?

– Moene, comme tu la connais, touche à ces histoires du bout des doigts. Et Timonen, avec qui j'ai parlé cet après-midi, m'a conseillé de ne pas m'en mêler. Selon lui, on n'arriverait à rien, de toute façon.

– Voyons, tout le monde s'y intéresse, répondit-elle sur un ton neutre, presque bureaucratique, qui ne lui allait pas, comme si elle était chargée de faire une déclaration officielle. En tout cas, en ce qui nous concerne, nous avons été obligés de bousculer un peu l'ordre des priorités.

– C'est-à-dire ?

– Je t'en parlerai une autre fois…, lui répondit-elle avec un sourire taquin.

Cela ne le rassura pas, au contraire. Il trouvait son attitude surprenante. La dernière fois qu'ils en avaient parlé, elle lui avait semblé très engagée dans ce combat. Pourquoi devrait-il laisser tomber l'affaire, qui, par ailleurs, commençait à prendre de tout autres dimensions, sous prétexte qu'il se passait des choses graves à la frontière dont il n'était pas informé ?

– Je ne comprends pas pourquoi ils l'ont tuée, voilà tout, dit-il, obsédé par cette question. Les filles, c'est leur capital ! Ils investissent dans ces filles, ils ont des agences pour repérer les éventuelles proies, les approcher et leur faire miroiter des promesses de travail et que sais-je, les faire sortir du pays, leur confisquer passeport et papiers, les isoler, les maltraiter et les violer, briser leur volonté par tous les moyens imaginables avant de les obliger à travailler pour eux et de se faire des millions sur leur dos. Alors ce n'est pas logique : on ne tue pas une poule aux œufs d'or !

Il dut ralentir, car ils avaient un poids lourd polonais devant eux. Encore un qui allait entrer en Norvège sans avoir mis de chaînes à ses pneus, songea Valmann. À cette période de l'année, il suffisait d'une chute de neige dans l'Østerdalen pour que les camions se retrouvent en travers de la route et provoquent d'interminables bouchons… Au fond, il y avait quelque chose de rassurant dans ces problèmes de la vie quotidienne. Des problèmes contre lesquels on pouvait se prémunir, pour lesquels des solutions existaient.

– Il se peut qu'il s'agisse d'une forme de punition, hasarda-t-elle. Pour faire un exemple. Elle a peut-être essayé de s'enfuir. Ou alors elle a parlé à la police et a monnayé sa libération en échange d'informations. On a vu des cas similaires. Le trafic de filles aux frontières a augmenté. Elles s'éloignent de plus en plus des grandes villes et la concurrence devient de plus en plus rude. Il y a de nouvelles filières qui se mettent en place. On possède un certain nombre de données là-dessus, mais on a du mal à avoir une vue d'ensemble, on ne voit pas bien le schéma global, si ce n'est que ce fléau se répand à toute vitesse. D'autres arrivent et chacun veut avoir sa part du gâteau. Le climat s'est nettement durci par ici.

– Je croyais que toi et tes collègues, vous étiez sur une autre affaire ?

– Oui, il s'agit d'un arrivage de cannabis, répondit-elle. On attend une grosse livraison qui est actuellement en route. On a mis du temps avant de réussir à repérer les déplacements des trafiquants.

– Autrement dit, je ne dois pas espérer beaucoup d'aide de Timonen en ce qui concerne mon affaire ?

– Je crois que Jan prend un peu ses distances avec ça.

– C'est quand même un drôle de type.

– Tu peux le dire. Il s'est beaucoup impliqué dans ce genre d'affaires il y a quelques années, d'après ce que j'en sais. Il a fait tout ce qu'il a pu, comme s'il voulait venir à bout de ces saloperies tout seul. Et puis, lors d'une opération, il a perdu un homme…

– Un policier ?

– Non, un informateur. Un type assez jeune. Ils se sont fait percuter durant une poursuite en voiture, et l'informateur n'a pas survécu. J'ai entendu dire que Timonen conduisait, mais que c'est l'autre qui a tout pris. On leur serait rentré dedans en guise de représailles. Toujours est-il que Jan en a été très affecté. Grosse déprime. Mais tu sais comment sont les gens et ce qu'ils racontent. En tout cas, fais comme si je ne t'avais rien dit, s'il te plaît, la prochaine fois que tu le verras.

– Bien sûr. Mais…

– Tiens, pendant qu'on y est, tu as vu les conclusions du rapport qui est arrivé cet après-midi, concernant la Volvo ?

– J'ai seulement entendu parler de cannabis enveloppé dans des grains de café.

– Le rapport stipule qu'il y a eu au moins une passagère dans la voiture. Sans doute davantage.

– À cause des perles de verre ?

– Non, on a trouvé des cheveux.

– Des cheveux ? répéta-t-il sans grand enthousiasme.

– Plus exactement, des cheveux de type étranger, rectifia-t-elle. Longs, épais et noirs, comme en Europe du Sud. Présents depuis peu. Et des fluides corporels sur le siège, des taches assez récentes. Homme et femme. En outre…

Elle marqua une pause avant d'enfoncer le clou :

– En outre, ils ont trouvé des comprimés, eux aussi récents, de Rohypnol, surnommé la « drogue du viol », en arrachant le revêtement au sol. Donc, si on met tout ça bout à bout, ça veut dire que…

Il ne tourna pas la tête, mais sentit qu'elle le fixait.

– Que le trafiquant de poulets était en compagnie d'une belle plante exotique, juste avant de se retrouver dans le fossé…

– Et qu'il l'a peut-être même droguée lorsqu'elle a résisté. Bref, le scénario habituel quand on veut briser la volonté de ces filles. À moins que la Volvo n'ait été un bordel ambulant ?

Il était à peine cinq heures de l'après-midi, mais le bitume mouillé absorbait toute la lumière. On aurait cru rouler de nuit.

36

À Åmotfors, il suivit ses indications et prit un virage serré sur la gauche. Un peu plus loin, à quelques centaines de mètres au bord de la route qui longeait la voie ferrée, ils aperçurent une grande bâtisse peinte en blanc, dans le genre ancienne villa coloniale, qui se dressait sur une petite hauteur. Une jolie pancarte aux couleurs passées annonçait le restaurant l'Élan blanc. Un véhicule de police au gyrophare bleu bloquait l'entrée. Valmann se gara sur le côté de la route et ils descendirent de la voiture. Anita connaissait le policier dans le véhicule et il les laissa passer. Cette maison imposante, éclairée de face par les seuls réverbères de la rue en contrebas, avait quelque chose de fantomatique, la silhouette du toit se découpant nettement grâce aux projecteurs de la police.

Une scénographie bien étudiée, se dit Valmann en pensant aussitôt à *Psychose* de Hitchcock. Timonen discutait dehors avec deux officiers de police. Appuyé nonchalamment contre le mur, il donnait l'impression qu'il avait tout son temps et que ce qu'on avait trouvé dans la maison ne l'intéressait guère. Il leur fit un signe amical de la main en les voyant s'approcher et adressa un clin d'œil à Valmann quand celui-ci passa devant lui. Dans le vaste hall d'entrée, l'air était chargé de l'odeur si caractéristique des cadavres. Des policiers passaient et repassaient sous le lustre sans éclat qui pendait du plafond surélevé. La faible lumière produite par trois ou quatre ampoules restées intactes était noyée sous le faisceau puissant des lampes de travail que la police avait apportées. La pièce était décorée dans le style d'une salle de chasse, avec des bois accrochés au-dessus de la porte qui semblait donner sur la salle à manger. Valmann et Hegg saluèrent un policier plutôt grand, d'âge mûr, à l'uniforme couvert de médailles et un béret suédois sur la tête. Thomas Kumla dirigeait les opérations. Il surveillait ses inspecteurs et le site comme un entraîneur de football sur le bord du terrain dont les yeux de faucon ne perdent pas une miette du match. Des recherches avaient aussi lieu au premier étage. Ça courait de partout.

Le cadavre avait été retrouvé dans une sorte de cagibi sous l'escalier menant à l'étage. Une femme de ménage l'avait découvert en nettoyant après une fête qui avait eu lieu ici même le week-end précédent. L'Élan blanc se louait pour des réceptions. L'endroit n'accueillait plus de clients pour un café ou un dîner. La femme de ménage rangeait ses produits de nettoyage dans ce cagibi, et c'est là, au milieu de ses seaux en plastique, qu'elle avait trouvé un homme allongé, mort. Valmann vit aussitôt qu'on avait traîné le corps et qu'on avait eu du mal à le faire passer par l'étroite ouverture. On apercevait sur le plancher de longues traînées sombres dues aux traces de chaussures et à ce qui devait être du sang. Les techniciens exécutaient leur valse lente dans la pièce, munis de combinaisons en plastique, de lampes frontales, de brosses, de spatules, de pinces à épiler et de sachets, sans oublier les protections pour les chaussures. Valmann et Hegg enfilèrent aussi ces chaussons en plastique, comme le regard de Thomas Kumla les invitait à le faire.

Le mort portait un costume noir et une chemise blanche. Lorsque le lieu du crime fut photographié et qu'on tira l'homme du cagibi pour le déposer sur une civière, sa cravate en soie avec des grosses fleurs apparut. Les chaussures noires et pointues étaient si bien cirées qu'il était évident qu'il ne pouvait s'agir d'un Suédois. Ni d'un Norvégien. Une fleur fanée pendait à sa boutonnière.

– Il a l'air d'avoir participé à la fête, en tout cas, dit Valmann à voix basse pour ne pas déranger le travail en cours de la police du Värmland.

L'homme devait avoir la trentaine, les cheveux noirs coupés court, le nez fort et long, les lèvres épaisses et une petite barbe. Un Européen du Sud, c'est sûr, voire quelqu'un d'Afrique du Nord. Le coup qu'il avait reçu à la tempe était d'une telle violence que ce côté de la tête avait l'air aplati. Le sang séché avait formé un col noir sous sa chemise blanche. Thomas Kumla, qui procédait en personne aux derniers examens sur le cadavre, trouva dans les poches un portefeuille, des papiers, des clés et de la monnaie.

– Zamir Malik, lut Kumla à haute voix sur un papier plastifié qu'il sortit du portefeuille. Un permis de conduire norvégien.

Encore un lien avec la Norvège, pensa Valmann. Tout se tient, je le sens.

– Quand on retrouve le portefeuille et les papiers sur le cadavre, murmura Anita Hegg, ça t'inspire quoi ?

– Que le crime a été commis sous le coup d'une impulsion ?

Ce n'était pas la première fois que Valmann avait l'impression d'être un élève qu'on interroge, dès qu'ils parlaient de boulot entre eux. D'habitude ça le motivait plutôt, mais pas aujourd'hui.

– Que le meurtrier était pressé ?

Il ne se sentait pas dans son élément ici, ce n'était ni son terrain ni son genre d'affaires. Au fond, il n'aurait peut-être pas dû accompagner Anita.

– Une impulsion, oui. Ça, c'est sûr. Car il en a fallu, de la force, pour assener un coup pareil, répondit-elle. Mais le meurtrier avait tout son temps puisqu'il a pris le soin de tirer le cadavre et de le planquer sous l'escalier. Et subtiliser le portefeuille, ça demande à peine quelques secondes de plus.

– Alors qu'en conclut notre Sherlock Holmes ? fit-il en essayant d'afficher une pointe d'humour, alors qu'il avait l'impression d'être celui qui reste à quai et voit le train s'éloigner.

– Je dirais que c'est un signal fort, répondit-elle. Adressé à son milieu, à ses congénères, ses complices… Le meurtrier veut faire savoir qu'il a liquidé Zamir. Une façon de montrer aux autres ce qui les attend si…

– Si quoi ?

– Si certains voulaient suivre son exemple.

– Tu veux dire que c'est la mafia ? Ici, dans ce bled suédois paumé ?

– Ou l'équivalent. Guerre de gangs, avec rivalités, lutte de territoires.

– Encore une histoire de trafiquants ?

– Ça ne m'étonnerait pas. Mais il peut s'agir aussi d'un problème de drogue.

– Eh bien, le Värmland n'a pas l'air d'être le coin idyllique décrit dans la chanson.

– Le Värmland n'a rien à voir là-dedans. Ces conneries-là, elles existent partout.

Elle s'était mise à parler plus vulgairement ces derniers temps, et il dut s'avouer que ça ne lui plaisait pas trop. Il allait dire que c'était plus calme dans le Hedmark, mais se retint. Il repensa à la jeune fille qu'on avait interpellée ce week-end pour vol à l'étalage et qui était de nouveau dans la nature. Jeune et étrangère, elle aussi. Sans papiers. Désespérée. Le réseau du mal semblait avoir gangrené les bourgades autour du lac Mjøsa.

Quand Thomas Kumla pria Anita de se joindre à son groupe, Valmann sortit. Un peu d'air frais du soir serait le bienvenu. De l'autre côté de la cour, Timonen discutait à présent avec un officier de police près d'un bâtiment décrépi tout en longueur, une remise sans doute. En se dirigeant vers eux, il remarqua que la remise était constituée d'une série de box ou de garages, dont certains dans un triste état. Toutes les portes étaient fermées, sauf une qu'ils ouvrirent en grand. Même de loin, Valmann aperçut une voiture dans la pénombre.

– Voyons un peu…, dit Timonen en éclairant avec la torche de l'officier.

Le faisceau de lumière tomba sur les portes arrière d'un fourgon Volkswagen. Bleu métallisé. Immatriculé en Norvège.

– Tiens, tiens, fit Timonen.

Il enfila les gants blancs en latex, obligatoires, et essaya d'ouvrir la porte avant. Elle était fermée.

– Est-ce que vous avez vu si la victime avait des clés de voiture sur elle ? demanda-t-il à Valmann.

– Elle avait des clés sur elle. C'est Kumla qui s'est chargé de vider ses poches.

– Est-ce que vous pourriez aller vérifier ?

Valmann retourna d'où il venait, parvint à persuader Kumla de lui prêter les clés et revint en compagnie d'un officier de police. Il y avait dans le trousseau deux clés de Volkswagen.

Timonen ouvrit une des portes arrière et éclaira l'intérieur du fourgon avec la torche. Ça sentait comme dans une étable, mais ça ressemblait à une jardinerie. Des boîtes en carton alignées, remplies de plantes recouvertes de papier transparent. Valmann reconnut des œillets de différentes couleurs, rouge foncé, rose, blanc, et aussi d'autres fleurs dont il ne connaissait pas le nom. Il n'était pas un expert en botanique et le fait que les fleurs avaient longtemps manqué d'eau ne facilitait pas leur identification. Tout au fond, il y avait des bottes empilées jusqu'au toit, comme de gros brins de paille ou des branchages avec de longues feuilles, le genre d'éléments de décoration dont se servent les fleuristes.

– Ah ! s'écria Timonen. J'en étais sûr !

– Vous parlez de quoi ? demanda Valmann, éberlué.

– Du khat. Et pas qu'un peu…

Il connaissait le khat, cette drogue consommée surtout par les Somaliens. Une plante avec des propriétés psychotropes qui n'était cultivée qu'en Afrique. Les hommes mâchouillaient ça pendant des heures. Ils devaient bien être les seuls à l'apprécier à ce point. Il avait perquisitionné un appartement et était tombé sur du khat. Mais jamais emballé comme ça ni en aussi grosse quantité.

– Un importateur à grande échelle, constata Timonen d'un air satisfait. C'est légal en Suède, illégal en Norvège. Allez-y, Valmann, servez-vous ! Tiens, qu'est-ce qu'il y a marqué là ?

Il éclaira le côté du fourgon où le nom du magasin était écrit en gros : *The Jungle. Jardinerie, Kongsvinger.*

– Vous connaissez, Valmann ?

Valmann secoua la tête.

– Mais ça ne va pas tarder.

– Soyez prudent.

– Naturellement.

– Des Yougoslaves, marmonna Timonen, se parlant à lui-même. Ce sont des types redoutables. Soit tu leur fais la peau, soit ils te font la peau.

37

Sur le chemin du retour, une heure plus tard, il aperçut tout au loin, dans la lumière des phares, une silhouette au bord de la route. Il ralentit en se rapprochant,
incapable de dire si c'était un homme ou une femme qui
montait la garde, immobile sur le bas-côté, mais quand
il se mit au milieu de la chaussée pour passer à bonne
distance, la personne fit soudain un signe de la main.
Était-ce pour demander de l'aide ou une manière mala-
droite de faire du stop ? Il pila net et baissa la vitre du
côté passager. La personne accourut en clopinant.
C'était une femme.

– Vous avez besoin de quelque chose ? demanda-t-il.

– Oui. Ça vous dérangerait de m'emmener à la frontière ? fit-elle en glissant son avant-bras par la fenêtre et
en posant son menton dessus.

Elle s'exprimait clairement en norvégien, mais son
accoutrement était un peu surprenant : un gros pull
islandais sous un vieil anorak rouge et un bob en coton
aux couleurs passées d'où s'échappaient de longues
mèches grises. Sur l'épaule, elle avait un sac plastique
marqué Adidas.

Il se pencha pour lui ouvrir la portière. Elle s'assit. Il
vit que ses jambes flottaient dans le jean délavé. Elle
avait aux pieds de vieilles baskets sans lacets avec de

grosses chaussettes en laine. Elle balança le sac sur le siège arrière.

– Ah, ce qu'il fait bon à l'intérieur ! s'exclama-t-elle comme si elle entrait dans un salon.

– Je peux baisser un peu le chauffage, proposa Valmann.

– Non, non ! protesta-t-elle en levant la main. Ça fait du bien, un peu de chaleur. On a vite froid dehors sur la route, ajouta-t-elle en frottant ses mains sur ses cuisses pour activer le réchauffement de ses membres usés.

– Alors, comme ça, vous marchez ? demanda Valmann.

Cette femme ne devait pas avoir toute sa tête. Pourtant elle s'exprimait bien et avait une bonne intonation, elle ne faisait pas de grimaces ou de gestes bizarres, comme c'est souvent le cas des personnes à l'esprit dérangé. Hormis le frottement incessant de ses mains.

– Oui, tout le temps, répondit-elle en s'appuyant contre le dossier. Je suis tout le temps sur la route…

– Mais qu'est-ce que ?…

Comment demander, sans lui manquer de respect, ce qu'une femme âgée faisait toute seule sur des routes secondaires, à des kilomètres d'Eda, un soir exécrable d'octobre ?

– Je cherche ma petite, répondit-elle avant qu'il n'eût formulé sa question. Je l'ai perdue, vous comprenez ? Alors je suis dehors et je regarde, je la cherche… Je la chercherai…

Elle s'arrêta, donnant l'impression que le sujet était clos. Mais elle ajouta :

– Jusqu'à ce que je la retrouve… Je n'arrêterai pas avant de l'avoir retrouvée.

Elle parlait comme en rêve, sa voix plus faible s'était réduite à un marmonnement.

– Vous voulez dire que votre enfant a disparu ? demanda Valmann, soudain intéressé. Est-ce que vous l'avez signalé ? La police peut aider, vous savez, à retrouver une personne disparue. Mais encore faut-il qu'elle soit au courant.

Aucune réponse. Il la regarda et vit que sa tête avait roulé sur le côté : elle s'était endormie. Il la laissa tranquille. Kaisa Jarlsby avait besoin de se reposer. Il attendit de voir les lumières du poste frontière pour la réveiller.

– Vous disiez que vous vouliez rejoindre la frontière ?

– Hein ? Ah, c'est vrai…

En un instant elle fut d'attaque et regarda autour d'elle.

– Excusez-moi, je crois que je me suis assoupie. Mais c'est ici que je descends. Merci bien.

– Vous ne voulez pas que je vous dépose ailleurs ?

– Ailleurs ? Où ça ?

– Chez vous… Là où vous habitez.

– Quoi ? Retourner dans ce trou ? Jamais de la vie !

Sa voix avait grimpé d'une octave. Il espéra qu'elle n'allait pas péter un plomb.

– Pourquoi dites-vous ça ? demanda-t-il du ton le plus doux et le plus normal possible.

– Mais parce que c'est qu'un trou ! assena-t-elle. Ça s'appelle même comme ça : Hølla, le Trou…

Valmann acquiesça discrètement. Était-ce judicieux de révéler qu'il avait compris qui elle était ? Et si oui, à quel moment le dire ?

– Celui qui habite là-dedans, c'est une crapule, poursuivit-elle. Il en a rien à faire de m'aider à la retrouver, il s'en lave les mains. Je parie qu'il sait où elle est, mais il s'en fout de ce qui peut lui arriver, à ma petite. Bon, il faut que j'y aille.

– Ici ? En plein *no man's land* ?

– Vous n'avez qu'à me déposer près du camping, merci. Ils me connaissent là-bas. Birgitta, qui est à la réception, c'est une amie à moi. Elle me laisse dormir dans un des chalets quand il en reste de libres. Et puis elle surveille un peu.

– Elle surveille quoi ?

– Oh, un peu tout… Elle sait tout ce qui se passe dans le coin, Birgitta. Et puis je peux payer, ajouta-t-elle tout à coup, comme si elle ne voulait pas que Valmann la considère comme une profiteuse. J'ai de l'argent, moi. Ma pension. La société veille sur les siens. En tout cas sur certains.

Valmann s'engagea dans le Fagerfjell Camping. Il y avait de la lumière dans la cafétéria et le chalet d'accueil, mais sinon l'endroit paraissait assez désert. Une seule voiture était garée sur le parking.

– Est-ce que je peux vous offrir quelque chose ? lui proposa-t-il. Une tasse de café ?

La pensée de la laisser ici et de repartir aussitôt le contrariait, même s'il voyait que, dans une certaine mesure, elle savait se prendre en charge.

– Merci. Mais ne faites pas ça pour me faire plaisir. Je sais bien que je ne suis plus une beauté comme dans ma prime jeunesse, dit-elle en riant soudain et dévoilant, pour le coup, des prothèses dentaires impeccables.

– Non, je prendrais volontiers un café. Et quelque chose à manger.

Cela faisait longtemps qu'il n'avait rien mangé.

– Dans ce cas, je veux bien.

Il gara la voiture devant la cafétéria. À l'intérieur il n'y avait personne, à part la dame derrière le comptoir et un homme jeune aux cheveux noirs et raides sous une casquette, qui jouait devant des machines à sous, deux à la fois. Avec des gestes presque de robot, réguliers et rythmés, il introduisait les pièces dans la fente et appuyait sur différents boutons. On aurait dit un organiste jouant sur un orgue de lumière, songea Valmann, qui ne pouvait être qu'admiratif devant la dextérité de l'homme et les séquences de jeux de lumières et de sons émanant de ces machines de la taille d'un adulte, même s'il était par principe contre toutes les formes de jeu d'argent. Sur le haut de la machine, l'homme avait posé quatre ou cinq rouleaux de pièces de dix et vingt couronnes venant directement de la banque, dans leur emballage d'origine. Un pro. Il ne partirait pas d'ici avant d'avoir vidé les machines.

Ils s'assirent près de la fenêtre avec chacun un café et le plat du jour. Quand ils eurent bu leurs cafés, il alla remplir de nouveau les tasses et rapporta les dosettes de lait qu'elle avait réclamées. Elle fourra ces dernières dans la poche de son anorak et ils restèrent silencieux, les yeux tournés vers la route où passait de temps en temps une voiture.

– Vous avez un mari ? demanda-t-il pour rompre le silence.

– Oh, celui-là ! ricana-t-elle.

– C'est si terrible que ça ?

– Ce Willy, il n'a plus été mon mari depuis qu'il s'est saoulé à mort et s'est bagarré le jour de l'ouverture du Morokulien. Quand il a sorti le couteau, j'ai vu qui c'était vraiment. Et depuis il n'a pas arrêté de faire des conneries. Si seulement vous voyiez la tête des types qui débarquent à la maison ! C'est sûr que c'est commode d'habiter au fond de la forêt quand on fait des choses qui ne supportent pas la lumière du jour ! Et en

204

plus, il n'est même pas foutu de gagner du fric avec ça !
La baraque tombe en ruine. Non, pas question que j'y
remette les pieds !

– Je sais qui vous êtes, dit Valmann. Vous vous appelez Kaisa, n'est-ce pas ?

– Kaisa Jarlsby, répondit-elle, et pour la première
fois elle le regarda d'un air intéressé. Comment vous le
savez ?

– Je suis policier, à Hamar. Je m'appelle Jonfinn Valmann. J'ai rendu visite à Willy aujourd'hui.

– J'espère que vous allez le coffrer, répliqua-t-elle.
Qu'est-ce qu'il a encore fait ?

– Ce n'était pas Willy qu'on cherchait, on voulait
parler à votre fils adoptif, Bo.

– Oh, lui…

Son visage ratatiné se renfrogna davantage.

– Est-ce que vous savez où il se trouve ?

– Non, je préfère me tenir à distance.

Valmann attendait qu'elle poursuive.

– Ça fait plus d'un an que je ne l'ai pas vu. C'est
vraiment un vaurien, autant que vous le sachiez.

– Vous avez des mots durs pour votre fils, dit Valmann en prenant de nouveau sa voix douce.

Il ne voulait pas la mettre en colère, mais n'avait pas
l'intention de laisser tomber le sujet Bo Dalén pour
autant.

– Mon fils ! éructa-t-elle. Nous l'avons pris chez
nous parce qu'on n'arrivait pas à en avoir nous-mêmes,
et qu'on avait besoin d'argent.

– Alors pourquoi ça n'a pas marché ?

– Pas marché ? répéta-t-elle sur un ton moqueur.
Mais rien ne marche avec ce garçon. Dès son enfance,
c'était mal barré. Il y a des gens comme ça. À l'âge de
quatre ans déjà, il a jeté le chat dans le puits. On a réussi

205

à récupérer la pauvre bête, mais lui a attendu qu'il fasse sombre pour recommencer. Non, il y en a qui sont comme ça, méchants. Foncièrement méchants. Irrécupérables.

Elle secoua lentement la tête.

– J'ai versé tant de larmes, soupira-t-elle, tant de larmes… On les prend avec soi, on les laisse entrer chez soi et on s'attache à eux, même s'ils vous en font voir de toutes les couleurs. C'est ça le pire. L'amour, ça ne se ferme pas comme un robinet. Non, ça vous fait faire n'importe quoi, monsieur le policier. Il suffit de me regarder, dit-elle d'une voix presque inaudible.

Valmann croisa ces yeux déterminés et c'est lui qui détourna le regard. Il but la dernière gorgée de café froid. Il n'avait rien à répondre. Ni mot d'encouragement, ni question à poser. Il revit la cour de ferme désolée au fin fond de la forêt, le toit du puits effondré, le sol détrempé et boueux.

– C'est aussi à cause de lui que les choses ont mal tourné pour Evy, sa petite sœur, continua Kaisa. Nous avons eu une fille, voyez-vous, trois ans après que Bo est venu chez nous. Ce porc a commencé à abuser d'elle quand elle avait dix ans. Je l'ai vertement corrigé, mais ça ne l'a pas empêché de recommencer. C'est comme s'il ne sentait pas les coups. Quand il est devenu trop grand pour moi, j'ai demandé à Willy de le corriger à ma place. Mais vous croyez qu'il m'a obéi ? Il n'en avait rien à faire, comme d'habitude. Alors je suis partie m'installer chez ma sœur à Kirkenær avec la petite, mais il est venu me chercher. À cette époque-là, il n'y allait pas de main morte, Willy, quand il s'y mettait. Je les soupçonne d'avoir été deux à la détruire, mon Evy, mais je n'ai pas osé le lui dire en face, il m'avait tellement rouée de coups…

– Vous êtes sûre de ce que vous avancez ?

– Je sais ce que Bo faisait à Evy, mais je n'ai jamais réussi à prendre Willy sur le fait. Alors faut pas s'étonner si elle a fini par foutre le camp.

– C'est donc votre fille que vous recherchez ? Evy ?

– Evy, oui. C'est ma gosse. Ça lui fait vingt ans depuis l'année dernière. Je n'ai même pas pu lui envoyer une carte, car je ne savais pas où l'envoyer.

– Et vous n'avez toujours pas la moindre idée où elle pourrait être ?

– Je sais que tout au début ça s'est bien passé, elle avait un boulot à Lillestrøm. Et puis elle a arrêté, il y a quelques années. J'ai reçu d'elle une lettre avec un mot gentil et un numéro de téléphone…

Elle se passait de nouveau les mains sur les cuisses, son débit s'était accéléré et elle fixait un point sur le set en plastique posé sur la table en pin verni.

– On a parlé deux ou trois fois au téléphone, et puis plus rien. Pas de messages, rien…

Elle frotta ses yeux, secs et durs, comme si elle avait soudain une poussière dans l'œil. Elle n'est pas folle, songea Valmann. C'est même tout le contraire.

– Alors je marche, je traîne dans le coin, j'écume la région. Au moins comme ça je respire, au lieu de rester sur mon cul à rien faire et à me morfondre. Et puis j'espère toujours qu'elle va surgir… Enfin, j'espère, mais parfois…, glissa-t-elle en jetant un regard prudent autour d'elle dans la cafétéria déserte. Vous savez, il y a de drôles de gens qui passent leur temps à franchir la frontière, il y en a de toutes sortes, et des filles aussi, si vous voyez ce que je veux dire. Beaucoup trop. Des filles seules, paumées, et des filles accompagnées d'hommes dans des voitures, des filles qui s'arrêtent un moment ici et repartent après quelques passes sur le siège arrière à la lisière de la forêt, ou à l'arrière d'un semi-remorque. Je les vois, moi. Je les regarde et je me demande si un jour je retrouverai Evy dans un de ces chalets ici ou à l'arrière d'une Mercedes rutilante. Ou encore morte sur le bas-côté de la route… (Une larme coula sur la fine arête de son nez.) Oui, j'en viens parfois à le souhaiter. Ce serait peut-être le mieux pour elle. Ainsi, au moins, je saurais qu'elle échappe à ça.

Valmann ne voyait pas ce qu'il aurait pu dire ou commenter. Il se sermonna et essaya de considérer cette femme en vrai professionnel – elle pouvait être un témoin éventuel –, mais cette histoire le bouleversait plus qu'il n'aurait voulu. Le malheur transpirait dans chacun de ses mots, dans chaque détail de son récit.

Elle se passa la main sous le nez et renifla.

– C'est pourquoi je suis allée jusqu'à Åmotfors ce soir. Quelqu'un m'avait prise en stop dans l'après-midi, et j'ai entendu à la radio qu'on avait retrouvé une personne morte là-bas. J'ai tout de suite pensé à Evy, bien sûr, et il a fallu que j'aille voir si c'était… Mais ils ont dit après, aux nouvelles, que c'était un homme. Tant mieux… Oui, je le dis comme je le pense. Un homme de moins, c'est toujours ça de gagné.

– Kaisa, dit Valmann, avez-vous gardé la lettre d'Evy ?

Elle fit oui de la tête.

– Évidemment.

– Est-ce que vous accepteriez que j'y jette un coup d'œil ?

– Vous ? Pourquoi ça ? rétorqua-t-elle, devenue méfiante.

– Je suis policier. Ça fait partie de mon travail de rechercher les personnes disparues. Je pourrais peut-être vous aider à la retrouver.

– Oh, les policiers, j'en ai aussi rencontré de toutes sortes, vous savez.

Il avait soudain en face de lui un être qui freinait des quatre fers, qu'une collaboration avec la police n'avait pas l'air d'enchanter.

– Ils débarquent, forts de leur autorité. Disent qu'ils vont vous aider, qu'ils comprennent ce qui se passe… Ça me fait une belle jambe !

– Je pense vraiment ce que je dis, Kaisa. Je pourrais vous aider. Nous pourrions lancer des recherches sans que ça soit publié dans les journaux.

Elle réfléchit. Mastiqua dans le vide. Puis son corps maigre se détendit et elle souleva son sac plastique Adidas.

– Ça ne peut pas faire de mal…

Elle fouilla au fond du sac et finit par sortir une enveloppe sale et froissée. L'adresse était à moitié effacée, mais on pouvait lire le cachet de la poste : 0120 Oslo.

– Tenez.

– Puis-je la garder un moment ? Je vous la rendrai.

– Oh, prenez-la, dit-elle en se frottant l'arête du nez où roulait une autre larme. Je ne peux plus rien en faire, moi. Personne ne répond plus à ce numéro.

– J'en prendrai grand soin, la rassura Valmann, qui glissa la lettre dans sa poche intérieure.

Il se leva pour aller payer. Puis il se rappela qu'il avait oublié quelque chose. Il fourra la main dans la poche et lui donna sa carte.

– Ici vous avez mon nom et mon numéro, dit-il. Si vous avez besoin d'aide, ou s'il vous revient un détail qui pourrait faciliter les recherches.

Elle jeta un coup d'œil sur la carte.

– Je connais ce numéro.

– Comment ça ?

– J'ai souvent appelé ce numéro. Chaque fois qu'il y a marqué dans les journaux qu'on a trouvé quelqu'un de mort, j'appelle la police. Chaque fois, sans exception.

– La prochaine fois, demandez à me parler, lui répondit Valmann.

38

Il avait toujours l'air de faire plus mauvais temps dès qu'on laissait la frontière suédoise derrière soi.

Il s'était remis à tomber une pluie glaciale avec des flocons de neige. Quand il eut passé Kongsvinger, Valmann remarqua qu'il ne restait presque plus de liquide lave-glace. Il y en avait juste assez pour atteindre le rond-point de Skarnes. Il s'arrêta donc à la station-service Esso. Ce soir il n'y avait aucune queue, ni aux pompes ni au comptoir pour avoir des hot-dogs. Il était le seul client. Devant lui, la serveuse brune qu'il avait déjà vue dimanche. Elle eut presque peur quand il entra. Il la comprenait. C'était quand même étrange, songea-t-il, de laisser une jeune fille travailler seule aussi tard le soir quand on savait ce qui se passait sur les routes. Il suffisait de penser à ce qui était arrivé récemment, à quelques dizaines de kilomètres de là…

En tout cas, elle y pensait sûrement. Fini les sourires, la voix cajoleuse et les éclats de rire. Lorsqu'il demanda si elle avait du liquide lave-glace, elle montra de la tête la sortie.

– Là-bas, derrière la porte.

Il aurait dû le voir avant d'entrer. Les bidons s'empilaient dans chaque station-service à cette époque de l'année.

– Ça fera cinquante-quatre couronnes quatre-vingt-dix.

Il paya et se rappela le dimanche précédent, quand les deux jeunes filles tenaient en leur pouvoir tous ces clients qui faisaient la queue pour être servis. Surtout la blonde aux cheveux courts. Comme elle avait flirté avec lui ! Mais c'était un jeu, rien d'autre qu'un surplus d'énergie et d'humour, un besoin de charmer juvénile et féminin, qui ne tirait pas à conséquence. Il fallait bien passer le temps et égayer un peu ce public un peu grossier mais reconnaissant, lui inclus. Et si, au fond, c'était ça l'explication ? Nul besoin peut-être de stimuli plus forts pour transformer ce bâtiment sans vie, qui abritait une station Esso, en une scène pour un *roadside-show* improvisé… Oui, il en était sûr maintenant. C'était évident que les deux filles avaient pris quelque chose pour planer un peu avant d'aller bosser ce dimanche après-midi. Surtout la blonde. Il y avait des signes qui ne trompaient pas.

Mais une fois dehors, tout en essayant de remplir le réservoir de liquide lave-glace sans en mettre partout dans le moteur, il s'en voulut d'être dans une humeur, une situation et, tout simplement, un métier où le scepticisme et le soupçon étaient ses meilleurs alliés, où il devait automatiquement déceler les pires travers dans le comportement des gens. Et quand il jeta involontairement un regard vers la vitrine éclairée derrière le présentoir avec les flacons de liquide lave-glace, il aperçut la jeune fille aller dans l'arrière-boutique. La nuque et le dos du garçon qu'il avait vu dimanche se découpèrent nettement dans l'obscurité. Il vit le contour du visage de la jeune fille se fondre dans celui du garçon et en ressentit presque une forme de gêne. Il était honteux et triste d'avoir eu cette réaction, de ne pas avoir supporté qu'une petite dose de charme féminin soit entachée d'orgueil juvénile.

À propos de réaction, la petite blonde avait été incroyablement sexy, elle l'avait fait rougir jusqu'aux oreilles. C'était peut-être ça qu'il ne voulait pas admettre ?...

39

Le téléphone sonna sur la table de nuit, alors qu'il
était en plein rêve. Il courait dans une forêt sombre et
essayait d'attraper des ombres qui sans cesse lui échappaient. Il reconnaissait ce rêve, il le faisait toujours
quand il se sentait dépassé par une enquête. Enfin, l'une
d'elles gisait immobile sur le sol. Il se pencha sur cette
femme. C'était comme s'il se voyait lui-même en rêve
en train de rêver…

Il saisit le téléphone et reconnut sa voix. Il l'avait
appelée plus tôt dans la soirée, plusieurs fois même,
mais son portable était éteint. Il n'aurait su dire si cela
l'avait inquiété ou attristé. Ils s'étaient quittés assez
rapidement à Åmotfors. Mais il s'était passé tellement
de choses entre-temps dont il aurait aimé lui parler.
Même s'il était clair qu'elle avait d'autres choses en
tête en ce moment.

Elle était désolée, dit-elle, d'avoir éteint son portable,
mais il y avait eu un *debriefing* important après leur
intervention à l'Élan blanc. L'opération qu'ils allaient
déclencher pour coincer les trafiquants de cannabis était
imminente. Le chargement que les limiers avaient suivi
depuis l'Espagne en passant par les Pays-Bas était
arrivé à Copenhague. La police avait intercepté des
conversations téléphoniques entre deux chauffeurs, il

leur manquait encore le lieu de livraison exact, mais la destination était la Norvège, assurément. Le fourgon de la jardinerie de Kongsvinger, rempli de khat, était à cet égard intéressant : qui l'avait garé là ? Allait-il servir à passer la frontière ? Les plantes étaient un camouflage on ne peut plus idéal...

Il l'interrompit à cet instant pour lui demander s'ils avaient trouvé autre chose dans la voiture, des traces de personnes ayant conduit le véhicule ou de passagers.

– Pourquoi tu poses cette question ?

– Parce que je commence à voir un lien entre tout ça, dit Valmann en essayant de rassembler ses esprits.

Le réveil sur la table de nuit indiquait une heure et demie du matin.

– On peut transporter toutes sortes de choses dans un grand fourgon, tu sais. Des gens, par exemple. Des filles.

– Tu ne vas pas recommencer ! s'exclama-t-elle, mais au fond cela ne la surprenait pas tant que ça.

Il lui rapporta sa conversation avec Kaisa Jarlsby, lui parla de sa fille, des agressions sexuelles, de sa disparition et du demi-frère en fuite qui avait un lien avec la Volvo. Ce véhicule où on avait pu attester qu'il y avait eu des relations sexuelles dans la cabine. Tandis qu'il parlait, le visage spectral de la jeune morte non identifiée flotta devant ses yeux. Ce devait être elle dont il avait rêvé. Un coup porté à la tempe, le sang noir sur le col.

– Eh bien ! s'écria-t-elle. Tu es en train de mettre au jour une grosse affaire.

– Elle se met au jour toute seule, corrigea-t-il. C'est juste que je n'ai pas été assez vigilant dès le départ. Il faut dire que c'est vraiment glauque, ce genre d'histoires.

– Je peux apporter de l'eau à ton moulin : il se passait pas mal de choses au premier étage de l'Élan blanc. Dans plusieurs pièces, c'était vraiment le bordel. Dans les deux sens du terme…

– Qu'est-ce que je disais !

– Ne t'emballe pas ! Il n'est pas interdit de prendre un peu de bon temps, tu sais, Jonfinn, même ici, dans cette Suède bien comme il faut.

– Un viol en réunion…, dit Valmann comme s'il se parlait à lui-même. Ils se retrouvent à plusieurs et on leur jette en pâture ces filles pour qu'ils brisent en elles ce qui leur reste de dignité et d'estime de soi…

– Mais nous ne savons pas si c'est ça qui a eu lieu ici, l'interrompit-elle. Il faut d'abord examiner tous les prélèvements.

– Et en attendant, si j'ai bien compris, votre groupe de police aux frontières s'intéresse davantage à cette livraison de cannabis ?

– Pour l'instant, oui. Mais ce n'est pas rien non plus. Les écoutes ont permis d'établir qu'il s'agit de deux véhicules transportant au moins soixante-dix kilos chacun. Timonen pense qu'ils vont peut-être attendre le week-end prochain pour passer la frontière. D'ici là, il fait observer leurs moindres faits et gestes, grâce aux contacts qu'il a là-bas, à Copenhague. Il va certainement te faire signe.

– Je n'en doute pas.

Il n'arrivait pas à déterminer s'il devait ou non s'en réjouir. Il y avait dans l'attitude de Timonen quelque chose qui le mettait mal à l'aise, le faisait douter de lui-même. Face à lui, ses compétences, ses jugements, ses expériences ne pesaient pas lourd. Mais les qualités indiscutables de Timonen l'attiraient aussi et provoquaient chez lui le désir de devenir son ami.

Il ferma les yeux pour effacer toutes les impressions de la veille.

– Dis-moi que tu dors sur la couette et sans pyjama…

Il l'entendit retenir sa respiration avant de répondre :

– Tu veux vraiment qu'on joue à ça maintenant, Jonfinn ? Après tout ce qui s'est passé, je veux dire ?

– Tu as raison.

Il renonça… et débanda. Il n'avait jamais eu de mal à débander et il en avait marre. Il décida que cette fois-ci il irait jusqu'au bout.

– D'un autre côté, qu'est-ce qui nous en empêche, Anita ?

– Non, pourquoi pas ?…, répondit-elle d'une voix douce. Mais laisse-moi me glisser sous la couette. Il fait trop froid pour être dessus…

– Demande accordée.

– Quand tu n'es pas là…

– Je suis là.

– Je le sens… J'aime bien quand tu es là…

40

À son réveil, Arne Vatne se sentit dans un état lamentable, le corps en sueur et la tête qui cognait. Et comme toujours avec la gueule de bois, il avait une formidable érection. Ah, c'était malin ! Il songea aussitôt à Alka. Plus il pensait à elle, plus il avait envie. Ce qui ne faisait que lui donner encore plus mal à la tête. Il avait l'impression qu'elle allait exploser. Le temps des doux rêves, avec du vin bu à la lumière des bougies, était passé, il avait seulement envie du corps de cette fille. Il avait retenu la leçon. Et pourtant il y avait chez elle quelque chose qui l'épatait. Une drôle de fille pour une putain… Il fallait qu'il retourne au Fagerfjell Camping, oui, ce soir-même.

Petit à petit, le brouillard de son esprit se dissipa et les événements de la veille lui revinrent, le retour d'Anne, leur conversation, les choses qu'elle lui avait racontées. Le martèlement dans son crâne reprit de plus belle. Est-ce qu'il restait du paracétamol dans la salle de bains ? Mais il n'avait même pas la force de se lever pour aller voir. Il avait bu pas mal de vodka hier soir. Elle s'était blottie dans le canapé, ses bras enserrant ses genoux, comme autrefois, en réaffirmant qu'elle s'entendait bien avec Alban, même si son visage disait le contraire. Il repensa aux bleus sur ses bras qu'elle cherchait à cacher. Elle prétendait avoir abordé avec Alban les problèmes qui pouvaient surgir quand une jeune Norvégienne d'aujourd'hui sortait avec un musulman. Elle était heureuse, disait-elle. Pour la première fois, elle songeait même au mariage. Il aurait voulu la croire, mais il avait en vain cherché des traces de bonheur sur ce visage blême de jeune fille. Juste avant de s'endormir, il avait entendu le portable d'Anne sonner et elle avait répondu à son correspondant d'aller au diable. Tout ça lui donnait un haut-le-cœur. À moins que ce ne soit les saucisses qu'il avait mangées le soir. Toujours est-il qu'il dut se précipiter dans la salle de bains...

Il avait pris sa matinée pour pouvoir aller à la banque demander son prêt. La filiale de la Caisse d'épargne de Ridabu était tout à côté. Les employés étaient la gentillesse même, les taux d'intérêt au plus bas, les clients affluaient pour contracter des prêts et les gains de la banque grimpaient. Toutes les portes s'ouvraient. Il attendit à peine quelques minutes avant d'être introduit dans le bureau du directeur de l'agence. L'entretien fut bref, tout marcha comme sur des roulettes. Mais boucler le dossier prendrait un peu de temps. Le directeur le pria donc de revenir le lendemain et ils se serrèrent la main. Si la poignée du directeur était franche et fraîche, la sienne en revanche était gonflée et moite. Il se sentit néanmoins plus léger en sortant de la banque. Il regarda les voitures garées devant le centre commercial d'Åker, au cas où il y aurait une Toyota Land Cruiser parmi elles, mais il n'y en avait pas. Une voiture pareille, ça ne courait pas les rues. Il commençait à se réjouir sérieusement à l'idée d'avoir une nouvelle voiture. Une nouvelle vie. Il sentait en effet que sa vie était sur le point de basculer et de connaître des jours meilleurs.

Avec Didriksen, c'était comme si tout devenait soudain possible.

Pris dans cet élan, il se décida à recontacter la police pour l'informer qu'Anne était bien revenue saine et sauve. Qu'il ne fallait pas lancer d'avis de recherche. Que tout était rentré dans l'ordre. De préférence, il voulait s'adresser au même officier de police, avec lequel, curieusement, il sentait une forme de lien. Peut-être parce qu'il l'avait éclaboussé l'autre jour et qu'il revoyait le désarroi et l'embarras de cet homme dans le fossé, à la recherche d'empreintes inexistantes, tandis que lui se sentait invincible sous le regard appuyé et scrutateur du policier. Cela dit, il ne faudrait pas que les flics se mettent à enquêter sur lui et viennent à Hjellum poser toutes sortes de questions. Leur rendre visite de soi-même était le meilleur moyen de les tenir à distance respectueuse.

Au commissariat, il apprit que Valmann était en mission à l'extérieur et ne serait pas là de la journée. Il n'avait qu'à lui laisser un message pour dire que tout allait bien. Tout en bas, sur le papier jaune, il écrivit : *Salutations amicales, Arne Vatne, votre ami sur la route.* Ça lui vint comme ça, un slogan publicitaire à la télévision pour une marque de voitures. Toyota peut-être ?

Il laissa la Hiace sur le parking du commissariat, en profita pour faire un tour en ville et alla au Helles Kafé, un nouvel endroit qu'il ne connaissait pas encore. Ça tombait bien. Derrière sa bonne humeur, il sentait une dangereuse détermination s'emparer de lui. Il commanda une tasse de café et un sandwich. Il n'avait pas faim, mais ça permettait de retarder l'échéance. Il prit quelques bouchées de pain, goûta le café. Puis il sortit son portable et un bout de papier avec un numéro de téléphone. Il avait mémorisé ce numéro sur le mobile de sa fille et l'avait noté. C'était le numéro de celui qui l'avait appelée « Diana ».

Il avait beau s'être décidé, il hésita encore au dernier moment. En agissant ainsi, il lui donnait raison : il s'immisçait dans sa vie privée et l'espionnait.

Mais n'était-ce pas son droit ? se défendit-il en son for intérieur. Ce n'était pas seulement parce qu'elle traînait avec des étrangers, mais il avait peur qu'elle ne se trouve embarquée dans des magouilles, des trucs autrement plus graves. Il y avait tellement de non-dits et de choses qui ne collaient pas dans ce qu'elle lui racontait. Il était de son devoir d'y voir clair et d'agir ! Il n'avait que trop attendu. Pourquoi des hommes à qui elle ne voulait pas parler continuaient-ils de l'appeler à n'importe quelle heure du jour et de la nuit ? Quelles étaient réellement les intentions d'un étranger avec une grosse BMW à l'égard de sa fille ?

Il composa le numéro. Après cinq brèves sonneries, une voix toute gaie de femme lui répondit :

– Bella Donna Massage, bonjour !

– Euh… Bella Donna ? J'ai dû me tromper de numéro.

– Ce n'est pas grave, répondit la voix, toujours aussi charmante, avant de raccrocher.

Il fixa sa tasse de café vide et son sandwich à demi mangé en essayant d'y comprendre quelque chose.

Bella Donna Massage. Pourquoi quelqu'un de Bella Donna Massage appelait-il sa fille ?!

Ça ne pouvait être que ça. Il avait seulement du mal à le formuler dans sa tête et à l'admettre. Quant à l'accepter, c'était encore autre chose !

Sans trop réfléchir, l'esprit confus mais en colère, comme s'il devait de toute urgence mettre les deux pieds dans le plat et voir ce qui arriverait, il refit le numéro.

– Bella Donna Massage, bonjour !

La même voix. Il essaya de masquer la sienne.

– Oui, bonjour. J'aimerais parler avec... Diana.

– Diana ? Oh, elle ne travaille plus chez nous, répondit la charmante voix.

– Elle ne travaille plus chez vous ?

– Mais on a d'autres filles très capables dans la maison, si vous êtes intéressé...

– Non. Tant pis.

Il raccrocha.

À quoi bon se voiler la face plus longtemps ? La vérité avait mis du temps à faire son chemin dans son cerveau, mais à présent elle scintillait comme une enseigne lumineuse dans le ciel étoilé : Bella Donna Massage n'était ni un centre sportif ni un cabinet de kinésithérapie, c'était un salon de massage, autrement dit une simple couverture pour un bordel. Et sa fille avait travaillé là. Elle avait encore des contacts avec ces gens. Le ton de l'interlocuteur qu'il avait eu au téléphone ne laissait aucune ambiguïté sur le type de relations dont il était question. Sa fille était une putain qui faisait de prétendus massages, voilà la vérité. Elle avait des clients qui souhaitaient des « soins », et un patron qui l'appelait sur son portable. Peut-être qu'elle avait arrêté de travailler là-bas pour se mettre à son propre compte, à la maison, à Hjellum ?

Le serveur passait entre les tables pour resservir du café à ceux qui voulaient. Arne Vatne déclina la proposition. Il aurait aimé que quelqu'un vienne le débarrasser de son reste de sandwich. Il ressentait le même désarroi que lorsqu'elle avait dix ans et ne rentrait pas le soir, parce qu'elle allait « dormir chez des copines ».

Il passait alors la nuit éveillé. Et quand elle rentrait le lendemain dans la journée, elle ignorait superbement ses regards de reproches. Sauf que maintenant c'était sérieux. Il en allait de sa vie.

Il se leva et quitta le café. Il était effondré, mais aussi furibond. Il se hâta vers la voiture, se ravisa, fit demi-tour, réfléchit, revint sur ses pas. Sa première idée avait été de rentrer à la maison et de lui balancer ses quatre vérités à la figure. Mais il craignit qu'une telle confrontation ne la fasse sortir de sa vie pour toujours.

Sa petite fille…

Il marcha le long des quais en donnant des coups de pied dans le gravier, tandis que la gravité de la situation le gagnait comme l'humidité de l'automne, même si le temps s'était radouci. Il s'agissait de bien autre chose que de sa propre déception et de la perte de son honneur en tant que père, c'était la vie de sa fille qui était en jeu.

Il fallait qu'il se domine. Surtout ne pas agir sur un coup de tête ! Il devait rester calme et faire preuve de diplomatie jusqu'à ce qu'il trouve par quel bout prendre le problème. Mais comment rentrer à la maison et faire comme si de rien n'était, alors qu'il savait… Sur le moment, cela lui parut au-dessus de ses forces.

Son portable vibra dans sa poche. C'était Didriksen qui voulait savoir comment ça s'était passé avec la banque. Il avait l'air stressé. Il lui rappela qu'il restait peu de jours avant la date où les travaux d'aménagement devraient être terminés. En revanche, il avait une bonne nouvelle : les choses se mettaient en place en ce qui concernait l'achat de la voiture en Suède. Ça pourrait même avoir lieu ce week-end.

– Encore faut-il que tous les papiers de la banque soient prêts, objecta Vatne.

– Voyons, on n'est pas aux impôts ici ! Tu auras une semaine de délai pour payer, même plus s'il le faut, s'écria Didriksen, qui avait retrouvé son enthousiasme.

Son côté exalté était, comme souvent chez Didriksen, contagieux.

– C'est parfait alors. D'ailleurs je pourrai faire quelques heures cet après-midi.

Il avait retrouvé son allant. C'était toujours comme ça entre eux. Il répondait présent à l'appel, un vaillant petit soldat, disponible et travailleur, et Didriksen le rémunérait en lui donnant chantier sur chantier, en rechargeant ses batteries, et aussi avec de l'argent supplémentaire. Un petit coup de collier pour le travail à Kongsvinger servait aussi ses intérêts personnels. Cela permettait de retarder l'échéance du difficile retour à la maison et il pourrait en profiter pour rendre visite à Alka.

– Ah, voilà ce que j'aime entendre ! Je ferai peut-être un petit tour. On pourra dîner ensemble, si tu veux.

– C'est gentil, mais je ne crois pas, répondit Arne Vatne. Il faudra que je rentre après chez moi. J'ai ma fille en visite…

– Pas de problème. Je comprends, fit Didriksen.

Non, tu ne comprends pas, pensa Arne Vatne. Tu es à des années-lumière de te douter de ce qui se passe…

– À tout à l'heure, marmonna-t-il en raccrochant pour que Didriksen ne remarque pas que sa voix tremblait.

41

Gjertrud Moene le convoqua jeudi matin, avant qu'il n'ait eu le temps d'étudier le rapport concernant les examens effectués sur l'Audi verte, ainsi que des fax de la police aux frontières suédoise qu'on avait posés sur son bureau.

Valmann emporta son café, tout en sachant pertinemment qu'elle détestait ça. Car lui détestait être convoqué avant même que sa journée de travail ait vraiment commencé.

– Je voulais juste savoir quand je pouvais espérer lire ton rapport au sujet de l'avancement de l'enquête sur la personne fauchée sur la route, dit-elle sans grande conviction. Sans vouloir me mêler de ton travail, ajouta-t-elle en pinçant les lèvres pour former un semblant de sourire, j'aimerais seulement qu'on me tienne un peu au courant. En d'autres termes : qu'est-ce que tu as fait toute cette dernière semaine, Valmann ?

– Ça commence à se compliquer, dit-il en préambule.

C'était la vérité. Moene était loin de deviner la tournure que prenaient les événements. Il aurait préféré ne pas avoir à lui rendre des comptes et lui exposer l'affaire – ou les affaires. Les traces de filles dans la Volvo, le meurtre à Åmotfors dans un endroit qui semblait servir de plaque tournante à la prostitution, sans

225

oublier la conversation avec Kaisa Jarlsby, tout cela l'avait assez secoué sur le plan personnel. Peut-être trop. L'affaire avait à présent un visage, ou plus exactement plusieurs visages. L'expression tourmentée de Kaisa, frôlant la folie du désespoir. Les traces de larmes sur ses joues abîmées à force de rester dehors par tous les temps. Le sang à la tempe de la jeune fille à moitié couverte de neige sur le bord de la route. Les traits si peu nordiques du mort retrouvé à l'Élan blanc, déformés sous la violence extrême d'un coup. Le visage insolent de Bo Dalén, au faciès bien scandinave, yeux fins et sourire en coin, frange courte décolorée en blond, qui fixait la lentille de l'appareil pour la photo d'identité judiciaire. Et ce soir encore, un autre visage : la veille, une fois chez lui, il avait pris l'enveloppe de Kaisa, sorti la lettre et une petite photo de passeport avait volé par terre. Le visage poupon d'une adolescente au sourire timide, les cheveux blonds relevés comme si elle sortait de chez le coiffeur, des lèvres boudeuses : voilà donc à quoi ressemblait Evy, la fille disparue de Kaisa, que sa mère et son demi-frère cherchaient partout, tandis que le père se faisait de l'argent en taisant où elle se cachait.

Il avait tendance à se considérer comme un bon professionnel, mais il était en passe de commettre la plus grosse bévue pour un enquêteur : se sentir personnellement impliqué, ramener le travail à la maison, avec pour seul résultat de se monter la tête, de se mépriser, d'avoir des insomnies et des brusques changements d'humeur.

Et voilà que Moene exigeait de voir tout écrit noir sur blanc ! Comme si cela pouvait rentrer dans des cases et des schémas !

– La criminalité que l'on trouve dans la zone frontalière avec la Suède prend divers aspects, elle est plurielle et difficile à cerner ou résumer en une phrase, commença-t-il.

– Je crois qu'on a tous compris ça, l'interrompit Moene comme pour l'empêcher d'entrer dans les détails.

Mais on ne pouvait plus l'arrêter. Il lui fit part, pêle-mêle, de tout ce qui lui revenait à l'esprit : la victime sur la route à Malungen qui paraissait de plus en plus avoir été assassinée, les jeunes filles désespérées qui fuguaient même ici, à Hamar, le fleuriste bosniaque à la tempe fracassée, la Volvo utilisée pour un trafic de cannabis et, sans doute aussi, de filles…

Gjertrud Moene leva la main à plusieurs reprises, mais il était sur sa lancée et poursuivit :

– Et je viens d'apprendre que la sœur du chauffeur de la Volvo, une fille de vingt ans, a disparu. Elle traîne un lourd passé avec actes de violence et inceste à la maison. S'il s'avère que le frère, recherché actuellement par la police, est impliqué dans le trafic de filles, je crains fort qu'il n'ait quelque chose à voir avec la disparition de la jeune fille.

– La disparition de sa sœur ?

– De sa demi-sœur.

– Tu ne trouves pas que tout ça est un peu tiré par les cheveux ?

La bouche pincée de Moene exprimait un profond scepticisme quant aux théories de Valmann, qui devenaient pourtant de moins en moins théoriques plus les jours passaient.

– Ça paraît assez gros, je le reconnais. C'est brutal, c'est violent, c'est pourri…

Il dut se retenir pour ne pas taper du poing sur la table de sa supérieure hiérarchique, dans cette ancienne usine de confection qu'on avait transformée en bureaux de police.

– Mais c'est malheureusement la réalité et j'aimerais bien…

– Pour ma part, j'ai été informée d'une autre réalité, le coupa Moene d'un ton plus péremptoire, bien décidée à ne pas le laisser poursuivre. Il s'agirait d'une grosse quantité de cannabis (elle prononça ce mot comme si elle voulait s'y habituer), partie des Pays-Bas pour être livrée chez nous. Grâce aux limiers du groupe anticriminalité de la police aux frontières, il a été établi que les trafiquants feront passer la drogue par les postes frontaliers les moins surveillés ici, dans le Hedmark. On s'active donc, en Suède comme en Norvège, et il nous a été demandé de participer. Tu me parais être la personne tout indiquée pour cette opération, Valmann, étant donné ta nouvelle conception si « profondément ressentie » de la criminalité transfrontalière…

– Je préférerais me consacrer à l'enquête des autres affaires dont je viens de te parler, protesta Valmann. Si tu suis mon raisonnement…

Il ne poursuivit pas car il connaissait par cœur ce qu'elle allait lui rétorquer.

– Je te rappelle que tu parles d'activités liées à une mafia internationale, une industrie qui génère des milliards et qui est gérée loin d'ici, dans les pays du Sud. Tout ce qu'on peut faire, à notre petit niveau, c'est arrêter une ou deux filles si on tombe dessus, et les interroger, puis voir qu'elles n'oseront jamais rien dire devant des juges, surtout que la plupart sont en situation régulière chez nous grâce à un visa de tourisme. Nous ne pouvons pas prouver qu'il y a délit, puisqu'on a le droit de vendre du sexe dans ce pays… (Elle se secoua comme prise d'un frisson.) Par ailleurs, nous savons que toutes les prostituées étrangères ne sont pas victimes de viols, il y en a beaucoup qui viennent de leur plein gré pour gagner en deux ou trois semaines l'équivalent d'une année de salaire dans leur pays. Je ne t'apprends rien, Valmann.

– Pourtant l'une d'elles s'est fait tuer il y a une semaine, là-bas, près de Malungen.

– Nous ne pouvons pas l'affirmer avec certitude. La victime n'a toujours pas été identifiée. Nous venons de communiquer sa photo à la presse.

Valmann n'était pas au courant.

– C'est paru dans les journaux d'hier. Mais, pour l'instant, pas le moindre indice.

– Ce n'est pas étonnant. Elle est étrangère, elle est entrée de manière illégale. Personne ne sait qui elle est, et ceux qui la connaissent ne parlent pas.

– N'oublie pas qu'elle a pu aussi se faire renverser dans un banal accident.

– Le rapport final d'autopsie note que la blessure à la tempe ne correspond pas aux autres coups qu'elle a reçus ailleurs sur le corps. On pourrait l'avoir frappée tout de suite après le choc avec la voiture.

– « On pourrait » ?

– La voiture a été endommagée volontairement après être sortie de la route, comme je l'ai souligné dans mon rapport, pour faire croire à un accident plus grave. J'appellerais plutôt cela une exécution camouflée.

– À propos, as-tu lu le rapport sur la voiture qu'elle conduisait ? L'Audi verte avec une plaque d'immatriculation norvégienne ? demanda Moene, changeant de tactique et prenant un ton faussement neutre.

– Non, il est sur mon bureau, je n'ai pas encore eu le temps de le lire.

– Moi, je l'ai lu, dit-elle sur un ton anodin, alors que son regard disait tout autre chose.

– Et qu'est-ce qu'il dit ?

– Oh, pas grand-chose. Ils ont trouvé les objets habituels dans la boîte à gants, ainsi qu'un peu d'argent.

Elle le regarda droit dans les yeux et poursuivit :

– La voiture était comme n'importe quelle voiture, rien de particulier. Aucune empreinte digitale exploitable. Elle a été enregistrée au nom d'un certain Zamir Malik, avec une adresse à Skedsmo. Elle a été déclarée volée il y a quatre jours par le cousin du propriétaire. Ce dernier serait en voyage d'affaires.

– On peut même parler d'un voyage assez long, répliqua Valmann, qui avait du mal à maîtriser sa voix.

– Qu'est-ce que tu veux dire ?

– Zamir Malik a été retrouvé mort à Åmotfors, dans le Värmland, hier après-midi. Assassiné. Un coup violent porté à la tempe. Est-ce que tu y vois un peu plus clair maintenant ?

– Je trouve seulement que tu devrais contacter Jan Timonen, répondit-elle sans manifester la moindre émotion. C'est lui qui coordonne les opérations pour intercepter la cargaison de cannabis. Je ne pense pas qu'il considère le trafic de filles comme prioritaire, alors qu'il vient de remonter toute une filière et a réussi à connaître l'identité et l'itinéraire des passeurs. Mais tu peux toujours lui poser la question quand tu le verras.

42

Le bruit de la circulation fit qu'Arne Vatne se réveilla plus tôt qu'à l'ordinaire. Il essaya de rester allongé sans bouger pour la laisser dormir, mais c'était intenable à la longue, compte tenu de l'étroitesse du lit.

Elle ne fut pas longue à sortir de la couette.

– *I have no coffee. Sorry...*

Elle avait enfilé une robe de chambre informe. Mais ça n'avait aucune importance car il avait autre chose en tête ce matin que la voir nue.

– *We go cafeteria*, se contenta-t-il de répondre en se redressant et en commençant à enfiler ses vêtements.

– *No*, dit-elle. *You go.*

– *You go too.*

– *No, no, you go !*

C'était la première fois qu'il voyait son visage à la lumière du jour et qu'il se rendait compte à quel point elle avait peur. Elle portait la trace d'un coup violent, un hématome en demi-cercle, de toutes les couleurs de l'arc-en-ciel, sous l'œil droit.

– *What is the matter ?* demanda-t-il.

– *You go alone. You go quick.*

– *Why are you so scared ?*

– *He come today*, dit-elle seulement pendant que ses doigts tiraient nerveusement sur les fils qui pendaient de sa robe de chambre. *He very bad man. He say he come.*

– *He comes for you ?*
– *Yes.*
– *You go away with him ?*
– *Yes.*
– *Where ?*
– *I don't know.*
– *Why ?*

C'était une question rhétorique, destinée à apaiser sa propre inquiétude. Il commençait à comprendre ce qui se passait. Il avait lu des articles sur ces prostituées venues des pays de l'Est qui expliquaient comment les filles étaient mises au travail, ici et là, avec toujours un coup d'avance sur les autorités, dont les enquêtes étaient longues à aboutir. Il ne se faisait aucune illusion et savait qu'Alka était une de ces filles. Mais il avait cru que ça l'aiderait à avoir plus de maîtrise sur la situation, sur elle et avant tout sur lui-même. Erreur. Il n'arrivait pas à rester insensible à la détresse de cette femme-enfant, perdue dans cette caravane étroite et en mauvais état, avec des lambeaux de rideaux qui pendouillaient de guingois, des vêtements jetés à même le sol, la vaisselle qui traînait sur le minuscule plan de travail… L'air était saturé des odeurs de leurs deux corps après de longs ébats et un sommeil abruti par l'alcool.

– *But why ?* répéta-t-il.

Il fit un geste maladroit vers elle, il voulait la prendre dans ses bras pour la consoler, mais elle se dégagea et brandit un journal.

– *He show me this !* dit-elle d'une voix tremblante.

Elle montrait un article où apparaissait une photo, un visage, avec en gros titre : ASSASSINAT OU ACCIDENT DE LA ROUTE ? Il reconnaissait bien là le style de *VG*, un

232

journal racoleur. Elle lui mit le journal sous le nez, l'obligeant à se concentrer sur ce qu'il y avait marqué. Il vit ce que c'était – et qui c'était. Vlasta. La police renouvelait son appel à témoins et recherchait toute personne qui pourrait aider à l'identification de la victime. Le journaliste critiquait fortement la manière dont l'enquête était menée : lui-même avait pris ses renseignements et appris qu'au même moment il y avait des gens à la ferme-auberge de Malungen, tout près du lieu de l'accident, dans le cadre d'un séminaire, mais personne n'avait été interrogé par la police, ni les participants ni les employés. C'était à se demander, concluait le journaliste, quelles étaient les priorités de la police. À croire qu'elle préférait arrêter des retraités à la frontière, à Magnor, avec cinq kilos de viande et une bouteille de liqueur, plutôt que d'enquêter pour savoir si cette mort suspecte ne dissimulait pas en réalité un meurtre.

Arne Vatne ressentit un vague soulagement : la police ne savait donc toujours rien, n'avait aucune piste, comme le constatait le journaliste. Il n'avait cessé de se le répéter : il était en sécurité. Il avait remporté sa petite victoire. Il regarda une dernière fois le visage blanc entouré d'une crinière de cheveux noirs. Le côté absent que conférait la mort à ces traits figés. La bouche désormais fermée à jamais en une simple ligne, et non plus béante dans un cri d'angoisse. Assis sur ce lit moite, il frissonna. Il tendit le bras pour toucher ce corps qui semblait se transformer en statue de sel. Il avait besoin de sentir la chaleur de ce corps, la douceur de sa peau. Il en avait besoin pour refouler la seconde effroyable où il ne se contrôlerait plus et où afflueraient tous les souvenirs dans leurs moindres détails – comment il avait pu déraper sciemment pour heurter la jeune fille, la renverser et la laisser dans la neige…

Elle ne fit aucun geste vers cette main tendue, ne s'approcha pas.

– *He say he come back for me*, dit-elle d'une voix blanche.

On aurait dit que le réservoir de peur en elle était vide. Il ne restait plus qu'une lassitude sans nom.

– *He say he do same thing with me, if I no go with him. You go now.*

Arne Vatne évita de la regarder pendant qu'il s'habillait et il espérait qu'elle faisait de même. À la voir ainsi, dans sa robe de chambre grisâtre et élimée, avec des taches de café, les cheveux trop blonds en bataille, le visage tuméfié encore mal réveillé, il eut du mal à croire qu'il avait pu désirer cette femme et ressentir autre chose que de la répugnance ou, dans le meilleur des cas, une forme de compassion, de peine. Il sortit cinq billets de cent couronnes de son portefeuille et les posa sur la table de nuit à côté de la bouteille de soda et des verres poisseux. Elle n'avait jamais demandé une somme d'argent précise, mais il trouvait que cinq cents couronnes, c'était bien.

– *I am sorry*, dit-il avant de partir.

Il n'avait pas encore terminé son petit déjeuner dans la cafétéria déserte – il en était à sa deuxième tasse de café – quand il vit la voiture arriver et se garer devant la caravane. Un homme en jogging descendit de la grosse BMW gris pigeon et alla frapper à la porte. Il avait rabattu la capuche du sweat-shirt sur son front, de sorte qu'il était impossible de discerner qui c'était, mais Vatne eut un coup au cœur en reconnaissant la voiture. Impossible de voir la plaque d'immatriculation, de là où il était. De toute façon, il n'avait pas pensé à relever le numéro de la voiture d'Alban. Bon, il fallait qu'il arrête de se faire des idées ! Des BMW grises, il y en avait des centaines rien que dans le Hedmark. C'était le véhicule idéal pour montrer qu'on a de l'argent et qu'on a réussi, autant pour les Norvégiens que pour les étrangers. Mais il remarqua que cette voiture, elle aussi, avait une babiole accrochée au rétroviseur.

Sa main tremblait quand il vida sa tasse de café.

Quand ils ressortirent quelques minutes plus tard, l'homme portait deux sacs plastique du supermarché, et elle tirait une valise. Il fourra le bagage dans le coffre avec des gestes vifs, énervés. Elle se déplaçait comme si elle était à moitié abrutie. Il était déjà au volant lorsqu'elle s'assit sur le siège passager. Vatne vit l'homme passer un bras autour de ses épaules et l'attirer vers lui. Elle détourna son visage. Il secoua la tête et les épaules comme s'il trouvait ça drôle et la repoussa soudain violemment. Vatne essaya de voir si la voiture était immatriculée en Norvège. Eh bien, bravo ! Toi aussi, tu te mets à jouer les détectives ! se dit-il. Mais il se sentait pitoyable. C'était vraiment tout sauf chevaleresque de rester assis à bonne distance et voir la fille avec qui il avait passé la nuit se faire embarquer sans ménagement par une petite frappe avec une capuche sur la tête. Oui, il n'était qu'un lâche. Il découvrait malgré lui qu'il venait d'entrer en contact avec un autre monde, une réalité épouvantable. Et il eut soudain conscience de l'étendue des problèmes d'Anne si elle était tombée entre les mains de ce genre d'individus sans scrupules.

Diana.

Bella Donna Massage.

Un « fiancé » étranger avec beaucoup d'argent sans explications plausibles.

Tout pointait dans la même direction. On lui avait même fait un dessin, au cas où il n'aurait pas compris. Il fallait qu'il en parle à quelqu'un. Pas à Anne, ça ne servirait à rien. À quelqu'un d'autre. Il fallait tenter quelque chose pour la sauver. Il sortit son portable, mais le reposa. On pouvait toujours retrouver la personne à l'origine de l'appel quand on se servait d'un portable. Il se dirigea donc vers le téléphone à pièces installé à côté des machines à sous, dans l'entrée, glissa quelques pièces de dix couronnes dans la fente et trouva le numéro à composer.

43

Un des fax de la police aux frontières suédoise était le compte rendu provisoire d'autopsie du mort retrouvé à l'Élan blanc. Le décès remontait à environ soixante-douze heures, et c'était dû à une hémorragie cérébrale survenue suite au coup violent sur le côté de la tête. Il s'agissait d'un dénommé Zamir Malik, un ex-Yougoslave en situation régulière en Suède et résidant dernièrement en Norvège. Pas d'autre membre de sa famille enregistré. C'était lui qui avait loué cet endroit pour une fête ce week-end-là.

Il avait donc été assassiné dans la nuit de dimanche à lundi, peut-être même alors que la fête battait encore son plein, en déduisit Valmann.

Le second fax transmettait les conclusions de l'analyse du fourgon. Outre soixante kilos de khat et un grand nombre de fleurs coupées fanées, on avait retrouvé des vêtements de femme et des affaires de toilette dans un sac sur le siège avant. L'absence d'étiquettes sur les vêtements empêchait de savoir où ils avaient été achetés et à qui ils appartenaient. Ils ne paraissaient ni neufs ni très chers. Certaines des empreintes digitales dans la voiture correspondaient à celle du mort. Quant aux autres empreintes, la police consultait ses fichiers, mais sans résultat pour l'instant.

Zamir avait dû venir à la fête avec une femme, pensa Valmann. Qu'était-elle devenue ? Y avait-il une liste des participants à cette fête ? Bien sûr que non. Et le personnel de l'endroit avait sans doute quitté les lieux après avoir assuré le service du dîner et laissé les invités entre eux. Ce n'était pas dans les règles, mais se pratiquait souvent. Les heures de fermeture et la législation sur les débits de boissons étaient assez souples à la campagne, en tout cas par ici. Ça devait être la même chose dans le Värmland.

En bas de la pile de documents sur son bureau, il trouva un bref message de la police de Kongsvinger, disant que la jardinerie The Jungle était fermée pour cause de maladie. Rien de suspect n'avait été signalé jusqu'ici dans la gestion de ce magasin, ouvert depuis deux ans. Il fallait un mandat de perquisition pour poursuivre les investigations.

Valmann en prit note. La mort violente du propriétaire et la drogue découverte dans la camionnette du magasin justifiaient pleinement un mandat de perquisition. Une jardinerie qui importait et vendait des plantes et des fleurs était une couverture parfaite pour le trafic de stupéfiants. Il voyait mal comme Moene pourrait s'y opposer.

Son regard tomba enfin sur une feuille manuscrite qui avait échoué entre les autres papiers. L'écriture était difficile à lire, mais il réussit à déchiffrer le court message :

À l'intention du brigadier Valmann, à qui j'ai déjà parlé.
Juste pour vous dire que ma fille Anne est revenue.
Inutile de lancer des recherches.
Salutations amicales
Arne Vatne, votre ami sur la route.

Valmann resta pensif.

« Votre ami sur la route »… Était-ce une mauvaise plaisanterie ? Ça sortait d'un slogan publicitaire ou quoi ? Qu'est-ce qu'il entendait au juste par là ? Pourtant l'homme qu'il avait eu en face de lui dans son bureau pour signaler la disparition de sa fille ne lui avait pas donné l'impression d'être du genre à envoyer des messages sibyllins à des inconnus. Il se souvenait bien de lui : Arne Vatne, menuisier de son état, résidant à Hjellum, employé chez un fournisseur d'équipements de boutiques et travaillant actuellement à Kongsvinger. Il ne lui avait pas vraiment fait bonne impression. Il y avait chez lui quelque chose d'évasif et ambigu, avec ses phrases à double sens : « votre ami sur la route ». Était-il possible qu'il fût réellement celui qui l'avait éclaboussé exprès de boue à Malungen ? Sa visite ici n'était-elle pas seulement le fait du hasard ? Est-ce qu'il avait affaire à un sale type qui se moquait de lui, un de ceux qui s'amusent à frôler la légalité et à narguer la police ?

Le téléphone sonna. Il décrocha alors qu'il tenait encore le mot à la main. Le standard lui annonça qu'un homme avait téléphoné et laissé un message qui lui était adressé expressément. Cela remontait à une heure à peu près, lorsqu'il était dans le bureau de Moene. Voulait-il avoir le message maintenant ?

– Vas-y, dit Valmann.

L'homme, qui n'avait pas donné son nom (le contraire l'eût étonné !), voulait faire savoir que « quelqu'un » retenait des putes russes dans une caravane au Fagerfjell Camping, tout près de la frontière suédoise, à Magnor. Il avait observé leurs allées et venues. Il avait vu, entre autres, qu'une des filles avait été embarquée de force par un étranger, bagnole chère et tout… Une grosse BMW.

Celui qui appelait trouvait que la police devrait faire quelque chose pour arrêter tout ça. Voilà, il voulait juste le signaler.

C'est vrai, pensa Valmann, prêt un moment à laisser tomber l'affaire, que la société ne manque jamais de voix inquiètes pour juger qu'il est de leur devoir de rapporter anonymement ce genre de comportements amoraux. Mais il repensa à la formulation : l'homme avait « observé leurs allées et venues ». Il pouvait s'agir d'un client du camping mécontent qui trouvait qu'il n'en avait pas eu pour son argent... Et puis encore cette expression : « un étranger, bagnole chère et tout... »

Ça lui revenait. C'était lors de l'entretien avec Arne Vatne. N'étaient-ce pas les mêmes mots que ce dernier avait utilisés pour décrire le nouveau petit ami de sa fille, avec qui elle avait disparu ? Les deux fois, il y avait quelque chose qui sonnait faux...

Il appela le standard.

– Le message que tu viens de me communiquer...

– Oui ?

– Est-ce que celui qui a appelé a dit pourquoi il voulait que cela me soit adressé personnellement ?

– Non. Il m'a juste dit qu'il t'avait déjà parlé et pensait que ça t'intéresserait.

– Il se souvenait de mon nom ?

– Voyons... Il se souvenait que tu étais brigadier. Et il t'a décrit de manière assez précise pour que je sache tout de suite que c'était toi, répondit Solveig avec un petit rire.

– Merci.

Fausse piste. Il était tombé sur un *stalker*, quelqu'un qui fait une fixation sur des personnes haut placées, quelqu'un qui cherche des prétextes pour entrer en contact avec elles et invente des scénarios pour attirer leur attention. Les étoiles de cinéma connaissent bien ce phénomène. Les chanteurs de rock aussi. Mais les policiers ? Jonfinn Valmann était passé, en tout et pour tout, deux fois seulement à la télévision, chaque fois en arrière-plan comme factotum en uniforme, tandis que le commissaire s'entretenait avec des journalistes. Il était rare que la télévision se déplace pour le genre d'affaires que traitait le poste de police de Hamar ; il voyait mal comment il aurait pu avoir un fan-club parmi des amateurs un peu déséquilibrés de crimes.

Soudain, il vit une autre explication, beaucoup plus banale, c'était gros comme le nez sur la figure : le criminel revient toujours sur les lieux du crime. Comment n'y avait-il pas pensé plus tôt ? Même si éclabousser de boue une personne sur le bord de la route à Malungen était une drôle de manière de « revenir sur les lieux »… Mais pourquoi agir ainsi avec quelqu'un en civil dans un fossé, qui ne pouvait être identifié comme policier, si ce n'est parce que l'homme au volant était, d'une manière ou d'une autre, impliqué dans cet accident mortel et s'attendait forcément à ce que la police vienne enquêter ?

C'était donc ça ! Ce serait impossible à démontrer, cela ne ferait pas le poids face au scepticisme de Moene, c'était un fil ténu, mais pour l'instant il sentait que c'était le bon. Il avait appris à se fier à son instinct, à ses associations d'idées. Le cerveau travaillait mieux quand on le laissait tranquille. Une image s'imposa à lui : la voiture était la clé de tout ! Ce vieux fourgon blanc dans lequel il avait vu monter Arne Vatne après sa visite au poste. Cette même voiture qu'il avait eu le temps d'observer alors qu'il essayait d'enlever la boue des pans de son manteau, là-bas, près de Malungen. C'était encore cette même voiture qu'il avait vue garée sur le parking du Fagerfjell Camping, alors qu'il se trouvait à la cafétéria avec Kaisa Jarlsby, à écouter son histoire. Ce grand fourgon blanc, c'était une Toyota Hiace. Exactement comme celle qui était passée sur la nationale 24. La même couleur. En mauvais état. Enfin il tenait quelque chose, même si c'était la résultante de trois observations faites à distance concernant trois véhicules, sans qu'il ait jamais vu la plaque d'immatriculation. Il fallait absolument qu'il reparle avec cet Arne Vatne, et le plus tôt serait le mieux. Il avait l'air d'en savoir un rayon sur ce qui se passait au Fagerfjell Camping.

44

Salut, maman.
Je veux juste te souhaiter un bon anniversaire et te
dire que je vais bien. Ne t'en fais pas pour moi. Je
vais essayer de te téléphoner ou de t'écrire plus
souvent, mais j'ai beaucoup à faire dans le job que
j'ai ici en ce moment. Si tu veux me joindre, tu
peux appeler ce numéro...

Valmann relut le petit mot pour la dixième fois au
moins. L'écriture hésitante de la jeune fille penchait
vers la gauche. Le type de la personne introvertie,
rêveuse, analysa-t-il. Au grand amusement de son
service, il avait un jour fait appel à une graphologue
dans le cadre d'une affaire et avait été frappé par la
justesse de ses observations et de ses interprétations.
Il ne s'agissait pas d'une analyse graphologique,
mais de la comparaison de deux écritures. Il aurait
bien aimé avoir ses lumières à cet instant pour se
faire une meilleure idée de cette Evy qui avait disparu.
« ... beaucoup à faire dans le job que j'ai ici en ce
moment » : ce pouvait être n'importe quel travail. Mais
une jeune fille écrivant à sa mère pour lui dire de ne pas
se faire de souci pour elle aurait mieux fait de parler un

peu plus de la nature de son travail si elle tenait tant que ça à la rassurer.

« … que j'ai ici en ce moment » : comme si elle avait été à différents endroits – dans la même branche – et qu'elle se déplaçait souvent. Elle pouvait donc travailler à droite et à gauche, selon les besoins des gens qui l'employaient, ce n'est pas elle qui décidait. Il pouvait s'agir d'un travail honnête dans la vente, la restauration, la représentation, l'événementiel ; les jeunes se devaient d'être mobiles de nos jours sur le marché du travail. Mais Valmann avait des doutes. Ou, plus exactement, il était sûr que la fille se trouvait mêlée à quelque chose dont elle ne pouvait parler à sa mère. Et nul besoin d'avoir beaucoup d'imagination pour comprendre ce que ce quelque chose pouvait être. Autant dire qu'Evy était mal partie. Dès le départ, la vie avait pris un mauvais tournant pour elle, pensa-t-il. Mais son écriture, avec de grandes boucles et des ovales pleins de nostalgie… Et ce rêve caché derrière le timide sourire sur la photo… Valmann examina encore une fois son visage. Avait-il eu déjà l'occasion de le croiser ? Il fit appel à sa mémoire d'enquêteur, essaya d'ajouter six à huit ans de plus à la personne sur la photo, mais sans succès. Oh, c'était une tentative à l'aveugle. Cela faisait des années qu'il ne voyait plus vraiment la différence entre tous ces adolescents, où les garçons ressemblaient à des filles et vice versa, les garçons portant souvent les cheveux jusqu'aux épaules et les filles les coupant court, à la garçonne.

Il composa encore une fois le numéro indiqué dans la lettre et obtint le signal de Telenor indiquant que la ligne avait été résiliée. Mais il fallait qu'il en sache plus. Il fit le numéro de William Kronberg, le « génie informatique » au sein de la police. Lui pouvait consulter directement tous les registres du pays, non pas parce qu'il en possédait les codes d'accès, mais parce qu'il avait développé au fil des ans un formidable réseau. Catalogues, statistiques, registres, listes et tableaux comparatifs, voilà ce qui intéressait Kronberg. Du coup, il connaissait tous les gens qui établissaient ce genre de documents administratifs rébarbatifs. Valmann le pria de rechercher l'abonné, environ un an plus tôt, correspondant au numéro indiqué par Evy. Il aurait pu s'en charger lui-même, mais ce travail l'ennuyait terriblement et il savait que Kronberg lui trouverait ça en un rien de temps.

D'ailleurs il avait des choses à faire. Il appela Rusten et lui demanda s'il voulait l'accompagner faire un tour, même si le temps n'incitait pas à la promenade. Le vent soufflait par rafales sur le lac Mjøsa d'ordinaire si calme, soulevant des vagues qui venaient se briser contre les fondations des quais en envoyant des jets d'écume sur le parking.

Un vrai temps de la côte ouest ! pensa Valmann quand il sortit la voiture de fonction du garage. Des feuilles mortes se collèrent aussitôt sur le pare-brise. Malgré tout, c'était un soulagement de s'échapper du bureau. Mais il n'était pas sûr que Rusten partage cet avis, car il avait bien aménagé son lieu de travail, avec un confortable fauteuil en cuir, des photos de famille grand format aux murs et sa propre machine à café.

– On va où ? demanda-t-il quand il monta dans la voiture.

– À Hjellum.

Il avait noté l'adresse qu'avait indiquée Arne Vatne en remplissant le formulaire lorsqu'il était venu faire part de son inquiétude à propos de sa fille.

– On va jusque là-bas ? dit Rusten en faisant semblant de rechigner.

Hjellum n'était qu'à dix minutes en voiture.

– Je préfère qu'on soit deux au cas où j'aurais affaire à la mafia russe, plaisanta Valmann à son tour.

Il mit Rusten au courant pour Arne Vatne, lui parlant de ses messages pleins de sous-entendus et de ses liens éventuels avec une affaire de prostitution à la frontière près de Magnor.

– Mais je ne te suis pas bien. Tu n'as quand même pas l'intention de venir à bout, à toi tout seul, du trafic de prostituées à la frontière ?

– Je pensais qu'on pourrait au moins vérifier si sa fille est bien rentrée saine et sauve, répondit Valmann en pestant contre un feu rouge qui l'obligea à s'arrêter au carrefour de Brugata.

Il n'y avait aucune Toyota Hiace garée devant le pavillon ancien et simple, mais bien entretenu. Une grosse BMW dernier modèle stationnait devant le garage. Ils grimpèrent les quelques marches en pierre du perron. Au moment où il allait sonner, Valmann entendit une porte claquer et une voix de femme qui gémissait et criait quelque chose. Une voix d'homme lui répondit. Il appuya sur la sonnette et tout devint silencieux. Il sonna une deuxième fois. Toujours rien. Alors il frappa du plat de la main sur le verre armé de la porte en tonnant :

– Ouvrez, c'est la police !

Il se passa quelques minutes avant que des pas se rapprochent et que la porte s'entrouvre.

– La police ?…, chuchota une petite voix.

– Oui, nous aimerions bien parler à un certain Arne Vatne qui est domicilié à cette adresse.

– Papa est au travail, répondit la jeune fille qui tenait la porte.

– Vous êtes Anne, sa fille ?

– Oui, pourquoi ça ? Qu'est-ce que vous…

Elle ne semblait pas décidée à les laisser entrer, mais Valmann poussa un peu la porte.

– Nous aimerions bien aussi vous dire quelques mots, Anne. Si vous n'y voyez pas d'inconvénient.

– À moi ?

Elle s'était à moitié détournée et il était facile de comprendre pourquoi. Son visage était noyé de larmes. Et pas seulement. Un épanchement de sang s'était répandu des pommettes jusqu'aux os de la mâchoire. Ses lèvres étaient tuméfiées. Valmann et Rusten échangèrent un regard bref. Valmann fit un pas de côté et laissa passer son collègue. Rusten savait gérer ce genre de situations.

– Oh, mais vous avez mal, on dirait ? fit-il d'une voix douce en ouvrant la porte toute grande.

La jeune fille n'opposa aucune résistance.

– Ce n'est pas beau à voir.

– C'est… rien, dit-elle en retenant ses larmes.

– Il est arrivé quelque chose ?

– Non, rien ! cria-t-elle presque en faisant quelques pas en arrière.

– Du calme, la rassura Rusten en tendant la main pour toucher son bras.

Sa voix chaude et vibrante témoignait de sa compassion, qui semblait réelle.

– Nous ne voulons vous faire aucun mal. Mais je pense que vous devriez d'abord aller aux urgences avec nous pour qu'on examine votre visage. Je crains qu'il ne faille recoudre votre lèvre.

– Non !… Non, merci. Ce n'est pas nécessaire. Ça va bien maintenant.

– Qui vous a fait ça ? intervint Valmann, qui n'arrivait pas à jouer le rôle du gentil policier comme Rusten et qui était révolté par les coups portés sur cette frêle jeune fille. Anne, si vous avez quelque chose à nous dire, c'est maintenant.

– Je n'ai rien… rien à dire. Ce n'est pas grave. C'est passé.

Sa voix déraillait sans arrêt. Elle s'appuyait contre le mur. Valmann crut qu'elle allait s'évanouir sous leurs yeux.

– S'il vous plaît…, les supplia-t-elle sans réussir à finir sa phrase pour leur demander de partir.

– On peut entrer ? Il semblerait que vous ayez besoin de vous asseoir.

– Mais non ! Ça va, je vous assure…, protesta-t-elle en mettant sa main contre la partie meurtrie de son visage.

– Qui vous a frappée ?

Valmann comptait fouiller la maison, entrer dans le salon, la cuisine, la chambre à coucher, où l'auteur des coups – ce ne pouvait être qu'un homme et sans doute un étranger, à en croire les inquiétudes d'Arne Vatne à l'égard de ces étrangers aux grosses voitures – devait attendre en se frottant les articulations, endolories d'avoir roué de coups cette frêle jeune fille sans défense. Ça le démangeait de lui mettre la main dessus, de le traîner au poste et de le coller quelques heures en cellule de garde à vue avant de l'interroger. Ah, comme il aurait été heureux s'il avait pu donner l'ordre aux techniciens de la police scientifique d'inspecter à fond cette grosse BMW rutilante, centimètre après centimètre, d'aspirer le moindre espace de rangement pour repêcher chaque once de substances illicites restées là, d'analyser la moindre tache sur les sièges, puis de vérifier tous les papiers, les autorisations, les déclarations de ressources, les actes de propriété, les relevés bancaires et les appels téléphoniques ! Bref, mettre en pièces cette petite frappe et l'envoyer faire un tour assez long derrière les barreaux pour lui faire passer l'envie de recommencer.

Mais il savait bien que les choses ne se passaient pas ainsi. Entre autres parce que ces crapules avaient des avocats qui se faisaient un devoir – fort bien rémunéré d'ailleurs – d'empêcher la police de faire son boulot. Il savait bien que les pensées qui lui traversaient l'esprit étaient politiquement incorrectes, indignes, interdites, elles reflétaient des préjugés qui étaient un obstacle à un jugement professionnel de la situation et à la capacité d'agir de manière rationnelle. C'était précisément ce genre d'attitudes que les médias reprochaient à la police, il fallait donc être très vigilant – et surtout la boucler.

– On s'est seulement un peu disputés…

Avec sa voix mal assurée, la jeune fille faisait de son mieux pour banaliser l'incident, cherchant à donner l'impression que cela pouvait arriver dans n'importe quel foyer de Hjellum. Comme si tout était merveilleux ici, dans ce pavillon ancien mais repeint récemment : papa était au travail et elle se faisait tabasser par son petit ami en pleine matinée – la routine en somme. Tout chez elle, sa voix, son expression, la peau tuméfiée, la lèvre ensanglantée, les mots qu'elle employait, confortait son idée. Les racailles faisaient la loi. Il avait en face de lui une fille déjà brisée. Qui poussait tout sous le tapis et faisait comme si ça allait bien. Elle ne déposerait jamais plainte. La prochaine fois, elle risquait d'être battue à mort.

– On s'est seulement un peu disputés, répéta-t-elle. Mon… ami s'emporte vite, il n'est pas d'ici…

Valmann bouillait intérieurement.

– Y a un problème ?

Celui qui venait de parler en suédois dans l'embrasure de la porte qui, supposa Valmann, donnait accès au salon était un homme jeune, de taille moyenne, avec la peau claire des Scandinaves, les yeux bleus et des poils blonds clairsemés qui se terminaient en une barbichette ridicule. Un large bonnet en maille comme en portent les rappeurs noirs de New York lui tombait sur le front. Son jean lui pendait sur les hanches. Il arborait des piercings dans le nez et des anneaux en argent à plusieurs doigts couverts de tatouages. Des tatouages faits en prison. La jeune fille le fixait avec une expression de terreur, comme hypnotisée par les mots *Death Watch* qui brillaient en vert fluo sur son tee-shirt.

– Tu crois pas que tu ferais mieux d'aller t'allonger un peu, Anna ?

Il réussissait même à donner une forme de douceur à ce qui était carrément un ordre. Elle acquiesça d'un mouvement mécanique de la tête.

– Si…, dit-elle en regardant à tour de rôle l'homme, Valmann et Rusten, comme si elle ne pouvait déterminer lequel lui faisait le plus peur. Ils sont de la police. Ils voulaient parler à papa, expliqua-t-elle au type au bonnet.

– Il n'est malheureusement pas là, répliqua le type au bonnet avec une feinte amabilité. Il travaille du côté de Kongsvinger, je crois.

– Nous avons vu que la jeune fille s'est fait mal et nous lui avons proposé notre aide, dit Rusten.

Valmann était content que Rusten prenne le relais. Lui-même aurait du mal à maîtriser sa voix, et pas seulement.

– Allez, c'était rien, Anna, hein ? reprit l'homme avec un faux sourire et un regard torve en direction de la jeune fille effrayée. Hein, Anna ?

– Oui… c'était un accident, chuchota-t-elle.

– Vous avez entendu ? fit le type en se tournant vers Valmann, dont il percevait l'agressivité rentrée et semblait même s'en amuser. Une simple dispute de famille. Rien à signaler à la police. Et le paternel est au boulot, comme je vous l'ai dit. Pas de chance, les gars.

– Il n'y a rien que vous vouliez nous dire, Anne ? lança Rusten en voyant la jeune fille se lever et s'éloigner.

– Bon, je vais monter, dit-elle d'une petite voix.

– Si jamais vous voulez nous contacter…

La voix de Rusten était tendue à présent, et il n'arrêtait pas de bouger.

– Je vois pas pourquoi elle le ferait, conclut l'homme au bonnet, le visage dur. Bon, si vous avez terminé…

– Votre nom, au fait, demanda Valmann une fois sur le perron.

Rusten se dirigeait déjà vers la voiture. Valmann rassembla ce qui lui restait d'autorité pour faire face à ce visage qui exprimait une telle hostilité que cette haine seule aurait été assez forte pour les repousser en arrière et les chasser de la maison.

– Mon nom ?

– Oui, votre nom. Une personne s'est blessée ici dans cette maison. Nous avons besoin d'avoir les noms de ceux qui étaient présents. Si jamais nous devions donner suite à cette affaire.

– Mais il y a pas eu de plainte ! s'écria-t-il en levant son menton avec sa barbichette ridicule à quelques centimètres à peine du col de la veste imperméable bleu et blanc de Valmann.

– Si vous refusez de nous donner votre nom, je serais obligé de faire un signalement, dit Valmann qui avait du mal à rester calme.

– Mankell, dit le Suédois en faisant la moue.

– Pardon ?

Valmann avait ouvert son carnet.

– Henning Mankell. Tiens, ça me revient.

Valmann vit dans son regard une pointe d'ironie. Ce nom-là lui disait quelque chose, mais il était si énervé que sur le moment il ne savait plus où il l'avait vu. Il vérifierait dès qu'il serait de retour au poste.

– Vous direz à Arne Vatne à son retour que nous aimerions bien lui parler.

– Si on est encore là quand il rentrera, j'essaierai de m'en souvenir.

Sur ce, il claqua la porte avant même que Valmann ait eu le temps de se retourner.

45

Il avait appelé à plusieurs reprises, mais était chaque fois tombé sur le message enregistré. Cela l'inquiéta car il savait qu'Anne n'éteignait jamais son portable. Pourquoi son numéro était-il soudain aux abonnés absents ? Il se décida à appeler le fixe chez lui, à Hjellum. Aucune réponse. Elle n'était donc pas à la maison. Pourquoi serait-elle ressortie ? Il essaya de passer en revue toutes sortes de raisons sans trouver la bonne, qui tombait pourtant sous le sens. Ils ne s'étaient pas quittés en mauvais termes. Est-ce qu'elle était malade ? Elle avait une petite mine depuis qu'elle était en visite. Peut-être se reposait-elle et n'entendait pas sonner le téléphone ? Il essaya de se rassurer de son mieux jusqu'à ce qu'il dût accepter la seule explication plausible : Alban était revenu la chercher. Pour aller à une autre fête – qui sait ? – avec des danses des Balkans, des « rondes », où elle tiendrait la main aux copains souteneurs de cet homme ? S'amusait-elle vraiment autant qu'elle le disait ? Il fit de son mieux pour refouler son angoisse. Combien de fois n'était-elle pas venue se reposer chez lui après un semestre de cours fatigants, ou pour lui demander de l'argent ? Ou les deux. Et il avait sorti les billets. Ça servait à ça, les pères. Mais cette fois il n'avait pas été question d'argent. Cela prouvait que, pour une fois, elle s'en sortait sur le plan financier. Autrement dit, que Diana gagnait bien sa vie avec ses massages un peu particuliers.

Il voyait s'entrouvrir des abîmes devant lesquels il se sentait complètement désarmé.

Il avait lu des reportages sur des étudiantes qui finançaient leurs études en travaillant dans des salles de massage privées, mais il avait cru que c'étaient juste des articles à sensation, sans fondement véridique. Il s'était trompé. « Non, elle ne travaille plus chez nous. » Travaille. Une masseuse professionnelle. Sa fille… Mais ses pensées ne s'arrêtaient pas là. Elles le conduisaient au Fagerfjell Camping, à une caravane où les filles ne faisaient pas les difficiles : *You want to come in ?*… Des billets de cent qu'on laisse en partant sur la table de nuit poisseuse couverte de vodka et de Coca-Cola, la lumière grise de l'aube à travers des rideaux déchirés, une sortie sous bonne garde, la tête baissée dans une BMW gris métallisé, le même type de voiture, le même type de chauffeur, le même type de fille ; sa propre fille, nue, se laissant faire, attirée par l'argent sur une couverture de lit tachée. *I teach you, darling… !*

Il eut du mal à monter et nettoyer les étagères. Il finit par sortir son portable et rappeler le numéro qu'il connaissait maintenant par cœur. Il dut s'y prendre à plusieurs fois tant ses doigts tremblaient.

– Bella Donna Massage, bonjour !

– Oui, bonjour, dit-il en s'éclaircissant la voix. Est-ce que vous pourriez me redonner l'adresse ? Je l'avais notée sur un bout de papier, mais j'ai dû l'égarer…

Les mots se bousculaient, ils sortaient avec l'énergie du désespoir.

– C'est dans la Tøyengata…

– Mais bien sûr ! s'écria-t-il avant qu'elle ait pu indiquer le numéro de la rue. Je m'en souviens maintenant. Merci bien.

– Il n'y a pas de quoi, répondit la voix gaie à l'autre bout du fil. Nos thérapeutes sont disponibles à tout moment. Vous voulez prendre rendez-vous ?

– Non… Non merci. Je ne sais pas encore quand je pourrai me libérer…, bredouilla-t-il.

– Je comprends, dit en souriant cette *mamma* pour les putains sur un ton bienveillant. Ça arrive. Tout le monde est tellement occupé de nos jours.

Didriksen vint faire un tour après le déjeuner pour voir si le travail serait bientôt terminé et si les peintres pourraient commencer dès le lendemain comme convenu.

– Concernant la voiture en Suède, tout baigne, annonça-t-il avec des petits rires satisfaits. Elle sera prête demain ou vendredi. On ira la chercher ce week-end.

La voiture. Ça lui était complètement sorti de l'esprit. La nouvelle Land Cruiser. Il fallait qu'il pense à relancer la banque pour les papiers. Et songer aussi à ce qu'il allait faire de l'ancienne Hiace. Il aurait préféré que tout n'arrive pas en même temps, surtout là, maintenant, où il avait d'autres soucis en tête.

– Ils sont en train de démonter les sièges arrière pour toi, poursuivit Didriksen sur le même ton enthousiaste. Ça te va, hein ? Comme ça, on en profitera pour charger différentes petites choses qu'on doit ramener de là-bas. C'est pas un problème pour toi, hein ? fit-il en lui donnant un coup d'épaule amical.

C'était comme si ce contact lui injectait de la bonne humeur dans tout le corps. Non pas que ses soucis aient disparu, mais la pensée d'Anne et de ses problèmes se trouva reléguée quelque part où ils n'occupaient plus la

première place. L'optimisme de Didriksen, sa serviabi-
lité et sa manière de prendre à bras-le-corps les problèmes pratiques aidèrent Arne Vatne à voir sa vie sous
un meilleur jour : il avait des projets, des ambitions, il
était dans une phase positive, avec de bonnes perspec-
tives de travail, il gagnait plus d'argent que jamais
– bref, la vie lui souriait… Il se répéta ça en boucle : la
vie lui souriait ! Cela n'avait pas toujours été le cas ces
dernières années. Ah, si seulement il arrivait à garder
cet état d'esprit !

– C'est bien, répondit-il. Super. Ce week-end, c'est
parfait. J'en aurai terminé ici ce soir. J'avais pensé
prendre un jour de congé demain pour tanner la banque.
Et puis peut-être faire un tour à Oslo.

Cette dernière phrase lui avait échappé. Il n'avait pas
prévu d'y aller, en tout cas rien de concret. Ça lui avait
effleuré l'esprit, pourtant, dès qu'il formula ce projet,
une sorte de plan prit forme. Mais était-ce une bonne
idée de se pointer comme ça au Bella Donna Massage ?
Qu'est-ce qu'il allait faire là-bas ? Poser des questions
sur cette Diana ? On le foutrait tout de suite à la porte.
Non, ce n'était pas ça qui le tourmentait le plus. C'était
d'apprendre ce qu'il préférait, tout au fond de lui, ne
pas savoir. *I teach you, darling…* Mais il fallait qu'il y
aille, quitte à retourner le couteau dans la plaie. Il avait
besoin de savoir.

– Ah bon, tu vas à Oslo ? dit en riant Didriksen en
montrant ses belles dents blanches qui contrastaient
avec son visage buriné. T'as un rencard là-bas ? Oh,
t'es un petit malin, Vatne ! Tu fais ton boulot, tu ne
causes pas beaucoup, mais tu caches bien ton jeu !

Voilà ce que c'était de trop parler. Une seule phrase
et ça avait tout déclenché. Une vague idée était devenue
un projet ferme qui avait des allures de rendez-vous. Et

maintenant Didriksen qui venait y fourrer son nez ! Il allait devoir se justifier, donner des détails, puisque Didriksen ne cachait pas ses petites virées dans la capitale, bien au contraire.

– On verra bien, dit Arne en souriant de son mieux. J'ai essayé de l'appeler tout à l'heure, mais elle n'était pas à la maison.

Fait curieux, Didriksen faisait sortir le meilleur – mais aussi le pire – chez lui. Il s'en rendait compte, mais au fond il n'aurait pas voulu qu'il en soit autrement.

– Oh, elle finira bien par donner signe de vie, dit l'employeur en se voulant rassurant. Elles nous tournent le dos un moment et puis après elles viennent gratter à la porte. Elles aiment qu'on s'inquiète pour elles, tu sais, c'est comme ça. Tu n'arriveras jamais à les tenir à distance, quand bien même tu voudrais. Allez, crois-moi, elles aiment ça. En tout cas, celles que je connais ! fit-il avec un gros rire.

– Je comprends ce que tu veux dire, répondit Arne Vatne en changeant le disque de la polisseuse.

Il pensa à Alka, qui ne voulait pas au début et qui avait fini par accepter, à ses larmes. Elle n'était plus là maintenant, il n'avait plus personne.

– À plus tard ! cria Didriksen en s'éloignant.

Par une grande baie striée de pluie, il vit sa Mercedes sortir du parking.

46

Valmann contacta Kronberg dès qu'ils furent rentrés de Hjellum. Ce dernier avait fait ce qu'il lui avait demandé : le numéro noté par Evy renvoyait à un salon de massage, Violetta. Par recoupements, il avait même réussi à le localiser, rue Tøyengata à Oslo, mais l'établissement avait fermé ses portes il y avait six ou sept mois, après une descente de police dans les locaux. Que l'établissement ait « fermé ses portes » signifiait dans la pratique qu'ils avaient uniquement changé d'adresse et de numéro de téléphone. Restait à trouver où il s'était déplacé. Ce ne serait pas facile, les premiers mois les lieux de ce genre restaient très discrets, jusqu'à ce que l'activité soit bien lancée. Le fil était ténu, mais après Hjellum Valmann se sentait plus motivé que jamais. Il était déterminé à agir, il bouillait de colère. À la seule pensée de ce Suédois avec son bonnet, les muscles de sa mâchoire se serraient à lui faire mal. Anne Vatne, la lèvre en sang, les bleus laissés par les coups, son air de chien battu. Il était clair que le Suédois n'était pas le « fiancé » qu'avait décrit Arne Vatne. Il n'avait même pas dit son vrai prénom, mais l'avait appelée « Anna ». Il ne devait pas être le seul homme à graviter autour d'elle. Dans quel guêpier s'était-elle fourrée ? Ça finirait comment ? Encore un lien avec les autres affaires, il y avait de quoi être inquiet. Chaque fois, il s'agissait de jeunes filles terrorisées et maltraitées, d'étrangers dans des grosses voitures rutilantes, de trafic à la frontière, de viols et de prostitution. Mais contrairement à ce que Moene croyait (et voulait lui faire croire), toutes ces pistes ne partaient pas du Hedmark vers les centres urbains pour rejoindre, au-delà de la frontière, le reste de l'Europe. C'était plutôt l'inverse : tous ces fils se rassemblaient ici, à quelques heures de route du commissariat de Hamar. Tout se déroulait ici, dans le sud-est de cette province, et se poursuivait du côté suédois, dans un rayon d'une soixantaine de kilomètres. Impossible pour lui, dans ces conditions, de se concentrer sur une livraison de cannabis partie d'Espagne *via* les Pays-Bas, quoi qu'en pensent Moene et le groupe anticriminalité de la police aux frontières. Il en avait trop vu. Comme si le mal devenait contagieux. Lui-même se sentait irrésistiblement tiré vers le bas.

Une recherche sur Internet ne donna aucun résultat. Ou plutôt il y en avait tant d'infos qu'elles étaient inexploitables. Sous le mot « massage », il n'y avait pas moins d'une douzaine d'établissements répertoriés à Oslo, sans compter ceux de Trondheim, Bergen, Stavanger, plus tous ceux installés à domicile. Trouver le bon revenait à chercher une aiguille dans une botte de foin. Mais il ne put s'empêcher de sourire à la tête qu'aurait faite Moene si, sur sa liste de frais, il avait inscrit des dizaines et des dizaines de visites dans des salons de massage. Il pouvait toujours se renseigner auprès des chauffeurs de taxi. Certains gagnaient pas mal d'argent en drainant des clients qui faisaient marcher le commerce des souteneurs. Mais il faudrait du temps pour les faire parler, autant laisser tomber,

Valmann sentait qu'une course contre la montre était engagée.

Le téléphone sonna. C'était la police de Kongsvinger. Ils avaient enfin fait une perquisition dans les locaux de la jardinerie The Jungle et ils ne s'étaient pas déplacés pour rien. Le sous-brigadier Larsen s'emmêlait presque les pinceaux tant il avait de choses à dire : il y avait une grande quantité de ce qui semblait être du khat, ainsi que d'autres substances envoyées en analyse, et à l'étage au-dessus ils avaient découvert un studio sans fenêtres, avec une bouche d'aération et une double isolation aux murs, non pas contre le froid, mais, selon toute vraisemblance, pour empêcher les bruits de filtrer à l'extérieur. Des traces semblaient indiquer que des personnes avaient été retenues ici contre leur gré. Une sélection de prélèvements avait été expédiée au labo. À Kongsvinger, ils pensaient qu'il pouvait s'agir de...

– Merci, l'interrompit Valmann. Vous avez fait du bon boulot ! Le laboratoire risque d'être occupé pendant un bout de temps. Pensez à comparer les cheveux et l'ADN trouvés sur place avec les résultats des analyses concernant la jeune fille décédée sur la nationale 24 et le mort d'Åmotfors, Malik. C'est bien !

Mais il se sentait malade intérieurement.

Il composa aussitôt le numéro de Thomas Kumla, responsable de la zone frontalière dans le Värmland. Il lui demanda s'il était possible de recevoir par fax la copie de ce qui avait été retrouvé sur le corps de Zamir Malik. Il voulait tout voir : documents, factures, lettres, bouts de papier, tickets de parking...

– Oui, pas de problème.

Un quart d'heure plus tard, le fax bruyant du commissariat de Hamar commença à cracher les documents. La rigueur méticuleuse des Suédois n'était, encore une fois, pas prise en défaut. Valmann feuilleta rapidement toutes ces feuilles, il faudrait les examiner une par une avec le plus grand soin, mais, naturellement, ce qu'il cherchait était tout à la fin : un bout de page arrachée d'un carnet où était inscrit d'une main malhabile : *Bella Donna Massage*. Suivi d'une adresse à Tøyengata.

Lorsque le téléphone sonna, il eut envie de le laisser sonner, mais il finit par décrocher, qui sait si ce n'était pas...

Timonen était à l'autre bout du fil.

– Valmann, à votre service ! s'écria-t-il, de très bonne humeur. Dites donc, j'ai une course à faire à Hamar cet après-midi et je me demandais si on pouvait se voir. Il y a un type que j'aimerais vous faire rencontrer.

– Qui ça ?

C'est tout ce que Valmann trouva à dire sur le moment.

– Vous verrez bien. Rendez-vous devant la prison à deux heures et demie.

– Devant la prison ?

– Oui, la prison de Hamar. Vous savez quand même où c'est ? ricana-t-il.

– J'y serai, répondit Valmann.

47

Située au sud-ouest de Sagatun, le quartier résidentiel de la ville, la prison de Hamar était réputée pour son cadre. La porte d'accès réservée aux visiteurs était ancienne, voûtée et très chic, et la façade toute en briques arborait de hautes fenêtres, faisant penser à une chapelle. De l'extérieur, avec son petit jardin non dépourvu de charme, cette prison avait l'air agréable, un endroit où il faisait bon vivre et où on était bien traité. De l'intérieur, ce n'était pas tout à fait la même chose, comme dans la plupart des autres prisons, pensa Valmann en attendant Timonen à la grille basse du jardin. Il était arrivé à deux heures et demie précises et sa montre indiquait à présent trois heures sept, mais toujours pas de Timonen en vue. Sans trop préjuger des habitudes de ce collègue un peu excentrique originaire des grandes forêts, il devait être assez coutumier du fait.

Enfin la grosse Dodge apparut au tournant de la Grønnegata, venant de Kirkebakken, à une vitesse excessive, pour l'œil exercé de Valmann, dans une rue passante en agglomération. Encore une fois, c'était Timonen tout craché. Il conduisait comme il parlait, allant droit au but, énergique, impulsif, imprévisible, en dérapant dans les virages. Il se gara à contresens dans une des petites rues bordées de villas qui n'étaient guère conçues pour des américaines surdimensionnées, puis sauta hors de la voiture et s'approcha avec un grand sourire.

– Salut ! cria-t-il de loin. Pardon pour le retard.

Valmann se contenta de secouer la tête. Avec Timonen, on ne s'embarrassait pas de politesses.

– Il y a un type incarcéré ici depuis trois ans avec qui je parle de temps en temps. Je pensais que ça pouvait vous intéresser de m'accompagner.

– Pourquoi ?

– Vous comprendrez quand vous le verrez.

Timonen sonna à l'interphone et dit quelques mots qui déclenchèrent peu après l'ouverture de la porte.

Ils furent accueillis par une gardienne-chef et elle les conduisit au parloir, qui, au besoin, servait aussi de salle d'interrogatoire. Ce n'était pas un trou humide et froid avec des portes blindées, un mobilier en acier vissé au sol et une ampoule nue au plafond, mais une pièce garnie de meubles en pin recouverts d'un tissu traditionnel, avec une nappe sur la table et l'inévitable cendrier. En milieu carcéral, la loi sur le tabac restait une formule creuse. Seuls les barreaux aux fenêtres et l'air confiné rappelaient qu'on était dans une prison.

La gardienne-chef les fit entrer et disparut. Elle avait reçu des ordres. Cinq minutes plus tard, elle revint avec un gardien en uniforme. Ils encadraient un colosse avec un marcel, un ample pantalon de jogging noir et des tennis flambant neuves aux pieds. Valmann était toujours frappé du fait que des criminels aguerris puissent avoir l'air de personnes tout à fait normales au premier abord, comme n'importe quel artisan, vendeur de voitures ou commissaire aux comptes. Celui-ci, en revanche, avait le mot « gangster » imprimé sur le front – un des rares endroits de son corps à ne pas être recouverts de divers tatouages plus ou moins artistiques. Les gardiens s'éloignèrent.

– Je vous présente Abrascz Dovan, annonça Timonen sans prendre cette fois la peine d'afficher son sourire bienveillant. Abrascz est une vraie star ici. N'est-ce pas, Abrascz ?

– Tu veux quoi ? fit l'homme au nez aplati en fixant Timonen.

Celui-ci le fixa à son tour. Cet homme ne devait pas faire partie des prisonniers à qui Timonen envoyait un paquet à Noël.

– Je voulais seulement discuter un peu avec toi, Abrascz, et aussi te faire rencontrer un de mes collègues, Jonfinn Valmann. Il enquête en ce moment sur une fille qui s'est fait tuer, renversée par une voiture non loin de la frontière suédoise. Une étrangère, apparemment d'Europe de l'Est. Sans papiers. Une putain, ça ne fait aucun doute. Alors j'ai pensé à toi, Abrascz, car personne ne connaît mieux que toi les gens qui contrôlent le trafic des filles par ici. Je me suis dit que tu pourrais peut-être l'éclairer un peu sur la question.

Le colosse grogna et jeta un coup d'œil vers la porte comme s'il désirait s'en aller et couper court à cet entretien.

– Et puis on pourrait reprendre notre vieux sujet de conversation à propos de tes déclarations, poursuivit Timonen, nullement désarçonné par la mauvaise volonté manifeste du prisonnier. Pourquoi veux-tu absolument payer pour les conneries d'un autre alors que nous savons tous deux qui est le coupable ?

Abrascz avait tourné la tête, montrant qu'il n'écoutait pas. Des serpents tatoués lui grimpaient le long de la colonne vertébrale et s'enlaçaient dans sa nuque. Il faisait jouer ses muscles des bras comme s'il tenait dans les mains un appareil de musculation – ou les cervicales de Timonen.

– Allez, assieds-toi.

L'ordre de Timonen ne souffrait aucune réplique. Le prisonnier obéit comme un ours enchaîné. Ils s'assirent tous les trois autour de la table, mais l'atmosphère était loin d'être détendue.

– Vous comprenez, Abrascz et moi, on se connaît depuis un petit bout de temps, expliqua Timonen en articulant de manière exagérée. Il y a quelques années, j'ai eu un tuyau à propos d'un réseau des Balkans qui faisait entrer des filles de l'Est illégalement pour qu'elles travaillent comme prostituées ici, dans le Øst-landet. On avait repéré une voiture près d'Örebro et je suis allé voir sur place. Il ne s'agissait pas encore d'enquêter à proprement parler, je voulais seulement voir par moi-même. Je suis venu avec mon informateur, un type tout jeune, pour être sûr de rencontrer les bonnes personnes. C'était risqué, mais il a accepté en échange d'une remise de peine. Le pauvre s'était déjà fait prendre pour une histoire de stupéfiants. Et on a rencontré les personnes qu'on voulait, hein, Abrascz ? Sur l'E18, entre Karlstad et Kristinehamn. C'était toi et ton chef, Langmaar... Quand vous avez vu qu'on était derrière vous, Langmaar s'est rangé sur un dégagement d'arrêt de bus pour nous obliger à passer devant et vous vous êtes lancés à notre poursuite en nous collant au train, tu te souviens ? Vous étiez dans le gros camion Mercedes et vous avez poussé notre voiture dans le fossé, vous avez fait demi-tour pour revenir enfoncer la voiture, côté conducteur. On était déjà dans le fossé, ça aurait pu vous suffire, mais non, vous aviez vu qui était au volant et vous avez fait demi-tour. C'est ce que moi j'appelle tout bonnement une exécution. À ton avis, hein, Abrascz ?

– T'as rêvé…, grommela le colosse. C'était un accident. Je t'ai déjà expliqué…

– Mais oui. T'as essayé de nous faire croire que c'est toi qui conduisais et que tu t'étais endormi au volant. Tu as déclaré ça pour que Langmaar soit relâché. Mais on t'a vu, nous, Abrascz, dans la Mercedes. Malheureusement il est mort, celui qui vous connaissait et aurait pu témoigner contre vous, car il savait ce que vous faisiez. Mais moi aussi, je t'ai vu et tu dormais sur le siège du passager. Quand on a fini par vous interpeller, plus de deux heures après, et qu'on a fait des analyses de sang, tu étais encore aussi défoncé que si tu avais vidé toute une armoire à pharmacie. Mais les avocats bien payés savent faire leur boulot, et comme tu as avoué, c'est toi qui t'es retrouvé derrière les barreaux, pendant que Langmaar se la coule douce à Stockholm. Peut-être qu'il s'est même trouvé un autre homme à tout faire en ton absence, Abrascz ? Les années passent et on finit par se lasser d'attendre, tu ne crois pas ?

– Espèce d'ordure ! Tu me parles pas comme ça ! De quel droit…

– J'ai tous les droits, Abrascz. Et je ne compte pas m'arrêter en si bon chemin. D'ailleurs, ça ne dépend que de toi que ça change, il suffirait de pas grand-chose, dit-il en claquant des doigts tout en se penchant par-dessus la table comme pour l'hypnotiser. Raconte-moi plutôt ce qui s'est vraiment passé ce soir-là. Tu sais bien que ce n'est pas après toi que j'en ai, mais après ton chef. Toi, tu n'es qu'un lampiste insignifiant, t'as l'esprit aussi épais et flasque que ton tour de cuisse. Langmaar, lui, c'est une autre histoire. Si ta langue se déliait un peu, on aurait assez pour le faire coffrer, ajouta-t-il en secouant la tête comme pour montrer qu'il compatissait. Tu ne peux quand même pas accepter de passer des années enfermé ici, alors que l'autre se dore la pilule et ne bouge pas le petit doigt pour toi ? On peut te fournir une protection, tu sais, si tu as peur des représailles. Tu pourrais commencer une nouvelle vie, Abrascz…

Timonen eut un sourire ironique.

– Ta gueule !

Le géant se leva si brutalement qu'il renversa le fauteuil.

– Tu me parles pas sur ce ton ! Mon affaire est classée. *Game over.* Tu m'en veux seulement parce qu'on a liquidé ton petit protégé, hein ? Mais mon avocat déposera plainte contre toi !

– C'est pas un avocat qu'il te faut, mais un gardien de bêtes sauvages, comme au zoo, rétorqua Timonen dont le regard trahissait une colère froide et dangereuse. Tu peux t'en aller, je n'ai plus besoin de toi. Mais je reviendrai…

Il alla vers la porte et frappa le signal convenu.

– À propos, je pourrais te rendre un service… Je pourrais trouver pour toi avec qui Langmaar baise en ce moment, pendant qu'il attend sa dulcinée qui tricote des mitaines sous les verrous à Hamar…

48

– Croyez-moi, je sais ce que vous ressentez.

Ils étaient attablés à l'Irishman, le pub de Hamar où l'alcool coulait à flots, et Timonen avait déjà vidé son premier demi en quelques lampées.

– J'ai cru que j'arriverais à coincer ces crapules, même tout seul s'il le fallait. J'avais rencontré certaines de leurs victimes et j'étais prêt à tout, pour ainsi dire.

Il attaqua sa deuxième bière.

– Disons que j'ai essayé la fois de trop…

– Pourquoi je n'ai pas entendu parler de cette affaire ? interrogea Valmann.

– Ça s'est passé en Suède, vous savez. J'étais en civil, vous voyez ? Officiellement, ce fut un accident de la circulation parmi tant d'autres, sur l'E18.

– Mais la victime ? L'informateur ? Personne dans son entourage n'a exigé des explications ?

Timonen prit le temps d'examiner son sous-bock de bière avant de prendre une autre gorgée.

– Disons que sa famille était assez réduite, finit-il par dire.

Il en avait gros sur le cœur, ça se voyait. Et il ajouta :

– C'était mon petit frère.

– Quoi ?

– Oui, il n'y en a pas beaucoup qui sont au courant.

– Je comprends.

Que dire après ça ? Valmann préféra attendre que son collègue reprenne la conversation.

– Je vous ai dit que je viens du Finnskogen, fit-il en levant la tête et en fixant Valmann sans émotion. Pour de multiples raisons, on vit différemment par ici. Quand j'ai grandi, il était courant que les familles se séparent et que les enfants soient dispersés un peu partout. Ce pouvait être à cause de l'alcool, d'un divorce, de problèmes psychiatriques, enfin ce genre de choses. Un brusque décès pouvait suffire à plonger toute une famille dans le désespoir. Mon père était alcoolique, il nous frappait, ma mère et nous, ses gosses. On aurait pu croire qu'on serait soulagés quand il casserait enfin sa pipe, mais non. Ma mère ne tenait plus debout et on a été envoyés dans différentes institutions, mon frère Gøran et moi. J'ai eu de la chance, pas lui. On a grandi dans des milieux différents, avec des noms différents. Quand j'ai eu l'âge de comprendre ce qui lui était arrivé, c'était déjà trop tard. Je ne compte plus les fois où je l'ai ramassé dans le caniveau et lui ai évité une comparution en justice. Ça n'a pas été une situation facile. Il m'a envoyé chier, mais je ne pouvais pas le laisser tomber. Et en même temps je ne devais pas dire que c'était mon frère. J'ai fini par l'utiliser comme informateur, c'était une façon de garder le contact. Et ça a été la fois de trop.

Il fit signe au serveur de lui apporter une autre bière. Le regard désapprobateur que Valmann lui renvoya provoqua de nouveau chez Timonen un petit sourire ironique.

– Ne vous en faites pas pour moi, Valmann. Je sais quand j'atteins mes limites. Je suis descendu à l'hôtel Astoria et je n'ai rien de prévu pour ce soir. Je peux faire ce que je veux. Avec un peu de chance, je trouverai peut-être parmi les clients une dame qui n'aura rien contre… Je veux dire une professionnelle…

Il rit en voyant la tête que faisait Valmann.

– Vous devez savoir que les filles descendent en ville dans ces hôtels. Eh oui, les villes autour du lac Mjøsa sont très appréciées. Et pas seulement pendant les J.O. Écoutez, je veux juste vous dire qu'on ne peut pas venir à bout de ce merdier si on reste seul dans son coin. Pour peu qu'on arrive à coincer un maquereau, Langmaar en envoie deux nouveaux. Et lui, on ne réussira jamais à l'avoir, ils préféreront se prendre une balle que balancer ce type-là. Vous l'avez vu vous-même : Abrascz a écopé de trois ans et demi à sa place. Par chance, il était tellement défoncé quand on l'a interpellé, qu'on a réussi à le traîner en justice. Mais c'est le bordel partout, ici et en Suède. On a eu du bol. D'habitude, on n'arrive pas à les faire coffrer aussi longtemps.

– En gros, comme l'autre fois, vous essayez de me dire que je ferais bien de laisser tomber l'affaire de la fille qui s'est fait renverser ?

– Écoutez, Valmann…

Son visage était redevenu grave.

– Je comprends votre engagement et je vous souhaite bonne chance. Une fois qu'on met le doigt dans ce genre d'affaires, ça vous tient. On rencontre des gens qui ont été directement concernés, ça va des pères de famille solides jusqu'aux vieilles bonnes femmes sur le bas-côté de la route, ils ont tous une histoire déchirante à raconter, et elle est vraie. En tant que policier, vous pensez que vous ne pouvez pas rester les bras croisés. La société exige de vous que vous fassiez quelque chose. La loi aussi l'exige et même vous, envers vous-même. Seulement voilà : il se trouve qu'on est en passe de démanteler un des plus gros trafics de cannabis de ces dernières années. Et j'ai besoin que tous mes collaborateurs restent concentrés sur ce seul objectif. Si ça se déroule comme prévu, l'opération sera terminée dans trois ou quatre jours. Après, vous pourrez vous intéresser au décès sur la nationale 24 et faire toutes les investigations qu'il vous plaira. Et ce que vous trouverez vous amènera à Stockholm, puis à Riga, Kiev, Hambourg et, pourquoi pas, à un village du Kosovo. Et là, Valmann, vous ne pourrez rien faire contre eux, car c'est vous qui serez dans leur champ de mire et non le contraire. Croyez-moi, je ne vous dis pas ça de gaieté de cœur, mais c'est perdu d'avance. C'est comme ça, un point c'est tout.

Il se redressa et chercha le serveur des yeux.

– Alors, elle vient, cette bière ?

49

C'était bien de retrouver le train-train du travail. Assis à son bureau, Valmann relut les notes qu'il avait prises avant de rencontrer Timonen. Ce n'était pas facile. Encore une fois, il sortait l'esprit embrouillé de sa dernière entrevue avec son collègue du Finnskogen : il le sentait très loin de lui, et par moments très proche. Il avait une attitude souveraine, mais on le devinait en quête de quelque chose. Difficile de rester insensible à l'histoire de son petit frère, même s'il l'avait racontée avec détachement et en allant droit au but. Mais il y avait sous sa voix chantante à l'accent de Solør comme une fêlure, quelque chose qui évoquait le crissement d'un patin sur la glace peu sûre, avec les sombres profondeurs de l'étang juste en dessous.

Cette voix résonnait encore en lui, mais dans un autre registre, celui d'un commandant s'adressant à ses troupes avant de passer à l'action :

– Nous croyons que la cargaison de cannabis arrivera samedi ou dimanche, soit plusieurs centaines de kilos répartis dans deux ou trois voitures. Ils vont sans doute essayer de profiter de la circulation du week-end. Aussi devons-nous renforcer la surveillance dans les lieux où ils sont susceptibles de s'arrêter pour partager la marchandise avant de l'acheminer plus loin.

– Comment obtenez-vous ce genre de tuyaux ?

– Hé, on a ses sources ! Et puis on les a mis sur écoute téléphonique depuis des mois. Il s'agit du super-marché de Långflon, en Suède, juste avant la frontière, où d'ordinaire il n'y a jamais personne au poste de douane. Le parking près de la cafétéria est parfait pour s'occuper de la marchandise : faire le partage pour les différents revendeurs, charger la drogue dans de nou-velles voitures afin de tromper les limiers ou changer de chauffeurs si ceux qui ont fait tout le trajet jusque-là n'ont pas envie de continuer en Norvège. Si ce sont de nouveaux chauffeurs, ils peuvent toujours prétendre qu'ils ne savaient pas qu'ils transportaient du cannabis. Et avec l'équipe d'avocats qu'ils ont à leur disposition, ils arrivent assez facilement à convaincre le juge de leur innocence. Puis il y a l'Élan blanc, que vous connaissez déjà. Selon nos informations, le fourgon de fleurs et de khat est resté là-bas pour servir de couverture pendant les derniers kilomètres. Il est donc logique de penser qu'ils vont essayer de franchir la frontière à Magnor. Et puis il y a le reste…

– Le reste ? fit Valmann, qui se sentait relégué et assez perdu.

– Oui, le reste du Sørfylket, de Trysil à Eidskog. Les grandes étendues de forêt. S'ils s'aventurent sur ces routes secondaires jamais surveillées, nous pourrons les coincer. Je connais ce coin comme ma poche. Je dirige-rai la patrouille moi-même.

– Ah !

– Vous, vous travaillerez avec le groupe d'Arvika. Je vous donnerai les noms et les numéros de téléphone plus tard, au moment du *debriefing* général.

Valmann se demanda si Anita faisait partie du groupe d'Arvika, mais il n'en savait rien pour l'instant.

Deux autres policiers de Hamar seraient en faction à Långflon.

Le jour de l'intervention était fixé au samedi, mais avec des trafiquants on n'était jamais à l'abri d'un retard, et ce pouvait aussi être dimanche. L'un des chauffeurs s'était saoulé à mort à Bremen, ce qui avait occasionné un arrêt prolongé dans cette ville.

– On reste en étroit contact. Nous avons un enregistrement où il appelle son complice pour lui demander de l'aider à sortir d'un bordel. On l'avait enfermé aux chiottes et on refusait de le laisser partir tant qu'il n'avait pas payé… Qu'est-ce que vous croyez, ce sont des gars qui ont vu du pays, ils savent comment se comporter dans le vaste monde !

Et il rit de bon cœur.

50

La première chose que fit Valmann en rentrant au bureau fut de rappeler Kronberg pour lui demander de relancer ses contacts à Televerket (il n'arrivait pas à se faire au nouveau nom, Telenor) en vue d'obtenir la liste des lignes que la police avait mises sur écoute dans le cadre de cette affaire de trafic de cannabis, ainsi que le relevé des enregistrements des deux dernières semaines.

Ensuite il contacta les policiers de Kongsvinger pour leur dire qu'il aimerait bien jeter un coup d'œil au studio qu'ils avaient découvert au-dessus de la jardinerie. Ils n'étaient pas très chauds, l'heure était déjà assez avancée, mais Valmann insista. Après sa rencontre avec Timonen, il ressentait un besoin presque physique d'entreprendre quelque chose qui donnerait un résultat – bref, d'être là où ça se passait. Comme s'il avait besoin de sa dose dans ces sordides affaires de trafics pour continuer à s'y intéresser, tant la pression de Timonen visant à lui faire lâcher prise était forte. Car il s'agissait bel et bien de pression, même si personne n'aurait employé ce terme à la police de Hamar.

En descendant au garage, il croisa Rusten dans le couloir. Il travaillait tard, lui aussi, consciencieux comme il était.

– Tu vas où ?

Rusten avait retrouvé sa voix douce et posée. Aucun des deux n'avait dit grand-chose sur le chemin du retour ce matin, après ce qui s'était passé à Hjellum. Chacun était plongé dans ses propres pensées. Disputes et violences familiales ou conjugales... les chiffres devaient être bien en deçà de la réalité. Combien de plaintes ? Combien d'affaires réellement jugées ? À quoi bon parler... chaque phrase n'aurait fait que renforcer leur terrible sentiment d'impuissance.

– Ils ont trouvé quelque chose à Kongsvinger. Je veux y jeter un œil.

– Je t'apportais justement un message qui vient d'arriver, dit Rusten en lui tendant une feuille. Rien de sensationnel, mais l'Audi verte de Malungen immatriculée en Norvège a été enregistrée ici il y a deux mois seulement. Elle a été importée comme véhicule d'occasion de Suède, ou plus précisément d'un revendeur à Torsby qui possède aussi un magasin à Örebro. Est-ce que ça ne te rappelle pas quelque chose ? lança-t-il en hochant la tête d'un air entendu. C'est le même magasin qui avait déclaré le vol des plaques d'immatriculation du poids lourd Volvo avec les poulets congelés.

– Hermann ?... (Valmann essayait de se souvenir du nom.) Comment il s'appelait, ce type ?

– Le concessionnaire Hermannsson, répondit Rusten. J'ai vérifié. Ses affaires marchent bien dans tout le Värmland, il s'occupe de véhicules neufs et d'occasion.

– Si tu sais faire des affaires dans cette branche, tu sais en faire dans n'importe quelle autre. En grand et au noir.

– Il possède aussi une entreprise de démolition. Il a fait également l'objet d'enquêtes fiscales, mais ça remonte à un certain temps. Aucune magouille visible ces dernières années.

– Il a fait des progrès.

– Peut-être qu'il a décidé de se tenir à carreau ? proposa Rusten, qui s'amusait de voir Valmann s'emballer.

– Les revendeurs de voitures d'occasion franchissent toujours la ligne jaune.

– Il pratique peut-être des prix intéressants ?

– Auquel cas la question est de savoir d'où il tire tout cet argent, Rusten.

– J'aurais d'ailleurs besoin d'une nouvelle voiture, plaisanta son collègue. J'ai même pensé à prendre un véhicule d'occasion importé. Ça te dirait d'aller faire un petit tour là-bas pour voir ce qu'il a ?

– Bonne idée, dit Valmann en regardant sa montre, visiblement pressé. Mais on fera ça sur notre temps libre. Même si ça m'a tout l'air d'une piste, le trafic de filles n'est visiblement pas une priorité pour Moene. Alors l'achat de voitures d'occasion, laisse tomber !

Il appela le portable d'Anita et tomba sur le répondeur qui le pria de laisser un message après le bip.

Sa montre n'indiquait pas encore quatre heures et demie, mais le soir était déjà tombé quand il s'engagea sur le long tronçon de route dans la forêt, en direction d'Odalen. Ces derniers jours, le temps s'était radouci et il avait plu. Plus aucune trace de neige. Les sapins formaient une haie sombre avec leurs capes de deuil, comme s'ils attendaient que l'hiver vienne enfin et laisse pénétrer une faible lumière entre les troncs. Il refit sonner le portable d'Anita, en vain. Comment garder vivaces les souvenirs d'un bel été sous un tel climat ? Comment préserver une liaison amoureuse dans cet univers électronique où la sonnerie d'un portable, ce truc minuscule et froid, résonnait dans le vide ? Il le jeta sur le siège à côté.

En passant devant la ferme-auberge de Malungen, il remarqua des voitures garées dans la cour. Pris d'une impulsion, il s'arrêta, fit marche arrière et alla lui aussi se garer entre les constructions assez basses en bois sombre. Il y avait de la lumière dans ce qui semblait être le bâtiment principal. Il frappa à la porte. En contrebas, sous une colline, il aperçut le lac, guère plus grand qu'un étang, dont les eaux noires constellées d'îlots d'herbes reflétaient les hauteurs boisées en aspirant la lumière du ciel couvert. Sans aucun doute, un endroit idyllique en plein été, songea Valmann. Encore que…

– Nous ne servons plus, désolé.

– Mais je ne suis pas venu pour ça, expliqua Valmann. Je voudrais seulement trouver quelqu'un qui était là vendredi dernier pour lui poser quelques questions.

– Alors vous n'avez qu'à me parler, répondit l'homme.

Il se tenait sur le perron, un homme d'âge moyen, ni grand ni petit, ni gros ni maigre, avec de fins cheveux blonds peignés en arrière. Il portait un pantalon et des chaussures noires, avec un pull jacquard norvégien sur sa chemise blanche.

– Mais j'ai déjà parlé à la police. Ils sont venus le lendemain de l'accident. Je n'ai pas pu dire grand-chose. Nous étions tellement occupés avec nos invités que nous n'avons rien vu ni entendu de ce qui s'est passé sur la route.

– Quand vous dites « nous », c'est qui ?

– Moi et deux garçons qui font le service. Plus mon épouse, qui est femme de chambre et cuisinière.

– Ce sont les mêmes qui travaillent en ce moment ?

L'homme fit oui de la tête.

– On prépare un mariage pour demain. Espérons qu'ils auront meilleur temps, soupira-t-il en regardant le ciel chargé qui semblait se reposer sur la cime des arbres.

– Qui étaient vos invités il y a une semaine ?

– Une association. Des avocats de la région. Ils se réunissent ici chaque automne, deux jours avec un programme chargé : excursions, animations et conférences. Ils appellent ça un « séminaire », comme ça ils peuvent le déduire de leurs impôts. Oh, c'est des gens qui savent se débrouiller ! Mais ce sont des hôtes agréables, ajouta-t-il.

– Vous n'auriez pas, par hasard, la liste des participants ?

– Oh, je devrais pouvoir vous trouver ça…, dit l'homme en bougeant un peu les pieds, mais nullement décidé à chercher l'information sur-le-champ. C'est que… je suis un peu occupé. Je peux vous l'envoyer plus tard ?

– J'aimerais bien l'avoir le plus tôt possible.

– Vous venez de Hamar ?

Valmann acquiesça.

– Je pourrais la déposer au commissariat demain dans la matinée. J'ai une course à faire en ville.

– Merci beaucoup.

Valmann allait s'éloigner quand l'autre lui lança sur le pas de la porte :

– Dites… C'est vrai ce qu'il y a marqué dans les journaux que ce n'était pas un accident ? Que c'était un meurtre ?

Ses traits tendus, était-ce la curiosité malsaine de se retrouver soudain au cœur d'événements dramatiques ou bien l'inquiétude de voir son chiffre d'affaires baisser à cause d'une mauvaise publicité ?

– Si c'est marqué dans le journal, c'est que ça doit être vrai, répondit Valmann en espérant que l'homme perçoive l'ironie dans sa voix. Je ne peux pas vous en dire plus.

Il avait pourtant l'impression d'avoir déjà trop parlé.

Il retourna sur la nationale 24 et dépassa le lieu du fameux accident. Il n'y avait plus aucun moyen de se rendre compte que ça s'était passé à cet endroit précis. Même les bandes de sécurité de la police avaient été ôtées, comme si la forêt avait lentement ingéré les dernières traces du drame. Ni fleurs, ni bougies, comme les Norvégiens avaient commencé à le faire pour imiter ce qui se pratiquait à l'étranger. Une victime anonyme d'un accident de la route ne bouleverse pas les foules. Une pute russe morte sur le bas-côté, ça ne fait ni froid ni chaud.

Il saisit son mobile et refit le numéro d'Anita. Encore le répondeur. Puis le bip.

– Salut, dit-il après avoir hésité un moment. C'est moi. Je…

Il préféra raccrocher. Il avait peur que sa voix ne se brise. Ses émotions étaient en train de prendre dangereusement le dessus. Ces filles mortes sur la route, ces filles qu'on rouait de coups à Hjellum, ces filles sans papiers qui commettaient une effraction pour que la police prenne soin d'elles, ça lui faisait quelque chose. Pareil pour ces vieilles bonnes femmes sur le bas-côté…

Ces vieilles bonnes femmes sur le bas-côté…

Qu'est-ce que Timonen avait dit ? « Ça va des pères de famille solides jusqu'aux vieilles bonnes femmes sur le bas-côté de la route, ils ont tous une histoire déchirante à raconter… »

Qu'avait-il voulu signifier ? Elles sortaient d'où, ces phrases ? Ces mots prenaient soudain un relief inquiétant, comme s'ils étaient à double sens. Ces « vieilles bonnes femmes sur le bas-côté de la route »… Timonen ne faisait pas allusion à la jeune inconnue morte, qui ne devait pas même avoir vingt ans. De qui donc parlait-il ? Mais bon sang, bien sûr : de Kaisa Jarlsby. Le choix des mots ne relevait pas du hasard, mais quelque chose clochait, quelque chose qu'il aurait dû remarquer au moment même où ces mots étaient prononcés. Comment Timonen était-il au courant de sa rencontre avec Kaisa ? Valmann n'en avait parlé à personne, sauf à Anita, et encore au cours d'une conversation où, un peu déprimé, il s'en était ouvert à elle à propos de ces histoires tragiques de filles qui lui sapaient le moral et l'empêchaient de penser avec clarté. Il avait confié à Anita l'épisode avec Kaisa, lui avait rapporté l'histoire d'Evy et fait part de ses opinions sur ce trafic de filles, qu'il avait de plus en plus de mal à considérer sous un angle purement professionnel. Si Timonen était au courant, cela voulait dire qu'Anita lui en avait parlé, qu'elle avait trahi sa confiance.

Valmann se rendit compte qu'il roulait à présent bien au-delà de la vitesse autorisée. Le Sør-Odal dévoilait ses coteaux et ses clairières, ses terres labourées imbibées d'eau. Des gens marchaient le long de la route d'un pas lourd, nuque baissée sous le ciel bas, couleur de neige sale. Un bus devant lui le força à piler, des personnes qui rentraient du travail devaient descendre. Il tenta de se raisonner, de se dire qu'il pouvait se tromper. C'était peut-être un pur hasard, des mots dits en passant de la part de Timonen. Et puis, quand bien même elle lui en aurait parlé, où était le mal ? Cela prouvait seulement qu'elle prenait ces histoires autant à cœur que lui. Il ne s'agissait pas à proprement parler d'indiscrétion ou de confiance trahie, mais d'un simple échange d'informations entre collègues, voilà tout. Il n'avait pas à se mettre martel en tête. Néanmoins il ne put s'empêcher de reprendre son portable. Il était si énervé qu'il tapa deux fois un faux numéro – bordel de jouet miniaturisé ! – et il cria dès qu'il entendit le bip :

– C'est encore moi. Tu es où ? Il faut absolument que je te parle !

Il réussit à prendre son mal en patience et rester derrière le bus, qui occupait presque toute la chaussée et lui bouchait la vue, sur quelques kilomètres dans une zone assez habitée, avant d'arriver au centre de la bourgade. Il avait retrouvé un peu son calme. Avoir des accès de jalousie aussi violents et primaires était la pire chose qui pouvait lui arriver. C'était indigne d'eux. D'elle et lui, et même de Jan Timonen, qui, lui aussi, avait un rôle à jouer dans ces histoires dramatiques, où il avait déjà été fortement éprouvé sur le plan personnel.

51

La porte avait dû être forcée. Difficile d'appeler « studio » ce qu'il y avait derrière.

Une pièce d'environ quinze mètres carrés était aménagée sous les combles au-dessus de l'entrepôt vide, où l'on devinait à peine des traces de plantes. Le commerce ne semblait pas florissant. Une pièce avec une ampoule nue au plafond, un canapé-lit défait, un coin-cuisine avec cuisinière et évier, un fauteuil et deux chaises en bois, une commode, une petite table où trônaient un verre sale et un cendrier plein de mégots, une porte donnant sur des W.-C minuscules avec un lavabo. Aucune fenêtre, une simple bouche d'aération au plafond. La pièce sentait le tabac froid. Un téléviseur portable avec antenne amovible était posé sur une des chaises. L'autre, cassée, gisait sur le sol. Des habits traînaient sur les chaises et par terre. Des vêtements de femme. Des sacs plastique du supermarché Rimi sortaient du frigo, dont la porte ne tenait plus qu'à un gond. Une pile de magazines écornés, ainsi que des mouchoirs en papier usagés, froissés en boule, jonchaient le sol sous le canapé. Dessus, on aurait dit de la morve, des larmes, du rouge à lèvres, mais pas du sang. Des gobelets en carton à côté de l'évier, plus quelques assiettes et couverts sales en plastique – sans doute pour décourager tout acte désespéré. Oui, ces gars-là prenaient leurs précautions… Et pourtant une de leurs victimes avait quand même réussi à leur fausser compagnie.

– Voilà dans quel état on a trouvé l'endroit, déclara l'agent qui l'avait accueilli. On a pris des photos, sinon on a tout laissé tel quel. Le groupe anticriminalité de la police aux frontières voulait surtout qu'on ne touche à rien.

Valmann hocha la tête, enfila les gants en latex et se pencha au-dessus du canapé. Ce qui l'intéressait, c'était une corde. Une corde de nylon fourrée entre les coussins. Un autre bout de corde se trouvait par terre. Une personne avait été attachée ici mains et pieds liés et avait lutté pour se libérer. Il voyait des traces de sang et de frottements sur les fibres de la corde en nylon. Et elle avait réussi. Le nylon est souple. Elle avait réussi en tirant, en pressant, à dégager une main et s'était attaquée à la porte. L'intérieur portait les marques de tout ce qu'elle avait pu trouver pour servir de pied-de-biche, jusqu'à ce que la serrure saute. Le verrou n'était pas très solide. Ils devaient se dire que les filles qui séjourneraient là perdraient tout courage et espoir de s'échapper un jour. Qu'était-il advenu de celle qui avait réussi ? Si elle était en liberté maintenant, elle avait besoin de protection…

Il savait qui c'était. Il avait vu le petit anneau resté attaché à la corde dans le canapé, un fin anneau en argent avec un papillon bleu. Exactement la même bague qu'avait Alka quand ils l'avaient interrogée.

– On dirait que quelqu'un a été attaché et est parvenu à s'échapper, déclara-t-il à l'agent, qui hocha la tête. Sans l'affirmer catégoriquement, je pense qu'il s'agit d'une jeune fille étrangère, sans doute d'Europe de l'Est, victime de la traite des Blanches. Si je ne me trompe pas, nous l'avons interrogée dans nos bureaux, mais elle a réussi à filer. Elle est peut-être libre, mais en grand danger. Il faudrait lancer un nouvel avis de recherche le plus vite possible.

Un agent disparut aussitôt.

Valmann inspecta ensuite chaque meuble, chaque objet, un par un, en s'en imprégnant, sans les toucher. Il cherchait des choses personnelles, un sac à main, un sac de voyage, un porte-monnaie oublié dans la précipitation, mais il ne trouva rien. Pour les techniciens de la police scientifique, cet endroit serait une vraie caverne d'Ali Baba : empreintes digitales, peau, cheveux, résidus dans le siphon du lavabo, taches sur les draps, contenu des sacs plastique. Autant qu'il pût en juger, il devait s'agir surtout de déchets de nourriture, de filtres à café, de cartons de pizzas, d'emballages de pain, de barquettes plastique avec de la charcuterie, de cartons à moitié vides de lait qui avait tourné... Un jean avec une grosse déchirure pendait de l'une des chaises (la dernière mode, se demanda-t-il, ou le résultat d'une raclée ?). Il ne put s'empêcher de le soulever et de fouiller dans les poches. Un paquet avec deux cigarettes à moitié fumées (peut-être assez de salive dessus pour un test ADN), un bout d'emballage de chocolat, une lime à ongles. Et un morceau de papier. Il prit soin de tourner le dos à l'agent quand il le fourra dans sa poche.

– Oui, à première vue je ne vois pas grand-chose d'intéressant, dit-il sur un ton neutre.

L'agent parut de son avis. Il semblait surtout avoir envie d'avoir sa soirée libre, après avoir apposé les scellés sur la porte.

C'était une facture qu'il tenait entre ses doigts, un petit rectangle de papier délavé d'environ quatre centimètres sur huit. Il parvint néanmoins à lire :

Cafétéria du Fagerfjell Camping.
Café : kr. 12,00.
Baguette : kr. 36,00.
Total : kr. 48,00.
Merci pour votre visite.

Cette fois, il se gara devant le chalet qui affichait la pancarte « Réception » et entra. Derrière le comptoir se trouvait une grande femme aux cheveux gris qui tricotait quelque chose ressemblant au poncho épais qu'elle portait. Elle avait visiblement du temps à n'en savoir que faire, car il n'y avait pas grand monde au Fagerfjell Camping cet après-midi-là.

Il la salua. Elle leva les yeux.

– Vous voulez louer un chalet ?

– Non, j'ai seulement besoin de quelques éclaircissements.

– Un flic, soupira-t-elle. J'en étais sûre.

– Ça se voit tant que ça ?

– Oh, on finit par savoir qui on a en face de soi, à force, répondit-elle sur un ton qui n'était ni amical ni hostile. Et puis il y a l'imperméable. Un modèle classique comme dans les vieux films en noir et blanc. Le genre Humphrey Bogart.

– Vous connaissez Bogart ?

Valmann sentit toute sa fatigue s'évaporer d'un coup. Ah, comme il aurait aimé s'asseoir dans cette pièce surchauffée et discuter cinéma avec cette ex-hippie !

– Je connais tous ses films, répondit la femme. Je suis ici soixante à soixante-dix heures par semaine. Alors encore heureux que j'aie un magnétoscope dans l'arrière-salle.

– J'aimerais bien parler avec vous, comme ça, en général, à propos du trafic de filles dans les zones frontalières, et surtout ici, dans ce camping. Ah, j'oubliais… Valmann, de la police du Hedmark, précisa-t-il. Je suppose que vous êtes en contact avec toutes sortes de personnes dans ce type de travail ?

– Je les vois venir et partir, répondit la femme en se concentrant sur son tricot.

– On nous a signalé que certaines personnes vendaient leurs charmes ici. Qu'en dites-vous ?

– Moi, en tout cas, j'ai rien à vendre, répliqua-t-elle sans humour, en le regardant derrière ses verres tout ronds.

– Ce n'est pas ce que je voulais dire.

– J'avais deviné.

– Eh bien ?

– Eh bien, quoi ?

– Parlez-moi donc un peu de la prostitution qui a lieu ici, des jeunes filles étrangères qu'on amène, qu'on fait travailler quelque temps avant de les emmener ailleurs. Il se trouve que les autorités ont toujours un ou deux coups de retard dès qu'il s'agit d'interpeller leurs souteneurs.

– Et c'est vous qui dites ça ? s'étonna-t-elle avec une lueur ironique dans le regard.

– Ne me dites pas que vous n'êtes pas au courant ! s'emporta presque Valmann.

La femme souleva son tricot comme s'il commençait à peser lourd sur ses genoux.

– Disons que j'essaie d'en voir le minimum. (Jusqu'ici, elle avait parlé d'une voix monotone et à contrecœur. Mais un changement s'était opéré en elle.) Je fais en sorte de ne rien remarquer quand les gens vont et viennent. Vous n'êtes pas le premier flic à fouiner par ici, vous savez. Mais je dis : à quoi ça va servir ? Quand vous débarquez, il y a belle lurette qu'ils ont foutu le camp, les filles, leurs chevaliers servants, leurs surveillants, leurs macs – appelez-les comme vous voulez –, direction le pays des rêves, là où tout le monde veut aller. Je ne vois rien, je ne tire aucune conclusion.

Valmann sortit de sa poche intérieure une feuille pliée en quatre, qu'il posa à plat sur le comptoir devant elle.

– Regardez ! lui ordonna-t-il.

La femme jeta un rapide coup d'œil avant de détourner les yeux. Dans la mort, même les traits réguliers de la jeune fille étaient un spectacle pénible, alors que la blessure à la tempe se voyait à peine sur la photo. Valmann resta silencieux.

– Qui est-ce ? finit-elle par demander.

– C'est ce que j'aurais aimé savoir.

– Parce que j'étais censée le savoir ?

– Pourquoi pas ? Selon nos indications, cette fille a séjourné ici la semaine dernière et elle a reçu des hommes. Elle n'était pas norvégienne. J'ai pensé que vous l'auriez peut-être remarquée.

Il ne la ferait pas parler aussi facilement. Il s'en rendait bien compte.

– Je ne l'ai jamais vue.

– Regardez encore une fois.

– Ce n'est pas nécessaire.

– Vous n'aimez pas voir ce qui lui est arrivé ?

– Je vous dis que je ne l'ai pas vue.

– Écoutez, nous avons son ADN. Si vous préférez, je peux faire venir une flopée d'enquêteurs qui inspecteront chaque chalet et chaque caravane jusqu'à trouver un cheveu qui corresponde à son profil. Et là, croyez-moi, vous n'êtes pas sortie de l'auberge.

– Mon Dieu ! s'écria-t-elle.

Mais elle paraissait plus énervée qu'effrayée. Jamais il ne pourrait faire rappliquer tout ce monde avec des indices aussi ténus. Il le savait bien. Le pire, c'est qu'elle aussi le savait.

– C'est votre premier jour au boulot, ou quoi ?

– Mais il s'agit d'un meurtre !

– Pour moi, il s'agit d'une quinzaine, voire d'une centaine de nouveaux clients par jour, toute l'année. Est-ce que vous comprenez ça ?

Elle commençait à bouger son corps lourd. Ses mains avaient lâché les aiguilles à tricoter et ponctuaient son discours de gestes de colère.

– Des jeunes, des vieux, des gros, des minces, des Suédois, des Norvégiens, des gens de toutes les couleurs que vous pouvez imaginer, viennent ici, s'allongent quelques heures et repartent. S'il y en a qui amènent une professionnelle pour passer un peu de bon temps avec elle avant de reprendre la route, vous croyez qu'ils viennent ici pour faire les présentations ? Non, ils remplissent le registre qu'on vérifie rarement, payent à l'avance, prennent la clé et se dépêchent de sortir tellement ils bandent déjà. Et ce ne sont pas mes oignons de savoir à quelle heure ils s'en vont, du moment qu'ils sont partis avant midi le lendemain. Je préfère même éviter de revoir leurs tronches. Mon boulot à moi, c'est de les inscrire, les faire payer, leur remettre les clés, organiser les lessives et le ménage. Voilà comment ça fonctionne, monsieur Valstrøm !

– Valmann.

– C'est pareil !

– Vous les protégez. Les proxénètes.

– Je ne protège personne. Mais je ne prétends pas non plus sauver le monde. C'est bien pour ça que je ne travaille pas dans la police, ajouta-t-elle avec un petit sourire.

Valmann sortit la photo d'Evy.

– Et elle ? Vous la connaissez ?

– Dites donc, vous en avez encore beaucoup ?

– Non, que ces deux-là. Pour l'instant.

Elle plissa les yeux derrière ses lunettes pour examiner la modeste photo.

– Jamais vue non plus.

Mais elle avait hésité quelques secondes de trop et s'était passé une main dans ses cheveux en bataille.

– Je ne vous crois pas.

– Croyez ce que vous voulez.

– Dans la police, on finit par développer un sixième sens. On sait quand les gens mentent.

– Pourquoi est-ce que je mentirais ? C'est qu'une gamine !

– Justement ! Ce sont elles les plus exposées, madame…

– Carousel. Birgitta Carousel, si vous tenez absolument à le savoir.

– Il y a aussi une autre façon de voir les choses, vous le savez aussi bien que moi, Birgitta. Des filles paumées, tabassées, violentées sont introduites illégalement dans un pays, puis un autre, comme esclaves sexuelles. Un camping comme celui-ci, près de la frontière, est une base idéale. On les trimbale de bordel en salon de massage, ou bien de client en client, comme du vulgaire bétail. Elles n'ont pas voix au chapitre. Elles n'ont pas de papiers. Ce sont des prisonnières. La plupart d'entre elles sont mineures. Ce sont quelques-unes de ces filles-là que vous auriez pu aider en me donnant les renseignements que je vous demande. Pour éviter qu'elles ne finissent comme celle-ci…

Il montra du doigt la photo de la jeune morte. Mais ce n'était pas nécessaire. Le regard de la femme derrière le comptoir était comme aimanté par cette photo, tandis que ses mâchoires remuaient en silence. Son tricot avait glissé à moitié sur ses genoux.

– Si vous pouviez me donner un nom, un numéro de voiture, n'importe quoi qui puisse me mettre sur la piste de ces… salauds, de ces…

Il avait du mal à contenir son émotion, alors même qu'il cherchait à montrer son autorité pour la convaincre.

– Numéro 18, lâcha Birgitta Carousel.

– Pardon ?

– La caravane numéro 18, la dernière de la rangée le plus près de la forêt. Elle est louée à l'année. C'est là que ça se passe. Il y a pas mal d'allées et venues.

Valmann se détendit un peu.

– Qui la loue ?

– Je ne peux pas le dire.

– Allez, madame Carousel, vous savez bien que je n'ai qu'à revenir avec un mandat officiel et vous obliger à nous donner le nom. On perd du temps.

Les yeux toujours fixés sur les deux photos des filles, elle hocha lentement la tête en pinçant les lèvres.

– Hermannsson, finit-elle par dire. À Örebro. Un grand concessionnaire. C'est tout ce que je sais.

Hermannsson… Pourvu qu'elle n'ait pas remarqué qu'il avait failli manquer d'air ! Le concessionnaire Hermannsson. Enfin quelque chose de tangible ! C'est là-bas qu'ils avaient signalé le vol des plaques d'immatriculation de la Volvo avec les poulets, ce véhicule où l'on avait trouvé des traces de stupéfiants et d'activités sexuelles. Hermannsson avait vendu une voiture d'occasion importée à Zamir Malik. Et elle avait fini dans le fossé avec une jeune fille morte à côté.

– Il a un magasin à Torsby ?

– Il a des filiales un peu partout dans le coin.

– Et qu'est-ce qu'il fait avec une caravane ici ?

– C'est pas pour lui. Il la loue à d'autres pour des périodes plus ou moins longues. Je ne vous en dirai pas plus.

Le regard restait perçant, mais il n'était plus aussi obtus.

– Est-ce que je peux entrer dans la caravane pour y jeter un coup d'œil ?

– Quand vous reviendrez avec un mandat de perquisition, répondit Birgitta Carousel sèchement. Pas avant. Vous comprenez certainement pourquoi.

– Il y a des gens à l'intérieur en ce moment ?

– Non.

– C'est sûr ?

– Pour ça, je suis quand même au courant, monsieur Valstrøm.

– Quand y a-t-il eu quelqu'un la dernière fois ?

– Ils sont partis il y a quelques jours.

– Un étranger ?

– Non, un cent pour cent scandinave, à mon avis.

– Un type jeune avec des piercings au visage ? Une maigre barbe et un bonnet enfoncé sur les oreilles ?

De nouveau c'était risqué, mais ça valait le coup d'essayer.

– Je ne me souviens pas bien.

Son hésitation la trahissait. Il avait visé juste.

– Et la fille ?

– Elle était dans la voiture. Je ne l'ai jamais vue.

– Quel genre de voiture ? Vous avez noté le numéro ?

– Écoutez-moi bien, dit Birgitta Carousel en pesant chaque mot, avec une soudaine lassitude. Quand la police aura terminé de mettre son nez partout pour un résultat zéro, moi je continuerai à être ici pour accueillir ceux qui viendront. Qui sait le genre d'hommes qui traînent par ici la nuit, avec qui ils ont parlé, ce qu'ils s'imaginent et quels mobiles ils ont ? Bref, vaut mieux ne rien avoir à se reprocher, et être pote avec un flic, c'est pas vraiment conseillé, si vous voyez ce que je veux dire, Valstrøm.

– Valmann, rectifia-t-il une dernière fois.

Il rassembla les photos et les remit dans sa poche.

– Merci pour votre aide.

– C'est toujours un plaisir, répondit Birgitta Carousel en se penchant pour reprendre son énorme tricot sur ses genoux.

Valmann apprécia son ironie.

Tiens, il n'avait toujours rien avalé. Il s'en rendit compte en s'approchant de Skarnes. Ce n'était pas la première fois. Il avait l'impression de passer son temps à faire la navette entre Hamar et Magnor. En s'arrêtant à la station Esso, il remarqua que ses mains tremblaient. Il aurait pu manger n'importe quoi, même du chocolat, lui qui n'en consommait jamais.

Des clients faisaient la queue. Il y avait aujourd'hui une nouvelle fille derrière le comptoir. Elle travaillait vite et bien, mettait les saucisses dans le pain sans que la tranche de lard autour tombe, fourrait des vien-noiseries dans des sacs en papier, tapait sur la caisse enregistreuse et faisait passer les cartes de crédit tout en expliquant aux habitants du coin un peu perdus le fonctionnement de la machine à café avec les six choix possibles.

– Vous voulez autre chose ? demanda-t-elle quand Valmann arriva avec son café et un pain au lait dans un petit sac et fit semblant de regarder les livres de poche sur un présentoir à côté du comptoir.

– Je pensais à votre collègue, dit-il, un peu gêné. Il y avait une autre fille ici au début de la semaine, quand je suis passé…

Il n'arrivait pas à se sortir de la tête cette fille blonde aux cheveux courts. Sa manière de flirter si ouvertement l'avait touché plus qu'il ne voulait se l'avouer, c'était quelques jours plus tôt, autant dire une éternité.

– Qu'est-ce que vous lui voulez ?

Il crut percevoir une pointe de suspicion. C'était sa faute : passer pour un agresseur à l'affût en demandant après une fille qu'il ne connaissait pas.

– Non, rien, se hâta-t-il de répondre. Elle était seulement très agréable…

Bon, il n'allait quand même pas se donner en spectacle dans la boutique !

– Elle est seulement remplaçante, répondit la fille. Ce soir, elle m'a demandé si on pouvait échanger nos horaires, expliqua-t-elle avec une certaine impatience, malgré le sourire poli. Elle devait aller quelque part. Je crois que c'était un problème familial. Vous voulez lui laisser un message ?

Valmann secoua la tête.

Les filles norvégiennes sont vraiment belles, se dit-il. Elles sourient à tout le monde. Pas étonnant qu'il y en ait autant qui s'attirent des ennuis… Son regard parcourut de nouveau les couvertures des livres de poche. Là aussi, il y avait des jolies filles qui lui souriaient au milieu de scènes d'horreur sanguinolentes. Il n'était pas un grand lecteur, encore moins de best-sellers. Il fuyait les polars comme la peste. Il n'avait jamais compris l'intérêt des gens pour des crimes sur papier. Mais l'offre était pléthorique, il y en avait des rayons entiers, on croulait sous les livres, ceux de Henning Mankell par exemple.

Bon sang ! C'était donc pour ça qu'il avait tiqué quand le Suédois à la petite barbe et au bonnet avait prétendu s'appeler Henning Mankell ! Et Dieu sait qu'il n'avait pas l'air d'un écrivain. Plutôt le personnage type d'un roman policier.

Merde alors !

Il s'était fait avoir comme un bleu. Pourquoi n'y avait-il pas pensé plus tôt ? Si seulement il avait eu plus de présence d'esprit, il aurait pu interpeller la crapule pour avoir décliné une fausse identité à la police. Il aurait pu la mettre en garde à vue le temps de trouver d'autres chefs d'inculpation. Cela aurait peut-être évité à la pauvre fille de se refaire tabasser. Au moins ça ! se dit-il, furieux contre lui-même, tandis qu'il traversait les plaines à bord de sa Mondeo, sous la clarté blafarde d'un croissant de lune apparu à l'ouest au-dessus d'une colline.

52

Arne Vatne avait travaillé seize heures d'affilée et passé la nuit à l'hôtel Vinger. Plus question du Fager-fjell Camping. En rentrant chez lui, il avait trouvé la porte d'entrée non fermée à clé, une veste rouge en cuir qu'il n'avait encore jamais vue par terre dans l'entrée, une chaise renversée dans le salon et du sang sur la vasque du lavabo dans la salle de bains. Dans la cuisine, il y avait de la vaisselle sale partout et un carton de pizza sous la table. Aucun signe d'Anne, ou de celui ou ceux qui avaient été ici avec elle.

Son premier réflexe fut de contacter à nouveau la police, mais il se retint. La dernière fois n'avait pas vraiment été un succès. S'il revenait avec ses peurs mal définies, ils finiraient peut-être par soupçonner quelque chose. Le sang sur la vasque, cela pouvait être parce que quelqu'un avait saigné du nez, par exemple. Il inspecta toutes les pièces. La chambre d'Anne était dans un chaos indescriptible. Il tenta de garder son calme, mais il ne supportait plus de rester à l'intérieur. Il se précipita dehors, remonta dans sa voiture, démarra et mit le cap vers le rond-point de Kåte-rud. Aller à Oslo lui prendrait une heure et demie. C'est maintenant qu'il aurait dû avoir une voiture plus rapide.

Sur l'E6, il y avait encore de la circulation en cette fin d'après-midi. Il dut prendre son mal en patience, mais cela faisait déjà du bien d'être en mouvement. Il voulut mettre la radio, mais ne réussit à capter que la station évangélique et son prêche habituel grâce à l'émetteur de Hedmarkstoppen. Il jura comme un charretier. Mais dans un jour ou deux tout serait différent. Il conduirait sa nouvelle Land Cruiser avec un lecteur de CD et un autoradio avec commande au volant. Il essaya de s'enivrer de cette image : lui, Arne Vatne, dans une voiture de grand standing, se rendant de Torsby à Kongsvinger avec des marchandises pour son ami Didriksen. Un petit service de trois fois rien pour le remercier de tout ce qu'il avait fait pour lui.

« Ô Seigneur Jésus ! Écoute notre prière pour notre chère sœur qui est dans la peine ! » : voilà ce qu'un pasteur pentecôtiste bêlait dans la radio Blaupunkt, au bord de l'extase. « Ô Seigneur, puisses-tu la purifier par le sang sacré de ta souffrance ! »

La vue du sang sur la vasque du lavabo lui revint aussitôt en mémoire, ainsi que le visage pâle et tourmenté d'Anne, alors qu'elle se disait d'humeur gaie et optimiste. Tous deux assis dans le salon, elle lui avait fait part de ses projets d'avenir, tandis que ses yeux affichaient des cernes inquiétants et qu'elle avait glissé ses mains entre les genoux, croisant et décroisant nerveusement ses doigts. Où était-elle à présent ? Dans quelle galère s'était-elle fourrée ? Pourquoi ne l'avait-il pas mise dos au mur en lui faisant remarquer toutes ses contradictions pour faire jaillir la vérité ? Au lieu de ça, il avait fait semblant de gober ses mensonges en espérant naïvement que tout finirait par s'arranger…

« Merci, Seigneur Jésus, de nous… »

Il donna un coup de poing dans la radio pour la faire taire.

Il y avait par chance moins de circulation dans les rues de la capitale. Il trouva facilement la Tøyengata, il avait en effet rénové un immeuble dans la Gjøvikgata voici quelques années. C'était tout à côté.

Il descendit la rue à faible vitesse. La pluie s'était mise à tomber. Il ne savait plus très bien ce qu'il cherchait. Il se souvenait du nom Bella Donna qu'avait annoncé la voix charmeuse au téléphone. Ce nom et cette adresse étaient les seules choses qui le rattachaient à la vie d'Anne ici, ses seules pistes.

Il essuya la buée sur les vitres et chercha à lire les enseignes et les pancartes. Il ne vit rien de la voiture, mais il n'abandonnerait pas la partie aussi facilement. Il se gara et remonta la rue à pied, regardant chaque vitrine et les noms marqués à toutes les sonnettes de portes. D'abord un côté de la rue, puis l'autre en redescendant. Enfin, arrivé tout en bas, près de là où il avait commencé, il eut la chance avec lui. À l'entrée d'un banal immeuble gris de trois étages, un bout de carton marqué *Bella Donna Massage* au feutre était glissé à côté d'une des sonnettes. Il ne s'attendait pas à ça. Il avait cru avec un nom pareil trouver un lieu plus chic, du genre boîte de nuit, avec des gens élégants. Mais certainement pas un vieil immeuble des quartiers est d'Oslo avec une cage d'escalier vétuste, où un carreau cassé de la porte d'entrée était remplacé par un carton.

Bon, et maintenant ?

Il essaya de pousser la porte. Elle était fermée. Après un long temps d'hésitation, il appuya sur la sonnette. Aussitôt une voix claire lui répondit à l'interphone :

– Oui ?

– Euh, bonjour…, bredouilla-t-il.

– Vous avez rendez-vous ?

– Oui…

Il y eut un déclic dans la serrure, il baissa la poignée et se retrouva dans l'entrée. Avant qu'il ait le temps de se reprendre, il entendit des bruits de pas et des voix. Il commença à monter l'escalier comme s'il était un habitué des lieux. Il les rencontra à la hauteur du premier palier, c'était un couple, lui d'âge moyen, les cheveux fins et clairsemés comme les siens, portant un blouson et un jean, elle une jeune blonde décolorée au visage fardé, avec un manteau de cuir, des bottines à hauts talons et bouts pointus. Ces bottines lui rappelèrent Vlasta. Elle portait les mêmes le soir où il l'avait rencontrée dans la cafétéria déserte du camping, et cela avait mis en valeur ses jambes quand elle s'était dirigée vers le distributeur de cigarettes. Il les avait admirées de sa table, avait eu envie de l'enlacer, de sentir sa présence. Et il avait eu l'intuition que ça pourrait peut-être se faire…

L'homme dans l'escalier tenait fermement la fille par la taille et la serra contre lui quand ils le croisèrent. Elle gloussa, mais Arne Vatne vit à sa grimace qu'elle ne trouvait pas la situation si drôle que ça. L'homme rit encore plus fort et lui donna une tape sur les fesses. La porte se referma en claquant derrière eux.

Cette rencontre le plongea dans un profond désarroi. Quelque part au fond de sa tête, il avait accepté l'idée qu'Anne avait travaillé dans cet endroit, mais la vue de ce couple si mal assorti l'avait mis mal à l'aise. Surtout l'attitude si vulgaire de l'homme l'avait marqué. Sa manière d'empoigner ce frêle corps de femme. Son sourire de prédateur. Quelle expression avait-il eue, lui, en admirant les jambes de Vlasta et en s'imaginant déjà coucher avec elle ? « Salon de massage », cela voulait donc dire bordel…

Une infinie lassitude l'envahit et il crut que ses jambes ne le portaient plus. Il s'appuya contre la rampe. Mais qu'est-ce qu'il foutait là ? Il ne pouvait quand même pas entrer et demander où était sa fille ? Les proches des femmes qui travaillaient ici devaient être tout sauf les bienvenus. Il y avait des videurs dans ce genre d'endroits, avait-il lu, des hommes de main qui n'y allaient pas par quatre chemins. Il ferait mieux de s'en aller au plus vite avant qu'on ne trouve louche sa présence dans l'escalier.

Pourtant il n'arrivait pas à bouger de là. Il avait trouvé l'endroit. Il était enfin dans la place. Il ne ressentait ni colère ni déception, il était seulement bouleversé. Il avait pitié d'elle, mais aussi de lui-même. Il tremblait. Il avait besoin de soutien et de réconfort. Au fond, c'était une consolation d'être là. La distance entre sa fille et lui paraissait ici moins grande qu'à la maison, dans le salon, où, pâle et inquiète, elle lui avait menti en pleine figure, disant que tout allait bien, qu'elle pensait au mariage… C'était n'importe quoi ! On ne pense pas au mariage quand on exerce un métier pareil. Ou alors le monde marchait sur la tête ?

Il était en sueur. Soufflait comme s'il venait de courir un marathon. Comment allait-il sortir Anne de ce guêpier ? Quels étaient ces gens qui la contrôlaient ? Comment remettre sa vie sur les bons rails ?

Une porte claqua à l'étage supérieur. Des bruits de pas résonnèrent dans l'escalier. Il se tourna et se mit à descendre à son tour, comme si lui aussi se dirigeait vers la sortie. Il marchait d'un pas lent et hésitant. Les pas derrière lui se rapprochèrent, avec le bruit caractéristique des hauts talons. Une fois dans l'entrée, il osa jeter un coup d'œil derrière son épaule. C'était une jeune femme très grande, aussi grande que lui, à la peau noire. Une négresse putain. Elle le rattrapa au bas de l'escalier. Il sentit son odeur quand elle le dépassa, un parfum entêtant, sombre et fleuri, qui le ramena dans la caravane du Fagerfjell Camping. Ah, ces heures qu'il avait passées avec les filles les plus délicieuses qu'il ait connues ! Ces heures où la volupté le disputait au mépris pour sa personne : qui donc était-il pour se permettre de juger les filles qui travaillaient ici ou leurs clients ?

– Excusez-moi…, dit-il, frappé par l'accent désespéré de sa voix.

Elle sursauta et saisit la poignée de la porte comme si elle voulait s'enfuir.

– Du calme, je…

– *Do I know you ?*

Elle s'était retournée. Elle n'était pas seulement grande, elle était ravissante. Du coup, il aurait bien aimé la « sauver », elle aussi… Bon, il ne fallait pas se laisser distraire.

– Juste une question.

– C'est quoi tu veux ?

Elle parlait mal le norvégien.

– Je cherche quelqu'un.

– *You're looking for someone ?*

– *Ja. Yes.* Ma fille. Elle travaille ici. *Works here. Diana. Her name is Diana. Maybe you know her ?*

– *Diana ?*

– *Yes.*

– *She's not here any more.* Elle est plus là.

– Plus là ?

– *She got into trouble.*

– *Trouble ?*

Il dut faire une drôle de tête car elle se mit à rire. Des dents d'une blancheur impeccable brillèrent dans la pénombre de l'entrée.

– *Not that kind of trouble... This kind !*

Elle dessina un gros ventre avec les mains.

– *She got pregnant, silly girl !* expliqua-t-elle avec le même sourire éclatant. *You understand ? Pregnant ?*

Anne était tombée enceinte !

Oui, il comprenait. Il hochait et secouait la tête en même temps.

– Mon Dieu !...

Ce fut tout ce qu'il trouva à dire.

– *I have to run.*

Elle ouvrit la porte.

– *Thank you !* cria-t-il derrière elle.

Il était dix heures passées, mais il restait dans la voiture à écouter la pluie tambouriner sur le toit.

Il avait pleuré. Il avait mal à la nuque et ses joues étaient dures et endolories. Il n'en revenait toujours pas. Anne était enceinte et il allait être grand-père !

Grand-père.

Il essaya d'imaginer l'effet que ça faisait de tenir dans ses bras un nourrisson, un petit être sorti du corps frêle d'Anne. Il souriait et reniflait.

Toute la situation était si confuse ! Il y avait tant de menaces dans l'air qu'il n'arrivait pas entièrement à se réjouir. Comment la sortir de là ? De ce milieu, des griffes de cet Alban Malik et de ses amis. Était-ce lui le père de l'enfant ? Alors c'était quand même vrai, cette histoire de mariage ? Mais ça ne pouvait pas marcher ! Ce bon Alban ne paraissait pas intéressé par la paternité, au contraire, il serait plus du genre à obliger la mère à avorter. Et Anne dans tout ça ? Avait-elle envie d'être mère, ou bien… Dans la situation où elle se trouvait, elle ne souhaitait peut-être pas aller au terme de cette grossesse… Cette pensée terrible l'effleurait seulement maintenant.

Dans sa tête et son cœur, tout se bousculait. Il n'avait pas l'habitude de gérer des problèmes de cette ampleur. C'était autre chose que ses petits soucis quotidiens ! Il était question de vie et de mort, pas pour lui, mais pour Anne. Et l'enfant. Aussi sécha-t-il ses larmes, sourit et poussa quelques jurons en cherchant une station de radio. Il ne trouva même pas la station du Christ.

Plus tard, il entendit la sonnerie chantante de son portable. Assis derrière les vitres embuées de la voiture, il regardait la pluie envahir les trottoirs et former une sorte de paysage sous-marin. Il ne souhaitait pas avoir d'image bien nette des gens qui allaient et venaient à l'adresse de l'autre côté de la rue. Des hommes. Des clients du Bella Donna Massage. Peut-être que sa fille avait été avec certains d'entre eux ?

L'appel de Didriksen le sortit de ses réflexions.

– Salut ! Enfin, je t'ai au bout du fil !

– Oui…

– T'as une drôle de voix.

– Mais non. Je suis un peu fatigué, c'est tout. Il fallait que j'aille à Oslo…

– Oui, tu l'as dit. Alors, on se paie un peu de bon temps ? Petit coquin, va !

– Mais non. C'est ma fille. Je devais l'aider pour un truc. Elle étudie ici, ajouta-t-il pour ne pas avoir à en dire davantage, et surtout pas à Didriksen.

– Je comprends, dit ce dernier sur un ton de grand seigneur.

Comme Arne Vatne aurait aimé être avec lui dans un pub devant une bonne bière, sous un éclairage tamisé, à regarder ruisseler les gouttes de pluie aux carreaux, en discutant de plans et de futurs projets, maintenant que le travail à Kongsvinger était terminé ! Ah, si seulement il avait eu un ami comme Didriksen quand il était jeune, lui qui traînait toujours tout seul avec des idées plein la tête qui ne donnaient jamais rien, et qui avait fini par devenir simple menuisier !

— Garde un peu d'énergie pour demain. Nous irons à Torsby chercher ton nouveau bolide. Il est prêt, c'est pour ça que je t'appelle. À partir de demain, tu vas redécouvrir le plaisir de faire de la route. Et d'autres plaisirs aussi, qui sait, hein ?

— Je prends le chemin du retour…

En disant ces mots, il tournait déjà la clé de contact. Il aurait bien roulé une partie de la nuit pour rencontrer Didriksen tout de suite. Rien que d'entendre sa voix au téléphone, ça l'avait secoué de cette paralysie qui s'était emparée de lui. Il se sentait redevenir lui-même.

— Parfait ! Est-ce que je t'ai dit que j'ai quelques billets de plus pour toi de la part du proprio de Digital Dreams ? Il est passé peu après ton départ aujourd'hui et il était sacrément content du boulot, et surtout qu'on ait terminé dans les temps. Alors il a donné un petit extra. On partage cinquante-cinquante, ça te va ?

— Ça me va, répondit Arne. Ça me va très bien, répéta-t-il en essayant d'avoir lui aussi l'air enthousiaste, mais sans succès. Bon, à demain.

— On dit à deux heures ? Comme ça, on ira là-bas ensemble. Un vrai cortège triomphal, hein ? Et tu feras aussi la connaissance de Hermannsson. Un type qui n'a pas froid aux yeux. Un as de la débrouille. À propos, ne t'inquiète pas pour ta vieille caisse, je m'en suis occupé.

Tu récupéreras aussi un peu d'argent quand ils auront terminé de s'en occuper, ce sera une bonne chose de faite. OK, je file. Salut !

– Salut ! marmonna Arne Vatne dans le téléphone éteint, tandis qu'il prenait à droite au carrefour de Sinsen.

53

Le lendemain, Valmann arriva tôt au bureau. Il s'était réveillé avant six heures. Alors à quoi bon rester au lit à fixer le plafond ? Ce n'était pas le travail qui manquait.

On était samedi et le commissariat était silencieux. Dehors, il faisait un temps pourri. Les flocons de neige venaient se coller aux carreaux, on eût dit de l'écume à moitié gelée apportée par les déferlantes du lac Mjøsa, sous les bourrasques de l'automne. Une journée idéale pour se plonger dans la paperasse en retard. Et ça lui laissait largement le temps de se préparer pour les opérations de l'après-midi, auxquelles il participerait à contrecœur puisqu'il était sur une tout autre affaire. C'était l'occasion de s'y consacrer un peu, ce matin, puisqu'il était déjà debout. Il ressentait une irrépressible envie de travailler. Ça ne lui arrivait pas souvent. Il n'avait même pas pris le temps de se préparer un petit déjeuner. Son troisième café du matin dans un ventre vide faisait trembler ses nerfs. Je suis à vif, pensa-t-il, tous mes sens en alerte…

Il avait envie de se dégager de cette histoire de trafic de cannabis qui ne l'intéressait pas. En revanche, la mort de la jeune fille sur la route, c'était son affaire. La prostitution illégale à la frontière près de Magnor aussi.

Et Alka en fuite avec une bande de brutes à ses trousses, ainsi que la disparition d'Evy. Il commençait lentement à discerner un lien entre tous ces éléments et aurait aimé qu'on déploie davantage de moyens pour l'enquête. Mais, apparemment, personne ne daignait l'écouter.

Il sortit le dossier sur Hermannsson que la police du Värmland lui avait fait parvenir. Rien ces trois dernières années. Un cas de fraude fiscale et quelques manipulations comptables avant cette période, du temps où il était dans l'importation de textiles et de cadeaux. Et, auparavant, la faillite d'une entreprise de démolition qu'il gérait. Son commerce de voitures semblait marcher très bien. L'homme savait rebondir et profiter de toutes les situations pour tirer son épingle du jeu.

Mais il y avait ces fausses plaques d'immatriculation qu'il avait procurées à des trafiquants. Et cette Audi verte vendue à un Bosniaque qui l'avait utilisée pour le trafic d'êtres humains et de stupéfiants avant d'être assassiné. Il louait aussi une caravane à l'année près de la frontière pour y organiser des passes. À bien y réfléchir, toutes ces affaires avaient d'ailleurs un lien direct avec des voitures : la Volvo avec les poulets congelés, le fourgon Volkswagen et l'Audi. Dans les deux premiers véhicules, des preuves d'activités illégales avaient été trouvées, mais rien dans l'Audi, pas même une empreinte digitale. Qu'est-ce que cela signifiait ? Qui avait assez de prudence, de présence d'esprit ou de réactions machinales pour effacer les moindres traces de l'Audi ? Était-ce le chef, l'homme de l'ombre qui tirait toutes les ficelles ? se demanda Valmann, qui sentait la nervosité le gagner – l'instinct du chasseur ou juste le café… Il repensa au propriétaire de la voiture, Zamir. Mais il était mort.

On l'appela pour lui dire qu'un homme était venu lui remettre une enveloppe comme convenu.

Le restaurateur de la ferme-auberge de Malungen. Ça lui était complètement sorti de l'esprit. La liste de la trentaine de participants au séminaire d'avocats qui s'était déroulé à quelques centaines de mètres de l'endroit où un meurtre avait été commis, sans que personne ait remarqué quoi que ce soit.

– Je descends, annonça-t-il en prenant sa tasse à café pour la remplir en chemin.

Au moment où il allait se lever, Rusten frappa à sa porte et lui tendit, tout sourire, une grosse liasse de documents.

– C'est pour moi, tout ça ?

– Le compte rendu des écoutes téléphoniques que tu as demandé. Cinquante-six pages.

Valmann avait oublié qu'il en avait fait la demande. De manière consciente ou inconsciente, il avait pris de la distance avec l'enquête portant sur cette bande de trafiquants de cannabis. Il avait beau admettre ce manque d'intérêt, il reconnaissait que c'était peu professionnel. Il avait demandé le relevé de ces écoutes pour voir par lui-même et comprendre sur quoi Moene et Timonen se fondaient pour justifier leur implication. C'était le moment ou jamais d'y jeter un coup d'œil car il sentait sa motivation au plus bas.

– Merci.

– Je t'en prie, répliqua Rusten. Je suis content de ne pas être à ta place.

– Tu veux dire que tu n'aimes pas lire les conversations privées d'inconnus ?

– Cinquante pages de blabla pour à peine deux pages contenant quelque chose qu'on pourrait qualifier d'information utile, non merci !

– Tu sais bien que les écoutes téléphoniques facilitent notre travail, déclara Valmann en essayant de prendre le ton de Moene, qui ne jurait que par cette méthode.

Mais il partageait la méfiance de Rusten. La technologie pure était en train de prendre le pas sur les méthodes d'enquête plus traditionnelles et de devenir l'élément primordial pour poursuivre ceux qui enfreignaient la loi. Les analyses au microscope, la chimie, l'ADN, la technologie de surveillance qu'on voyait dans les films de science-fiction. Maintenant tout cela était bien réel. Un de ses films préférés, *Conversation secrète*, l'un des premiers de Coppola, avec Gene Hackman dans le rôle principal, met en scène un spécialiste de la filature engagé dans une mission où il enregistre les conversations d'un couple. Son personnage est maladroit, timide, asocial, il se sent à sa place uniquement quand il peut s'approcher de ses « objets » d'étude grâce à un matériel ultra-sophistiqué. Et cet homme qui passe son temps à espionner finit par se retrouver malgré lui au cœur d'une surveillance qu'il ne comprend pas, qu'il ne peut pas neutraliser et qui, au bout, a raison de lui.

Valmann regarda la liasse posée sur la table. Combien d'« euh », d'« ah » allait-il trouver ? Même les trafiquants de cannabis ont le droit de se racler la gorge et de traîner sur les mots. En ce qui le concernait, il aurait été furieux de se faire espionner de cette façon.

– Il y a autre chose aussi.

Rusten n'était jamais stressé et il avait le chic pour garder le meilleur pour la fin.

– J'ai fait des recherches sur l'Audi verte.

– Ah bon ?

– Et j'ai trouvé qu'elle avait commis une infraction au code de la route.

– Quand ça ?

– Devine un peu quand le chauffeur s'est fait prendre pour excès de vitesse !

– Allez, dis-le.

– Vendredi, le 21 octobre.

– Le fameux vendredi ?

– Le vendredi où notre homme s'est retrouvé dans le fossé à la hauteur de Malungen.

– On ne sait toujours pas qui il est.

– Et devine quand on l'a arrêté ?

– Ça suffit avec tes devinettes !

– Sur la nationale 2, à une vingtaine de kilomètres au sud d'Elverum, sur le tronçon en ligne droite juste avant Braskereidfoss. À dix-sept heures quarante-six.

– Une heure avant ?…

– Exactement.

– Et qui conduisait à cent quarante-trois kilomètres-heure dans une zone à quatre-vingts kilomètres-heure ?

– Certainement pas Zamir.

– Bien vu. C'était notre ami Bo Dalén.

– Tu en es sûr ?

– Aucun doute n'est permis. J'ai lu le rapport.

– Bo Dalén, en fuite après l'accident du camion rempli de poulets congelés…

– Ou rempli de putes russes… Il n'était pas seul dans la voiture quand il s'est fait arrêter.

– Tu as tiré tout ça des registres de la police de la route ?

– Eh oui.

– Ils ont fait de sacrés progrès dans la rédaction de leurs rapports depuis que je n'y travaille plus.

– Il n'y avait pas que la vitesse, si tu vois ce que je veux dire, glissa Rusten en faisant durer le suspense. Notre ami était clairement défoncé quand ils ont stoppé la voiture. Quand ils lui ont demandé de les accompagner pour faire une prise de sang, il s'est débattu comme un beau diable et ils ont été obligés de lui passer les menottes – c'est pour ça que le rapport est circonstancié. Et tandis qu'ils neutralisaient Dalén fou furieux, la personne dans la voiture a vu une chance de filer à l'anglaise.

– Et cette personne, c'était ?…

– Une jeune femme. Ils l'ont décrite comme petite, frêle, les cheveux noirs et portant une sorte de fausse fourrure. Le signalement est assez succinct car ils s'intéressaient surtout au conducteur, ce qu'on peut comprendre.

– Alors la fille est partie avec l'Audi et ils n'ont même pas essayé de l'arrêter ?

– *Primo*, ils avaient déjà trop à faire avec Dalén. Et, *secundo*, elle n'était pas soupçonnée de quoi que ce soit, et ils pensaient qu'ils rentreraient en contact avec elle ultérieurement, par l'intermédiaire de Bo, si c'était nécessaire. Et puis je ne sais pas si tu te rappelles, mais il faisait un vrai temps de cochon, plein de voitures ont fini leur course dans le fossé entre Vormsund et Tynset. Toutes les équipes étaient déjà mobilisées pour leur venir en aide. Mais, comme tu sais, elle n'a pas été loin.

– C'est le moins qu'on puisse dire.

– J'ai pris quelques notes, que j'ai posées en haut sur la pile, dit Rusten. Il me reste des petites choses à faire avant de rentrer. Je pensais partir à l'heure du déjeuner.

– Tu ne m'accompagneras donc pas en Suède cet après-midi, si je comprends bien. On m'a donné l'ordre d'aller à la rencontre de véhicules qui remontent du cannabis depuis l'Espagne, mais je crois que je vais plutôt faire un tour à Torsby pour rendre visite à Hermannsson, le concessionnaire de voitures. Ce n'est pas toi, Rusten, qui étais intéressé par une voiture d'occasion ?

– T'as vu le temps qu'il fait ? ricana son collègue. Avec un temps pareil, même une Jaguar a l'air minable.

Il lut les notes prises par Rusten avec sa belle écriture et les mit de côté. Puis il s'attaqua à la pile de retranscriptions d'écoutes téléphoniques.

Au bout de trois pages, il commença à les parcourir en diagonale pour avancer plus vite. C'était facile car, pour chaque conversation, étaient marqués le nom de celui qui recevait l'appel, le numéro de téléphone, l'heure et parfois même le lieu. Valmann dut admettre que Moene avait raison sur un point : la technologie permettait d'avoir accès aux numéros de téléphone de ces escrocs. Cela dit…

« … Bordel, quel temps pourri ! Moi, je me tire…

– … On avait dit au Coq rouge, hein ? C'est là qu'il voulait nous rencontrer…

– … Ah, merde ! Je suis vanné après la soirée d'hier…

– … Il va tirer la gueule si tu te pointes pas…

– … T'as qu'à expliquer comment que j'suis…

– … Hé ! J'veux pas trinquer à ta place !… »

Et ainsi de suite, sur des pages et des pages. Un mélange écœurant d'intimité anodine et de monotonie insupportable. Les premières conversations remontaient à un mois et demi. Valmann feuilleta en s'arrêtant au hasard pour lire quelques lignes. Il n'était pas dans ses habitudes de travailler ainsi. Il ne s'y ferait jamais, se dit-il en continuant à tourner les pages.

Un nom en haut d'une feuille retint son attention : Bo Dalén.

Bo Dalén avait donc été mis sur écoute. Rien d'étonnant puisqu'il avait déjà été impliqué dans une affaire de trafic d'amphétamines et qu'il était une vieille connaissance de Jan Timonen, qui gardait toujours un œil sur lui. Il aurait dû se douter qu'il était aussi mêlé à cette affaire-là. Mais Bo Dalén parlait là avec un Suédois.

Valmann regarda la date et se redressa aussitôt dans son fauteuil. La conversation avait eu lieu le 21 octobre à dix-huit heures seize.

« Salut, c'est moi…

— Je croyais t'avoir déjà dit que tu ne devais pas m'appeler ?

— Oui, mais… ça part en couille ici. Je me suis fait arrêter pour excès de vitesse…

— T'es où ?

— À l'hôpital de cette foutue ville d'Elverum. Dans la salle d'attente. Ils veulent me faire une analyse de sang.

— T'avais pris quelque chose ?

— Non… Enfin si, mais juste un peu…

— La police est là ?

— Mais oui, bordel ! J'sais pas ce que j'dois faire…

— Rien. Tu fais surtout rien, t'as compris ?

— Ouais, mais…

— Tu bouges pas le petit doigt et tu la boucles, t'as compris ? Là, t'as vraiment fait le con.

— Mais la sale pute a filé avec la voiture !

— Elle a filé avec la voiture ?

— J'ai aucune idée où elle est partie…

— C'est pas vrai, bordel !

— J'ai rien pu faire. Elle en a profité parce que j'étais dans la voiture de police.

– Mais merde !… C'est arrivé où ?

– Au contrôle routier près de Braskereidfoss. Elle a filé vers le sud.

– Quand ça ?

– Ça fait peut-être une demi-heure.

– Ah, bon sang !…

– T'es là ?…

– Toi, la ferme ! Il s'agit de faire vite… Voyons voir… Elle a dû prendre la direction de Kongsvinger pour rejoindre Oslo directement, ou alors à Kavelrud elle est partie vers l'ouest en passant par la forêt… Bon, je m'en occupe. Toi, tiens-toi tranquille. Fais ce que te dit la police, fais ta prise de sang, et ils te laisseront partir après… C'est moi qui te recontacterai, OK ?

– OK… »

Valmann se représenta la scène : Bo Dalén arrêté qui demande à aller aux toilettes. La patrouille routière n'a pas confisqué son portable et il peut faire son rapport à quelqu'un en Suède, à un boss, en tout cas quelqu'un plus haut dans la pyramide, qui promet d'arranger ça, tandis que la fille désespérée fonce au volant d'une voiture volée sous une tempête de neige…

Il regarda la carte accrochée au mur derrière son bureau. Elle avait eu peur d'être rattrapée et avait cherché à quitter la route principale à la première occasion. L'embranchement à Kavelrud, au sud de Våler i Solør. Le Suédois à l'autre bout du fil devait avoir une bonne carte sous la main. Il devait planifier comment passer la frontière avec le chargement de cannabis en échappant aux contrôles douaniers.

Quoi qu'il en soit, Valmann savait comment s'était terminée la cavale, et il savait maintenant pourquoi elle s'était arrêtée là. Tout un réseau de routes secondaires traversait les étendues de forêts de Solør. En gardant

314

le cap au sud-ouest, on tombait sur la nationale 24, quelque part entre Rasen et Malungen. Si l'on n'était pas habitué à conduire sur une chaussée rendue glissante par la neige, en proie à la panique, voire dans un état second à cause de la drogue, on finissait facilement dans le fossé lorsqu'il faisait un temps aussi exécrable que ce vendredi 21 octobre.

Jusqu'ici tout concordait.

Mais pourquoi, dans ce cas, avoir fauché la fille ? Pourquoi l'avoir assassinée et abandonnée sur la route ? Valmann avait retourné cette pensée dans tous les sens, mais il était toujours au même point. Il avait cru que la personne avec elle dans la voiture, sans doute Zamir Malik, était le coupable. Mais Malik était mort, et voilà qu'il apprenait qu'elle était seule, au volant !

« Bon, je m'en occupe », avait dit l'homme au téléphone. Ça signifiait quoi au juste ? Avait-il des comparses postés dans la région qui pouvaient l'aider à liquider la fille ? Cette organisation était-elle si puissante ? Ou n'était-ce qu'une phrase lancée pour rassurer ce Bo Dalén hystérique et l'empêcher de faire encore plus de conneries vis-à-vis de la police ?

Mais quelqu'un s'était effectivement « occupé » de la fille en cavale et avait réussi son coup. Cela avait été rapide, efficace, précis. Aucun automobiliste n'avait signalé ni observé quelque chose d'inhabituel sur la nationale 24 à cette heure-là. Lui-même avait été le premier sur les lieux, le premier après le meurtrier.

La transcription n'indiquait ni le numéro de téléphone, ni la localité de la personne appelée par Bo Dalén. C'eût été trop beau. Ils se comportaient en vrais pros et devaient changer de portables tous les deux jours pour mieux brouiller les pistes. Il aurait fallu un matériel de pointe pour capter les fréquences, et encore, à condition qu'ils ne retirent pas les batteries de leurs téléphones.

Il parcourut rapidement les autres feuillets. Il cherchait un nom en particulier, mais il ne vit nulle part celui de Hermannsson. Étrange. Vu leurs dernières découvertes, il était sûr que Hermannsson était impliqué dans ces trafics. Ce qui signifiait que cet homme prenait toutes les précautions pour ne pas se faire repérer par son téléphone portable et qu'il était une des figures centrales de l'organisation.

Et toujours ce temps de chien ! L'opération de récupération de la came n'allait pas être une partie de plaisir. Il ferait mieux d'aller à Torsby et discuter un peu avec ce Hermannsson.

Le téléphone sonna. Il fut si surpris d'entendre Anita qu'il faillit lâcher le combiné.

– Je n'ai pas beaucoup de temps, mais…

Elle avait une petite voix. Ça ne lui ressemblait pas.

– Mais ?

– Je voulais juste… Oui, je voulais te parler.

– Je t'écoute.

Il se sentait mieux, comme si la lourde couche de nuages sur le lac se levait un peu.

– Je me demandais si… tu avais eu un *debriefing* sur l'opération de cet après-midi.

– Non, pas vraiment. Je sais seulement que je dois me joindre au groupe d'Arvika là-haut, au restaurant l'Élan blanc. J'avais espéré que tu en ferais partie.

– Moi aussi…

– Ce n'est pas le cas ?

– Je ne crois pas. Il semblerait que je doive aller en forêt. Jan croit qu'ils vont essayer de passer par les petites routes moins surveillées.

– C'est ce qu'il pense ?

– Il est à fond dedans, Jonfinn. On a l'impression que c'est l'affaire de sa vie. Il règle les moindres détails comme s'il s'agissait d'une opération commando. J'espère seulement qu'il ne va pas se la jouer trop perso, il est connu pour avoir ses méthodes à lui.

– Il sait ce qu'il fait, je ne m'inquiète pas pour ça. Il n'est pas bête. Je ne pense pas qu'il prenne le risque de compromettre une opération d'une telle envergure et aussi bien ficelée.

– Non. Espérons que tu aies raison.

– Tout va bien se passer, Anita. Je garderai le contact.

– D'accord, Jonfinn. Ça me rassure un peu. Car c'est la première fois que je vais vraiment aller sur le terrain pour un truc pareil…

– « Le lac Siljan est profond », dit le poète.

– Ne plaisante pas. Je n'en mène pas large.

– Allez, ce sera bientôt terminé.

– Après je ferai un tour à Hamar. Je commence à en avoir marre de vivre à l'hôtel en Suède.

– Marché conclu ! répondit Valmann.

Il composa le numéro de Moene. Aucune réponse. Sur une autre ligne, on lui donna l'autorisation de prendre son arme de service. Il alla se rechercher du café. Allez, cette opération contre des trafiquants de cannabis, ce n'était pas la mort !

Au moment de sortir, une des femmes à l'accueil lui remit une enveloppe. Il remercia en son for intérieur le restaurateur consciencieux de Malungen, cela faisait du bien de voir qu'il y avait encore des gens à qui on pouvait faire confiance ici, dans le Hedmark. Dans un métier comme le sien, on finissait par douter de tout.

Il parcourut rapidement la liste d'une vingtaine de noms et en reconnut certains. Et il y avait aussi le programme : les modalités d'accueil, le cadre des rencontres, l'introduction au thème de la soirée…

Il s'assit dans la Mondeo et posa l'enveloppe sur le siège à côté de lui. Il aurait bien le temps d'étudier tout ça si les trafiquants de cannabis avaient du retard sur leur horaire et qu'il faille prendre son mal en patience. Ce serait sûrement le cas.

54

Arne Vatne tenta de se convaincre qu'il avait de bonnes raisons de se réjouir, mais il n'y arrivait pas. Il avait mal dormi la nuit dernière, se retournant dans son lit en pensant à Anne et à l'enfant à venir. Maintenant qu'il savait, il voyait tout sous un autre angle et comprenait mieux la petite mine et l'humeur changeante de sa fille, ainsi que son insistance à dire que tout allait bien alors que c'était faux. Ce qui l'avait tant troublé il y avait quelques heures lui faisait maintenant chaud au cœur. Il savait qu'un petit être grandissait dans le ventre de sa fille.

Toutes ces pensées tournaient en boucle dans sa tête, alors qu'il devait se préparer à aller à Kongsvinger. Il était nerveux et impatient. Il vit la mousse à raser tomber dans le lavabo où, la veille au soir, il avait dû laver des taches de sang. Il fallait qu'il se calme. Aujourd'hui était un grand jour. Il fallait assurer et garder la tête haute !

Il refit le numéro de son portable, mais n'obtint aucune réponse.

Il regarda au-dehors. Il se mettait à neiger. Ah, merde ! Il lui faudrait encore une fois remonter vers Skarnes et Kongsvinger avec de mauvais pneus. Ce serait vraiment la dernière fois ! se dit-il avec une lueur d'enthousiasme dans les yeux. Des yeux perdus au milieu d'une peau grisâtre et ridée, sous des paupières gonflées par le manque de sommeil.

Au moins, le chemin du retour, il le ferait avec cent quatre-vingts chevaux sous les pieds, quatre roues motrices, un système antiblocage et des pneus neige de deux cent soixante-cinq millimètres ! Le prêt bancaire était dans la boîte. Didriksen s'occupait du reste. C'est quand même pas rien, songeait-il en brandissant son poing droit comme un boxeur. Mais son portable pesait lourd dans sa poche. Pourquoi ne répondait-elle pas ?

Il n'avait pas rappelé, pour être déçu de nouveau, mais quand il se trouva au milieu d'un bouchon sur l'E6 avant même l'embranchement pour Stange, son inquiétude prit le dessus et il refit le numéro. Cette fois, elle répondit aussitôt.

– C'est toi, papa ?

– Oui…

– Qu'est-ce qu'il y a ?

– Je… euh… je voulais juste savoir comment tu te sentais.

– Comment je me sens ? répéta-t-elle comme si elle ne comprenait pas ce qu'il voulait dire.

– Tu étais partie quand je suis rentré hier soir, et je… je m'inquiétais un peu…

– Je vais parfaitement bien.

– Bon, ça fait plaisir à entendre.

Il n'aurait jamais dû l'appeler, il le comprit à la voix tendue à l'autre bout du fil. Elle n'aimait pas qu'il lui téléphone. Combien de fois lui avait-elle répété qu'il n'avait aucun droit de se mêler de sa vie ? Seulement voilà, la situation était différente, et il trouvait qu'à présent il avait le droit, même plus, le devoir en tant que père et futur grand-père de se préoccuper de l'état de santé de sa fille enceinte.

– Tu es où maintenant ?

– Où je suis ? Avec Alban. Et quelques amis. C'est une sorte de réunion en mémoire de Zamir... Oui, tu sais que Zamir est mort ?

Non, comment l'aurait-il su ? Sur le moment il ne savait même pas qui c'était, ce Zamir. Ah si, ce cousin, l'associé du magasin dont Anne et Alban semblaient faire si grand cas. Et il était mort ?

– Non... Tu me l'as peut-être dit, mais...

– C'est le chaos ici, poursuivit-elle, assez déboussolée. Ils ne savent pas quoi faire... Ses amis... Sa famille... C'est la police qui a le corps, alors ses proches ne peuvent pas veiller le mort comme il aurait fallu... C'est très important pour eux dans leur tradition... Donc... l'ambiance est assez... comment dire... pesante.

« C'est la police qui a le corps... »

Encore la police ! Mais, cette fois, cela ne l'étonna qu'à moitié. Des étrangers couverts d'or dans de grosses voitures... On pouvait le traiter de raciste, peu importait, les faits étaient là !

– Tu ne préfères pas rentrer à la maison ? hasarda-t-il sur un ton bienveillant qui ne se voulait surtout pas pressant.

– À la maison ? Tu veux dire à Hjellum ?

– Oui. Où ça sinon ?

– Je te laisse deviner, papa...

– Je trouve seulement qu'un peu de repos ne te ferait pas de mal. Tu avais l'air assez fatiguée... Ma petite Anne...

– Papa..., fit-elle tout bas avant d'ajouter sur un autre ton : On va faire un petit tour... Je rentrerai sans

321

doute dans le courant de l'après-midi. Enfin, peut-
être…

– Mais, Anne, tu es où ? s'inquiéta-t-il.

– Dis donc, tu m'en poses des questions !

Il comprit enfin qu'elle n'était pas dans son état normal : elle avait pris quelque chose. Elle avait du mal à
articuler et sa voix déraillait par moments.

– Mais non, excuse-moi. Je voudrais seulement que
tu prennes soin de toi.

– Enfin, papa !

– Surtout maintenant.

– Pourquoi surtout maintenant ?

– Tu le sais très bien, Anne.

– Mais puisque je te dis que non !

En arrière-plan, il entendit une voix d'homme crier
quelque chose.

– Bon, il faut que je te laisse, glissa-t-elle.

La voix de l'homme résonna plus fort, mais il ne distinguait toujours pas les mots.

– Tu ne veux pas me dire où tu es ? parvint-il à articuler avant qu'il l'entende crier à quelqu'un :

– J'ai juste reçu un appel ! Non !… Ne me… Arrête,
espèce de brute !

La conversation fut coupée.

À la station Esso au rond-point de Skarnes, il s'arrêta
pour acheter deux hot-dogs avec de l'oignon cru, une
salade de crevettes et un paquet de galettes de pommes
de terre pour couronner le tout. Plus un Coca.

Il restait encore presque une heure avant son rendez-
vous avec Didriksen devant le Kongssentret, à une
vingtaine de minutes de là. Il avait besoin d'avaler
quelque chose. Il n'avait pris qu'une tasse de café en
poudre au petit déjeuner. Il faut dire que sa cuisine à

Hjellum était dans un état indescriptible, à croire que des hordes de Huns étaient passées par là.

Anne. Il ne cessait de penser à elle et à ces types qu'elle avait eu le malheur de rencontrer. Il aurait dû se préoccuper d'autre chose : avait-elle l'intention de continuer à fumer ? Avait-elle assez à manger ? Les femmes enceintes devaient manger sainement, il était souvent question de ça dans les journaux. Est-ce qu'elle se faisait suivre dans une maternité ? Avait-elle fait des tests de dépistage ?... Oh, il se sentait prêt à tout assumer. Il réussissait même à combiner l'image de la masseuse prostituée et celle de la future maman. Il s'y faisait. C'était la vie. Lui aussi, il avait changé. De quel droit jugeait-il les autres ?

Il était dans la voiture avec le moteur allumé, le chauffage à fond, et il mangeait lentement. C'était bon. Il aurait aimé se dire qu'il avait peut-être dramatisé les choses avec Anne. Mais le doute continuait de le tarauder.

L'heure du rendez-vous avec Didriksen approchait. Il se sentait mieux. Il avait maintenant quelque chose dans le ventre et était prêt à repartir. Tiens, et s'il prenait un peu de remontant ? Juste de quoi faire carburer la machine ? Il lui en restait une goutte dans la boîte à gants.

Il neigeait à gros flocons et son pare-brise fut petit à petit entièrement recouvert. Mais il n'avait pas besoin de regarder ce paysage d'asphalte gris, les rares voitures garées là à moitié ensevelies sous la neige, les pompes à essence, les gens frissonnant qui entraient et sortaient de la boutique aux allures de cabane perdue au milieu de la prairie américaine. Il repensa au film qu'il regardait le soir où elle était rentrée avec Alban. *Fargo*. Les deux escrocs avaient obtenu une nouvelle voiture du mari qui voulait faire kidnapper sa femme, et ils fonçaient sur la *highway*. Tout était planifié. Mais un policier les avait arrêtés pour excès de vitesse. *Please, get out of the car*. Et puis pan ! pan ! Une petite imprudence avait fait tout capoter. Oui, il suffisait d'un détail pour que tout foire. Le paysage de neige du film ressemblait à s'y méprendre à celui-ci, avec ses étendues inhabitées traversées par une large route. Dans ce genre de paysage, il ne fallait pas se fier aux apparences. Les contours devenaient flous et créaient des illusions d'optique, des troubles de la pensée. Le proche apparaissait lointain et ce qui était au loin disparaissait. Le tapis neigeux, traître en diable, dissimulait des fossés profonds comme des tombes. N'importe qui pouvait tomber dedans, être recouvert de neige et disparaître.

C'est pourquoi il laissa la neige recouvrir les vitres de la voiture. Il avait besoin de se concentrer sur ses espoirs, son grand rêve de pouvoir enfin connaître autre chose, passer à la vitesse supérieure, avoir une vie meilleure. Par un temps pareil tout pouvait foirer, même un petit tour en Suède, un samedi après-midi, pour chercher une nouvelle voiture payée à la régulière. Quant au chargement qu'il devait ramener, il fallait le considérer plutôt comme un bonus. Un petit coup d'adrénaline. La chaleur montait dans l'habitacle usé de la Hiace, où il se sentait malgré tout comme chez lui après tant d'années, et il reprenait courage en sirotant son Coca avec une goutte d'alcool, qui répandait en lui une douce torpeur.

55

À croire que c'était devenu une habitude. Il ne pouvait pas s'empêcher d'aller à la station Esso de Skarnes quand il se trouvait dans le coin.

Il essaya de se garer sous l'auvent pour protéger un peu la voiture. Il devait commencer par gratter la glace qui s'était accumulée sur les essuie-glaces et les vitres avant de faire quoi que ce soit d'autre. La température était juste en dessous de zéro, la neige fondait sur la vitre mais gelait aussitôt en formant une fine membrane de givre. Il n'avait plus de liquide lave-glace. Un bidon se vidait en un rien de temps quand il faisait aussi mauvais.

La plupart des gens laissaient leurs moteurs allumés, le temps d'entrer et de revenir de la boutique avec leurs achats. Un fourgon était garé un peu plus loin, moteur en marche, mais il devait être là depuis un bon moment car les vitres étaient couvertes de neige. Les gaz d'échappement flottaient sur tout le parking. Cela énerva Valmann. Sans être un écolo pur et dur, il trouvait qu'on pouvait quand même penser un minimum aux autres et à l'environnement. Juste au moment où il se faisait cette réflexion, le véhicule démarra, les essuie-glaces se mirent en route, les pneus crissèrent sur le sol gelé et le chauffeur se dirigea vers la sortie. Une vieille voiture blanche aux pneus usés. Quelque chose lui disait qu'un conducteur qui a des pneus aussi usés doit se moquer éperdument des pneus d'hiver.

Un vieux fourgon blanc…

Oui, une Toyota Hiace…

Merde !

Il faillit se précipiter dans sa voiture pour se lancer à sa poursuite, mais il y renonça. Il devait y avoir des centaines d'épaves de ce genre dans le pays. Ah, la fiabilité japonaise ! Des véhicules qu'on utilisait jusqu'à ce qu'ils tombent en pièces. Et à supposer que ce fût bien le même véhicule, sous quel prétexte arrêter cet homme ? Parce qu'il le soupçonnait de l'avoir éclaboussé exprès une semaine plus tôt ? Ou d'avoir passé la nuit dans une caravane de camping qui servait de lieu de prostitution ? Devait-il l'arrêter pour lui dire que sa fille était rentrée à la maison, et que, compte tenu des nombreux bleus qu'elle avait sur le corps, elle avait besoin de la présence de son père ?

Ridicule !

Un poids lourd arriva dans un bruit fracassant et bloqua la vue. Quand il s'arrêta, une jeune fille descendit en sautant du siège avant. Elle n'avait presque rien sur le dos. Les bottes noires lui arrivaient presque aux genoux, la jupe était courte et ses jambes n'en finissaient pas. Ses cheveux ébouriffés ressemblaient à la fourrure qui bordait son blouson en cuir. La main du conducteur lui tendit un gros sac. Elle claqua la lourde portière sans dire au revoir. Le poids lourd prit la sortie. La passagère fut seule à descendre.

Une auto-stoppeuse qui a eu de la chance, pensa Valmann, qui se rappelait toutes les fois où il avait fait du stop pour économiser le billet de train, du temps où il étudiait à l'école de police. Cela remontait à presque vingt ans. De nos jours plus personne ne faisait du stop, à part un ou deux touristes hollandais un peu paumés désirant aller jusqu'au cap Nord. C'était devenu trop dangereux. Il y avait trop de types dérangés, des prédateurs sans aucun scrupule qui sillonnaient les routes à la recherche de proies, principalement des jeunes filles. Certes, il ne fallait pas généraliser, mais il avait vu trop de cas de viols perpétrés dans des voitures le week-end pour tenir un discours politiquement correct. En tout cas, en pensée. En regardant la jeune auto-stoppeuse se frayer un chemin entre les pompes dans la neige boueuse, chancelant sur ses hauts talons en direction de la boutique, il comprit qu'il s'agissait encore de la prostitution le long des nationales de Norvège. Il venait seulement d'assister à une scène d'adieu entre une travailleuse du sexe et son client. Le sentiment exprimé des deux côtés était l'envie de prendre le large le plus vite possible. La fin classique d'un long trajet pour un routier professionnel, supposa Valmann. « Avant-dernier arrêt », selon Kaisa Jarlsby, toujours à la recherche de sa fille qui montait ou descendait de ces semi-remorques. Ou de grosses Mercedes. Ou de vieilles Volvo… À peine s'était-il fait cette réflexion qu'il se précipita à l'intérieur de la boutique. Il eut le temps d'apercevoir la jeune fille entrer dans les toilettes des dames. Mais ce n'était pas elle qu'il cherchait. Il alla au comptoir. La même fille souriante avec qui il avait parlé la dernière fois servait un client qui, les mains encombrées de hot-dogs, avait toutes les peines du monde à sortir sa carte de crédit.

Quand ce fut son tour, Valmann lui fit un signe de tête. Elle le salua sans le reconnaître. Pas étonnant, compte tenu de la centaine de clients qu'elle voyait défiler chaque jour.

Lorsqu'il lui rappela que la dernière fois il lui avait demandé des nouvelles de sa collègue, son visage s'éclaira un peu.

– Ah oui, c'est vrai… Mais aujourd'hui elle n'est pas là non plus. Elle est en congé. Je crois qu'elle s'en va tous les week-ends.

Il y avait du monde dans la file d'attente. On était samedi après-midi et les gens s'impatientaient. Personne n'a envie de traîner dans une station-service plus longtemps que nécessaire, et ceux qui s'attardent sont rarement animés des meilleures intentions.

La fille au comptoir était mignonne quand elle souriait, mais ses mains commencèrent à s'agiter.

– Est-ce qu'elle s'appelle Evy, ta collègue ? demanda Valmann.

– Pas que je sache, répliqua la fille. Si c'est de Maya que tu veux parler.

– Maya ? Une blonde aux cheveux courts qui était là un soir la semaine dernière ? Mince, voire maigre ? Avec un tatouage dans la nuque ?

La fille acquiesça.

Valmann sortit la photo que lui avait donnée Kaisa. On aurait dit une jeune communiante dans les années quatre-vingt : une Evy aux joues rebondies, avec un appareil dentaire, les cheveux relevés en chignon, portant un cardigan. Il s'en voulait que la ressemblance ne lui ait pas sauté aux yeux plus tôt.

– C'est elle ?

La fille ouvrit de grands yeux.

– Ça alors ! Oui, c'est bien elle. C'est Maya !

– Elle s'appelle en réalité Evy. Evy Jarlsby.

La fille lui jeta soudain un regard méfiant. Puis elle haussa les épaules.

– Peu importe.

328

Il la comprenait. Un homme mûr se pointait avec une photo de sa copine dans son portefeuille. Il présenta son insigne.

– Jonfinn Valmann. De la police.

Ça lui fit un choc.

– Elle a fait quelque chose de mal ?

– Pas à ma connaissance, répondit-il. J'aimerais seulement lui parler.

Il commençait à y avoir pas mal de monde au comptoir.

– On ne pourrait pas discuter ailleurs ? demanda-t-il.

– Je ne peux pas partir d'ici. Je suis toute seule en ce moment.

– Bon, dit-il en baissant la voix. Je crois que des types dangereux sont à sa recherche. Nous aimerions bien la trouver avant qu'ils ne mettent la main sur elle.

– Oui… Oh, mon Dieu !

– Quoi donc ?

La fille le regarda, les yeux écarquillés.

– Il y a eu un type ici qui a demandé après elle.

– Quand ça ?

– Hier soir. Juste avant l'heure de fermeture. Attendez un peu…

Elle fit signe à un garçon qui venait d'entrer, Valmann reconnut le jeune homme qu'il avait aperçu la veille dans l'arrière-salle.

– Kai, viens prendre ma caisse, s'il te plaît ! Il travaillait ici avant, ajouta-t-elle à l'adresse de Valmann.

Une fois Kai à la caisse, elle demanda à Valmann de la suivre dans l'arrière-salle. Un cendrier plein de mégots, six gobelets en carton, un vieux magazine *people* et une bouteille de soda à moitié vide traînaient sur une table aux pieds en acier. Le long des murs s'empilaient des packs de canettes de Coca, des boîtes de filtres à café, des paquets de papier à cigarettes, de tabac à chiquer et de pain pour les hot-dogs.

Ils s'assirent chacun sur une chaise en tubes d'acier. Valmann sentait l'étui de son revolver le presser sur l'aine, lui rappelant qu'à l'origine il était venu pour tout à fait autre chose. Mais il avait trouvé Evy. Ou, plus exactement, retrouvé sa trace.

– À quoi ressemblait l'homme qui est venu ?

– Il était affreux. Le visage couvert de piercings, avec des tatouages aux doigts.

– Une barbe clairsemée ?

– Oui.

– Un bonnet rabattu sur les oreilles ?

– Non, pas de bonnet. Il avait les cheveux courts, décolorés.

– Il parlait suédois ?

– Non, norvégien.

– Vous l'aviez déjà vu ?

– C'est possible…, hésita-t-elle. Il y a tellement de gens qui passent, on ne peut pas se souvenir de tout le monde.

– Qu'avez-vous répondu quand il vous a demandé où était Evy ?

– La même chose qu'à vous. Qu'elle n'était pas au boulot.

– Et qu'est-ce qu'il a dit ?

– Il a demandé où elle habitait.

– Vous lui avez dit ?

Elle baissa les yeux, honteuse et gênée.

– C'est pas le genre de type à qui on peut raconter des salades.

– Vous lui avez donc dit ?

– Oui.

– Et elle habite où ?

330

La fille continuait à fixer le sol.

– Je ne suis pas censée le savoir…

– Mais cette fois c'est la police qui demande.

– Elle habite dans la maison de Morten. C'est le patron ici.

– Morten ?

– Morten Møller. C'est lui qui l'a embauchée comme remplaçante. Il aime bien les filles, glissa-t-elle.

– Alors il l'a engagée même si elle n'a pas donné son vrai nom ?

– Elle lui a peut-être dit autre chose. Je ne sais pas comment il fait avec les papiers, les feuilles de paie et tout ça. C'est possible qu'ils se soient arrangés tous les deux.

Elle le fixa de ses grands yeux, sachant pertinemment la nature de l'arrangement passé entre eux.

Si jeunes et déjà si désillusionnés, pensa-t-il.

– Avez-vous remarqué quelque chose concernant Evy, enfin Maya, comme vous l'appelez ?

– Non, elle est sympa… Disons que le job ne l'intéresse pas beaucoup. Ça se voit qu'elle a des problèmes.

– Quel genre de problèmes ?

– Pas quelque chose en particulier, mais elle n'a rien à dire, elle s'intéresse à rien, à part les hommes qui entrent. Elle a l'air vraiment accro au sexe. Elle reste beaucoup ici, dans l'arrière-salle. Fume. Lit des revues. Demande si quelqu'un l'a cherchée quand elle vient bosser. Mais il ne s'agit pas de ses petits copains, ça se voit qu'elle a peur.

– Il y en a eu plusieurs qui ont demandé après elle ?

– Non, juste un quand j'étais au boulot. Un type plus âgé. Un vieux dégoûtant. Il parlait un dialecte que j'ai eu du mal à comprendre. Il a craché par terre.

– C'était quand ?

– Il y a un peu plus d'une semaine. Elle n'était pas là.

– Elle est souvent dehors ?

– Oui, je crois qu'elle traîne pas mal, répondit la fille avec un regard qui en disait long.

– Elle se drogue ?

La jeune fille lui répondit sans ciller :

– Je ne l'ai jamais vue en prendre, mais elle peut très bien le faire sans que je la voie. On ne bosse pas si souvent ensemble.

– Et ce Morten Møller, où puis-je le trouver ?

– Ça fait une trotte d'ici. D'ailleurs, en ce moment il est en vacances au soleil. En Thaïlande, je crois.

– Seul ?

– Pas avec Maya, si c'est ça que vous voulez savoir. Mais ce bon vieux Morten n'aura pas de problèmes pour trouver là-bas de la compagnie, à mon avis.

– Vous ne l'aimez pas beaucoup, on dirait ?

– Je n'aime pas les types d'un certain âge avec une moumoute, qui courent après les jeunettes.

– Est-ce que vous pourriez m'expliquer comment aller chez lui ?

– C'est pas facile à trouver en partant d'ici. Mais je peux vous faire un plan, ajouta-t-elle, apparemment en confiance et prête à rendre service.

– Merci, fit-il. Merci pour votre aide.

– De rien.

– Quel est votre nom ? demanda-t-il.

– Alvhilde. Alvhilde Midtskogen, répondit-elle en lui faisant son plus beau sourire. Dites, je serai dans le journal ?

Il trouva assez facilement la maison de Morten
Møller, mais la neige avait recouvert les éventuelles
traces de voiture à l'entrée, et personne ne répondit
quand il sonna. Aucune marque d'effraction autour des
fenêtres ou de la porte d'entrée. Rien qui puisse justifier
qu'il pénètre de force dans les lieux sous couvert de la
loi. Surtout un samedi après-midi. Et encore moins
alors qu'il était censé s'occuper d'une tout autre mission.

Il fallait se rendre à l'évidence. L'oiseau s'était enfui
du nid. Et ce depuis un bon bout de temps. Valmann
jura en son for intérieur tout en faisant marche arrière
dans sa Mondeo. Il avait retrouvé la trace d'Evy, et
l'avait à nouveau perdue.

Il commençait à bien connaître la route entre Kongsvinger et Magnor, qu'il prenait jusqu'ici une fois tous
les deux ou trois ans. Ces derniers temps, il avait fait le
trajet presque chaque jour. Il regarda l'heure et vit que
c'était trop juste pour faire un tour à Torsby, une virée
en solo qui lui trottait dans la tête depuis sa conversation avec Rusten. Dommage ! Il avait mal calculé son
temps. Encore un reproche qui venait s'ajouter à tous les
autres. Ce n'était pas la première fois qu'il se trouvait

trop lent. Il avait eu la photo d'Evy dans son porte-feuille et n'avait pas aussitôt fait le lien avec la jeune fille de la station-service. Maintenant qu'il était trop tard, que le mal était fait et que Evy avait disparu à nou-veau, il se rendit compte à quel point c'était évident. Il aurait dû identifier beaucoup plus tôt celle qu'il avait prise pour une jeune Suédoise aguicheuse ! Son frère de lait, son agresseur et kidnappeur Bo Dalén lui avait filé déjà deux fois entre les mains. Oui, pas une fois, deux fois ! Il aurait dû le reconnaître là-bas, à Hjellum. Cela dit, ce n'était pas facile quand on ne disposait que d'une photo d'identité judiciaire floue retrouvée dans les archives de la police et, qui plus est, transmise sur un vieux fax. Dire qu'il avait laissé filer Bo Dalén, alors que celui-ci avait emprunté le nom d'un écrivain qui s'affichait dans toutes les librairies et tous les kiosques de Scandinavie…

Et dire que lui-même avait parlé, pour ne pas dire « flirté », avec cette jeune fille signalée disparue et dont il possédait la photo dans son portefeuille !

La neige continuait à tomber, mais moins dru qu'aupa-ravant. S'il venait à geler pendant la nuit, les routes seraient hyper-dangereuses. Pour les gendarmes, mais aussi pour les voleurs, se consola-t-il avec ce trait d'humour. Il y avait beaucoup de circulation. Il obser-vait les voitures qui venaient en sens inverse. Au fond, tout n'était qu'une histoire de voitures, il n'en sortait pas. Comme si c'étaient les voitures qu'il devait sur-veiller, plus que les personnes. Tous les événements importants de cette affaire se déroulaient le long des routes, principales ou secondaires, dans cet entrelacs quasi invisible qui quadrillait les grandes étendues de forêts, de part et d'autre de la frontière. Trafic de drogue, trafic de filles, tout ce réseau criminel dépendait des voitures. D'ailleurs elles avaient livré les premières pistes concrètes. Dans l'action menée aujourd'hui, l'unique chance de la police d'arrêter des malfrats dépendait de sa capacité à identifier des voitures et à interpréter leurs déplacements.

Rien d'étonnant donc, se dit Valmann, à scruter chaque véhicule qu'il croisait, sans trop savoir d'ailleurs ce qu'il cherchait. Il s'en voulait encore d'avoir laissé passer tant d'occasions. Il avait été proche du but cet après-midi, il avait eu la Hiace dans son champ de vision, et à quelques heures près il aurait pu surprendre Bo Dalén avec Evy. Et que dire de la soirée du 21, où il avait forcément croisé le meurtrier sur la route ? L'assassin avait continué à rouler vers Hamar, tandis que Valmann, lui, en venait. Il aurait pu frôler cette voiture en sens inverse dans un virage, noter qu'elle faisait des embardées, apercevoir un visage – qui sait ? – si seulement il avait été plus attentif. Mais rien de cela ne s'était produit. C'est pourquoi il se rattrapait à présent comme il pouvait, passant tout au peigne fin, mais il ne vit rien de louche entre Kongsvinger et Magnor.

D'habitude si jovial, Didriksen tirait la gueule quand Arne Vatne le retrouva au Kongssentret. Il était pourtant arrivé à l'heure, mais son patron, stressé, ne tenait pas en place.

– Quel temps merdique ! lança ce dernier en guise de salut. T'as pris ton café ?

Arne Vatne hocha la tête. Didriksen étala une grande carte et lui montra la route qu'ils allaient prendre. Arne Vatne ne connaissait pas bien le coin et il n'était jamais passé par là.

– C'est plus court que si on passe par Magnor, expliqua son chef.

Arne Vatne se contenta d'opiner.

– Bon, on y va, décida Didriksen d'un ton brusque. C'est vraiment pas marrant de rouler avec un temps pareil, mais faut pas se mettre en retard.

Il se dirigea vers la Mercedes.

– Tu me suis, d'accord ? dit-il par-dessus son épaule. Mais garde tes distances. T'as pas non plus besoin de me coller aux fesses, si tu vois ce que je veux dire…

Peut-être avait-il souri à Vatne en lançant ces derniers mots, mais l'effet était raté.

Rien ne se passait comme Arne Vatne se l'était imaginé. Il croyait qu'ils allaient se rendre ensemble à

Torsby dans la voiture de Didriksen. Il s'était fait une joie à l'idée de se retrouver sur un siège en cuir moelleux, à écouter de la musique du lecteur de CD, et puis si Didriksen, au bout d'un moment, en avait assez de conduire, il aurait proposé de le remplacer. Il se voyait déjà au volant de la grosse Mercedes jaune, à avaler des kilomètres sur les bonnes routes en Suède jusqu'à Torsby, où l'attendait sa Land Cruiser, rien qu'à lui.

Et voilà qu'il devait encore passer une heure ou deux dans sa vieille bagnole en essayant de ne pas se laisser trop distancer par le véhicule luxueux de Didriksen… Et il fallait voir l'état des routes par ici ! Pourquoi ce changement ? Pourquoi Didriksen était-il si agacé ? Il n'y avait pas eu de pépins à la dernière minute, sinon ils n'iraient pas là-bas…

Il sortit du parking en laissant Didriksen prendre une bonne avance. À tel point qu'il crut l'avoir perdu quand le feu allait tourner au rouge. Il passa tout juste avant que ne se déchaîne le concert des klaxons derrière lui.

Pas vraiment un début de rêve pour aller dans le Värmland, pensa Arne Vatne, les yeux rivés sur les feux arrière de la Mercedes qui franchissait le pont. Il commençait à se sentir de plus en plus dans la peau de l'escroc dans ce foutu film, prisonnier d'une voiture le long d'une route de campagne qui n'en finit pas, dans une tempête de neige, où la fin du voyage se solde par une tragédie. Non, cette journée n'aurait pas dû se dérouler comme ça. Mais il était trop tard pour reculer. Il fit de son mieux pour ne pas aller dans le décor. Il était clair que Didriksen ne pensait pas une seconde à la différence de puissance entre une Mercedes 500 SL presque neuve et un vieux fourgon Toyota qui avait dix-huit ans.

58

En passant devant le Fagerfjell Camping, Valmann jeta un regard sur le parking. Non pas qu'il se fût attendu à y voir un fourgon blanc en piteux état, mais c'était devenu un réflexe. Car c'est dans ce camping qu'il avait réellement compris l'ampleur de la tragédie qui se jouait dans ce monde de l'ombre où le trafic d'êtres humains le disputait à la prostitution forcée. Ici qu'il avait obtenu le numéro d'une caravane où, selon toute vraisemblance, se déroulaient les passes. Il tenait enfin un nom : Hermannsson. Et, à l'heure qu'il était, il aurait mieux fait de l'interroger sur ses liens avec les véhicules de trafiquants, ce camping et cette caravane.

Par manque de sommeil, les yeux le piquaient à force de fixer les voitures dans cette tempête de neige. Il se rendait compte qu'il était épuisé par des nuits où l'absence et le désir d'Anita l'avaient fait se retourner sans arrêt dans son lit. La veille, il avait particulièrement mal dormi. La réplique de Timonen sur les « vieilles bonnes femmes sur le bas-côté de la route » avait tourné en boucle dans sa tête. D'où sortait-il cette phrase ? Était-ce vraiment dû à une indiscrétion d'Anita ? Était-ce vraiment si important que ça ? Il était temps qu'il arrête de se comporter en homme jaloux. Cinq minutes après le coup de téléphone d'Anita, il était pourtant plein de bonne volonté et résolu à s'améliorer sur ce plan. Et voilà qu'il était coincé dans cette chasse aux trafiquants de drogue, à la demande de Timonen, alors qu'il tenait enfin une piste sérieuse dans l'autre affaire…

Il aperçut soudain le pick-up garé sur le parking ! Il pila net et la Mondeo se retrouva en travers de la route. Il réussit à redresser, mais une voiture en sens inverse fut malgré tout obligée de serrer de l'autre côté pour éviter de lui rentrer dedans. Valmann avait l'esprit ailleurs. Il avait mis ses feux de détresse et faisait marche arrière. Pour une fois, il était formel : il avait déjà vu ce pick-up Toyota et il savait où. C'était dans la cour chez Willy Jarlsby. C'était le même véhicule tout rouillé, avec la marque du constructeur peinte en rouge à l'arrière. Le premier *o* ayant disparu, il avait lu TYOTA de loin.

C'est aussi ce qu'il venait de lire en passant devant le camping.

Il tourna et se gara juste derrière le pick-up, le bloquant ainsi entre une Volkswagen Caravelle et un camping-car. Le chauffeur ne pourrait pas sauter dans sa voiture s'il voulait prendre la fuite.

Valmann savait bien qu'il aurait dû appeler aussitôt le poste de police le plus proche, à savoir Eidskog, pour obtenir des renforts. Mais combien de temps cela prendrait, un samedi après-midi, avec une mobilisation renforcée dans la zone frontalière ? Qu'est-ce qui se passerait entre-temps ? Jusqu'ici il était toujours arrivé après la bataille et il n'était pas d'humeur à laisser échapper cette occasion. La pensée de contacter Timonen l'effleura aussi. Plutôt pour faire un geste personnel, car il savait que Timonen avait des liens d'amitié avec toute la famille Jarlsby, Bo Dalén inclus. Si la situation devait dégénérer, la présence de Timonen aurait, à n'en pas douter, une action positive. Oui, c'était une bonne idée, c'est sûr.

Mais non, désolé, Jan. Il allait s'occuper de ça tout seul.

Des traces menaient à la caravane « numéro 18, la dernière de la rangée le plus près de la forêt ». Certes, pas toutes fraîches, mais assez visibles. Des traces de pas et de pneus. La neige ne les recouvrait pas entièrement. À quand remontaient-elles ? Une heure, peut-être un peu plus ? Il prit soin de ne pas marcher dessus quand il s'approcha.

La couche de neige lui permit d'avancer sans bruit. La neige remplissait l'air d'une infinité de flocons légers comme des voiles et étouffait le moindre son.

Il se faufila jusqu'à la caravane. Devant une petite fenêtre pendaient des rideaux en lambeaux. Il resta tapi, à l'écoute. Silence. Mais il y avait des traces de pas sur les deux marches sous la porte. Il sortit son revolver de l'étui, ôta la sécurité, tint l'arme en l'air dans la main droite, tourna la poignée avec la main gauche et donna un grand coup dans la porte en criant :

– Police ! Je suis armé ! Que personne ne bouge si vous ne voulez pas être blessés !

C'était comme si même ce cri était assourdi et devenait un écho perdu dans la neige qui tombait.

Pas de réponse, pas un mouvement.

Il jeta un coup d'œil à l'intérieur et aperçut un corps allongé en travers du lit. Et une silhouette tout au fond, recroquevillée sur une chaise.

– Restez calmes surtout !

Son ordre parut soudain ridicule dans ce contexte. Le bruit de la circulation au loin n'était plus qu'un chuchotement, à peine audible.

Il fit quelques pas. L'homme étendu sur le lit était mort. Couché sur le ventre, il avait le visage qui baignait dans une mare de sang. Valmann ne tenta pas de le retourner. L'un des côtés de la tête devait être fracassé, comme il l'avait déjà vu sur les deux précédentes victimes. C'était à la médecine légale de prendre le relais, Valmann en avait vu assez. Les cheveux courts, décolorés, les tatouages sur les doigts en disaient assez long : Bo Dalén avait terminé sa courte cavale. Fin de partie.

Il remarqua un léger mouvement et se ressaisit en dirigeant le revolver vers la silhouette tassée. Un son, un sanglot ou plutôt une plainte, comme un long hurlement d'animal.

– Mon petit...

Il reconnut les bras et les jambes, une masse de cheveux gris et laineux, des couches de vêtements, de grandes baskets et des épaisses chaussettes autour des jambes malingres.

– Mon petit, mon pauvre petit...

Kaisa. C'était Kaisa Jarlsby qui se balançait doucement en poussant des gémissements d'ourse blessée. Elle pleurait sur son enfant adoptif, né dans le malheur, grandi dans le malheur et, à présent, assassiné.

59

Le trajet jusqu'à Torsby fut finalement plus court qu'il ne pensait. Didriksen avait roulé à vive allure sur ces routes forestières désertes et il avait essayé de s'accrocher. Il ne s'était même pas rendu compte qu'ils avaient franchi la frontière avant de voir que les panneaux routiers avaient une autre couleur. Ce devait être pour ça qu'ils étaient passés par là. Pour qu'il apprenne un des nombreux trajets sans surveillance entre les deux pays et qu'il puisse le refaire seul au retour. Cette pensée ne le réjouissait pas vraiment, comme s'il pressentait quelque chose de pesant, d'irrémédiable, alors qu'il eût été plus simple de passer par Magnor. Bon, il fallait qu'il arrête de se monter la tête. À quoi bon courir des risques inutiles ? Il tenta de voir ce trajet sous un meilleur jour. Didriksen n'en avait-il pas parlé comme d'un « vrai cortège triomphal » ? Une expression qui, dans les circonstances actuelles, était complètement incongrue.

Les dimensions du terrain étaient impressionnantes, à la lisière de la bourgade de Torsby, mais c'était bien la seule chose que Vatne trouva impressionnante chez le concessionnaire Hermannsson. Des voitures d'occasion en tout genre et de toute taille, allant de l'épave à des modèles de l'année qui paraissaient comme neufs, s'alignaient en rangées mal définies. Un coin du terrain était réservé à la casse – de la tôle, des carrosseries rouillées et de la ferraille en tas qui avaient la hauteur de maisons. C'est là que se déroulait l'activité visible du lieu : des grues mobiles avec d'énormes pinces soulevaient et déplaçaient les masses de ferraille. À la lisière de la forêt se trouvaient quelques hangars. Trois baraques servaient, semblait-il, de vestiaire et de salles pour les employés, tandis qu'une quatrième, située un peu à l'écart, arborait avec fierté le panneau de Hermannsson, si grand qu'il couvrait presque tout le mur donnant sur la route. Là était le bureau.

À première vue, Hermannsson n'avait pas l'air d'un concessionnaire aux affaires florissantes. Trapu et rondouillard, il portait une chemise Adidas verte, un blouson et un jean pleins de taches d'huile. Il essayait de cacher sa calvitie avec quelques brins de cheveux d'un blond sale. D'épaisses lunettes à monture en plastique avaient été recollées avec ce qui ressemblait à du sparadrap. Les verres étaient si graisseux qu'ils dissimulaient presque le regard acerbe et hostile. Mais dans l'ouverture du col brillait une grosse chaîne dorée, et sa montre en or bling-bling n'était pas du genre qui s'achète sur une plage à Phuket.

Il salua Vatne d'une poignée de main molle, puis concentra son attention sur Didriksen, qui avait complètement oublié son camarade norvégien. Tous deux se donnèrent des tapes sur l'épaule, puis Hermannsson prit Didriksen à part. Il semblait avoir quelque chose sur le cœur. Quand ils s'éloignèrent, Didriksen se retourna soudain pour lui expliquer qu'ils devaient aller « vérifier » un détail. Il avait l'air tendu.

Le moment était visiblement mal choisi pour parler de sa voiture.

– Prends-toi un café en attendant, lança Didriksen en lui indiquant une thermos et des gobelets en plastique sur une ancienne table d'angle en teck.

Un vieux journal et une revue porno traînaient sur la table pleine de taches.

Arne Vatne allait se servir docilement quand il s'aperçut que tous les gobelets étaient sales. Alors il s'assit sur une chaise en essayant d'éviter de se laisser distraire par les filles dénudées en couverture. Ça lui rappelait des choses qu'il voulait oublier, surtout maintenant. Pourvu que Didriksen n'en ait pas pour longtemps et que tout soit en ordre avec la Land Cruiser. Oui, il avait hâte de rentrer à la maison et de mettre des kilomètres entre lui et cet endroit déprimant.

Cela dura presque une heure avant qu'ils reviennent, accompagnés de deux types, des tout jeunes, qui ne le saluèrent même pas quand ils entrèrent. L'un d'eux n'avait pas l'air net, il parlait fort et buvait du soda, bouteille sur bouteille. L'autre n'ouvrit pas la bouche, s'affala sur la chaise dont Vatne venait de se lever et resta là, le regard torve, en remuant les genoux, comme s'il attendait quelque chose avec impatience.

La conversation s'arrêta, tous attendaient quelque chose.

– Il devrait être là d'un moment à l'autre, fit l'homme à la bouteille de soda. S'il n'est pas couché sur le bas-côté, avec ou sans voiture...

Il éclata de rire, comme si c'était une bonne plaisanterie.

– Du calme ! Il va venir. Il a prévenu qu'il serait un peu en retard.

La voix de Didriksen n'avait plus rien de sa jovialité habituelle.

344

Le portable de Hermannsson sonna et il sortit pour répondre. Il revint moins d'une minute après.

– Il sera là dans une dizaine de minutes, dit-il simplement.

Les quatre hommes se dirigèrent vers la porte.

– Ça va être bon, dit Didriksen avec un petit sourire. Il manquait simplement quelque chose dans la Toyota.

– La roue de secours !…, rit l'homme à la bouteille de soda.

– Ta gueule ! répliqua l'autre en rejetant sa longue crinière en arrière.

Ils sortirent. Personne ne fit le moindre signe pour lui faire comprendre qu'il pouvait se joindre à eux.

Il tira le vieux journal sous la revue porno avec des gestes prudents, comme s'il craignait que la couverture brillante ne lui explose à la figure. Il se rassit pour tenter de lire le journal suédois, n'importe quel article du moment que ça l'empêchait de penser à ce qui se passait autour de lui.

Je ne sais rien, se répétait-il en boucle. Personne ne me dit rien, j'ai aucune idée de ce qui se trame… Cela constituait une maigre consolation : personne ne pourrait l'accuser d'avoir participé à quoi que ce soit, puisqu'il n'était au courant de rien !

Il jeta un coup d'œil sur la première page du journal qu'il tenait dans la main, apparemment un canard local. Un meurtre, commis dans une salle de réception, faisait les gros titres. Un étranger avait été retrouvé frappé à mort dans un restaurant appelé l'Élan blanc…

L'Élan blanc…

Ce nom lui disait quelque chose. Mais oui, c'était l'endroit où Anne avait été faire la fête avec les amis bosniaques de ce type, Alban !

Un étranger retrouvé mort. Pourquoi les journaux norvégiens n'en avaient-ils pas parlé ? Mais il connaissait la réponse : cela avait eu lieu en Suède. Il fallait des meurtres plus spectaculaires pour faire la une de l'autre côté de la frontière. Puis il se rappela les mots d'Anne au téléphone quelques heures plus tôt : « C'est une sorte de réunion en mémoire de Zamir... Oui, tu sais que Zamir est mort ?... C'est la police qui a le corps... »

À la pensée de la situation dans laquelle se trouvait sa fille, il eut l'impression d'étouffer. D'ailleurs il faisait trop chaud dans cette minuscule baraque. Il se rendait compte pour la première fois qu'elle avait peut-être de sérieux ennuis. Qui sait si elle n'était pas en danger de mort ?

Il ferma les yeux, mais les rouvrit aussitôt car il avait l'impression que le sol tanguait sous ses pieds. Il croisa les mains derrière la nuque et poussa un gros soupir. Il avait envie de s'en aller. Il voulait oublier toute cette histoire d'achat de voiture en Suède, cela avait été une terrible erreur. Il n'avait pas besoin de nouvelle voiture, l'ancienne aurait pu faire l'affaire encore quelques années. Il n'avait pas envie d'être impliqué dans ce que ces types préparaient. Il avait si peur, il était si désespéré et en même temps si énervé que ses pieds se mirent à bouger tout seuls, comme s'ils avaient décidé de l'emmener en promenade, de le sortir de ce guêpier, loin de cet endroit sordide au fin fond des forêts suédoises, et de le ramener en Norvège, à Kongsvinger, à Hjellum, où il serait enfin en sécurité... Mais il fut freiné dans son élan, car, tant que les types se trouvaient à l'extérieur, il n'osait même pas quitter sa chaise et s'approcher de la porte !

Deux d'entre eux revinrent à l'intérieur. L'ambiance s'était détendue.

– Bon, ça y est, dit Didriksen en lui adressant un clin d'œil comme avant, quand tout était toujours gai et décontracté avec lui.

Il versa du café dans deux gobelets qui avaient déjà servi maintes fois et en poussa un vers lui.

– Maintenant tout est prêt. Je pense que tu as envie de partir le plus vite possible pour profiter encore un peu de la lumière du jour. Tu te souviens du trajet, hein ?

Vatne hocha la tête.

– Aucun danger si tu prends cet itinéraire, surtout un samedi après-midi, avec le temps qu'il fait. Tu verras, ça passera comme une lettre à la poste !

Didriksen semblait être redevenu comme avant. Vatne n'arrivait pas à dire un mot. Hermannsson se pencha vers Didriksen et marmonna à mi-voix :

– Je trouve que ton gars a l'air pâlot. T'es sûr qu'il ne va pas paniquer ?

– Arne ? Mais non, c'est un type qui a le cœur sur la main. Pas vrai, Arne ? Il m'a déjà rendu service en faisant des petits voyages de l'autre côté de la frontière. On a conclu un marché, tous les deux. T'es toujours d'accord, hein ?

– Est-ce que la voiture est prête ? demanda-t-il simplement.

– Elle est nickel et elle est à toi, en toute propriété. On n'aura pas le temps de s'occuper des papiers aujourd'hui, on fera ça après le week-end. N'est-ce pas, Hermann ?

Hermannsson lui répondit par un regard caustique :

– Qu'est-ce que vous avez à causer de cette foutue bagnole ?

Quelque chose qui ressemblait à une forme de détermination surgit chez Vatne.

– Mais c'est quoi… ce que je dois transporter ? bégaya-t-il.

Le sol tanguait à présent même s'il gardait les yeux grands ouverts. Mais l'angoisse de faire le trajet du retour avec un chargement dont personne ne voulait parler l'emportait sur la crainte et la répulsion qu'il éprouvait en présence de Hermannsson.

– Mais bordel ! explosa Hermannsson.

– Du calme, fit Didriksen, qui réussit à garder le sourire.

– Il serait normal, je trouve, que je sois au courant…

– Vous avez entendu ça, bordel ? Il est complètement idiot, ce gars, ou quoi ?

– Des draps, dit Didriksen, le visage impassible. Des draps en lin, du lin de la Baltique, le plus beau qui soit. Ça ne coûte rien là-bas et en Norvège ça vaut la peau des fesses. D'où des frais de douane élevés. On peut se faire pas mal d'argent en les vendant chez nous. Alors, tu marches ?

Des draps… Rien qu'à ce terme il se sentait bercé et prêt à s'endormir, tant il était épuisé mais soulagé de tenir enfin une explication. Comme il aurait aimé prêter foi à ce que venait de lui raconter Didriksen ! Il prit une gorgée de ce café qui avait la couleur de l'eau de vaisselle, dans ce gobelet sale.

– C'est quoi encore, cette histoire, bordel ! s'emporta Hermannsson. Du lin ! Tu crois vraiment qu'il est con à ce point-là, ton menuisier ? Écoute-moi bien, enfoiré…

Il s'avança d'un pas lourd jusqu'à la chaise où Arne Vatne était assis et lui pointa son index épais orné d'une grosse bague en or en plein visage.

– Tu files droit en Norvège avec tes draps…

Ce qui aurait dû être un rire se transforma en quinte de toux.

– Mais t'avise pas de jouer au plus malin avec nous...

– Ce n'est pas la peine, Hermann !

Didriksen fit un geste pour l'empêcher de continuer, mais autant essayer d'arrêter un train en agitant un mouchoir.

– Car sache qu'on a protégé nos arrières...

Didriksen secoua la tête et se détourna.

– On tient ta fille !

Sur le moment, Arne Vatne ne saisit ni la signification ni la portée des mots prononcés. Il se protégeait de son mieux contre ce que disait ce gnome de Suédois à la voix nasillarde. Mais leur sens se frayait malgré tout un chemin dans sa conscience, comme une éponge absorbe le liquide car elle ne peut pas faire autrement.

– Ma *fille* ?...

– Ta fille Anna, eh oui !

– Vous dites que vous la... *tenez* ?

– Oui, on la tient, répondit Hermannsson sur un ton presque enjoué. Penses-y quand tu feras ce petit voyage.

– Je... je ne vous crois pas !

– Eh bien, on fera le nécessaire pour que tu en sois convaincu.

Avec une expression de satisfaction sur son visage barbu et tout tordu, il alla à son tour se servir du café.

60

D'abord Valmann appela le poste de police d'Eidskog. L'agent qui était de garde promit de contacter Kongsvinger et de lui envoyer du renfort de là-bas, car ici tous les hommes disponibles avaient été dépêchés sur la nationale 20 pour un grave accident de la route. Sans vouloir entrer dans les détails, Valmann le pria de leur dire qu'il y avait urgence, car il s'agissait d'une personne retrouvée morte. Autant qu'ils croient que cela concernait le démantèlement du réseau de trafiquants. Puis il sortit un papier de sa poche et composa un autre numéro sur les touches trop petites de son portable. On lui répondit, il se présenta et demanda à être mis en relation avec le chef de brigade Thomas Kumla.

La personne à l'accueil hésita. En Suède aussi on était samedi après-midi et Thomas Kumla ne devait pas être de service.

– Il s'agit d'un meurtre, insista Valmann, qui a été commis ici, à la frontière. Je suis le premier homme sur les lieux et je suis seul. Cela peut avoir un lien avec l'affaire du restaurant l'Élan blanc, et les polices norvégienne et suédoise ont travaillé là-dessus en synergie.

– Je comprends, dit l'agent.

Quelques secondes plus tard, il avait Kumla au bout du fil et il le mit au courant de la situation, en le priant de dépêcher sur place un technicien et un médecin légiste. Il aurait aimé que ce fût la même équipe que celle qui s'était occupée de Zamir. Il voulait qu'on puisse établir un comparatif de la blessure et du type d'arme utilisé. Il désirait qu'on passe tout au peigne fin pour retrouver des traces biologiques. Bref, il voulait avoir la preuve qu'il s'agissait du même meurtrier.

Thomas Kumla écoutait d'une oreille distraite, il était clair qu'il avait l'intention d'être en congé ce week-end. Mais Valmann revint à la charge :

– En réalité j'étais sur une affaire de trafic de drogue.

– Ah bon ?

Valmann essuya la sueur sur son front. L'appareil de chauffage dans la caravane était à fond. Cet espace confiné respirait la mort et les vêtements mouillés. Tout en parlant, il ne quittait pas des yeux Kaisa qui était retombée sur sa chaise dans un état d'hébétude, comme en transe. Il avait mieux à faire que papoter avec ce Suédois, mais il fallait encore mettre deux ou trois choses au clair.

– Tu es au courant qu'on attend une grosse livraison de cannabis qui doit passer la frontière ce soir ?

– Oui, j'en ai vaguement entendu parler, concéda-t-il.

– Timonen a préparé cette opération depuis un bon moment.

– Ce Timonen, il n'en fait qu'à sa tête. Lui et son groupe lancent des opérations sans en référer à la police du Värmland. C'est comme ça leur chante.

Valmann aurait juré l'entendre soupirer. Cela ne l'étonnait pas que Timonen et ses méthodes peu orthodoxes ne soient pas du goût d'un chef de brigade suédois à quelques années de la retraite.

– Si je comprends bien, il n'y a personne de chez vous à proximité du restaurant l'Élan blanc ?

– L'Élan blanc ? Non. Pourquoi ça ?

– Timonen semble penser que…

– Je me fous de ce qu'il pense, ce type !

– Je comprends.

Valmann comprenait. Timonen était un enquêteur créatif dont les méthodes, pour le moins originales, portaient leurs fruits, alors que Kumla était de l'ancienne école et s'en tenait à ses principes.

Il eut une nouvelle idée :

– Et au sujet de Hermannsson ?

– Hermannsson ? Le type de la casse du côté de Torsby ? On a toujours l'œil sur lui…

– C'est bien. Plusieurs éléments indiquent clairement qu'il a été impliqué dans une série d'événements ces derniers temps, sur lesquels nous enquêtons ici, en Norvège.

– Ça ne me surprend pas.

– Est-ce qu'un endroit comme ça ne serait pas idéal pour livrer la drogue en gros avant de procéder au partage de la came ?

– Oui, pourquoi pas ?

– Tu ne crois pas que ça vaudrait le coup d'envoyer une patrouille là-bas, puisque la livraison est attendue dans ce coin d'un moment à l'autre ?

– Ce ne serait pas une mauvaise idée.

– Moi, à ta place, je le ferais.

– Je vais y réfléchir.

– Surtout ne te dépêche pas, marmonna Valmann après avoir raccroché.

Les minutes passaient, les renforts n'avaient pas appelé. Il fallait qu'il s'occupe de Kaisa.

– Écoutez, Kaisa, dit-il en touchant légèrement son bras. Je suis là pour vous aider.

– T'es qui, toi ? fit-elle en sursautant, comme si elle venait de se rendre compte qu'elle n'était pas toute seule dans la caravane.

– Valmann, de la police de Hamar. On a pris un café ensemble ici il y a quelques jours, vous vous souvenez ?

– La police… La police ne peut rien faire pour aider mon pauvre Bo, dit-elle en se balançant d'avant en arrière.

– C'est trop tard pour l'aider, Kaisa. Mais on peut arrêter celui qui a fait ça.

– Vous ne réussirez jamais à mettre la main dessus… jamais, répéta-t-elle comme une litanie.

– Vous savez qui c'est, Kaisa ?

– Je sais…, répondit-elle comme dans un rêve. Je sais, mais je ne le dirai jamais…

– Même pas à moi ? Je pourrais le faire coffrer, vous savez. Il serait jugé et puni comme il le mérite.

– Ce genre de personnes, elles passent toujours à travers…

– Donnez-moi un nom, Kaisa, et vous verrez.

– Pas de nom ! s'écria-t-elle en se relevant à moitié de la chaise. Ceux qui parlent trop ne font pas long feu par ici…

Il renonça. Il fallait désormais que des personnes compétentes prennent le relais pour s'occuper d'elle.

– Venez, dit-il. Nous ferions mieux de partir d'ici. Vous n'avez pas envie d'une tasse de café en attendant de l'aide ?

– Personne ne peut plus l'aider. Et personne ne peut m'aider, moi.

– Allez, un peu de café, ça vous fera du bien.

– Laissez-moi tranquille !

Il la prit par le bras. Sous les couches de vêtements, elle avait le corps aussi frêle qu'une brindille.

– On s'en va, dit-il. Je vais veiller sur vous. Et sur…
lui. Je vous promets.

– D'accord, mais pas loin, fit-elle en se relevant avec
une souplesse inattendue, comme si le contact d'un
autre corps avait fait fondre en un instant toute sa résistance.

– Jusqu'à la cafétéria.

Elle fit quelques pas mal assurés et il l'aida à descendre les deux marches. La nuit commençait à tomber.

Il regarda l'heure. Il était en retard, comme toujours.
Il vit que la neige recouvrait à présent les précieuses
empreintes sur le sol. Il ne restait plus qu'à espérer que
ses collègues de Kongsvinger et du Värmland aient le
matériel pour relever les traces enfouies sous la neige.
Celles des pneus ne devaient pas poser de problèmes,
car le conducteur, visiblement pressé, avait dérapé sur
le bitume et les pneus s'étaient enfoncés dans le sol.

– Non, pas à l'intérieur ! cria Kaisa à cinq mètres de
l'entrée de la cafétéria. Pas avec la tête que j'ai. Ça fait
deux nuits que je dors dehors…

Elle passa sa main dans ses cheveux en broussaille.
Valmann qui y vit un sursaut de coquetterie féminine
trouva que c'était bon signe.

– Vous pouvez rester dans la voiture si vous préférez.
Et j'irai chercher du café pour nous deux.

Ils passèrent devant le chalet où se trouvait la réception. Il n'y avait personne. Un papier sur la porte indiquait que le bureau était fermé jusqu'à nouvel ordre et
qu'il fallait s'adresser à la cafétéria.

– Pas longtemps ! dit Kaisa d'une voix tremblante,
une fois qu'il l'eut aidée à s'asseoir dans la Mondeo.

– Cinq minutes, pas plus ! répondit-il en claquant la
porte, qu'il verrouilla.

Il n'avait pas l'intention de laisser filer Kaisa aussi facilement.

En revenant sur le parking, il sentit son portable vibrer dans sa poche. En pestant, il réussit à appuyer sur la bonne touche.

– On annule l'Élan blanc !

C'était la voix de Timonen. Il avait pris son ton de commando.

– Ah bon ?

– Je voulais juste vous épargner le trajet. La situation a évolué.

– On dirait. Je viens de tomber sur un autre meurtre.

– Vous n'avez qu'à laisser Kongsvinger s'en occuper. On a de nouvelles infos.

– Moi aussi, j'ai de nouvelles infos.

– Ah ?

– Je crois qu'on ferait bien d'aller jeter un coup d'œil du côté de Torsby, chez un certain Hermannsson, un concessionnaire auto.

– Hermannsson n'est qu'un petit escroc sans envergure. Nous, on cherche à attraper les gros poissons.

– J'ai au contraire l'impression que ce Hermannsson joue un rôle clé. Il est en tout cas impliqué dans le trafic de drogue et le milieu de la prostitution.

– Une chose à la fois, dit Timonen comme s'il calmait un enfant impatient. Il ne faut pas vous attacher à ce point à ces filles, Valmann…

– Qu'est-ce que vous entendez par là ?

– Je vous l'ai déjà dit, vous ne devriez pas vous laisser distraire par des problèmes qui vous dépassent. Allez, au boulot ! J'ai quatre de ces types sur écoute, et ils arrivent maintenant. J'ai besoin d'hommes !

– Où ça ?

– À Hølla, la petite ferme de Willy Jarlsby. Là où on est allés, vous voyez ? Ils ont déjà utilisé cet endroit. Le vieux Willy n'est pas bête. Il sait toujours comment se faire un peu de thune.

– Vous avez appelé les renforts ?

– Bien sûr. Ceux de Kongsvinger sont en route. Les Suédois aussi, à ce qu'on m'a dit. Mais c'est vous qui êtes le plus près, vous en avez pour une demi-heure, maxi. Il faut prendre la 202 jusqu'à Svulrya, puis…

– Je me rappelle le chemin.

– Alors magnez-vous, bordel ! On n'est que deux ici. Hegg et moi, on est en planque à la lisière de la forêt, côté sud.

« Hegg et moi… »

– Engagez-vous avec votre voiture sur le petit chemin forestier, arrêtez-vous à cinq cents mètres et faites le reste à pied. On vous fera signe.

– OK.

– Magnez-vous ! Ils peuvent débouler d'une minute à l'autre !

– OK, ça va ! J'arrive le plus vite possible, répondit-il en tentant de cacher son inquiétude et sa frustration.

Maintenant il avait aussi du souci à se faire pour Anita. Il maudit Timonen, ce soi-disant spécialiste de la criminalité aux frontières qui avait si mal calculé son coup qu'il se retrouvait sans hommes à ses côtés au moment de la grande bataille. À moins qu'il n'ait fait ça exprès pour régler l'affaire presque seul afin de tirer toute la couverture à lui. Sauf que là il mettait sa vie en danger et celle d'Anita par la même occasion !

Valmann essaya de rester calme. Rien ne lui permettait d'affirmer qu'Anita et Timonen étaient en danger de mort là-bas, dans la forêt. Deux policiers bien entraînés et armés devraient pouvoir affronter deux ou trois transporteurs de cannabis dans un lieu que ces derniers ne connaissaient pas, surtout si ces policiers étaient en planque. Non, c'était autre chose qui le titillait dans cette conversation au téléphone, sans qu'il pût mettre le doigt dessus. Timonen avait une façon de s'exprimer qui le troublait. Il se repassa donc les répliques en mémoire, s'en voulant de réagir au quart de tour dès que Timonen faisait une allusion aux « filles ».

– Vous n'en voulez vraiment pas ?

Valmann tendait à Kaisa une tasse de café. Il n'en avait pas acheté pour lui. Il n'avait soudain plus envie de café ni de manger quoi que ce soit. Il avait l'esprit clair et tous ses sens étaient en éveil. Les renforts de Kongsvinger n'avaient toujours pas rappliqué. Personne ne se pressait au portillon. Autant dire que les spécialistes de Karlstad ou d'Arvika allaient prendre encore plus de temps pour se motiver et venir ici par un temps pareil.

Kaisa but son café à petites gorgées.

– Il va falloir y aller, dit Valmann.

La neige fondue tombait de sa frange sur son visage.

– Où ça ?

– Je vais vous ramener chez vous.

– Je ne veux pas rentrer chez moi. Je veux rester ici.

– On ne peut pas rester ici.

Il bouillait d'impatience et de frustration. Il avait la responsabilité d'une personne tuée et d'un éventuel témoin, sans compter qu'il devait prêter main-forte à un collègue qui lui avait demandé de venir au plus vite ! Et les renforts qui tardaient…

Merde !

Il fallait qu'il parte. Mais il fallait aussi qu'il reste !

Il frotta ses paumes contre ses cuisses, puis sortit de la boîte à gants un ruban adhésif marqué « Police ».

– Attendez, je reviens tout de suite, dit-il à Kaisa.

– Je ne veux pas retourner là-bas, gémit-elle. Il n'y a que la mort qui habite là !

Il retourna vers la cafétéria.

« Il n'y a que la mort qui habite là… »

Une phrase qui faisait froid dans le dos. Un mauvais signe. Il rentra la tête dans les épaules et détourna le visage pour éviter les flocons de neige. Là où la mort avait élu domicile… On aurait dit que la voix cassée de Kaisa avait un pouvoir magique, comme de déclencher des événements terribles. Non, il devenait trop sensible. Il était en train de subir la loi du Finnskogen et de se laisser gagner par le côté mystique de ses habitants. Il devait rester concentré. « Il faut prendre la 202 jusqu'à Svulrya… » : il y avait quelque chose de rassurant dans les indications neutres de Timonen. Ça au moins, c'était concret. Vérifiable. « Vous en avez pour une demi-heure, maxi… »

Il fallait seulement prévenir la cafétéria, délimiter un périmètre de sécurité avec le ruban adhésif rouge et blanc, et attendre les sommités de Kongsvinger, qui, visiblement, n'étaient pas pressées de venir. Puis une demi-heure de route et il serait là.

Une demi-heure de route.

La précision de Timonen, qui connaissait ce coin comme sa poche. Où il avait passé son enfance, vu de près les tragédies des petites gens, assisté à la dissolution de sa propre famille, vécu des séjours en institution et toutes sortes de misères. Et pourtant il avait réussi à s'élever jusqu'à devenir une star parmi les enquêteurs.

Valmann ne marchait pas vite. La neige lui frappait les joues et le front, mais il n'en avait cure. Les mêmes mots tournaient dans sa tête : « Vous en avez pour une demi-heure, maxi… »

Il espérait que Timonen avait raison et qu'il ne mettrait pas plus de temps.

Et soudain il comprit le détail qui clochait.

Il revint sur ses pas en courant.

Kaisa Jarlsby commençait à s'apaiser. Elle avait incliné le siège vers l'arrière, enlevé ses baskets et remonté ses pieds. Il la retrouva assise en tailleur comme une femme troll, les yeux clos, tandis que sa bouche remuait sans qu'il sorte le moindre son de ses lèvres.

– Allez, Kaisa. Attachez votre ceinture de sécurité ! lança Valmann en se mettant au volant. Attention, direction la forêt !

61

La Land Cruiser avait beau être lourdement chargée, c'était un plaisir de la manœuvrer, même sur chaussée glissante. Mais Arne Vatne n'était pas d'humeur à se réjouir des prouesses technologiques japonaises. Après la tape de Judas que Didriksen lui avait donnée sur l'épaule, un bout de papier posé sur le siège passager où le lieu de rendez-vous était noté au stylo, il s'engagea sur la route, en direction du grand rond-point de Torsby. Là, il devait prendre la nationale 239 jusqu'à la frontière, où la voie devenait la 202, et la suivre en direction de Svulrya. Puis prendre un chemin forestier qui n'était pas marqué, mais qui partait d'un endroit précis, bien expliqué sur le papier. Didriksen le rejoindrait en suivant un autre itinéraire. Ce n'était plus la peine de rouler l'un derrière l'autre maintenant.

Il conduisait dans un état second. Cette voiture représentait tout ce dont il avait toujours rêvé, elle se maniait aussi facilement qu'un vulgaire caddie, sa tenue de route était exceptionnelle, la transmission permanente appréciable, et l'odeur de neuf dans l'habitacle lui chatouillait les narines. Mais il ne ressentait pas de vraie joie. Il ne pouvait plus se voiler la face : il trempait dans une affaire louche. N'avait-il pas accepté de transporter un chargement douteux de l'autre côté de la frontière et mis ainsi en danger de mort non seulement lui-même, mais la personne qu'il aimait le plus au monde ? Il ne savait pas ce qu'il transportait, mais pour sûr, c'étaient pas des draps en lin de la Baltique…

Ils l'avaient observé s'éloigner de ce gigantesque terrain où s'entassaient les voitures d'occasion, quatre hommes en demi-cercle l'avaient fixé sans gentillesse ou signe d'encouragement, mais au contraire de manière insistante, pour ne pas dire menaçante. De fait, ce n'était pas lui qu'ils regardaient, c'était la voiture. *Sa* voiture. Celle qu'il devait avoir pour un bon prix s'il respectait sa partie du contrat. Celle qui aurait dû être à son nom aujourd'hui si Didriksen, Hermannsson et toute sa bande avaient tenu parole. Mais non, ils étaient restés plantés là pour voir partir la Land Cruiser comme s'ils avaient tous eu des parts dans ce véhicule ! Ils devaient en avoir d'ailleurs… et lui faisait désormais partie de cette bande. Ils avaient visiblement beaucoup investi dans ce convoi. À tel point qu'ils avaient pris sa fille en otage, histoire qu'il ne fasse pas l'idiot, qu'il ne s'arrête pas pour examiner ce qu'il transportait, panique et appelle les flics. « On tient ta fille », avait crié cette ordure de Hermannsson, qui portait des chaînes et des bagues en or comme le plus noir des musulmans.

Ils tenaient Anne. Il était coincé.

Il n'avait guère plus de deux kilomètres à faire jusqu'au rond-point. Il remarqua les gyrophares bleus avant d'apercevoir les voitures de police.

D'abord il en croisa deux, toutes sirènes dehors, et il fut si abasourdi qu'il oublia presque qu'il était mort de trouille. Il dut se ranger sur le bas-côté pour qu'elles aient la place de passer. Quand il se remit à rouler, il vit que deux autres voitures de police s'étaient postées en plein rond-point un peu plus loin. Des policiers avec des bâtons lumineux faisaient signe aux voitures de s'arrêter et de se diriger vers le parking du grand centre commercial. Un panneau indiquait que la route de la frontière allait tout droit, mais cette direction était bloquée. Il fallait improviser. Et vite. Il y avait beaucoup de voitures, les gens faisaient leurs courses le samedi après-midi. Mais au-dessus du panneau était indiqué un chemin vers un lieu dont il n'avait jamais entendu parler : Gräsberget.

Il n'avait pas le choix. Il tourna.

Personne ne le vit. Personne ne le suivit. Il fit deux cents, trois cents mètres, passa sous un tunnel juste sous la route principale où la police avait pris position. Rien. Seule la lumière bleue clignotante des gyrophares qui éclairait le sommet des arbres. C'était usant pour les nerfs. Mais pas de sirènes, pas de phares dans le rétroviseur. Il avait réussi à échapper à un contrôle de police ! Son soulagement était tel qu'il occulta un moment son inquiétude : il n'avait aucune carte, personne pour le guider et il s'enfonçait en pleine forêt.

En tout cas, il n'était plus question de faire demi-tour.

Il ne douta pas un instant que la police avait eu vent de quelque chose. C'était chaud. Ils devaient être au courant de la précieuse cargaison dont il avait à présent la charge, oui, la responsabilité, et ils avaient mis en place un système pour filtrer les véhicules...

Tandis que la voiture avançait dans un bruit feutré, Arne Vatne réfléchit à ce qu'il convenait à présent de faire. Malgré sa confusion et la terreur qui le paralysait, il fit de son mieux pour penser de façon rationnelle. Le quartier général de Hermannsson était certainement encerclé à l'heure qu'il était. Mais comment être sûr que toute la bande était sous les verrous ? Est-ce que la police avait trouvé quelque chose, à part un groupe de types plus que louches ? Avec un peu de chance, l'un d'eux avait peut-être un casier judiciaire qui intéresserait la police, mais il y avait toujours les autres. Les informateurs, les contacts. Les ramifications de ces réseaux criminels. Ceux qui avaient pris Anne se trouvaient ailleurs, prêts à exécuter la menace de la bande. Et ce qu'ils voulaient avant tout, c'était ce qu'il convoyait en ce moment précis. La poursuite pour le récupérer allait s'intensifier, à la fois du côté de la police et du côté des trafiquants. Ces derniers ne laisseraient pas un tel butin leur filer entre les doigts. Il commençait à comprendre ce qu'il avait accepté de transporter...

Il gara la Land Cruiser sur un arrêt de bus, coupa le moteur et sortit. Il était temps de tirer les choses au clair. Il avait cru au début pouvoir faire l'impasse et ne pas demander ce qu'ils avaient mis dans la voiture, comme si son ignorance pouvait le dédouaner en cas de pépin et convaincre les flics qu'il ne mouillait pas dans ce trafic... Non, il voulait en avoir le cœur net. Il ouvrit le coffre et découvrit des piles de caisses en carton avec le nom d'une entreprise étrangère.

Des draps en lin de la Baltique ? Il fit une moue dubitative. Qu'il était naïf et lâche ! Les flocons de neige se collaient à son visage. Il tira sur une des caisses, la souleva, la soupesa et la posa par terre. Il commença à arracher le couvercle, qui résista avant de céder brusquement et révéler le contenu : des poulets.

La caisse était remplie de poulets congelés ! C'était une blague ou quoi ? Il devait risquer sa vie et sa santé, mettre en jeu sa liberté et son honneur pour une cargaison de poulets ? Il eut envie d'éclater de rire, mais on aurait plutôt dit un sanglot quand il donna un coup de pied dans le carton qui fit valser les cadavres de poulets sur la route. Son regard tomba alors sur trois paquets plats, carrés, de trente centimètres de côté sur cinq centimètres d'épaisseur, qui tapissaient le fond du carton. À travers le plastique transparent, il était difficile de déterminer le contenu. Il tint le paquet contre la lumière des phares et vit que ça ressemblait à quelque chose d'intermédiaire entre du chocolat poreux et un bardeau d'autrefois. Il n'était pas un expert, mais il fallait vraiment être un imbécile cette fois pour ne pas comprendre ce que c'était. Il avait déjà vu des paquets de ce genre à la télé. Des reportages où les douaniers montraient avec fierté ce qu'ils avaient trouvé dans des planques de camions étrangers, sous les sièges, dans le coffre, voire dans les réservoirs d'essence de voitures de particuliers.

Des plaquettes de cannabis.

Et lui, Arne Vatne, il roulait au petit bonheur la chance dans cette zone frontalière entre la Suède et la Norvège, par temps de neige, avec une centaine de kilos de shit dans le coffre, alors que la police était déjà sur les dents !

Ils tenaient Anne.

Arne avait beau essayer de se concentrer, il revenait toujours à ce fait aussi impensable qu'épouvantable.

Son premier mouvement avait été d'aller tout de suite trouver la police, tout déballer et supplier qu'on soit gentil avec lui. Il n'aurait pas joué la comédie, c'était exactement ce qu'il ressentait. Mais voilà, il y avait Anne. Et même si la bande était arrêtée du côté suédois, les autres, ceux qui tenaient Anne, étaient ailleurs, et le reste du réseau aussi. Et malgré les événements de Torsby, la structure de l'organisation resterait en place. Et la seule façon de récupérer la marchandise, c'était de faire pression sur lui avec sa fille. Pour qu'il comprenne qu'ils ne plaisantaient pas avec ça. Il serait logique qu'ils la tiennent prisonnière à l'endroit de la livraison. C'était où déjà ?

Cela faisait une heure qu'il roulait. Sur des routes qui se rétrécissaient pour aboutir à un tas de gravier, un amas de grumes ou une barrière indiquant à partir de là un sentier pédestre : Gräsberget, Stöpsjön, Snipberg. Il n'avait alors d'autre choix que de faire demi-tour, chercher un panneau avec un nom que, de toute façon, il ne connaîtrait pas. La neige était plus profonde par ici, encore heureux qu'il eût une bonne voiture. Il passa devant une station-service et pensa une seconde à demander son chemin ou au moins acheter une carte, mais il n'osa pas s'arrêter. La police avait déjà dû lancer un avis de recherche : un Norvégien dans une Land Cruiser avec des poulets dans le coffre et assez de shit pour l'envoyer dix ans en taule.

Il finit par déboucher sur une route plus importante, la nationale 203. Tout en conduisant, il essaya de déchiffrer ce qui était marqué sur son bout de papier. Il fallait qu'il rejoigne la 203, alors il serait sur la bonne route. L'obscurité et la neige lui ayant fait perdre tout sens de l'orientation, il se borna donc à suivre ce chemin qui passait par Forsnäs, Bråne Långenäs. Il crut longer sur sa gauche un grand lac, puis une rivière et de nouveau un lac. La route était une succession de virages. Un quart d'heure plus tard, il arriva dans la petite localité de Mitandersfors. Il n'y avait aucune circulation. Il chercha un panneau indicateur, mais la plupart étaient recouverts de neige. Quand enfin il put en voir un, il reconnut les couleurs rouge et blanche : il était enfin en Norvège. Il avait donc franchi la frontière sans même s'en apercevoir ! Il rit et claqua des dents d'épuisement, mais il continua à rouler. Il était dans l'Austmarka. C'est ici que la nationale 203 croisait la 202. Il poursuivit sur la 202 dans la direction opposée à celle de Kongsvinger. Près d'Øyermoen, il vit le premier panneau indiquant Svulrya. Enfin, il y était presque !

La route s'enfonça à nouveau dans la forêt. Il était sur pilotage automatique et luttait contre la fatigue qui faisait tressaillir son corps. Avancer, ne pas penser. C'était un jeu de conduire dans une telle voiture. Il se sentait devenir léger, flottant, d'humeur presque joyeuse. Avec les quatre routes motrices, il pouvait faire des manœuvres osées sur la neige, il ne risquait rien. Il s'amusa à faire des zigzags avec deux doigts sur le volant, il accéléra, freina d'un coup sec, rasa la neige sur les bas-côtés.

Ne pas penser.

La neige tourbillonnait, des paquets de fils lumineux aussi fins que des cheveux. Regarder la route. *King of the road.* Les phares éclairaient la voie comme pour une représentation de cirque. Il crut voir une silhouette un peu plus loin. Il pensa à un élan. C'était le genre de terrain qu'ils aimaient, les élans. Mais il n'avait peur de rien dans cette voiture. En cas de collision, c'est l'élan qui aurait des problèmes, pas lui. Pousse-toi, l'élan ! pensa-t-il avec un sourire, soudain plein de sympathie pour le roi de la forêt.

Il aperçut d'abord les lumières, puis la voiture dans le fossé, à la sortie du virage. Une silhouette essayait de la pousser par-derrière. Entreprise vouée à l'échec, vu la quantité de neige. En s'approchant, il vit la personne faire quelques pas sur la route et agiter le bras. C'était une femme et elle demandait de l'aide. Arne Vatne secoua la tête, cligna des yeux, secoua de nouveau la tête. Il n'allait pas revivre la scène de Malungen ! Il en eut froid dans le dos. Non ! Une voiture dans le fossé, une femme qui appelle à l'aide en faisant des gestes désespérés des bras. Dans la lumière crue des phares, son visage de spectre était livide et tordu, une image d'horreur imprimée à jamais dans sa mémoire depuis ce soir de cauchemar… Elle ouvrit la bouche et cria quelque chose. Il cria à son tour quelque chose. Il n'était plus qu'à une vingtaine de mètres. Il pila net. Aucun problème avec ce genre de voiture. Il n'allait pas l'écraser, celle-là ! Mais, surtout, il allait changer l'image intérieure, la superposer avec une autre, pour toujours. Il était en Norvège maintenant. Ici, il parlait la langue. Ici, il n'était pas recherché par la police, du moins pas encore. Il fixa le visage de la femme comme pour trouver la dernière raison, la confirmation, l'injonction finale pour sortir aider cette personne, alors qu'il était lui-même en fuite et en danger de mort.

C'est alors qu'il la reconnut. C'était Anne.

62

Elle attendit qu'ils aient atteint l'embranchement pour se mettre à parler. La dernière demi-heure, ils avaient traversé des étendues de forêts qui n'en finissaient pas, toutes identiques par temps de neige, ce n'était qu'un mur interminable et mouvant de conifères tachés de gris par la neige en train de fondre, une masse sombre, tendre et impénétrable. On ne pouvait pas rouler vite. Valmann avait l'impression de tourner en rond, toujours la même route à travers le même paysage, un rat enfermé courant dans une petite roue qui tourne sans fin ni but. Mais lui, il avait un but et il avait l'intention de le poursuivre, quel qu'en fût le prix à payer.

Il dut se concentrer pour se souvenir du chemin. Il regretta d'avoir fait l'impasse sur les indications de Timonen et s'en voulut de ne pas avoir pris le temps d'appeler une patrouille de renfort avant de s'enfoncer dans la forêt. Car, à présent, il avait beau essayer, il n'y avait plus de réseau. Il était seul sur la route, seul à aller au feu, seul avec un collègue hyperactif, genre Rambo, seul avec une vieille femme en état de choc qui pouvait être un précieux témoin dans l'enquête sur le meurtre au Fagerfjell Camping. Il pensa à ce qui l'attendait. Ça risquait d'être difficile et, surtout, dangereux.

Kaisa se mit donc soudain à parler. Valmann plissa les yeux, mais il ne voyait rien dans la tempête de neige. Ils n'étaient plus très loin et il ne fallait surtout pas manquer l'embranchement.

– Je vous ai dit que je ne voulais pas retourner dans ce sale trou ! brailla-t-elle en reconnaissant le chemin.

Pour Valmann, tout se ressemblait par ici, dans cette forêt impénétrable et immuable.

– Je ne pouvais pas vous laisser toute seule au camping, dit-il.

– J'aurais pu aller voir Birgitta. Elle a déjà pris soin de moi avant.

– Peut-être, mais aujourd'hui elle n'aurait pas pu, parce qu'elle n'était pas là, répondit Valmann qui eut, au moment où il disait ces mots, comme un pressentiment.

– Pas là ? Birgitta est *toujours* là !

– Pas ce soir en tout cas. Il y avait un mot sur la porte.

Kaisa resta silencieuse un instant.

– Alors c'est qu'ils l'ont prise aussi…

C'était davantage un soupir qu'une constatation.

– Ils l'ont prise, parce qu'elle m'a appelée.

– Elle vous a appelée ?

Kaisa saisit son sac et le serra contre sa poitrine.

– Pourquoi vous demandez ça ? Vous croyez que des gens comme moi ne peuvent pas avoir de portable comme tout le monde ? répliqua-t-elle sur un ton agressif.

– Mais bien sûr que si. Pourquoi vous a-t-elle appelée ?

– Pour me parler d'Evy.

– D'Evy ?

– Oui, pour me dire qu'ils étaient arrivés avec Evy.

– Au camping ?

– À la caravane où ils ont leurs filles.

– Birgitta surveillait ça ?

– Birgitta surveille les va-et-vient des gens. Elle est au courant de tout.

– Et elle vous raconte après.

– Je lui avais demandé de me dire si elle voyait Evy.

– Et elle l'a fait, même si elle risquait d'avoir des ennuis ?

– Elle l'a fait par amitié pour moi. On a presque grandi ensemble. Les amis, c'est précieux par ici.

– Et où étiez-vous quand elle vous a appelée ?

– À Sunne.

– Que faisiez-vous là-bas ?

– Rien. C'est juste si beau par là.

– Avec ce temps ?

– C'est toujours si beau du côté de Sunne, dit Kaisa Jarlsby en fermant les yeux comme pour faire surgir des images de cette ravissante bourgade du Värmland, en Suède. Vous savez, je viens du Finnskogen norvégien, mais dans mon cœur je suis du Värmland.

– Est-ce qu'Evy était là quand vous êtes arrivée ? demanda doucement Valmann.

– Non, je suis arrivée trop tard ! répondit Kaisa avec violence. Ils l'avaient embarquée et ils étaient repartis… Mais *lui*, il était là, il avait enfin eu ce qu'il méritait.

– Vous parlez de Bo ?

– Oui, mon petit Bo…, dit-elle d'une voix tremblante. Est-ce que vous croyez qu'un être peut être foncièrement mauvais, monsieur le policier ? Croyez-vous qu'il y ait des personnes qui ne font que du mal tout le temps ? Ou est-ce que ce sont des âmes faibles, pitoyables, qui sont jetées dans un monde dur et impitoyable et qui deviennent si abîmées qu'elles ne se comportent plus en êtres humains ?

— Je crois plutôt à cette dernière version, répondit Valmann.

— Il dormait sur mon bras, chuchota Kaisa. Il dormait sur mon bras et pleurait toutes les nuits. C'est comme ça que j'ai compris qu'il avait besoin de quelque chose que je ne pouvais pas lui donner. Il avait besoin de quelque chose que personne n'a pu lui donner. Vous croyez que c'est pour ça ?

— C'est possible, concéda-t-il. Mais vous ne devez pas vous faire des reproches. On ne peut tout exiger de quelqu'un d'autre.

— Il a commis tant d'horreurs, chuchota-t-elle. J'aurais parfois préféré qu'il soit mort. Mais quand je pense à lui, comme il dormait sur mon bras...

Elle renifla bruyamment plusieurs fois.

— On y est presque, annonça-t-elle. C'est juste après le virage. Je ne comprends pas ce que vous avez à faire ici.

— Chercher Evy, répondit Valmann. Entre autres.

Il n'avait fait qu'une centaine de mètres quand il fut arrêté par une rangée de phares éblouissants.

Timonen sortit de la voiture et s'avança vers eux avant que Valmann ouvrît sa portière.

— Vous en avez mis du temps !

— Oui, mais vous avez vu l'état de la route ?

Il dut mettre sa main en visière pour se protéger de la rampe de lumières que le pick-up monstrueux de Timonen projetait à presque un kilomètre.

— Ça n'a pas d'importance. Ils ont du retard. Des soucis en Suède. La police a voulu faire du zèle et a bloqué certaines routes, à tort. Bon, on verra bien.

Il était habillé comme un garde forestier : un bonnet en fourrure avec des cache-oreilles, une combinaison de travail et des chaussures épaisses de protection. Il jeta un œil sur la Mondeo.

– C'est sûr que ce n'est pas l'idéal pour s'aventurer en forêt, Valmann...

Puis il aperçut Kaisa.

– Tiens donc, qui vois-je là ?

– Rien qu'une dame qui voulait que je la ramène chez elle.

– Vous avez de drôles de fréquentations, Valmann.

Il y avait comme un rire dans sa voix, mais pas dans ses yeux. Dans la lumière crue des phares, ils luisaient comme ceux d'un husky.

– Et cela m'amène, c'est vrai, à de drôles d'endroits...

La forêt autour d'eux se dressait comme des coulisses en noir et blanc, avec les troncs sous la neige et la profondeur infinie des ombres.

– On n'a qu'à l'emmener avec nous, trancha Timonen. Elle ne peut pas rester ici.

– Je vais le lui dire.

Mais Kaisa, raide sur son siège, le bonnet enfoncé sur les oreilles et ses baskets aux pieds, avait suivi l'échange entre les deux hommes.

– Je m'en vais.

– Non, écoutez-moi.

– Je ne resterai pas dans une voiture avec plusieurs flics !

– Vous avez vu le temps qu'il fait ?

– Combien de fois croyez-vous que j'ai fait ce trajet ?

– Laisse-la s'en aller.

Timonen s'était penché à l'intérieur de la voiture. Elle avait détourné la tête.

– On se verra plus tard, Kaisa, dit-il. Nous devons seulement organiser d'abord l'accueil de certains invités qui vont venir tout à l'heure.

– Oh, je te connais, toi et tes invités ! railla Kaisa en sortant d'un bond de la voiture.

Et elle s'éloigna à une vitesse surprenante.

– On finira un jour par la retrouver morte sur le bas-côté de la route. Cette dame-là, elle tente vraiment le diable.

– Moins que d'autres.

Timonen sourit. Les joues rouges sous l'énorme bonnet lui donnaient l'air d'un lutin dans un livre pour enfants.

– Les gens d'ici ont l'habitude de vivre dangereusement, expliqua-t-il d'une voix enjouée, mais le regard glacial. N'oubliez pas que vous êtes ici au cœur du Finnskogen. Essayez d'avancer un peu votre traîneau sur ce sentier-là.

Il montra du doigt un grand creux dans la neige.

– Pas la peine d'annoncer à la ronde que nous sommes tout un comité à les attendre, hein ?

Valmann prit place dans la Mondeo, se mit en première, serra les dents, lâcha le levier de vitesses et se laissa glisser sur le côté. Au bout d'une trentaine de mètres, la voiture s'enfonça dans la neige et s'arrêta net. Avant de sortir du véhicule, il vérifia que rien ne restait à l'intérieur qui pût l'identifier. C'était la routine. Il fourra dans sa poche intérieure la carte grise, la carte d'essence ainsi que l'enveloppe du restaurateur de Malungen.

– Pas mal du tout ! On aurait dit une tortue qui faisait des glissades sur le dos dans le sable, commenta Timonen qui l'attendait. Vous avez déjà fait de la plongée sous-marine dans la mer Rouge, Valmann ?

Valmann secoua la tête. Déjà qu'il avait du mal à mettre la tête sous l'eau quand il se baignait dans le lac Mjøsa…

– Vous devriez essayer. C'est un tout autre monde en dessous. Un monde de silence, de beauté, qui grouille d'espèces dont vous n'avez pas idée, chacune plus belle que l'autre. Et tout ce petit monde se fait la chasse, mais si elles se bouffent entre elles, c'est uniquement par nécessité, comme la nature l'a déterminé. Sans en faire tout un plat, Valmann. Sans faire de bruit. Par contre, ici, en haut, c'est le chaos et le tumulte pour le moindre détail. Venez, nous allons faire notre manœuvre de contournement.

Il se retourna et se dirigea vers sa voiture. Valmann ne comprenait pas comment cet homme pouvait rester aussi serein. Lui-même avait du mal à respirer tandis qu'il prenait soin de mettre ses pas dans les traces de son collègue mieux chaussé pour la circonstance. Bien qu'il se fût habillé pour une mission en plein air, il frissonnait.

– Montez.

La voiture sentait le neuf, le cuir, et il y avait aussi un soupçon de parfum.

– Voici le plan, dit Timonen.

Il laissa le moteur tourner à vide. Il faisait bon à l'intérieur.

– Nous attendons une voiture avec une importante quantité de cannabis, comme disent les avocats. Le chauffeur doit rencontrer son principal client à la ferme. La livraison a été retardée, mais je ne sais pas pour combien de temps. Notre boulot consiste à trouver un bon poste d'observation et à les surprendre ensuite en pleine transaction. Il faut qu'ils sortent la marchandise pour que nous ayons leurs empreintes digitales sur chacune des caisses, sinon ce ne sera pas un bon flag et on sera mal devant les juges. Il y a des avocats qui arrivent à présenter les malfrats les plus intelligents du pays comme aveugles et sourds, et idiots de surcroît. Et les jurés les croient. Il faut des preuves en béton. Du sang sur la chemise. De la came dans les poches. Un pistolet fumant dans la main. Des indices, des soupçons, des mobiles, des modes opératoires répétitifs, des semaines de filature, tout ça, c'est zéro si on ne les prend pas la main dans le sac. Pour un témoin à charge qu'on trouvera, la défense en dégotera dix qui jureront le contraire. Ah bordel ! Si vous saviez comme j'en ai marre de tout ça !

Il appuya sur la pédale de l'accélérateur et l'imposante voiture partit en flèche sur le sentier forestier cahoteux que venait d'emprunter Valmann. Elle était lentement couverte de neige.

– Pas vous ?

– En tout cas, je ne prends pas ça autant à cœur que vous, répondit Valmann. Je me contente de faire mon boulot le mieux possible, en me disant que la situation serait peut-être encore pire si je ne le faisais pas.

– Vous êtes un idéaliste, Valmann.

– Non, je crois que, de nous deux, c'est vous l'idéaliste.

– Ha, ha, ha !

L'éclat de rire de Timonen ponctuait parfaitement sa conduite débridée. Les hautes roues sautaient et rebondissaient sur les pierres et les racines cachées sous la neige, comme s'il aimait pousser à fond sa machine et mettre à l'épreuve sa résistance et sa fiabilité en passant par les endroits les plus difficiles.

– Un idéaliste désillusionné est un idéaliste dangereux, déclara Valmann.

– Vous pensez à moi en disant ça ?

– Je pense à l'opération que vous menez ici.

– Ça, c'est de la stratégie, Valmann, pas de l'idéalisme.

– Mais vous voulez les coincer, non ? Vous êtes prêt à tout pour ça, quitte à aller au-delà de ce qu'on vous a appris à l'école de police.

– Tout le monde ne peut pas être aussi équilibré que vous, répliqua Timonen comme s'il lançait une insulte.

À l'entendre, « équilibré » équivalait à « lâche ».

La grosse voiture se penchait sur le côté, tanguait. Valmann commençait à perdre le sens de l'orientation. Ils avaient parcouru seulement quelques centaines de mètres, mais il sentait que Timonen le tenait en son pouvoir. En son pouvoir et dans son royaume.

– Mais on va où exactement ? demanda-t-il. Qu'est-ce que vous entendez par « manœuvre de contournement » ?

– Vous allez voir, répondit son collègue, concentré sur sa conduite. C'est le plus beau piège à renards qu'on puisse imaginer.

– Et Anita ?

– Elle est fidèle au poste, lança Timonen. Cette bonne vieille Hegg n'est pas du genre à laisser tomber ses amis.

63

– Anne !

Arne Vatne ouvrit la portière et bondit hors de la voiture.

Elle le regarda, étonnée.

– Papa !

Il la serra dans ses bras et la sentit trembler de froid et d'émotion.

– Mais qu'y a-t-il ? demanda-t-elle en se dégageant de son étreinte.

– Anne ! Que fais-tu là ?

– Attention ! cria-t-elle en le repoussant.

Il se retourna et vit un homme brun qui allait sortir d'une BMW. Alban n'avait pas l'air animé des meilleures intentions. Vatne courut et lui claqua la portière contre la jambe. L'homme hurla.

– Attention, il a un couteau !

Vatne vit luire la lame dans la main libre de l'homme qui tentait de se lever de son siège. Il profita de son avantage d'être debout pour le repousser violemment. L'autre retomba assis tout en se cramponnant à la portière. Vatne la claqua encore une fois de toutes ses forces sur le poignet de l'homme. Nouveau cri de douleur. Le couteau tomba dans la neige. Vatne n'était pas un costaud, mais un menuisier de métier a des bras solides et surtout des doigts puissants. On aurait dit que la main de l'homme, avec sa grosse montre en or et ses doigts couverts de bagues qui s'agitaient fébrilement, était un petit animal coincé dans la portière. Vatne empoigna cette main et la vrilla. Un bruit sec lui confirma que le poignet était cassé. Le cri qui s'ensuivit à l'intérieur de la voiture disait la même chose. Il entrouvrit un peu la portière et vit Alban courbé en deux, tenant sa main brisée. Il sanglotait. Vatne le saisit par l'épaule et commença à le tirer hors du véhicule. L'autre n'opposait plus de résistance. Vatne calcula son coup et lui claqua la portière en pleine tête. L'autre s'effondra sur le sol et ne bougea plus, le corps à moitié à l'extérieur.

– Mon Dieu, tu l'as tué ? s'écria Anne, toute tremblante, qui avait assisté à la scène.

– J'espère bien que non, répondit son père. Les hommes supportent quand même de recevoir un petit coup sur la tête.

– En tout cas, c'est bien fait pour lui, cette brute !

– Tu n'es pas assez chaudement habillée, dit-il en tentant de ne pas souffler comme une locomotive.

– J'ai une veste dans la voiture.

– Mets-la tout de suite, sinon tu vas prendre froid.

– Mais oui…

Elle décrivit un grand arc de cercle pour s'approcher de la BMW, ouvrit la portière arrière et prit une veste en cuir.

– Dis donc, elle est à toi, cette grosse voiture ?

– Oui et non…

C'était une sensation apaisante de discuter de sujets aussi banals que les vêtements et les voitures, comme si rien ne s'était passé. Elle avait l'air de se remettre de l'accès de violence de son père.

– Papa, qu'est-ce que tu fous ici ?

– Le boulot, répondit-il de manière automatique.

Elle savait qu'il était toujours par monts et par vaux pour son travail.

– Mais c'est samedi soir.

Il ne trouva rien à dire. Il pensa soudain à la Land Cruiser au beau milieu du chemin, avec son chargement dangereux. La police suédoise aurait tôt fait de prévenir ses collègues norvégiens. La bande de Hermannsson lui ferait porter le chapeau, ça, c'est sûr. Mais leur menace de chantage n'en était plus une désormais.

– Qu'est-ce que *toi*, tu fous là ?

– Moi ?

Elle regarda la silhouette immobile qui pendait de la voiture. Anne était si frêle et pâle. Si jeune aussi. Il avait du mal à concevoir qu'une enfant comme elle allait, à son tour, mettre au monde un enfant.

– Est-ce que tout est en ordre… Je veux dire, tu vas bien ?

– C'étaient des types horribles, dit-elle doucement. Tu n'as pas idée…

Et elle fondit en larmes.

Il fallait prendre une décision. Agir vite. Des gens attendaient sûrement la livraison de la marchandise et risquaient d'intervenir à n'importe quel moment. Des voitures pouvaient aussi passer par hasard et soupçonner quelque chose.

Tous deux étaient assis dans la Land Cruiser avec le chauffage à fond. Anne ne tremblait plus.

– La voiture est bourrée de drogue, lâcha-t-il.

– *Quoi ?*

– C'est un chargement pour des trafiquants. Ils m'ont obligé à le faire passer de Suède en Norvège. Ils allaient me donner de l'argent pour ça… et cette bagnole pour un meilleur prix… Et puis…

– Quoi donc ?

– Ils se sont servis de toi. Ils ont dit qu'ils te… feraient quelque chose si je refusais de conduire ce véhicule. Lui, là, et ses potes devaient être dans le coup.

– Ah, les salauds !

– J'aurais dû prévenir la police, poursuivit-il, mais cela aurait signifié un procès et sans doute la prison.

– La prison ? Mais puisqu'ils t'ont obligé à le faire ?

– Ils diront autre chose devant le tribunal.

– Alors tu ne dois pas te dénoncer.

– Je ne veux pas aller en prison, ça, c'est sûr.

– Non…

– Étant donné les circonstances. Avec toi et…

– Qu'est-ce que tu veux dire ?

Mais sa voix trahissait qu'elle avait compris.

– Je suis au courant, Anne. J'ai parlé avec ton amie.

– Quelle amie ?

– Une Noire, là où tu travaillais. Au salon de massage.

– Tu as vraiment été là-bas ?

– Ça n'a aucune importance, dit-il.

Et il le pensait. Ils étaient assis l'un à côté de l'autre, presque apathiques, comme si c'en était fini de toute cette méfiance, de ces récriminations réciproques et ces contre-attaques.

– C'était si… J'ai été si stupide !

– Allez, c'est rien…, la rassura-t-il.

Elle pleura encore et il sentit la tension de sa nuque qui se relâchait.

La solution lui parut d'une telle simplicité qu'il faillit éclater de rire. Elle trouva l'idée géniale et l'approuva sans réserve. Elle débordait même d'enthousiasme quand ils discutèrent de la marche à suivre. Il se demanda si elle se droguait, redoutant le moment où elle s'effondrerait, en manque.

Ils sortirent entièrement Alban inanimé de la voiture.

Ils n'eurent aucune difficulté à dégager la BMW de la congère.

Puis Arne Vatne conduisit la Land Cruiser dans le fossé et essuya avec soin le volant, le tableau de bord et toutes les surfaces lisses. Ensemble, ils réussirent à pousser Alban à l'intérieur et à l'installer derrière le volant. Il n'avait pas l'air gravement blessé. Un peu de neige frottée sur le visage le réveilla suffisamment pour qu'il se mette à geindre. Voilà qui devrait l'aider à retrouver ses esprits, songea Arne Vatne en suspendant au rétroviseur une poignée de breloques dorées qu'il avait décrochées de la BMW. Il aurait besoin de tous ses grigris, ce type, vu ce qui l'attendait.

Enfin, ils s'assirent dans la BMW et partirent.

– Tu m'as dit que c'était ta voiture ? fit-elle en regardant la Toyota dans le fossé.

– Ç'aurait dû être ma voiture, nuance ! corrigea-t-il. Ces crapules m'ont mené en bateau. Nous n'avons signé aucun papier et je n'ai pas versé un centime. Et le véhicule n'est pas à mon nom, mais au leur.

– C'est un vrai coup de génie, dit-elle, admirative. Mais si l'autre se réveillait et foutait le camp ?

– C'est possible, mais il n'irait pas bien loin. Tu as vu ses chaussures ? Des chaussures de danse à bouts pointus, avec des semelles en cuir lisse…

– Il peut conduire.

– Pas avec cette main, sur une chaussée aussi glissante.

– Alors tout baigne ?

– Pas tout à fait, répondit-il. Il faut d'abord appeler la police.

– Arrête !

– Non, je suis sérieux. Le but, c'est quand même qu'on le retrouve.

Il prit son portable.

– C'est quoi le numéro d'urgence ?

– Le 112, répondit-elle. Enfin, je crois.

– Tu sais, je n'ai pas travaillé longtemps là-bas, murmura-t-elle.

Sa tête allait de droite à gauche, elle se sentait gagnée par le sommeil. Ils n'étaient plus qu'à quelques kilomètres d'Elverum.

– N'y pense plus, répondit-il.

– Des étudiantes qui travaillent comme masseuses ou *escort girls* pour se faire un peu d'argent, c'est plus fréquent qu'on croit. Si c'est un endroit correct, c'est toi seule qui décides jusqu'où tu veux aller.

Sa voix était ensommeillée. Il se demanda combien de temps encore elle allait passer de la surexcitation à la torpeur. Autrement dit, combien de temps il lui faudrait pour reprendre une vie normale.

– Je trouve que tu devrais essayer de dormir maintenant.

– Je ne comprends pas comment j'ai pu tomber amoureuse de… cet enfoiré ! Et en plus…

– Ça va aller maintenant, Anne.

– Mais je ne veux pas avorter, dit-elle. Lui voulait, mais j'ai refusé. Il a essayé de me forcer. C'est là que les problèmes ont commencé.

– T'en aurais eu tôt ou tard.

– C'est sûr…

– Tu es seule à décider si tu veux garder l'enfant ou pas.

– Dans ce cas, tu auras un petit-fils ou une petite-fille avec des cheveux noirs.

Il n'avait pas pensé à ça.

– Du moment qu'il n'a pas un piercing dans le nez !

– Papa, enfin !

– Je pensais à toi, je n'ai jamais aimé ton piercing dans le nez.

– Ça fait toujours plaisir à entendre !

– De rien.

– Au fait, qu'est-ce que tu vas faire de la voiture ?

– De quelle voiture ?

– De celle-là. La vendre ?

– Tu es folle ?

– Mais quoi alors ?

– Cette voiture, décréta Arne Vatne, je vais la garer cette nuit juste sous les fenêtres du commissariat de Hamar. Ça les occupera dimanche matin.

– Et ta vieille bagnole ?

– Didriksen devait s'en occuper.

– Espérons qu'il tienne parole, marmonna Anne avant de somnoler à nouveau.

64

Ils s'approchèrent de Hølla à pied en venant par l'ouest. Timonen avait laissé la voiture un peu plus loin, cachée par un bosquet. Ils avancèrent, prenant garde de ne pas se faire repérer en arrivant derrière la grange. À côté se trouvait le toit délabré du puits. Timonen se précipita dans cette direction.

– Anita, chuchota-t-il, ce n'est que nous.

Un murmure lui répondit d'en bas. Valmann ne pouvait pas croire qu'elle se trouvait au fond du puits ! Alors il pencha la tête par-dessus la margelle.

– Dieu soit loué ! fit-elle quand leurs regards se rencontrèrent.

– Une planque parfaite, dit Timonen, affichant une expression de satisfaction. Viens, j'ai installé mon QG dans la grange.

– Aide-moi à remonter…

Anita avait réussi à poser ses coudes sur la margelle, mais avait du mal à se hisser. Valmann l'aida à se dégager de là. Le trou du puits était rempli jusqu'à hauteur d'homme. Timonen avait raison, c'était une planque parfaite.

– J'ai froid…

Elle grelottait. Il résista à l'envie de passer ses bras autour d'elle.

– Vous autres, les gens de la ville, vous ne savez pas vous habiller comme il faut pour ici, plaisanta Timonen qui paraissait d'excellente humeur. Allez, suivez-moi.

Ils franchirent presque au pas de l'oie les quelques mètres qui les séparaient d'une porte entrouverte sous le pont effondré menant du sol jusqu'à l'entrée de la grange. Au début, on ne distinguait rien du tout. Puis, petit à petit, les objets prenaient forme dans la pâle lumière de la neige qui pénétrait par la porte. La pièce était vide, hormis deux ou trois chaises de camping et quelques caisses et cageots qui, un jour, avaient dû servir à transporter des produits de la terre. Une valise métallique était placée au-dessus d'une des caisses. Timonen l'ouvrit sans faire de commentaires. Elle contenait tout un système d'appareils complexes, on eût dit l'intérieur d'un ordinateur portable. Timonen toucha tel et tel bouton avec des gestes d'expert, prit un écouteur qu'il se clipsa à l'oreille et tapa une série de codes dans la machine. Puis il s'assit dans l'attente d'un signal. Hegg et Valmann restèrent debout. Elle essayait de contrôler ses tremblements.

– C'est quoi, ça ? demanda Valmann.

– Ça ? répondit Timonen, avec presque du recueillement dans la voix. C'est le nec plus ultra en matériel d'écoutes téléphoniques.

Il se tut et, les traits tendus, écouta attentivement un message qu'il recevait dans l'oreille. Puis son visage s'éclaira.

– La police suédoise fait un raid chez Hermannsson, annonça-t-il sur un ton plutôt gai. Mais le convoyeur a réussi à filer avec la marchandise. Il est en route vers ici. Le dealer aussi. C'est surtout lui qu'il faut arrêter.

Son regard de husky lançait comme des cristaux de givre dans la pièce.

– Vous avez des contacts qui vous ont raconté ça ? demanda Valmann, impressionné malgré lui.

– En un sens, fit Timonen en hochant la tête. Mais ils n'en ont pas conscience.

– Qu'est-ce que vous voulez dire ?

– C'est souvent pratique de surveiller ses collègues, lança Timonen en souriant comme s'il venait de dire une bonne blague. C'est la police du Värmland qui vient de me donner cette info. Ou, plus exactement, je viens d'écouter une conversation qui a eu lieu il y a environ une heure.

– Tu as mis sur écoute la police ?

– Faut bien. Quand c'est nécessaire.

– Mais tu es fou ! s'exclama Anita.

– Pas si fou que ça puisque j'obtiens les résultats escomptés.

Son sourire bienveillant paraissait plaqué sur son visage tout en rondeurs.

– Pourquoi ne les avez-vous pas appelés ? Je croyais qu'on travaillait tous ensemble sur ce coup ?

– Je n'ai pas que des amis dans la police, comme vous l'avez sans doute remarqué. Pas sûr qu'ils m'auraient dit ce qu'ils savaient. D'ailleurs ils ont fait une bourde en laissant échapper la marchandise, pas vrai ? Ils remuent maintenant ciel et terre là-bas pour essayer de rattraper ça.

– Mais vous n'avez pas seulement mis la police suédoise sur écoute, reprit Valmann qui se sentait de plus en plus mal à l'aise dans le rôle de celui qui déshabille son collègue de son costume moral.

– Non, j'écoute ceux que j'ai besoin d'écouter. Et si vous vous demandez si ce matériel est enregistré légalement, je vous réponds tout de suite que je l'ai moi-même importé d'un pays du bloc de l'Est. Il n'est pas en vente en Norvège, même pas pour la police. Avec ça, plus une petite antenne, je contrôle tous les téléphones que je veux.

Valmann parvenait enfin à reconstituer une partie du puzzle. Il était choqué, voire profondément indigné. À tel point qu'il en oublia toute prudence stratégique :

— Je crois que vous me devez des excuses, Timonen !

— Pour quoi donc ?

— Pour avoir écouté mes conversations, les purement professionnelles comme les privées.

— Mais enfin, qu'est-ce qui vous fait croire ça ?

Toujours le même sourire, inébranlable. Mais le regard était de glace.

— Vous voulez que je le dise ?

— Bien sûr. Si vous pouvez prouver ce que vous avancez, ça démontre que j'ai fait une erreur quelque part.

— Votre erreur, c'est d'être trop sûr de vous. Vous n'auriez pas dû savoir où j'étais quand vous m'avez appelé il y a une heure. Normalement, j'aurais dû me trouver à l'Élan blanc, n'est-ce pas ? Sans me demander où j'étais, vous m'avez dit que j'en avais pour un peu plus d'une demi-heure pour venir jusqu'ici et vous avez commencé à m'indiquer le chemin que je devais prendre.

— C'était peut-être un peu imprudent de ma part.

— Est-ce que je peux savoir l'intérêt que vous trouvez à écouter mes conversations téléphoniques ?

Timonen ne parvint pas à camoufler un rire déplaisant.

— Vous êtes têtu comme une mule, Valmann. Vous n'arrêtiez pas de traîner à droite et à gauche et de faire tout un foin avec ces pauvres putes, alors que nous autres, on avait un boulot à accomplir. Alors, à force, je me suis demandé si vous saviez quelque chose que je ne savais pas. S'il y avait d'autres gens derrière vous. Mais il n'y avait que cette petite Anita…

Le sourire qu'il lui lança paraissait si gentil, celui d'un camarade, ou plutôt d'un oncle compréhensif.

– T'es qu'un… fouille-merde !

Elle se précipita sur lui pour le gifler, mais il détourna son attaque comme un rien et lui tordit le bras derrière le dos avant de la jeter sur le sol.

– Bon, du calme ! ordonna-t-il. On a des choses importantes qui nous attendent. Un des gros bonnets va arriver d'une minute à l'autre. Il s'appelle Alban Malik et il fait partie de la bande à Langmaar. Cette bande s'occupe du trafic des putes, des armes, tout ce qu'on veut.

– Et ils ont tué votre frère ! s'écria Valmann.

Il aurait préféré se taire, mais c'était plus fort que lui. Il commençait à comprendre les vraies motivations de Timonen derrière toute cette affaire. Et il n'avait aucune envie de participer à ça. Il porta la main à sa veste, à l'endroit du revolver.

– Je vous interdis de parler de mon frère !

Toute gaieté avait disparu du visage jovial de lutin de Noël qu'il affichait il y avait peu.

– Vous avez l'intention de les liquider, vous voulez être leur meurtrier, c'est ça ?

– J'appellerais plutôt ça le ramassage des ordures.

– Mais il est complètement cinglé ! sanglota Anita.

– Toi, ta gueule !

L'oncle gentil avait disparu.

– Et donnez-moi votre arme, dit-il à Valmann d'une voix radoucie. Vous n'êtes vraiment pas un héros de western, vous savez. Ça sert à rien de tripoter longtemps son pistolet avant de tirer.

– C'est un ordre ?

– Si on veut. Je pourrais dire que vous risquez de tout faire capoter si vous êtes hésitant et maladroit.

– Et je pourrais…

– Ça dépendra si vous êtes toujours en vie.

La menace était claire, la voix tranchante comme une lame de couteau.

– Des renforts vont arriver d'une minute à l'autre !

– Valmann, fit Timonen avec condescendance, l'œil de nouveau pétillant, vous oubliez que je vous ai mis sur écoute. Vous avez demandé qu'on vous envoie de l'aide au Fagerfjell Camping, pas ici, dans la forêt. Quant à moi, je n'ai demandé à personne de venir.

Ils étaient à présent en son pouvoir, dans son royaume.

Ils se retrouvaient là tous les trois comme une bande de bons copains. Timonen avait fourré le revolver de Valmann dans sa poche arrière comme si c'était la chose la plus naturelle au monde. Il se pencha au-dessus de la valise d'interception et écouta avec attention ce qu'il captait. Valmann avait passé son bras autour d'Anita, qui tremblait toujours autant, sinon plus, et essayait de se montrer à la hauteur de la situation. Toute cette scène était si absurde, si incompréhensible ! Et pourtant il était bel et bien là, menacé de mort par un collègue auquel, il y avait une heure à peine, il témoignait du respect. Il était plus choqué qu'effrayé. Il s'inquiétait surtout pour Anita, qui, visiblement, n'en menait pas large.

– Bon, fit Timonen, rompant le silence. Il semblerait qu'il y ait eu un petit contretemps. Mes sources informées constatent que la cargaison n'a pas suivi l'itinéraire prévu. Ils en ont perdu la trace peu après Torsby, dans un coin qui s'appelle Gräsmarken. N'importe qui peut se paumer par là. Mais espérons qu'on ait affaire à un gars qui connaît un peu le coin et qu'il finisse par se pointer ici.

– On ne pourrait pas entrer dans la maison en attendant ? demanda Valmann. Anita se gèle ici. Et comme le type n'est pas près d'arriver…

– On va aller à l'intérieur et tenir compagnie à ce bon vieux Willy, répondit Timonen avec un naturel qui contrastait nettement avec ce qui venait de se passer.

Ils traversèrent la cour. Timonen poussa la porte sans frapper. Il connaissait les lieux, il était chez lui ici et ça se voyait. Ils entrèrent et allèrent dans le salon. Dans son fauteuil usé, Willy Jarlsby dormait devant le feu où se consumaient les dernières braises. Anita se recroquevilla sur la banquette en grelottant. Valmann l'entoura d'une couverture de laine. Timonen remplit trois verres avec l'alcool posé sur la table. Il en poussa un vers Valmann et porta l'autre à la bouche d'Anita.

– Bois ! commanda-t-il. T'en as besoin.

Elle but et toussa. Timonen vida son verre et se resservit aussitôt. Valmann avala à petites gorgées. Il fallait qu'il garde l'esprit clair et qu'il trouve un moyen de sortir de là. Il fallait éviter que ça ne tourne à la tragédie, au bain de sang. Il fallait qu'il fasse appel aux instincts encore sains de Timonen, à sa raison, ses sentiments humains.

– Parlez-moi de Bo, dit-il.

65

– Bo, dit lentement Timonen. Vous voulez savoir si Bo…

La scène semblait tirée d'un récit paysan datant de cinquante ans. Le grand-père endormi près du feu, trois amis assis autour d'une table grossière, avec une bouteille d'alcool et trois petits verres. La lumière jaune de la lampe baignait d'une lueur chaude les murs de rondins noirs de suie. La réverbération de la neige pénétrait par les fenêtres closes. La porte ornée d'un motif de chasse donnant sur la chambre était fermée. C'est sans doute là que dormait Kaisa d'un sommeil de plomb après les épreuves qu'elle venait de vivre.

– Oui, Bo, fit Valmann en hochant la tête. Je veux savoir pourquoi vous avez protégé cet individu, qui n'était vraiment pas un cadeau. Quelqu'un de foncièrement mauvais, à ce que j'ai cru comprendre.

– Personne n'est foncièrement mauvais, Valmann, rectifia Timonen d'une voix plus douce. Un flic devrait se montrer plus prudent dans ses jugements.

Impossible de savoir si Timonen était ironique ou sérieux quand il prenait cette voix-là.

– Les délinquants sont souvent des gens comme vous et moi, ils font seulement quelques pas de côté. Et une fois qu'on a passé la frontière, c'est presque impossible de revenir en arrière. C'est comme ça qu'on se retrouve sur l'autre bord, chez les « mauvais », les hommes de l'ombre, ceux qui ont perdu le droit de fréquenter les gens bien.

Les mots coulaient, ils sortaient comme s'il lisait à haute voix un manuscrit.

– Bo n'a jamais eu beaucoup de chance dans la vie.

– Vous lui avez pourtant donné sa chance plusieurs fois.

– Je n'ai pas tenté de le sauver, si c'est ça que vous croyez. Personne n'aurait pu. J'ai seulement essayé de lui éviter les plus grosses bourdes. Je l'ai empêché de toucher le fond.

– Et ça a commencé quand il s'est mis à travailler pour des étrangers ?

– Oui, ça ne donne jamais rien de bon, ces gens-là.

– Surtout en ce qui concerne la bande de Langmaar, que vous aviez décidé de poursuivre de votre propre chef...

Timonen ne releva pas l'accusation.

– La mafia étrangère est le dernier employeur pour une petite frappe en Norvège, qu'elle vienne de Russie, des Balkans ou de la Baltique. Ces gars-là sont vraiment des durs. Le trafic des filles, ce n'est pas pour les petites natures.

– Mais Bo ne vous a pas écouté, il s'est retrouvé impliqué jusqu'au cou.

Timonen vida son verre d'un trait et resta silencieux.

– Il conduisait l'Audi avec la fille qui a été tuée à Malungen, poursuivit Valmann. On peut le prouver.

– Et regardez ce qui lui est arrivé ! lança Timonen d'une voix vibrante. Maintenant il est là-bas... Vous l'avez vu vous-même... dans la caravane des putes à Fagerfjell, ce pauvre idiot...

C'était donc ça !

– Vous l'avez tué parce qu'il travaillait pour la mafia !

Ce n'était pas une question, juste une constatation. Une pure et simple accusation de meurtre. Encore une fois, Valmann s'était lancé sans filet de sécurité, sans issue possible. Timonen avait son revolver. Le pouvoir. Et voilà qu'il le regarda, surpris.

– Qu'est-ce qui vous fait dire ça ?

– Je dis ça parce que c'est la vérité. Parce que vous venez vous-même de la révéler. Vous saviez que Bo était mort et où. Comment l'auriez-vous su si vous n'aviez pas été là au moment de sa mort ? C'est vous qui l'avez tué !

– Je vous ai entendu appeler Thomas Kumla à Arvika. L'auriez-vous oublié ?

– Erreur ! J'ai justement pris soin de ne pas mentionner de nom ! J'ai dit que cette mort pouvait avoir un lien avec le meurtre commis à l'Élan blanc. Je voulais que les Suédois arrivent à leurs propres conclusions sans intervention de ma part. Je ne l'avais pas formellement identifié. Ce n'est que plus tard que j'en ai eu la preuve, quand Kaisa a retrouvé l'usage de la parole. Alors que vous, vous avez tout de suite compris qui c'était !

Timonen se contenta de hocher la tête en décochant un regard aussi perçant qu'un laser.

– Et le Bosniaque que vous avez trouvé à l'Élan blanc, Zamir, il faisait partie de la bande que vous poursuiviez, non ? Ça vous en bouche un coin ?

– Un Albanais, corrigea Timonen, impassible. Ces porcs sont des Albanais du Kosovo. Son complice est en route, il vient ici.

– Et puis il y a cette fille, poursuivit Valmann qui soudain comprenait comment tout s'imbriquait. La fille sur la nationale 24…

À cet instant il était plus en proie à l'excitation qu'à la peur.

– Il faut que vous me disiez pourquoi vous vous êtes senti obligé de la tuer. Quelle logique y a-t-il à briser le crâne d'une malheureuse prostituée sans arme ? Elle ne faisait pas partie de cette bande que vous vouliez éradiquer, elle n'était qu'une de ses victimes.

– Qu'est-ce qui vous fait croire que j'ai quelque chose à voir avec ça, Sherlock Holmes ?

Le calme de Timonen devenait de plus en plus factice. Valmann perçut le signal « danger », mais c'était trop tard pour arrêter. La machine était lancée. Son seul espoir était de réussir à le déséquilibrer, à trouver son point faible. Il en allait de sa vie, et de celle d'Anita.

– Cette affaire m'a donné beaucoup de fil à retordre, alors j'ai potassé, comme un bon écolier. J'ai lu entre autres les transcriptions.

– Des écoutes téléphoniques ? dit Timonen, qui paraissait sincèrement surpris. Vous avez vraiment eu le courage de lire toutes ces conneries ?

– Pas tout, mais il y avait des choses intéressantes.

– Quoi donc ? La visite au bordel de Bremen ?

– Ça aussi, mais avant tout votre conversation avec Bo Dalén le soir où la fille s'est fait tuer.

– *Ma* conversation ? ricana Timonen. Je croyais que l'interlocuteur était un Suédois.

– Facile, Timonen ! Vous parlez suédois. Je vous ai entendu. Tous ceux qui viennent de cette forêt sont bilingues. D'ailleurs cette conversation est enregistrée.

Un expert n'aura aucun mal à établir que c'est bien votre voix.

– Et je parle de quoi… à supposer que ce soit moi ?

– Vous promettez entre autres de vous occuper du « problème ». Et le problème, d'après la conversation, c'est que la fille s'est tirée avec la voiture, l'Audi qui fermait la marche lorsque la Volvo, remplie de poulets et de came, plus une pauvre gamine, a dérapé et s'est retrouvée dans le fossé du côté de Lutnes. Bo a embarqué la fille et s'est fait prendre à un contrôle routier pour excès de vitesse. Il était complètement défoncé, alors on a dû l'attacher et la fille en a profité pour filer. Bo vous a appelé de l'hôpital d'Elverum pour tout vous raconter, et c'est là que vous avez dit que vous alliez vous en charger.

– Et comment j'aurais fait, Valmann ? Je vois mal comment j'aurais pu aller sur la route au hasard, alors qu'il neigeait à gros flocons, et espérer rencontrer cette fille. J'étais ailleurs à ce moment-là.

– Mais si, vous y étiez ! s'écria Valmann qui s'emballait, maintenant que tout devenait clair pour lui. J'en ai même la preuve dans ma poche intérieure ! Vous voulez voir ?

– Oui, dites-moi.

De nouveau cette voix arrogante, sous contrôle. Mais les pieds de Timonen commençaient à s'agiter, une grosse chaussure donna un coup dans une chaise, qui se renversa. Il lâcha un juron.

– C'est marqué sur le programme du séminaire de l'Association des avocats du Hedmark le vendredi 21 octobre à Malungen. J'y ai jeté un coup d'œil et j'ai remarqué que le thème choisi était « L'aptitude à la criminalité ». La conférence d'ouverture commençait à six heures.

– C'est son sujet préféré ! s'exclama Anita, qui avait soudain retrouvé un peu d'énergie après être restée prostrée sur la banquette. Il fait partout des exposés là-dessus !

– Mais enfin, Anita…, objecta Timonen, le visage légèrement troublé, comme celui de William H. Macy dans *Fargo*, le si charmant mari qui a organisé l'enlèvement de son épouse mais s'aperçoit que l'étau autour de lui se resserre, que tout son univers s'effondre, et continue pourtant d'afficher son sourire de vendeur d'autos toujours prêt à rendre service à la clientèle.

– Exact !

Valmann sentit que Timonen donnait des signes de faiblesse. Le regard de husky s'éteignait, se faisait plus fuyant. Ce n'était pas le moment de se perdre dans des considérations cinématographiques. Il fallait aller jusqu'au bout.

– Le nom du conférencier est écrit en toutes lettres : Jan Timonen, enquêteur spécialisé ! À supposer que la conférence se soit terminée vers sept heures du soir ou…

– Épargnez-moi vos horaires et votre ponctualité à la con, Valmann. Les gens comme vous, ça me rend malade !

– Ce que je ne comprends toujours pas, reprit Valmann, c'est pourquoi vous avez jugé nécessaire de liquider cette pauvre gamine.

Timonen s'était mis à balancer son thorax imposant d'avant en arrière comme un vieil ours. Il leva les yeux, regarda d'abord Valmann, puis Anita, et finit par lâcher le morceau :

– Ç'a été un accident, un manque de bol pas possible ! fit-il en vidant son verre et en s'en remplissant un nouveau. La fille a filé avec la voiture. Bo m'a appelé, il était défoncé et archi-stressé. Je venais de ter-

miner ma conférence à Malungen. La fille m'est tombée pour ainsi dire dans les bras. Vu qu'elle était
obligée de passer par là, je m'étais posté dans l'intention de l'arrêter, mais elle a tellement paniqué qu'elle
est allée dans le fossé. C'est à ce moment-là qu'une
voiture a surgi, j'ai dû me cacher et elle a couru sur la
route pour demander de l'aide. Elle a été fauchée.
J'étais là, j'ai tout vu. Il ne s'est pas arrêté, il l'a laissée
sur la chaussée, peut-être qu'il ne s'en est même pas
rendu compte. Elle n'était pas morte, mais gravement
blessée. Il a fallu prendre une décision. Et vite. Alors je
lui ai donné un coup sur le crâne et j'ai « conclu »,
« achevé » si vous préférez, l'accident. Il y avait de la
circulation, je n'ai pas eu le temps de faire autre chose.
Si la fille avait été retrouvée vivante, elle aurait été
envoyée à l'hôpital, puis à la police, Bo se serait fait
coffrer et on aurait eu toutes ces histoires de trafic éta-
lées sur la place publique, les journaux, etc. Ce n'est
pas ce que je voulais. J'ai tout fait pour que le trafic des
filles ne vienne pas dans notre coin. Je ne voulais pas
que les gars de Langmaar puissent prendre le pouvoir
par ici.

– Si je comprends bien, vous vous substituez à la
loi ?

– C'est vrai que j'ai dirigé mon groupe de lutte anticriminalité de mon propre chef, je le reconnais. On a eu
de bons résultats, personne parmi les supérieurs hiérar-
chiques ne s'en est plaint. Je sais parfaitement ce que je
fais. Je connais tout le monde par ici, ceux qui
magouillent, ceux qui sont inoffensifs, ceux qu'il vaut
mieux arrêter.

– Vous avez fait venir le chargement de drogue ici
pour pouvoir appliquer votre propre loi, c'est ça ?

Timonen retrouva son vieux sourire.

– Et c'est ce qui va se passer, brigadier Jonfinn Valmann. Personne ne peut plus m'arrêter désormais, pas même la police de Hamar.

Il avait sorti de sa poche le revolver de Valmann et le dirigea vers son collègue avec cette brutalité, cette pointe de sauvagerie qui le caractérisait. Impossible de douter une seconde que la menace était sérieuse.

– Comment pouvez-vous imaginer que vous allez vous en tirer si facilement ? lança Valmann, qui avait perdu de son assurance.

Le compte à rebours avait commencé et il le savait.

– Vous n'avez aucune chance, ajouta-t-il.

– Je vois les choses autrement, répliqua Timonen. Mes chances sont même plutôt bonnes, et cela parce que vous allez m'aider !

– Comment ça ?

– En trouvant la mort lors de l'échange de coups de feu qui va avoir lieu entre un dangereux dealer et le représentant de la loi. C'est tragique, je sais, mais c'est comme ça. D'ailleurs il devrait être là d'une minute à l'autre.

– Toi, en tout cas, tu ne seras pas là pour l'accueillir ! s'écria Anita, qui d'un bond s'était relevée et pointait son arme sur lui.

Timonen réagit au quart de tour en renversant la table d'un coup de pied si violent qu'elle heurta les genoux d'Anita. Elle tomba et le coup partit vers le sol. Le canon de l'arme percuta Valmann, qui eut quelques secondes d'absence, le temps pour Timonen de neutraliser Anita.

– Eh bien, si on faisait une petite promenade ? lança Timonen. Ça commence à sentir le renfermé ici, vous ne trouvez pas ?

Il tenait Anita avec une clé de bras tout en lui appuyant le revolver sur la tempe.

– Vous en faites du boucan, putain ! marmonna Willy Jarlsby en changeant de position avant de se remettre à ronfler.

66

Timonen poussa Anita devant lui. Valmann ne pouvait rien faire. Un vent glacial souffla sur eux quand ils sortirent sur le perron. Les nuages s'étaient éloignés, la lune jetait sa clarté froide et précise. Une croûte de givre s'était déposée sur la neige fraîche. De la glace pendait des aiguilles de sapin. Leurs semelles crissaient quand ils marchaient.

– On va faire quoi ?

Valmann redoutait la réponse. Il n'était pas difficile d'interpréter le visage fermé de Timonen. Leur seule chance était de faire durer la conversation.

– Finir ce que j'ai commencé. En ce qui vous concerne. Le reste, je m'en occuperai moi-même plus tard.

– Vous croyez vraiment qu'ils vont gober votre histoire ?

– Je le crois, car j'aurai tout le soutien nécessaire. Willy témoignera qu'il y aura eu échange de tirs. Peut-être Kaisa aussi, quand elle se sera ressaisie. Les gens d'ici, dans la forêt, c'est pas des balances, vous comprenez ? Ils s'entraident.

– Comme vous avez aidé Bo ?

– Bordel, vous commencez sérieusement à me gonfler, Valmann !

– Vous avez décidé de prendre Bo à votre service quand il s'est mis à s'intéresser à Evy. Vous vous occupez si bien de cette famille Jarlsby ! Je me trompe ?

– Fermez-la, parlez pas d'Evy !

– Je comprends maintenant le rapport…

Valmann avait conscience que son argumentation agressive lui donnait un sentiment de domination illusoire et absurde.

– Evy, c'était un autre de vos projets. Elle était la seule dans cette famille que vous pouviez encore « sauver » quand Bo a commencé à déconner. C'est quand il a proposé à ses copains mafieux de la recruter comme pute que vous vous êtes dit qu'il était temps de l'arrêter.

– Vous parlez sans savoir ! Il était comme un fils pour moi et il m'a trahi ! cria Timonen, qui ne se maîtrisait plus.

Valmann dut se jeter en arrière pour esquiver son coup de poing. Quand il se redressa, il vit que Timonen avait forcé Anita à se mettre à genoux et lui enfonçait le canon du revolver dans une oreille.

– Assez causé maintenant ! dit-il, soudain pressé et fébrile. Je n'ai pas que ça à faire. Je commence par qui ? À vous de choisir, Valmann !

– Commencez par moi !

– Vraiment ?

Timonen eut un sourire figé et leva son arme.

– Oui !

Il fixa comme un fou l'intérieur du canon de son propre Smith & Wesson 38. Rien ne bougeait. Aussi froide et vide qu'un œil aveugle de serpent, la bouche du canon le fixait à son tour.

– Moi d'abord !

– Je ne crois pas, ricana Timonen en faisant un quart de tour.

Anita gémit, essaya de se dégager, tomba. Timonen arma calmement et courba le doigt autour de la détente.

– Non !

En deux enjambées, Valmann fut là et se jeta sur elle, tel un nageur qui s'élance au signal du départ, et la protégea de son corps.

La détonation fut assourdissante.

Il était paralysé, mais ne ressentait aucune douleur. Il n'avait pas perdu connaissance. Il vit un bras humain tomber et se figer. Il s'aperçut qu'il pouvait tourner la tête. Il vit Timonen soudain à genoux avec une expression d'étonnement sur le visage, le corps tout de travers, car le bras droit et des bouts d'épaule manquaient. Il s'effondra lentement. Sur le seuil de la maison se tenait Kaisa, brandissant un fusil dans ses mains. Les deux canons fumaient encore.

– Il a tué mon Bo, dit-elle. Il a tué mon fils et il a détruit ma fille. Il ne valait pas mieux que les autres, il était même le pire de tous, car il n'arrêtait pas de dire qu'il l'aimait et qu'il voulait l'aider. Depuis qu'elle était toute gamine, il l'a aimée. Il la suivait partout, où qu'elle aille. Et une fois que Bo a quitté la maison, il est revenu ici, pour elle. Alors elle est partie pour lui échapper, elle a quitté la région, mais il finissait toujours par la retrouver.

On entendit un cri à l'intérieur.

– Il faut que je rentre la voir, dit-elle. Ça ne va pas très fort. Je ne sais pas ce qu'elle a pris, mais il faut que je reste à côté d'elle et attendre que ça passe. Je vous rejoindrai plus tard si vous jugez que c'est nécessaire.

Une silhouette apparut dans l'embrasure de la porte. Une grande jeune fille élancée qui regarda la scène, n'en croyant pas ses yeux.

– C'est qui, ces gens ? demanda-t-elle d'une voix traînante. C'est qui le type là ? Mais je le connais ! Il a des yeux qui vous déshabillent, celui-là. Je lui ferais pas confiance pour deux sous si j'étais sa copine. Tu sais qu'on aurait pu coucher ensemble, lui et moi ? babilla-t-elle avant que Kaisa ne claquât la porte.

Valmann aida Anita à se relever. Ils se blottirent dans les bras l'un de l'autre. Elle chuchota :

– Tu as pris une balle à ma place, Jonfinn.

– J'aurai du moins essayé, répondit-il.

– Peu importe que la balle soit partie ou pas, tu l'as prise, cette balle.

– Si tu le dis… Ce n'était pas désagréable, je le referais volontiers…

Mais le tremblement de sa voix contredisait ces paroles qui se voulaient rassurantes. Il espéra que ses bras qui l'entouraient lui disaient le reste.

Au retour, dans la voiture, son portable vibra dans sa poche. Il le sortit, écouta en silence le message et remercia avant de raccrocher.

– Ils ont arrêté un certain Alban Malik, dit-il. Ils l'ont trouvé près de Svulrya, à une dizaine de kilomètres d'ici. Il avait apparemment roulé dans le fossé et s'était blessé. Le véhicule est bourré de cannabis. Ce doit être la livraison qu'attendait Timonen, tu ne crois pas ?

– Je préfère ne pas y penser, répondit-elle.

Ils étaient tous deux à l'arrière d'une voiture de police. Un agent d'Elverum conduisait.

– Il n'aurait donc pas pu finir le travail qu'il avait commencé.

– Oh, ne parlons pas de ça, s'il te plaît.

– Excuse-moi.

– Merci, fit-elle en se collant à lui.

– Est-ce qu'on peut appeler ça un *happy end* ?

– Jonfinn, arrête !

– D'accord, je te promets.

– Au fait…, dit-elle au bout d'un moment.

– Hum ?

– C'est vraiment du bol que tu aies pu te procurer le programme du séminaire !

– Oui, tu peux le dire.

– Et que son nom apparaisse, avec l'horaire et tout.

– Il faut bien avoir un petit coup de pouce dans ce métier. C'est ce qu'on appelle du bon travail de policier.

– Alors tu fais confiance à ta bonne étoile, Jonfinn ?

– Exactement. Depuis que j'ai eu la chance de tomber sur toi…

– Je t'avais repéré depuis un certain temps, tu sais.

– Tu dis ça pour me flatter, lui murmura-t-il dans la nuque afin d'éviter que l'agent d'Elverum n'ait trop à raconter à ses collègues en rentrant.

67

Le chauffage n'était pas mis. Il faisait glacial dans la maison. Il poussa Anne dans l'escalier, puis la déposa sur le lit de sa chambre à coucher. Elle tomba tout habillée. Il étendit la couette sur elle, laissa allumer la lampe de chevet et se faufila hors de la pièce.

Il n'avait pas envie de sortir, mais il ne voyait pas d'autre solution. Il n'était guère plus de neuf heures et demie, il y avait encore de la circulation dans les rues de Hamar. C'était une bonne chose, pensa-t-il, car ainsi une BMW qui viendrait se garer sur le parking devant le commissariat n'éveillerait aucun soupçon.

Il choisit de s'arrêter juste sous le panneau « Visiteurs ». Comme les malfrats qu'il avait vus dans les séries TV, il essuya le volant, le tableau de bord et l'habitacle avec une peau de chamois qu'il avait trouvée dans la poche de la portière. Son coup de folie et son emportement l'avaient quitté, et il n'était plus très sûr que ce soit une bonne idée de laisser la voiture juste sous les fenêtres de la police, mais, de toute façon, c'était trop tard pour changer d'avis. Il se remémora les derniers événements et parvint à la conclusion qu'on ne pourrait rien lui reprocher. Il était couvert. Et de tous les côtés. La Hiace était en Suède à la casse. Au cas où les hommes de Hermannsson le dénonceraient, il pourrait témoigner contre eux, et ce cher Alban aurait toutes les peines du monde à expliquer ce qu'il faisait dans une Land Cruiser recherchée par les autorités et remplie à ras bord de cannabis sur un chemin désert dans la forêt de Finnskogen.

Arne Vatne suivit la route sous la voie du chemin de fer et s'arrêta à la boutique 7-Eleven en face de la gare pour s'acheter un peu à manger. Au moment de payer, il s'aperçut qu'il avait tout juste de quoi. Il risquait fort de ne jamais toucher la commission promise par Didriksen, songea-t-il avec un petit sourire. Ce Didriksen qui lui avait montré son vrai visage… Il espérait que la police suédoise saurait le punir comme il le méritait. Cela dit, les liens qu'il avait avec lui pouvaient lui attirer des ennuis. Ces types se demanderaient ce qui avait bien pu se passer avec leur chargement de cannabis. Mais avec Alban Malik en garde à vue, ils ne pouvaient pas faire grand-chose. C'est lui qui s'était fait pincer. Et d'ailleurs il n'avait pas encore touché à son emprunt bancaire. Cela lui permettait de souffler un peu. Peut-être que le moment était venu de changer d'air ? Il avait entendu dire que les artisans avaient la belle vie dans les pays plus au sud où se retrouvaient tous les Norvégiens en quête de chaleur. Il n'était plus tout seul maintenant. Et Anne avait toujours aimé les voyages.

À la gare, il dut attendre un taxi un petit moment. Quand il prit place dans le véhicule, le chauffeur notait déjà l'adresse de sa prochaine course.

– Je ne sais pas ce qu'ont les gens à faire la fête, dit-il. C'est quand même un peu tôt pour les pots de Noël, on n'est qu'en octobre ! Mais les restaurants et les bars sont bondés.

– Moi, je rentre à la maison, fit Vatne. À Hjellum.

– Parfait. Ça fait aussi du bien le samedi soir de rester au calme chez soi, commenta le chauffeur.

– J'ai ma fille en visite.

Il serra contre lui le sac de provisions, avec le lait, la margarine, la confiture, le saucisson, la pizza et le chocolat à tartiner. Sans oublier les pains au lait. Il en avait acheté deux, avec dessus du sucre glace et de la noix de coco râpée sur le rond de crème pâtissière. Elle adorait ça quand elle était plus jeune.

– Elle attend un bébé, ajouta-t-il avec fierté.

– Ah bon ? fit le chauffeur. Félicitations !

– Merci, répondit Arne Vatne tandis que les lumières au-dessus du pont de Stange se brouillaient dans son champ de vision, que ce fût à cause des larmes ou de la neige fondue qui ne cessait de tomber et que les essuie-glaces repoussaient sur les côtés.

68

Présents : le brigadier Jonfinn Valmann
et le sous-brigadier Halvor Rusten.

J. V. : Vous savez pourquoi on vous a convoquée. *(Le témoin hoche la tête avec force.)* Nous aimerions tout d'abord entendre votre version sur les liens qui unissent Jan Timonen à votre famille.

K. J. : Bon. Jan a fait irruption dans notre famille il y a très longtemps, quand les enfants étaient encore petits. C'était à cause d'une énième bêtise de Willy. Nos deux familles se connaissaient depuis des lustres. C'est assez fréquent dans du Finnskogen. Willy n'eut pas à comparaître devant la justice. Mais à partir de là, Jan est venu souvent en visite. Il s'intéressait à Bo. Je crois qu'il se reconnaissait un peu en lui, car Janne aussi avait été placé dans une famille.

J. V. : Vous et votre famille, étiez-vous contents que Timonen vous rende visite ?

K. J. : Au début, tout se passait bien. Je crois qu'il a réellement essayé d'aider Bo. Mais ce n'était pas facile d'aider quelqu'un comme Bo. Petit à petit, on avait l'impression que Jan venait à Hølla pour surveiller Bo, vérifier qu'il ne s'embarque pas dans des trucs plus graves. À cette époque, Evy s'est mise à grandir. Elle était comme une fleur sauvage, et si belle ! C'était presque miraculeux quand on pense par où elle était passée.

J. V. : Qu'est-ce que vous entendez par là ?

K. J. : Vous savez bien qu'elle a été victime d'abus sexuels. Depuis qu'elle est toute petite. *(Le témoin a visiblement du mal à poursuivre.)* Bo ne la laissait jamais tranquille. J'ai cherché à m'interposer, mais il a fini par devenir si fort que je n'avais plus aucun pouvoir sur lui. Il nous menaçait toutes les deux et Willy s'en foutait. Bo pouvait faire tout ce qu'il voulait. Ça a détruit Evy. Elle s'est sentie perdue. Alors, dès l'âge de quinze ans, elle a commencé à traîner dehors. J'ai eu beau lui interdire de partir faire la fête, elle trouvait toujours le moyen d'y aller. Elle se foutait royalement de mes mises en garde. Elle se bourrait la gueule et sortait avec des hommes qui avaient deux fois son âge. Faut dire qu'ils lui couraient tous après. Ils en arrivaient même à se battre pour elle. Et un jour la police me l'a ramenée. Jan en personne. Il est resté pour la nuit. Puis il est revenu plusieurs fois et il restait toujours la nuit. Il prétendait que lui seul pouvait l'aider, mais c'était encore pire avec lui. C'est à cause de lui qu'elle est partie à Lillestrøm. Il est devenu comme fou et nous a menacés pour qu'on lui dise où elle était. Alors elle a dû déménager ailleurs. Elle s'est enfuie avec je ne sais qui, mais il a toujours fini par retrouver sa trace, chaque fois elle a dû repartir, et avec des types de plus en plus minables. À la fin, elle était avec des routiers, car là il ne pouvait pas la suivre. Mais j'ai toujours su qu'elle reviendrait un jour. Je l'ai attendue. Elle était attachée à la maison, même si tout le monde l'avait trahie…

(Le témoin s'effondre. Pause dans l'interrogatoire.)

69

Extrait de l'interrogatoire d'Evy Jarlsby.
Commissariat de Hamar, le 1ᵉʳ novembre à 11 h 30.
Présents : le brigadier Jonfinn Valmann
et le sous-brigadier Halvor Rusten.

J. V. : Aujourd'hui j'aimerais que nous parlions de ce qui s'est passé au Fagerfjell Camping le samedi 29 octobre. Est-ce que vous pourriez nous dire comment vous vous êtes retrouvée là-bas ?

E. J. : Bo m'a emmenée là-bas.

J. V. : Comment se fait-il que vous étiez avec lui ?

E. J. : Il est venu me chercher chez Morten Møller à Skarnes. Quelqu'un a dû lui dire que j'habitais là, sûrement cette enfoirée d'Alvhilde. Elle veut toujours se donner le beau rôle…

J. V. : Et qu'est-ce qui s'est passé ?

E. J. : Au début je ne voulais pas le laisser entrer, mais il est devenu si violent que j'ai eu peur qu'il démolisse la porte.

J. V. : Et vous êtes allés au camping ?

E. J. : Oui.

J. V. : Pour quoi faire ?

E. J. : C'est là qu'ils font travailler leurs filles.

J. V. : Qui ça ?

E. J. : Bo et sa bande.

J. V. : Et vous l'avez suivi ?

E. J. : Il m'a obligée.

J. V. : De quelle façon ?

E. J. : Il a menacé de me frapper. J'ai dû céder. Je ne voulais pas qu'il abîme mon visage. Il casse le nez d'une fille comme un rien, cet enculé !

J. V. : Est-ce qu'il s'est passé quelque chose en chemin ?

E. J. : Il n'a pas arrêté de dire que je devais commencer à bosser pour lui et ses potes.

J. V. : Qu'est-ce que vous lui avez répondu ?

E. J. : Je lui ai dit qu'il pouvait toujours courir.

J. V. : Et quand vous êtes arrivés au camping ?

E. J. : Il m'a poussée dans une caravane pourrie et… *(Le témoin interrompt sa déclaration et enfouit son visage dans ses mains.)*

J. V. : Prenez votre temps. Il est important que nous sachions exactement ce qui s'est passé.

E. J. *(à peine audible)* : Il m'a violée.

J. V. : Je comprends. Ça a duré combien de temps ?

E. J. : Je ne sais pas. Un moment. Jusqu'à ce que *lui*, il arrive.

J. V. : « Lui », c'est ?…

E. J. : Jan.

J. V. : Vous voulez dire Jan Timonen.

E. J. : Oui, lui. Le flic qui devait veiller sur moi. Autant dire que c'est du pareil au même.

J. V. : Qu'est-ce que vous entendez par là ?

E. J. : J'ai passé autant de temps à l'éviter, lui, qu'à échapper à Bo.

J. V. : Vous voulez dire que lui aussi a abusé de vous ?

E. J. : Oui, on peut dire ça comme ça. Il fallait lui obéir au doigt et à l'œil.

J. V. : Qu'est-ce qui s'est passé lorsque Jan Timonen est entré dans la caravane ?

E. J. : Je me souviens qu'il a poussé des cris de bête. Puis il a pris Bo par la nuque et lui a donné un grand coup sur le crâne.

J. V. : Vous voulez dire un coup de poing ?

E. J. : Un coup genre massue. Jan est fort comme un taureau.

J. V. : Et ensuite ?

E. J. : Ensuite, il m'a priée de me relever et de venir avec lui dans sa voiture. Je vous jure que je n'ai pas traîné. J'avais tellement peur qu'il me tabasse aussi !

J. V. : Est-ce que l'un de vous deux a pensé à regarder dans quel état était Bo Dalén ?

E. J. : Cette merde ? Non, on l'a laissé par terre.

J. V. : Et après ?

E. J. : Après, il m'a ramenée en voiture à Hølla. Ça faisait un an que je n'y avais pas mis les pieds. J'espérais que maman serait là, mais il n'y avait que papa, complètement saoul. Puis Jan a disparu. Il a dit qu'il devait aller au boulot.

J. V. : C'était vers quelle heure, vous vous en souvenez ?

E. J. : Je dirais deux heures, peut-être deux heures et demie. Je ne sais plus très bien. J'avais pris quelque chose.

J. V. : Ça ne vous a pas étonnée que Jan Timonen sache précisément où vous étiez et à quel moment ?

E. J. : Je suppose qu'il avait contacté Birgitta. Elle a la réputation de ne pas moucharder, mais Jan arrive à faire parler n'importe qui. C'est elle qui a dû le lâcher le morceau.

J. V. : Une dernière question : vous prenez de la drogue en ce moment ?

E. J. : Pas en ce moment. Et pas ici, vous êtes fou !

J. V. : Mais ailleurs ?

E. J. : Des petits trucs à droite et à gauche. J'ai essayé de rester *clean*, mais c'est vraiment trop dur. Peut-être que j'y arriverai avec l'aide de maman. On va habiter ensemble maintenant. On verra bien si ça marche.

J. V. : Bonne chance !

70

Extrait de l'interrogatoire d'Alban Malik.
Commissariat de Hamar, le 2 novembre à 9 h 30.
Présents : le brigadier Jonfinn Valmann
et le sous-brigadier Halvor Rusten.

J. V. : Est-ce que vous comprenez bien le norvégien ?

A. M. : Je comprends le norvégien.

J. V. : Nous aimerions parler avec vous de ce qui s'est passé le soir du 29 octobre. Vous avez été interpellé à bord d'une voiture de type Toyota Land Cruiser sur la nationale 202, à une quinzaine de kilomètres de Svulrya. Ce véhicule transportait quatre-vingt-cinq kilos de cannabis. Et vous prétendez que vous n'en saviez rien. Expliquez-nous ça.

A. M. : Ce n'était pas ma voiture. Moi, j'en ai une autre. Une BMW.

J. V. : Alors comment se fait-il qu'on vous ait retrouvé au volant de la Toyota ?

A. M. : On m'a agressé. Regardez, j'ai été blessé. *(Le prévenu montre son bras dans le plâtre. Indique aussi une bosse sur le front.)*

J. V. : La voiture a été retrouvée dans une congère. L'expertise médicale dit que ces blessures peuvent être dues au choc après le dérapage du véhicule. Qu'est-ce que vous en pensez ?

A. M. : C'est rien que des mensonges ! Ce médecin n'est qu'un sale raciste, un corrompu !

J. V. : Vous prétendez donc que ceux qui vous ont agressé vous ont poussé dans la Toyota et mis au volant ?

A. M. : Oui. Ils m'ont d'abord assommé. Puis ils m'ont volé ma bagnole.

J. V. : Pourriez-vous nous expliquer l'intérêt d'abandonner un véhicule transportant du cannabis pour une valeur avoisinant les deux millions de couronnes sur le bord de la route dans la forêt du Finnskogen ?

A. M. : Qu'est-ce que j'en sais, moi ? L'homme était fou. Il s'est jeté sur moi, il m'a cogné la tête contre la portière.

J. V. : Qui était la personne qui, selon vos dires, vous a agressé ?

(Le prévenu baisse les yeux et secoue la tête.)

J. V. : On a trouvé un couteau sur les lieux.

A. M. : Ça doit être son couteau.

J. V. : L'ennui, c'est qu'il y a dessus vos empreintes et celles de personne d'autre.

A. M. : C'est une machination ! Je veux un avocat !

J. V. : Vous aurez un avocat. Il doit d'ailleurs arriver d'une minute à l'autre. Mais, en attendant, vous feriez bien de changer votre version, car votre histoire d'agression sur un chemin désert, pour vous retrouver ensuite, soi-disant à votre insu, dans une voiture bourrée de stupéfiants, ça risque de coincer devant les juges.

A. M. : Mais c'est vrai ! Qu'est-ce que vous voulez que je dise ?

J. V. : Vous pourriez commencer par nous dire qui vous a agressé. Il est clair que vous le connaissez. Vous avez peur des représailles ? C'est ça, hein ?

A. M. : Des représailles ? De *lui* ?

J. V. : Qui est-ce ? Un type d'une bande rivale ?

A. M. : Une bande rivale ? Mais non, il est menuisier. Il s'appelle Vatne. Il habite ici, en ville.

J. V. : Vous êtes sûr ?

A. M. : *(Il acquiesce.)* Je connais sa fille. Bon, je peux m'en aller maintenant ?

J. V. : Vous pouvez retourner en cellule, oui.

H. R. : Une dernière question : est-ce que la BMW que vous prétendez posséder a comme plaque d'immatriculation CE-81358 ?

A. M. : Oui ! Vous l'avez retrouvée ?

H. R. : Ça fait trois jours qu'elle était mal garée devant le commissariat. On l'a fait enlever aujourd'hui. Mais je crois qu'on va demander à ce qu'on nous la ramène pour l'examiner d'un peu plus près.

– Encore ce Vatne ! s'écria Jonfinn Valmann, qui avait envie de taper du poing sur la table. Je retrouve ce type partout ! Je l'ai vu se pointer, mine de rien, ici, à mon bureau. C'est aussi sa voiture que j'ai dû voir au Fagerfjell Camping et une fois à la station-service Esso de Skarnes où Evy travaillait. Et quand nous sommes allés chez lui, on est tombés sur une nana qui se faisait tabasser et qui devait être sa fille, ainsi que sur un Bo Dalén méconnaissable...

– Tu veux dire Henning Mankell ?

– Toi non plus, tu n'as pas reconnu le nom.

– Je préfère Agatha Christie. Et puis c'est un Suédois.

– Je suis sûr que c'est le même type qui m'a éclaboussé volontairement là-bas, à Malungen. Il est mêlé à tout ça, c'est évident...

– Mais il n'est soupçonné de rien, lui fit remarquer Rusten. Cette affaire a été résolue sans qu'on ait pu mettre en cause Arne Vatne.

– J'aimerais quand même bien avoir une conversation avec lui. Tu m'accompagnes ?

– Qu'est-ce que je pourrais faire d'autre par ce bel après-midi de novembre ? dit-il en lorgnant vers les gouttes de pluie qui ruisselaient le long de la vitre.

La même fille que la dernière fois vint leur ouvrir. Elle avait l'air d'aller mieux, mais elle eut un sourire gêné quand ils se présentèrent.

– Nous aimerions parler à Arne Vatne. Il est là ?

– Non, malheureusement, répondit la jeune fille.

– Vous êtes sa fille ?

– Oui.

– La fille dont il a signalé la disparition il y a quelques semaines ?

Elle eut une ébauche de sourire.

– C'est possible. Il a été assez inquiet à un moment.

– À tort ou à raison ?

– C'est un interrogatoire ?

– Non, plutôt une conversation informelle, répondit Valmann d'une voix amicale.

– Je préférerais qu'on change de sujet.

– Des problèmes de famille ?

– Disons que mon père n'aimait pas le petit ami que je ramenais alors à la maison.

– Je comprends. Est-ce qu'il possédait une grosse BMW ? Si je vous pose cette question, c'est que j'ai de bonnes raisons de le faire, s'empressa-t-il d'ajouter devant le regard méfiant de la jeune fille.

– Les voitures, ça n'a jamais été trop mon truc… Vous voulez lui dire quoi, à mon père ?

– Vous ne sauriez pas, par hasard, où votre père se trouvait samedi dernier, entre huit et dix heures et demie du soir ?

– Mais si, dit-elle sans ciller. Je peux vous le dire puisqu'il était ici avec moi.

– Une soirée en famille ?

– Si on veut. Ces derniers temps, on a passé plusieurs soirées ensemble. Je lui ai dit que j'étais enceinte. Il va être grand-père et ça l'a rendu hyperprotecteur. C'est tout juste si j'ai encore le droit de sortir faire les courses.

– Je comprends, dit Valmann, se rendant compte qu'il était à nouveau dans une impasse.

– Veuillez nous excuser de vous avoir dérangée. On repassera ultérieurement.

– Eh bien, ce n'est pas gagné ! s'exclama Valmann de retour au bureau. Je retrouve ce type partout comme un esprit malin, mais je ne sais pas pourquoi. Comme s'il nous narguait !

– Moi, j'aimerais bien savoir pourquoi tu veux absolument compliquer les choses, comme si elles n'étaient pas assez embrouillées comme ça, rétorqua Rusten qui avait pris la chaise du visiteur.

– J'ai le sentiment que…

– Tu ne devais pas partir bientôt en vacances ? hasarda-t-il. Tu n'as vraiment pas mieux à faire ?

– C'est dans deux jours.

– T'as fait ta valise ?

– Je me suis acheté trois chemises à manches courtes et un nouveau short de bain. Anita trouve que je ressemblais à un pédophile allemand sur une plage à Phuket dans l'ancien.

– N'oublie pas de prendre des photos.

– Mais s'il s'avère qu'Alban Malik a dit la vérité et que c'est vraiment Vatne qui…

– Tu ne vas pas recommencer !

– Ça ne peut être que lui qui a garé la BMW ici, sur le parking.

– Et alors ?

– Dans ce cas, on le verra sur les caméras de vidéo-surveillance !

– Vas-y, je t'en prie.

– Non, viens avec moi, Rusten. Nous savons en gros quand il l'a laissée. Deux paires d'yeux valent mieux qu'une.

Moins d'une heure plus tard, ils durent se rendre à l'évidence : il était impossible d'identifier le conducteur de la BMW. Il faisait trop sombre, la distance était trop grande et la caméra ne montrait qu'une vague silhouette. Rien d'exploitable.

– Nous voilà fixés, conclut Rusten en étirant son dos et en croisant les mains dans la nuque. Bon, je crois que ça suffit pour aujourd'hui.

Valmann regarda, peu enthousiaste, le gros rapport que la police d'Arvika leur avait envoyé il y avait plusieurs jours déjà.

– Tu as vu ça : « Rapport et conclusions » !

– Ils font les choses comme il faut, nos amis les Suédois. J'y ai jeté un coup d'œil hier, déclara Rusten en feuilletant le dossier.

– Il fallait juste les mettre sur la bonne voie.

– Tu considères que c'est à toi que revient l'honneur d'avoir coincé Hermannsson ?

– Ils ont retourné le moindre petit caillou là-bas une fois qu'ils s'y sont mis, on dirait, commenta Valmann avec une pointe de satisfaction dans la voix.

– Tiens, dit Rusten qui continuait à lire. Ils se sont intéressés plus particulièrement à quatre véhicules qu'ils trouvaient « suspects » et ils les ont inspectés de fond en comble. Un seul d'entre eux ne recelait aucune trace de stupéfiants, et c'était… Oh, ça va te faire plaisir : une Toyota Hiace modèle 1986 ou 1987, immatriculée en Norvège FS-23181.

– Quoi ! Mais c'est le district de Hamar !

– Je ne te le fais pas dire.

– La même que celle de Vatne !

– C'est toi qui l'affirmes.

– C'est facile à vérifier.

Valmann entra le code et le numéro dans l'ordinateur et la réponse tomba aussitôt : c'était bien la voiture d'Arne Vatne.

– Eh bien, je crois qu'une bonne conversation s'impose avec notre ami de Hjellum.

– Essaie de le joindre d'abord au téléphone, conseilla Rusten.

– Non, j'ai envie de l'avoir face à moi quand je lui parlerai.

– Mais la voiture était *clean*, ne l'oublie pas ! Aucune trace de quoi que ce soit, à part une bouteille d'un demi-litre d'alcool, vide.

– Lis plus bas. Regarde…

Valmann pointa du doigt une ligne : « Éraflure à l'avant gauche après un choc récent. Fragment de laque de carrosserie verte… »

– De la laque verte ! s'écria Rusten ! Bigre, ce sont vraiment des pros là-bas !

– On le tient ! renchérit Valmann d'une voix tout excitée. Il était sur la route le vendredi 21, c'est lui-même qui me l'a dit. C'est lui qui a percuté l'Audi. Peut-être même que c'est lui qui a fauché la fille !

– Ça, on ne sait pas, corrigea Rusten.

– Comment ça ? Qu'est-ce qu'il te faut de plus ?

– L'analyse de la laque. Pour la comparer avec celle de l'Audi. Il y a pas mal de voitures vertes sur les routes, Valmann. On va demander aux Suédois de faire des prélèvements.

– Et laisser Vatne en liberté pendant ce temps-là ? Pour qu'il puisse foutre le camp ?

– Il va être grand-père. Il n'a pas l'intention de bouger d'ici.

Rusten venait d'être lui-même grand-père, il savait de quoi il parlait.

À cet instant, il y eut un appel de la police de Kongsvinger. Un agent demanda s'il était possible d'avoir de l'aide pour trouver un interprète qui maîtrise l'ukrainien.

– L'ukrainien ?

– On a arrêté une femme, une étrangère...

– Une blonde décolorée ? Sans papiers ?

– Oui. Et assez amochée. Quelqu'un a dû lui faire passer un sale quart d'heure. Elle affirme être ukrainienne. Elle dit qu'elle veut demander l'asile. Mais elle parle si mal l'anglais qu'on a besoin d'un interprète pour l'interroger comme il faut.

– Elle s'est fait arrêter pour vol à l'étalage ?

– Non, elle a carrément pris une pierre et l'a lancée contre la vitre de la boutique de fleurs du Kongssentret.

– Alka.

– Pardon ?

– Alka Zarichin. C'est son nom. On l'a déjà eue chez nous.

– Est-ce qu'elle avait l'air d'une prostituée des pays de l'Est ?

– Oui, on parle bien de la même fille.

– Elle n'arrête pas de répéter qu'elle veut *tell all*. Mais quand on lui demande de raconter, elle n'a pas les mots pour le dire. Elle prétend avoir en sa possession un carnet avec des noms et des chiffres, mais personne ici ne déchiffre le cyrillique.

– Alka veut enfin parler ! chuchota Valmann à Rusten. Envoyez-la ici, nous la connaissons et nous avons une interprète, dit-il à l'agent de Kongsvinger. À moins que vous ne teniez à la garder...

– Oh, non, surtout pas ! répliqua l'agent d'un ton épouvanté.

– Alka s'est décidée à parler ! répéta Valmann après avoir raccroché. C'est vraiment notre jour de chance !

Lorsque la réponse arriva enfin de Suède, ce ne fut pas tout à fait ce qu'espéraient les deux enquêteurs. Dans un fax, le chef de la brigade, Thomas Kumla, leur expliqua qu'ils étaient remontés jusqu'au propriétaire de la Toyota, un habitant de Hamar du nom d'Arne Vatne, qui avait déclaré le vol de sa voiture quelques jours plus tôt, ajoutant que de toute façon il ne tenait pas à la récupérer. Il faut dire qu'elle était en si mauvais état que la police du Värmland n'avait pas vu l'intérêt de la garder, puisqu'aucune trace de produits illégaux n'avait été trouvée à l'intérieur. Elle avait donc déjà été envoyée à la casse pour être recyclée, comme le stipulait le règlement.

– On y était presque ! gémit Valmann. Presque !

– Encore une fois, rien ne nous permet d'affirmer que cet homme soit coupable de quoi que ce soit, rappela Rusten. Essaie de voir les choses sous un autre angle : un menuisier de Hjellum qui fait la navette pour un job à Kongsvinger découvre que sa fille sort avec un étranger plutôt louche. La relation tourne mal et ça devient l'enfer. La fille en réchappe, le corps couvert de bleus et avec un bébé dans le ventre. Tu ne crois pas que si tu avais été son père, tu aurais remué ciel et terre pour la sortir de là, quitte à avoir un comportement un peu bizarre ?

– Je ne sais pas, marmonna Valmann. Je n'ai pas de fille.

– Mais moi, j'en ai, répondit Rusten. Même deux. Tu sais, au fond, moi, je le comprends.

Épilogue

– Tu peux l'enlever, tu sais. On est tout seuls ici.

– Mais je l'ai acheté exprès pour toi.

– C'était gentil de ta part, mais…

– Tu n'aimes pas les hippocampes ?

– Pas sur les shorts de bain, et surtout pas pour un adulte.

– Je ne l'enlèverai pas !

– Oh, la chochotte…

– Il y a des gens !

– Ils sont à cent mètres !

– J'aurai l'impression d'être…

– Nu ?

– Non, ridicule.

– N'importe quoi. Il y a marqué *playa naturista* sur la pancarte.

– Ce n'est pas marqué que c'est obligatoire.

– Allez, fais-le ! Rien que pour moi…

– Et toi alors ?

– Je vais réfléchir.

– Bon, d'accord. Puisque tu ne te lasses pas de mon corps…

– Tu vois, tu as enfin compris.

Il retira vite son short et se mit sur le ventre. Il sentit le vent sur des parties de son corps que cette merveilleuse brise chaude n'avait jamais eu l'occasion d'effleurer. Ils venaient de passer quelques jours de vacances exceptionnels où l'été avait allumé ses derniers feux, soufflé sur ses dernières braises et empêché la pâleur de l'hiver de prendre le dessus. Ils avaient mangé du poisson grillé au déjeuner et loué une voiture pour découvrir les plages en dehors des villages. Il n'avait pas été long à prendre l'habitude d'un bon verre de vin au repas, même s'il devait reprendre la voiture après. Les règles n'étaient pas les mêmes ici… Au bout de trois jours, il s'était aussi habitué au bruit des vagues qui, les premières nuits, l'avait tenu éveillé. Si au début il avait commis l'imprudence de s'exposer et pris des coups de soleil, il avait désormais appris à rechercher l'ombre. Il avait presque du mal à imaginer qu'il y ait des endroits où l'on ne crève pas de chaud sous le soleil de la mi-novembre. Et pourtant, dans quelques jours, ils allaient retrouver un de ces endroits…

— Tourne-toi, dit-elle. Je préfère le devant.

Il se mit sur le côté.

— Tu es un bel homme.

Elle lui passa la main sur l'épaule pour lui enlever quelques grains de sable et continua à le caresser. Elle avait des taches de rousseur sur le moindre carré de peau qu'il pouvait voir.

— Je suis un homme qui, comme la plupart des gens de mon âge, lutte contre la loi de la pesanteur.

— En tout cas, à ce que je vois, tu remportes ce combat haut la main.

— Je croyais que tu t'intéressais plutôt à ma blessure…

— À elle aussi, mon ami. Elle aussi, soupira-t-elle, la tête blottie contre son bras.

– Alors tu dois regarder un peu plus haut, plus près du cœur.

– Oh… Tu as vraiment été touché au cœur ? murmura-t-elle en approchant la main, le visage et enfin le souffle.

– C'est bien la sensation que j'ai, répondit-il. Et ça m'a l'air inguérissable.

Plus tard, couchée sur le ventre, elle lut le livre qu'elle avait acheté à la dernière minute à l'aéroport d'Oslo.

– Tu devrais y jeter un coup d'œil quand j'aurai terminé, dit-elle. C'est vraiment pas mal du tout.

– C'est quoi ?

– Un polar suédois.

– Je croyais qu'on en avait terminé, tous les deux, avec les polars suédois.

– Oh, c'est juste pour se détendre !

– J'ai toujours détesté les polars.

– Mankell est un des meilleurs.

– Mankell ? Henning Mankell ?

– En personne.

– Tu peux être sûre que j'en ai vraiment terminé avec lui, fit-il en lui caressant la colonne vertébrale. Et une bonne fois pour toutes.

– C'est parce que tu es jaloux.

– Tu ne peux pas comprendre, répondit-il en laissant sa main reposer à l'endroit où les taches de rousseur se détachaient comme une constellation d'étoiles sombres sur une voûte blanche.

RÉALISATION : NORD COMPO À VILLENEUVE-D'ASCQ
IMPRESSION : CPI BRODARD ET TAUPIN À LA FLÈCHE
DÉPÔT LÉGAL AVRIL 2012. N° 107766. (67166)
IMPRIMÉ EN FRANCE